Kyra Dittmann

Wild Horse Valley

MIX
Papier aus verantwortungsvollen Quellen
FSC® C014496
www.fsc.org

5 4 3 2 1

ISBN 978-3-649-62774-6

Text: Kyra Dittmann
Covergestaltung: Frauke Maydorn,
unter Verwendung eines Fotos von Mehmet Turan
Lektorat: Katharina Jacobi, Frauke Reitze
Satz: Helene Hillebrand
Printed in Germany

www.coppenrath.de

Das ebook erscheint unter der ISBN 978-3-649-62909-2.

Kyra Dittmann

Wild Horse Valley

COPPENRATH

Für alle,
die es lieben, mit offenen Augen
gegen den Wind zu reiten.
Und ganz besonders für die,
die es noch nie gemacht haben.

Prolog

Die Reiterin lehnte sich vor und klopfte sachte den Hals ihrer Stute. „Schsch, es geht gleich los.“ Das rechte Ohr des Pferdes drehte sich aufmerksam nach hinten. Es wartete auf das Zeichen.

Die junge Frau beobachtete, wie ein Mann den Riegel des Gatters öffnete, während sich die anderen Reiter – es mussten weit mehr als fünfzig sein – in Position stellten und die Pferde unruhig nach vorn drängten. Sie fühlte das Herz ihrer Stute im Gleichtakt mit ihrem eigenen schlagen. Und sie spürte die Aufregung.

Sie liebte das leichte Zittern, das durch ihren Körper ging, bevor das Signal zum Aufbruch ertönte. Es war genau diese Gespanntheit, die das Reiten bei einer Schleppjagd so einzigartig machte.

Heute allerdings fühlte sie noch etwas anderes. Den ganzen Tag schon lag etwas in der Luft. Ein Hauch von Gefahr, der, kaum greifbar, wie ein leiser Windzug um ihren Körper wehte.

Sie ließ den Mann nicht aus den Augen, der in wenigen Augenblicken das Curée freigeben würde – den Pansen, die Beute für die Hundemeute. Als das Tor aufschwang und das Horn zum Aufbruch blies, setzte ihr Herzschlag für den Bruchteil einer Sekunde aus. Pures Adrenalin jagte durch ihren Körper und sie umklammerte die Zügel.

Vorn galoppierten die ersten Reiter an, während ihre Stute unruhig tänzelte. Weitere Pferde stürmten los und die Formation vor ihr löste sich auf. Endlich war der Weg frei. Sie beugte sich tiefer über den Hals ihres Pferdes. „Lauf, Destiny!“

Das Tier sprang pfeilschnell los, obwohl sie sich Mühe gab, es noch zurückzuhalten. Ungeduldig schlug die Stute mit dem Kopf, blieb aber gehorsam hinter der Spitze – während ihre Reiterin aus den Augenwinkeln ein herannahendes Pferd bemerkte. Der Braune holte auf, bis er sich beinahe auf gleicher Höhe mit ihnen befand. Die junge Frau erkannte die andere Reiterin, sie kannte sie nur zu gut. Und sie wusste auch den Blick zu deuten, der mehr als eine sportliche Kriegserklärung war. Beim Jagdreiten gab es weder Sieger noch Verlierer. Es war ein anderes Spielfeld, auf dem sie Konkurrentinnen waren – und es war ein viel gefährlicheres als der Jagdparcours.

Die junge Reiterin schüttelte den Gedanken ab. Sie konzentrierte sich auf ihr Pferd und richtete den Blick nach vorn. Ihre Hände vergruben sich in Destinys Mähne und sie spürte den Ring an ihrem Finger. Er gab ihr Gewissheit.

Während sich der Klang des Jagdhorns entfernte und die Pferde über die Felder stürmten, gab es nur noch sie und Destiny. Alles andere war wie weggewischt, als ob nichts um sie herum noch existieren würde. Der Hauch von Gefahr verflog so schnell wie der Wind, der ihnen entgegenschlug. Die Zeit verging in derselben Geschwindigkeit, mit der unter ihr die Hufe über den Boden donnerten. Sie spürte nur die Muskeln ihres Pferdes unter sich arbeiten, sah den feinen Dampf stoßweise aus Destinys Nüstern treten und hörte ihren schnellen Atem. Die Luft roch nach nassen Wiesen und feuchter Erde.

Sie liebte diesen Moment, wenn alles andere mit einem Mal unwichtig war.

Destiny flog über die Hindernisse. Sie überquerten Büsche und Hecken mit Leichtigkeit. Die Stute reckte ihren sehnigen Körper dem Himmel entgegen und schnaubte zufrieden, wenn sie den Boden wieder mit den Hufen berührte.

Ihre Reiterin hielt den Blick fest geradeaus gerichtet. Während das Blut durch ihre Adern pochte, näherten sie sich der schwierigsten Hürde dieses Jagdritts: der alten Todeseiche, die ein Blitz vor Jahren niedergerissen hatte – dem am meisten gefürchteten Sprung, weil ein tückischer Graben hinter dem mächtigen Baumstamm verlief.

Die junge Frau atmete tief durch und strich mit den Fingern an Destinys Hals entlang. „Schneller!", flüsterte sie. Ihr Wispern ging im Rauschen des Windes unter. Es musste eher die Gewohnheit sein, als dass die Stute sie wirklich hätte hören können, aber das Pferd legte nochmals an Tempo zu.

Die Bäume rasten wie grüne Schatten an ihnen vorbei. Ihre gesamte Konzentration richtete sich auf den Sprung, der vor ihnen lag. Destinys schmale weiße Ohren stellten sich kerzengerade auf, die Reiterin presste ihre Beine fest an den muskulösen Körper. Dann schloss sie die Augen.

In dem Moment, in dem sie abhoben, musste sie alle Zweifel hinter sich lassen. Voll und ganz vertraute sie ihrem Herzenspferd. Der Wind fegte ihr durch die offenen Haare, die sich unter ihrem Reithelm gelöst hatten. Die feinen Härchen auf ihren Armen stellten sich auf. Und blitzartig überfiel es sie wie eine Ahnung: Es war falsch, sie wusste es.

Unsinn, rief sie sich zur Ordnung. Jetzt keine Zweifel mehr! Vertrau deinem Pferd!

Sie gab die Zügel frei. Wie ein riesiger Adler flog Destiny über den Stamm der Todeseiche, kraftvoll und unbesiegbar. Für einen kurzen Augenblick genoss ihre junge Reiterin das berauschende Gefühl. Sie segelten schwerelos durch die Luft, dann spürte sie, wie sich der Körper ihres Pferdes abwärtsneigte. Stolz durchfuhr sie, weil sie der Angst getrotzt hatte. Gleich würde sie das sanfte Aufkommen auf dem weichen Waldboden spüren.

Doch die Perfektion zerplatzte wie eine Seifenblase, als ein Zucken durch den Körper des Tieres ging. Wie in Zeitlupe fühlte sie den Ruck, als der Steigbügel unter ihr nachgab und sie aus dem Gleichgewicht riss. Im selben Augenblick verlor auch Destiny die Balance. Sie stürzte und im Bruchteil einer einzigen Sekunde schlugen Pferd und Reiterin in dem Graben auf, in dem schweigend ihr gesamtes, kurzes Leben unterging.

Kapitel 1

Magische Momente

Die Rollen meines Boards ratterten im Gleichtakt zur Musik aus meinen Kopfhörern über das Pflaster. Ich schloss die Augen. Wie immer versuchte ich, den Moment hinauszuzögern, in dem die Panik von mir Besitz ergriff. Lange hielt ich es nie aus. Die Furcht, beim Skaten von der Spur abzukommen und in den Fluss zu stürzen, war leider auch nicht unberechtigt. Nur wenn man sich konzentrierte und seine Balance im Griff hatte, klappte es. Und so versuchte ich zum x-ten Mal, so lange wie möglich mit geschlossenen Augen den Pier entlangzufahren, um meine Angst unter Kontrolle zu bekommen.

Der Wind blies mir ins Gesicht, und der Geruch nach Großstadt und Freiheit kitzelte in meiner Nase, während ich langsam bis zehn zählte. Dann riss ich die Augen auf und schaffte gerade noch eine Drehung an einem der schwarz lackierten Begrenzungspoller. Am Rande des Piers hielt ich an. Mit einem schnellen *Grab* hob ich mein Board auf und hockte mich mit klopfendem Herzen auf eine Bank. Der Ausblick auf den River Mersey war die beste Belohnung für mein Angsttraining. Ich konnte mir keinen schöneren Ort vorstellen als das Albert Dock. Wenn die Abendsonne den Fluss in schimmerndes Rot tauchte, wollte ich genau hier sein und nirgendwo anders: in Liverpool.

All meine Erinnerungen an Dad waren mit dieser Stadt verknüpft. Unsere gemeinsamen Lesestunden im Prince's Park vermisste ich ebenso wie die Stunden am Pier des River Mersey, wenn wir zusammen den Sonnenuntergang beobachteten und darauf warteten, dass Mums Schicht im Hotel endete. Aber die schönste Erinnerung an Dad war mit dem Tag vor meinem sechsten Geburtstag verbunden. Während Mum Kuchen backte, hatten wir einen Spaziergang zu dem neuen Pferdestall in Merseyside gemacht. Die Reitstunden waren natürlich viel zu teuer. Doch Dad tröstete mich damit, dass ich nur fest genug daran glauben musste, dann würden alle meine Wünsche in Erfüllung gehen. Wenn ich es also wirklich wollte, würde ich ganz sicher eines Tages reiten. „Mit offenen Augen und ausgebreiteten Armen gegen den Wind“, wie Dad immer gesagt hatte. Ich lächelte bei der Erinnerung, wie schön ich diese Vorstellung als kleines Mädchen gefunden hatte. Dad war immer der Meinung gewesen, dass man alles schaffen konnte, solange man seine Träume eisern verfolgte.

Ein heftiger Schlag gegen meine Schulter riss mich unsanft aus meinen Gedanken. Ich fuhr erschrocken herum … und blickte in Dannys grinsendes Gesicht. „Hi, Sis!“

„Von wegen Sis!“, knurrte ich. „Das Ende unserer Freundschaft ist näher, als du denkst, wenn du so weitermachst.“

„Wie jetzt? Das ist ein ehrenhafter Skatergruß, Abby!“ Völlig unbeeindruckt ließ er sich neben mich auf die Bank plumpsen. „Außerdem würdest du es niemals übers Herz bringen, mich im Stich zu lassen.“ Er lächelte zufrieden.

Ich rollte mit den Augen, schaffte es aber leider nicht, dabei ernst zu bleiben. „Trotzdem könntest du dir eine etwas charmantere Begrüßung angewöhnen.“

„Und wie sollte die aussehen?“, fragte er irritiert.

„Vielleicht *Hallo, bezaubernde Abby, wie geht’s dir heute?*“, kicherte ich.

Danny sah mich an, als hätte ich den Verstand verloren. „Hast du zu viel ‚Downton Abbey‘ gesehen?“

Ich musste noch mehr grinsen. „Mum gefällt's."

„Dann bin ich echt froh, dass du nicht wie deine Mum bist … sondern einfach nur *Downtown*-Abby!" Ich tat, als müsste ich ein Gähnen unterdrücken bei seinem Standardwitz. Danny schüttelte den Kopf. „Diese Serie würde mich verrückt machen. Und wenn du mir dann noch dauernd vorschwärmen würdest, wie schön es wäre, auf einem Schloss zu leben …"

Ich knuffte ihn in die Seite. „Hey, jeder darf träumen, klar?"

„Klar, aber doch nicht von irgendwelchen Lords und muffigen Schlössern!" Danny schnaubte. „Deine Mum sollte mal ein paar coole *Skate Moves* ausprobieren, dann hätte sie genügend Abwechslung im Leben."

„Oh mein Gott!" Ich schüttelte energisch den Kopf. „Bloß nicht! Oder willst *du* ihr das beibringen?"

„Yeah! Dann könnt ihr als die Baker-Girls auftreten."

Ich verschluckte mich fast vor Lachen. „Auf keinen Fall! Aber wolltest *du* nicht heute beim Contest im Skatepark mitmachen?"

Danny wand sich sichtlich. „Ich weiß nicht, vielleicht …", antwortete er zögerlich. Obwohl er einer der besten Skater diesseits des River Mersey war, machte er sich nicht besonders viel aus Wettbewerben. Er fand es spannender, mit mir und unserer Skatercrew die Straßen von Liverpool unsicher zu machen und ganz nebenbei seine Tricks zu üben.

„Diesmal gibt es keine Ausreden!" Ich rückte meine Cap zurecht, fischte eine Packung Kaugummis aus der Hosentasche und bot ihm einen an. „Also, was ist? Kommst du?"

Danny schnappte sich blitzschnell meine Cap und hätte mir dabei beinahe die Kaugummipackung aus der Hand geschlagen.

Ich stemmte empört die Hände in die Hüften, doch sein breites Grinsen entkräftete meinen Protest. „Komm schon, ich lade dich vorher noch zu einem Eis ein. Besänftigt dich das?"

Schnell warf ich einen Blick auf die Uhr. „Nein. Wenn wir nichts verpassen wollen, müssen wir los!"

Danny sah mich entrüstet an. „Für Eis sollte man sich *immer* Zeit nehmen!"

„Ach, und wieso?"

„Du weißt nie, was als Nächstes passiert." Danny zuckte die Schultern. Er war davon überzeugt, dass Eis die beste Vorbereitung auf jede Art von Katastrophe wäre.

„Was soll schon passieren, du verrückter Chaot?"

„Keine Ahnung. Aber das ist es ja gerade. Das Leben wäre nicht halb so cool, wenn man das wüsste."

Ich gab es auf. „Okay, für den Fall, dass gleich eine unvorhersehbare Sintflut über uns hereinbricht, darfst du mir noch rechtzeitig vorher ein Eis spendieren."

Als Ausdruck seiner Zustimmung legte Danny einen perfekten *Kickturn* hin.

Ich lächelte immer noch in mich hinein, während ich mit gleichmäßigen Schwüngen neben ihm den Pier entlangrollte, und beschleunigte mein Board mit schnellen Tritten, als wir die Docks hinter uns ließen. Nur wenige Minuten später passierten wir St. John's Garden und ich sah schon von Weitem die hell erleuchteten Fenster des Museums, das direkt neben der Bibliothek auf der anderen Seite der Straße lag.

Danny bemerkte meinen sehnsüchtigen Blick. „Na, Abby-Bücherwurm, hast du noch genug zu lesen?", neckte er mich.

Ich streckte ihm die Zunge heraus. Ich liebte diesen Ort mindestens genauso wie das Albert Dock. Und egal, wie sehr sich Danny darüber lustig machte, Lesen hatte etwas Umwiderstehliches für mich. Wenn ich in die Buchwelt eintauchte, fühlte ich mich wie von Zauberhand in ein anderes Universum versetzt. Es waren die vielen Geschichten meiner Kindheit, die mich auch heute noch glauben ließen, dass es diese wirklich magischen Momente im Leben gab, die alles verändern konnten.

Ich schluckte gegen den Kloß in meinem Hals an, der sich wie immer bildete, wenn ich daran dachte, dass Dad sein letztes Versprechen nicht mehr hatte halten können. Auch so viele Jahre nach seinem Tod fiel mir der Gedanke an diesen Augenblick schwer. Was hätte ich dafür gegeben, wenn so ein magischer Moment sein Schicksal verändert hätte! Ich vermisste ihn immer noch schrecklich.

„Hey, schläfst du?"

Ich schluckte. „Mum will mir heute Abend ihren neuen Freund vorstellen", lenkte ich schnell ab. „Du weißt schon, *diese* Art Freund. Er lädt uns zum Essen ein, angeblich in ein total cooles Restaurant."

Danny lachte. „Sieh es positiv. Am Ende gehört ihm der neue Imbiss am Queen Square. Der soll ziemlich gut sein und dann könntest du dich demnächst mal bei mir für die vielen Eisbecher revanchieren."

„Träum weiter!" Ich tippte mir gegen die Stirn. „Außerdem ist es mir nicht wichtig, ob er einen Imbiss besitzt oder nicht. Er soll Mum glücklich machen."

„Wo bleibt die Rebellin in dir, Abby? Du musst doch auch mit ihm klarkommen."

Ich zuckte mit den Schultern. „Ehrlich gesagt habe ich einfach keine Lust auf dieses Treffen heute. Mum schafft es bestimmt auch ohne mich, sich einen netten Kerl auszusuchen." Insgeheim hoffte ich so sehr, dass sie endlich jemanden fand, der die Traurigkeit in ihren Augen vertrieb, dass ich tatsächlich keine besonderen Wünsche hatte, wie er sein müsste.

„Hey, wo bleibst du, Abby?", rief Danny, duckte sich gegen den Wind und beschleunigte. Der Himmel zog sich bereits zu, und ich hoffte, dass es nicht zu Dannys heraufbeschworener Sintflut kommen würde, bevor wir die Eisdiele erreichten.

„Wieso rast du denn so?", fragte ich atemlos, obwohl ich die Antwort eigentlich schon kannte: Den Weg zur *Icecream Factory* legte Danny grundsätzlich in sagenhaftem Tempo zurück.

Erst kurz vor der Eisdiele bremste er scharf, kickte sein Board an und fing es mit einer Hand auf. Lässig schlenderte er durch die Eingangstür.

„Einmal von allem!", rief er Richtung Theke und drehte sich zu mir um. „Und du, Abby?"

„Ich nehme nur eine Kugel, du eissüchtiger Irrer!" Ich knuffte ihn freundschaftlich in die Seite. „Wir wollten doch zum Skatepark, schon vergessen?"

„Denk an meine Worte, Abby!" Danny deutete erst theatralisch zur Eiscafédecke hinauf und raunte dann: *„Sintflut!"*

Ich warf Signore Riccione ein diplomatisches Lächeln zu. „Wir nehmen beide eine Kugel *Cookie and Cream*. In der Waffel, das geht schneller." Während mein Lieblingseisverkäufer schmunzelnd die Waffeln füllte, warf ich Danny einen warnenden Blick zu. „Beschwer dich bloß nicht!"

„Du hättest mir wenigstens zwei bestellen können!", schmollte er, strahlte aber trotzdem, als er seine Eistüte entgegennahm.

Wir winkten Signore Riccione und rollten gemächlich die Smithdown Road entlang.

„Eigentlich solltest du mir dankbar sein." Danny grinste selbstgefällig vor sich hin. „Du bekommst ein Eis als Entschädigung, nur weil ich dich mit einem absolut liebevollen Boxhieb begrüßt habe –"

Sein Grinsen erstarb mit dem Schlag, der ihn daraufhin traf. Der gezielte Stoß, der ihn von seinem Board stolpern ließ, kam allerdings nicht von mir.

„Hey, *Sugar Kids!* Wenn ihr Geld für Eis übrig habt, könnt ihr sicher noch ein paar Pence für etwas Lebensnotwendiges opfern." Der Typ, der sich vor uns aufbaute, überragte sogar Danny um mehrere Zentimeter und roch unangenehm nach Bier. Angesichts des Messers in seiner Hand fand Danny ihn wohl sehr überzeugend, denn er starrte ihn mit kreidebleichem Gesicht an.

Ich reagierte, ohne lange über mögliche Folgen nachzudenken. „Verzieh dich!", schrie ich ihn an. Den Moment der Überraschung nutzte ich, um mein Skateboard so hochzukicken, dass es ihm das Messer aus der Hand schlug. Danny drückte ihm geistesgegenwärtig seine Eiswaffel ins Gesicht. Im selben Moment stieß ich mich ab und gab Gas. „Los, Danny! Lass uns verschwinden!"

Wir preschten die Smithdown Road hinunter, bis mir der Wind um die Ohren pfiff und die Flüche hinter uns leiser wurden.

„Du spinnst", keuchte Danny endlich.

„Wieso?", protestierte ich. „Er hat uns bedroht!"

„Warum gibst du ihm dann nicht einfach dein Geld, anstatt uns in Gefahr zu bringen?"

Wie bitte? *Ich* sollte uns in Gefahr gebracht haben? Ich hielt an und stemmte die Hände in die Hüften, während Danny sich ängstlich umschaute. „Du glaubst doch nicht, dass ich die paar Pfund, die ich besitze, einfach so einem Verbrecher gebe. Widerstandslos auch noch!" Ich starrte ihn kampflustig an.

„Okay, okay. Aber jetzt komm weiter, Abby. Ich weiß, dass du irgendwie nie Angst hast. Im Gegensatz zu mir: Dieser Typ meinte es nämlich verdammt ernst." Danny zerrte energisch an meinem Arm und zog mich hinter sich her, während ich locker mit dem Fuß mittrat.

„Wenn du immer gleich einen Herzinfarkt bekommst, solltest du vielleicht besser aufs Land ziehen. Da ist es ruhig und beschaulich."

„Lach nur! Warum nicht? Da ist es bestimmt schön. Bloß Skaten kann man dort wahrscheinlich nicht so gut."

„Eben." Ich schnaubte. „Ich würde niemals freiwillig von hier wegziehen."

„Du bist eben ein Stadtmädchen durch und durch, Downtown-Abby", neckte mich Danny, während er sein Tempo verlangsamte und sich sein Pulsschlag offenbar wieder im Normalbereich einpendelte. „Mit dir befreundet zu sein, gleicht jedenfalls einem Leben am Rande eines Vulkans. Aber zum Glück stehe ich ja auf geografische Wunder."

Ich kicherte. „Sorry, aber du magst allenfalls *Geografie*. Und das auch nur, weil wir eine hübsche Referendarin haben."

„So ein Quatsch. Ich mag Geografie, weil ich in dem Kurs neben dir sitze", konterte Danny.

„Jetzt spinnst *du!*" Ich beschleunigte mein Board wieder, sodass ich nicht Gefahr lief, Danny in die Augen zu sehen.

Manchmal war ich mir nicht sicher, ob er wirklich nur mein bester Kumpel sein wollte oder vielleicht doch mehr. Ich hoffte nicht, denn unsere Freundschaft war mir wirklich wichtig. Ich konnte mir keinen Tag ohne Danny vorstellen.

* * *

Atemlos bog ich in die Queens Road ein. Eine Windböe jagte eine verbeulte Bierdose über die Straße. Ich konnte gerade noch ausweichen. Im Gegensatz zu den riesigen Mülltonnen wirkten die Reihenhäuser dahinter geradezu winzig. Sie glichen mehr einer Aneinanderreihung von Schuhkartons, als dass sie die Bezeichnung Haus verdient hätten.

Eilig schloss ich die Tür auf und schlüpfte hinein. Ich war eine halbe Stunde zu spät, weil Danny in der Wood Street bei einem seiner legendären *Nightmare Flips* in eine Baustelle gekracht war und wir erst die wütenden Arbeiter hatten besänftigen müssen.

Hoffentlich schaffte ich es rechtzeitig, mich umzuziehen, bevor Mums Freund eintraf. Mit der Fußspitze tippte ich mein Bord an, das gehorsam unter die Garderobe rollte, und streckte meinem total durchgeschwitzten Spiegelbild im Vorbeigehen die Zunge heraus. Als ich mich umdrehte, blickte ich in das amüsierte Gesicht eines fremden Mannes. Schnell zog ich meine Zunge wieder ein.

„Ähem", ich räusperte mich. „Hi!"

Das war hoffentlich *nicht* Mums Freund, der mich hier bei unserer ersten Begegnung mit einer Kindergrimasse erwischte!

Während ich fieberhaft überlegte, was ich sagen könnte, trat Mum hinter ihm aus der Küche. „Hi, Darling."

Ich lächelte etwas gequält. „Hi, Mum. Sorry, dass ich zu spät bin, aber Danny ... wir ..."

Die Erklärung, dass ich mit Danny in die Straßenabsperrung gesaust war und mir ein – ausnahmsweise unfreiwilliges – Loch in die Hose gerissen hatte, wollte mir angesichts des gut gekleideten Mannes neben Mum nicht so recht über die Lippen kommen. Er trug einen dunkelblauen Strickpullover, unter dem ein polarweißes Hemd hervorblitzte. Der oberste Knopf stand offen, aber die dunkle Anzughose und die glänzenden Lederschuhe wirkten alles andere als salopp. Die schlanke Hand, die er mir nun entgegenstreckte, hätte gut und gerne aus einem Nagelstudioprospekt stammen können.

Ich starrte beschämt auf meine schmutzigen Finger, während ich zögerlich seine Rechte ergriff.

„Du musst Abby sein."

Ich nickte und schluckte unauffällig meinen Kaugummi herunter.

„Abby, das ist Ambrose! Ich finde es so schön, dass ihr euch endlich kennenlernt“, freute sich Mum. „Keine Sorge, ich bin auch gerade erst nach Hause gekommen. Ich hatte Mo versprochen, sie ein paar Stunden in der Küche zu vertreten, weil sie übers Wochenende zu ihrer Schwester fahren wollte. Aber Ambrose war so nett, mich abzuholen.“

Mum sah müde und abgearbeitet aus, und obwohl ich wusste, wie sehr sie ihren Job mochte, war mir ebenso klar, wie anstrengend die Schichten im Hotel sein mussten. Trotzdem verbreitete sie wie immer gute Laune und strahlte mich an. „Sollen wir gleich los?“

Meine verdreckte, völlig unpassende Kleidung schien ihr gar nicht aufzufallen, was bestimmt daran lag, dass sie nur Augen für Ambrose hatte. Ambrose – was für ein *altmodischer* Name! Und dazu sein piekfeines Outfit ... Der Abend versprach besonders zu werden.

Wir mussten nicht mal mit der Bahn fahren. Ambrose hatte einen Leihwagen organisiert. Und zwar einen, den ich eher zu einer Hochzeit gemietet hätte – wenn überhaupt. Ich verstand allerdings nicht, wieso er es für nötig hielt, Mum mit solchen Dingen zu beeindrucken. Kannte er sie so schlecht? Die winzige neue Imbissbude am Queen Square gehörte ihm jedenfalls garantiert nicht.

Mum quasselte fröhlich drauflos, während wir in Richtung River Mersey fuhren – wo sich nur vornehme Restaurants befanden. Es war eine gefühlte Ewigkeit her, seit Mum und ich das letzte Mal auswärts essen gewesen waren. Doch dank Mo kamen wir trotzdem häufig genug in den Genuss eines Drei-Sterne-Menüs: Mo war nicht nur die Küchenchefin des *Shankly Hotels,* sondern auch eine Freundin von Mum und sowieso ein herzensguter Mensch. Erst gestern war Mum mit zwei Portionen Riesengarnelen, die ich abgöttisch liebte, nach Hause gekommen. Den Nobelschuppen, vor dem Ambrose nun hielt, hätten wir ohne ihn allerdings nie von innen gesehen.

„In dieses Restaurant gehen wir?", fragte Mum überrascht.

Ambrose stieg aus und übergab den Schlüssel ganz selbstverständlich einem herbeieilenden Bediensteten.

Ernsthaft jetzt?!, hätte ich beinahe gerufen. Ich konnte die Rechnung förmlich vor mir sehen: *Auto geparkt – 150 Pfund.*

Doch Ambrose lächelte nur und reichte Mum formvollendet den Arm. „Wenn es dir nicht gefällt, können wir auch woanders hingehen."

„Nein, also ..." Mum war sprachlos und schüttelte nur den Kopf. „Es ist wundervoll", sagte sie endlich. „Was meinst du, Abby?"

Ich verschwieg ihr, dass ich eigentlich gerade überlegte, wie ich diesem Dreier-Date entfliehen könnte.

„Das *Panoramic 34* hat nicht nur eine ausgezeichnete Küche, sondern auch einen atemberaubenden Ausblick."

Ambrose hatte durchaus überzeugende Argumente, wobei sein Lächeln auf Mum offensichtlich atemberaubender wirkte, als es jeder Ausblick vermocht hätte. Sie strahlte, griff nach meiner Hand und drückte sie. „Das ist der Wahnsinn, nicht wahr, Abby?"

Das war allerdings der reine Wahnsinn. Ich wollte nicht wissen, wie viel ein Essen hier kostete – und davon abgesehen war es sowieso eher ein Restaurant für ein romantisches Dinner. Ich fühlte mich fehl am Platz. Oder noch schlimmer: überflüssig. Wir waren definitiv einer zu viel.

„Mum, ich weiß nicht. Ich will euch nicht den Abend verderben oder stö..."

„Es ist mir eine Ehre, mit *zwei* wunderschönen Damen zu dinieren." Ambrose sagte wirklich „dinieren". Aber er sah aus, als ob er es ernst meinte.

Mir fiel keine passende Antwort ein.

„Heute gibt es keine Ausrede, Abby", verkündete Mum. „Wir werden diesen ganz besonderen Abend genießen!"

* * *

Ich musste zugeben, dass ich noch nie zuvor einen so herrlichen, unverbauten Ausblick auf den River Mersey gehabt hatte. Allein deshalb hätte ich schon *für* Ambrose gevotet, aber so weit wollte ich jetzt noch nicht denken.

Wie besonders dieser Abend wirklich war, zeigte sich sowieso erst, als er sich dem Ende entgegenneigte. Halbwegs zufrieden, dass ich den noblen Restaurantbesuch ohne peinliche Zwischenfälle überlebt hatte – von meiner Löcherjeans mal abgesehen –, stieg ich kurz vor Mitternacht in der Queens Road aus Ambrose' Wagen. Ich verdrückte mich, so schnell es ging, um nicht noch Zeuge einer romantischen Verabschiedung zu werden. Doch ich war gerade glücklich in mein Zimmer geflüchtet, als es schon an der Tür klopfte.

„Darf ich reinkommen?", fragte Mum.

Natürlich würde sie jetzt wissen wollen, wie ich ihn fand – ihren Mister Wunderbar. Aber ich konnte ihr unmöglich ehrlich sagen, was ich dachte. Sie hätte bestimmt nicht hören wollen, dass er weniger als gar nicht zu uns passte und mir ein Imbissbudenbesitzer doch deutlich lieber gewesen wäre als dieser feine Anzugträger.

„Klar, komm rein", antwortete ich möglichst neutral.

Mum setzte sich zu mir aufs Bett. „Ich wollte eigentlich noch ein bisschen warten, bis ich es dir erzähle, aber ich denke, ihr habt euch so gut verstanden, dass du begeistert sein wirst."

Zumindest in dieser Beziehung brauchte ich nicht zu lügen.

Wir hatten uns tatsächlich gut verstanden! Ambrose hatte mir zugehört, Fragen gestellt und meine Antworten ernst genommen. Er hatte mich wie eine Erwachsene behandelt und nicht mit einem milden Lächeln auf den Teenie vor sich herabgeblickt.

Trotzdem konnte ich Mum nicht so ganz folgen. Wovon genau sollte ich begeistert sein?

„Weißt du, Ambrose wohnt nicht in Liverpool."

„Nein?", fragte ich rein rhetorisch.

„Nein." Sie sah mich mit großen Augen an. „Er lebt auf einem, nun ja ... Anwesen, einem richtigen Schloss genauer gesagt. Er besitzt nicht nur Land, sondern hat dort auch einen eigenen Pferdestall."

„*Dort?* Und wo genau soll das sein?", hakte ich argwöhnisch nach.

„In Chilgrove, einem kleinen Ort südlich von London."

Die darauffolgende Stille verursachte mir geradezu körperliche Schmerzen. Mir war nicht ganz klar, was Mum mir sagen wollte – oder aber mein Gehirn weigerte sich, das Offensichtliche anzunehmen.

„Es ist ein hübscher Ort", fügte Mum hinzu, als ob das irgendetwas ändern würde.

„Du warst schon dort?", fragte ich ungläubig.

„Nein, aber Ambrose hat mir Fotos gezeigt, und ich bin mir sicher, dass ..." Sie brach ab. „Weißt du, er ist ein Baron, aber ich wollte, dass du ihn unvoreingenommen kennenlernst", fuhr sie nach einer kleinen Pause fort. „Ohne ein vorheriges Urteil über seinen Titel, seinen gesellschaftlichen Status oder sonst etwas, das mit Geld zu tun hat. Ich liebe Ambrose nicht deswegen." Sie lächelte. „Er ist so ruhig und besonnen, kein bisschen aufbrausend. Seine Freigiebigkeit wirkt nie provokant oder herablassend. Und er hat ein großes Herz, auch wenn man das erst auf den zweiten Blick erkennt, weil der dicke Geldbeutel vermeintlich das Wichtigste ist, was er zu bieten hat."

Ich fühlte mich ertappt. Mein Schlucken war das einzige Geräusch im Raum.

„Wie wäre es", sagte Mum und holte tief Luft, „wenn wir die Sommerferien auf seinem Schloss verbringen würden?"

Sie sah mich mit einem seltsamen Leuchten in den Augen an. Und in genau diesem Augenblick ahnte ich, dass Ambrose nicht einfach nur ihr neuer Freund war. Er musste ihr wesentlich mehr bedeuten.

Ich wusste immer noch nicht, was ich sagen sollte. Ich wusste nur eines: Es wäre furchtbar ungerecht von mir, Mum zu enttäuschen.

Die Stille war geradezu gespenstisch.

„Du wirst es ganz bestimmt lieben, Abby!", flüsterte Mum.

Ich nickte.

„Allein schon wegen der Pferde."

„Ja, das ist toll, Mum." Ich schluckte tapfer. „Hauptsache, es gibt Pferde."

Mein Lächeln fiel etwas verdreht aus, aber genauso fühlte ich mich in diesem Augenblick auch. Es war geradezu ein magischer Moment – denn wer hätte gedacht, dass mir ausgerechnet meine Pferdeliebe zum Verhängnis werden würde?

Kapitel 2

Downton-Abby

Wir bogen an einem Feldweg ab und ließen somit auch das letzte bisschen Zivilisation hinter uns. Zumindest kam es mir so vor. Der vertraute Trubel der Großstadt fehlte mir bereits seit geraumer Zeit. Nach und nach lichtete sich das watteartige Gefühl, das mich seit Mums Ankündigung eingehüllt hatte, als ob es mich vor der Realität beschützen wollte. Die letzten Wochen waren schneller vergangen, als mir lieb war. Am schlimmsten war der Abschied von Danny gewesen, obwohl er jede Menge Tricks gefunden hatte, um mir die Abreise zu erleichtern.

Bei der Erinnerung daran wurde mir ganz warm in meinem Bauch.

„Hey!“ Danny hatte mich zaghaft in die Seite geboxt. „Es sind doch bloß zwei Wochen“, versuchte er, mich aufzumuntern.

„Klar, du hast ja recht.“ Ich nickte lahm. „Ich verpasse hier bloß alle wichtigen Skate-Events des Sommers.“

„Komm schon, Abby. Dafür *residierst* du auf Hargrave Abbey! Du kannst dich auf eine Liege in den Schlossgarten legen, vielleicht gibt es sogar eine Bibliothek und jeden Tag Kuchen.“

„Ich stehe mehr auf Eis.“ Ich versuchte zu lächeln.

„Außerdem bist du dann eine richtige Downton-Abby! Ich kann mir vorstellen, dass deine Mutter ausgeflippt ist vor Freude.“

Ich sah ihn misstrauisch an. „Bist du der echte Danny? Oder wessen Freund warst du noch mal?“

„Ich mache dir nur das Schlossleben schmackhaft.“ Danny

grinste. „Zieh dir die letzten DA-Folgen vorher noch mal rein, damit du weißt, wie du die Leute herumkommandieren musst. Du bist jetzt schließlich für zwei Wochen eine Lady."

„Na ja ... So schnell wird aus einem *Downtown-Girl* keine Lady."

„Hey!" Danny nahm meine Hand. „Nichts wird uns trennen, Sis. Klar?"

Ich lächelte tapfer. „Ich werde dir regelmäßig darüber Bericht erstatten, was ich alles Märchenhaftes erlebt habe."

Während die Landschaft von Südengland an mir vorbeizog, fühlte ich mich tatsächlich ein kleines bisschen besser bei dem Gedanken an meinen besten Freund.

„Ist alles okay, Abby?", fragte Mum besorgt.

„Natürlich." Ich nickte. „Ich bin nur gespannt, wie es dort ist."

Mum wirkte erleichtert – und eines stimmte zumindest: Gespannt war ich wirklich.

Vor uns lag ein schmaler Weg, der sich schnurgeradeaus hinzog. An beiden Seiten wölbten sich die Kronen der Bäume über die Allee und bildeten einen Tunnel. Doch trotz des frischen Grüns, des hellen Lichts und der zwitschernden Vögel fühlte ich mich immer unbehaglicher. Ich spürte, dass wir unserem Ziel näher kamen.

Der Tunnel öffnete sich zu einer breiten Schotterstraße, bis der Wagen nach ein paar Biegungen vor einem großen schmiedeeisernen Tor hielt. Ich dachte schon, wir sollten aussteigen, als sich wie von Geisterhand die beiden Türflügel öffneten und der Wagen weiterfuhr. Links und rechts erstreckten sich Rasenflächen, die so gleichmäßig gewachsen waren, dass ich mir spontan vorstellte, wie jemand regelmäßig mit einer Nagelschere die überstehenden Grashalme entfernte. Sogar die Büsche präsentierten sich in seltsam geometrischen Formen, als ob sie der Natur eins auswischen wollten. Wie konnte man Pflanzen schön finden, die wie künstliche Gebilde aussahen? Ich hatte immer geglaubt, dass Naturliebhaber auf Individualität standen. Aber das hier wirkte vielmehr so, als wollte jemand mit Gewalt die Flora und Fauna in Förmchen pressen, um jedes Maß an Eigenständigkeit zu unterdrücken.

Ich rutschte tiefer in die weichen Lederpolster, die trotz der warmen Temperaturen draußen Kühle ausstrahlten.

„Ungewöhnlich heiß heute. Ebenso ungewöhnlich wie Besuch aus Liverpool bei uns auf dem Schloss", näselte der Fahrer und ich fühlte mich augenblicklich wie eine Fremde. Seine Wangenknochen stachen aus dem schmalen Gesicht hervor wie Warndreiecke. Sein Blick war reserviert und ebenso kühl wie die Lederpolster und die Luft aus der Klimaanlage. Er schien seine Stellung sehr ernst zu nehmen, und ich war mir sicher, dass er mindestens ein halbes Jahrhundert nicht mehr gelacht hatte.

Mum hingegen lächelte freundlich. „Ja, nicht wahr? Wenn das mal kein warmherziger Empfang ist!"

Ich warf ihr einen skeptischen Blick zu. So heiß konnte es draußen gar nicht sein, dass die Außentemperatur die Ausstrahlung dieses Mannes hätte aufwiegen können!

Und dann – das Schloss! Genauer gesagt: Hargrave Abbey. Hätte ich nicht fest in meinem Lederpolster gesessen, wäre ich garantiert vom Sitz gefallen. Das uralte Gemäuer erstreckte sich mindestens über die Länge eines Sportplatzes. Das imposante Gebäude ragte mehrere Stockwerke hoch in den blauen Himmel, hier und da mit einem Türmchen versehen. Unzählige efeuumrankte Sprossenfenster, sorgfältig mit Gardinen gegen unerwünschte Einblicke geschützt, ließen offen, ob es heimliche Beobachter unserer Ankunft gab. Das Haus glich einer Festung, die keine Eindringlinge mochte. Ich fühlte mich unerwünscht. Von der ersten Sekunde an.

Der Fahrer war inzwischen aus dem Wagen gestiegen und öffnete Mum die Tür. Bevor ich an meiner Seite selbst zum Griff fassen konnte, trat ein vornehm gekleideter Mann an den Wagen, öffnete mir die Tür und vollführte eine einladende Geste. „Schön, Sie zu sehen, und willkommen auf Hargrave Abbey", murmelte er, ohne mich jedoch anzuschauen.

„Hi", erwiderte ich verunsichert und stieg aus.

Die für England wirklich ungewöhnlich warme Luft schlug mir entgegen. Und während Mum in fröhliche Begeisterungsrufe ausbrach, betrachtete ich unsere neue Unterkunft mit schweigendem Misstrauen. Der Bedienstete, der mir die Autotür geöffnet hatte, schloss sie wieder und verzog sich diskret. An seiner Stelle erschien eine drahtige Frauengestalt, die vermutlich vor einem halben Jahrhundert aus der Militärschule entlassen worden war. Der straff hochgesteckte Haarknoten war so ziemlich das Lässigste an ihr. Der eiserne Blick und die kerzengerade Haltung passten hervorragend zu den gestutzten Bäumen ringsum. Die ganze Erscheinung dieser verkappten Generalin wirkte zurechtgerückt und steif.

„Lord Hargrave befindet sich noch in einer Besprechung", verkündete die Frau, die wohl so etwas wie die Hausdame war. „Er hat Sie erst in zwei Stunden erwartet. Deshalb werde ich Ihnen derweil Ihre Zimmer zeigen, damit Sie sich einrichten können, bis er Sie in Empfang nimmt." Sie versuchte anscheinend zu lächeln, aber ihre gebleckten Zähne erschienen mir eher wie eine Drohung. Mum streckte ihr dennoch unerschrocken die Hand entgegen, die die Generalin jedoch mit entsetztem Blick beäugte – ohne sie zu ergreifen.

„Bitte folgen Sie mir, Madam", sagte sie nur. Abrupt drehte sie sich um, als könne sie unseren Anblick keine Sekunde länger ertragen.

Ich zog einen Kaugummi aus meiner Tasche hervor und wickelte ihn mit fahrigen Fingern aus dem Papier, in der Hoffnung, dass mich das Kauen beruhigen würde. Dann riss ich mich zusammen und folgte der Generalin.

Die doppelflügelige Eingangstür aus schwerem Holz verzierte ein antiker Türklopfer. Er hatte die Form eines Pferdekopfs und war aus blank poliertem Messing. Ich hätte zu gerne gewusst, wie viele Hände bereits nach diesem Knauf gegriffen hatten. Unwillkürlich musste ich an den Moment denken, als ich unsere kleine Haustür in der Queens Road hinter mir zugezogen hatte. Der Lack am Griff war über die Jahre abgewetzt vom vielen Öffnen und Schließen – und barg Hunderte von Erinnerungen, die mir nun die Kehle zuschnürten. Obwohl es doch nur zwei Wochen waren, die ich mein Zuhause vermissen würde.

Ehe ich jedoch ins Grübeln geraten konnte, betraten wir die wirklich beeindruckende Eingangshalle. Der Raum war fast so groß wie die Aula unserer Schule. Die hohen Wände, die riesige Wandgemälde von vermutlich edlen Vorfahren schmückten, und der übertriebene Prunk ließen mich unwillkürlich schrumpfen. Hier musste sich jeder Gast wie eine Ameise in der Löwenhöhle vorkommen. Eine breite Treppe mit schwulstigem Geländer führte ins Obergeschoss. Mein Blick blieb an dem dunkelgrünen Teppich hängen, der sich schwer und dick über die Stufen legte. An der linken Wandseite befand sich eine kleine Vitrine mit Fotos und Pokalen. Wahrscheinlich bei irgendwelchen Golf- oder Poloturnieren gewonnen, überlegte ich. Anhand des Alters konnte man die Generationen erkennen, die bereits dieses Gemäuer bewohnt hatten. Mir fiel eine Lücke in der Bilderreihenfolge auf. Ein kaum wahrnehmbarer Staubrand deutete darauf hin, dass hier vor Kurzem noch ein weiteres Bild gestanden hatte.

Ich ging langsam weiter und lauschte dem schlurfenden Geräusch, das meine Chucks auf dem Teppich verursachten. Es klang seltsam und fühlte sich an, als watete ich durch einen dichten Pelz.

Gedankenverloren lief ich prompt von hinten in die Hausdame hinein. Sie quietschte erschrocken auf, als ich ihr in die Hacken trat. Ebenso entsetzt hielt ich mir die Hand vor den Mund, um nicht auch noch aufzuschreien.

„'tschuldigung!“, murmelte ich zwischen meinen Fingern hindurch.

Die Augen der Generalin durchbohrten mich. Hektische Flecken verteilten sich wie eine Armee über ihr blasses Gesicht. Eine steile Falte grub sich senkrecht in ihre Stirn, und ich wartete geradezu darauf, dass eine Alarmlampe an ihrem Haarknoten aufleuchten würde.

Mit einem nervösen Schlucken wiederholte ich, dass es mir leidtat. Dummerweise vergaß ich dabei, das Kaugummikauen zu unterdrücken, und formte aus lauter Gewohnheit am Ende meiner Entschuldigung eine Blase. Der geräuschvoll vor meinem Gesicht zerplatzende Ballon ließ die Generalin erneut zusammenzucken. Ich dagegen hoffte inständig, dass der Kaugummi, der wie eine zweite Haut auf meinem Gesicht klebte, wenigstens das Rot verdeckte, das unaufhaltsam meine Wangen heraufkroch.

Stumm vor Empörung wandte sich die Generalin ab und schritt uns voran die Treppe hinauf. Ich musste mich wohl damit abfinden, dass wir keine Freundinnen werden würden.

Zum Glück hatte Mum nichts von alldem mitbekommen. Sie stand immer noch andächtig vor der Vitrine, während ich versuchte, die Kaugummifäden von meinen Wangen zu zupfen. Ich zerrte gerade als letzte Rettung meine Cap aus meiner Tasche hervor, um meinem heißen Gesicht Luft zuzufächeln, als ich aus den Augenwinkeln eine Bewegung erhaschte.

Neugierig drehte ich den Kopf und wünschte im selben Moment, ich hätte es nicht getan. Denn nur wenige Schritte entfernt stand ein Junge. In lässiger Pose lehnte er an einem der Türrahmen, die Arme abweisend vor dem Körper verschränkt. Er schien etwas älter als ich zu sein, sein pechschwarzes Haar fiel ihm wild in die Stirn und unter den dunklen Brauen blickten mich zwei düstere Augen an.

Ich starrte wie hypnotisiert zurück. Es gelang mir nicht, den Blick abzuwenden, obwohl er sich insgeheim bestimmt köstlich über mich amüsierte. Allerdings war das schwer zu sagen – nicht einmal seine Mundwinkel zuckten. Aber vielleicht war lächeln in diesem Haus ja verboten? Wäre Danny hier gewesen, hätten wir bestimmt die ganze Zeit zusammen gekichert und er hätte mir vor Freude in die Seite geboxt.

Ich verdrängte den Gedanken daran, wie viel lieber ich jetzt zu Hause gewesen wäre, und fühlte mich fast ein wenig schuldig. Ich hatte sonst keine Geheimnisse vor Mum, aber in diesem Fall hatte ich ihr einfach nicht die Wahrheit sagen können – nämlich, wie wenig Lust ich auf diese Ferien hatte. Sie war so wahnsinnig glücklich darüber gewesen, gemeinsam mit mir Ambrose zu besuchen.

Zwei Wochen, Abby!, rief ich mich zur Ordnung. Das wird man ja wohl aushalten können!

Konnte man? Ich wusste es nicht.

„Hier vorn liegen Ihre Gemächer." Die Generalin deutete mit steifem Finger auf zwei alte Holztüren, die mich an den Eingang zu einem Kerker erinnerten. Aus welchem Jahrhundert stammte das Anwesen wohl? „Lord Hargrave hat darauf bestanden, dass Sie die Zimmer im Südflügel bekommen, weil es die Räume mit der schönsten Sonneneinstrahlung sind." Sie wirkte richtig stolz auf diese unglaubliche Entscheidung des Hausherrn.

Mum ging voll darauf ein. „Das ist ja fantastisch!", rief sie, kaum dass sie einen Fuß in das erste der Zimmer gesetzt hatte. „Sieh nur, Abby! Dieser Ausblick!"

Ich sah nichts als Grün.

„Der Tee wird um Punkt sechzehn Uhr im großen Salon serviert", unterbrach die Generalin Mums Begeisterungsstürme. Ihre Aussprache klang so akkurat wie die Audio-Lektionen zu meinem Englischbuch.

„Ach, bis dahin sind wir längst fertig mit Auspacken, nicht wahr, Abby? Dann werden wir uns einfach ein wenig umsehen, bis Ambrose seine Arbeit beendet hat."

Die Generalin rümpfte die Nase und sagte mit besonderer Betonung: *„Lord Hargrave* sieht es nicht gern, wenn Fremde sich im Haus herumtreiben."

Diesmal war Mum mindestens so geschockt wie ich.

Mit einem maskenhaften Lächeln verabschiedete sich die Haushälterin und ließ uns leicht verwirrt zurück.

„Sieh doch mal in dein Zimmer, Abby! Es gibt sogar eine Verbindungstür", versuchte Mum, diesen seltsamen Auftritt zu überspielen.

„Danke, aber ich bin ja nicht mehr so klein, dass ich nachts zu dir ins Bett kriechen möchte", erwiderte ich abwehrend. Das fehlte noch, dass ich in ein Techtelmechtel mit dem *Lord* hereinplatzte!

Mum sah mich mit einem mitfühlenden Blick an, was fast noch schlimmer war, als wenn sie gemeckert hätte, weil ich mich so anstellte. Das Problem war: Ich stellte mich gar nicht an. Ich versuchte *ernsthaft,* mich damit abzufinden, dass ich die nächsten zwei Wochen in diesem gruseligen Schloss verbringen würde. Ich wollte sie nicht enttäuschen. Das hatte Mum nämlich definitiv nicht verdient. Und ich war alt genug, um zu kapieren, dass auch Mütter ein Leben hatten, das sich außerhalb von Familie und Arbeit abspielte.

Ich gönnte es ihr, dass sie glücklich war.

Wirklich.

Aber hätte sie sich nicht einfach einen *normalen* Mann in Liverpool suchen können?! Ich trauerte ein bisschen Dannys Vision des Imbissbudenbesitzers hinterher.

Seufzend schloss ich die Verbindungstür hinter mir und sah mich resigniert in dem altmodischen Zimmer um. Jedes Detail erinnerte an längst vergangene Zeiten. Das schwere Himmelbett mit massiven Säulen aus dunklem Holz bildete den Mittelpunkt. Selbst die strahlend weißen Vorhänge brachten keinerlei Leichtigkeit in den Raum. Alles wirkte düster, geheimnisvoll und eben alt.

Vorsichtig ließ ich mich auf die dicke Matratze plumpsen. Das Bettzeug gab fluffig unter mir nach und ich wippte ein paar Mal auf und ab. Dicke Troddeln hielten die Vorhänge an den Bettpfosten zusammen. Die Vorstellung, hinter geschlossenen Vorhängen zu schlafen, war mir nicht ganz geheuer.

Automatisch musste ich lächeln. Danny glaubte tatsächlich, dass ich vor nichts Angst hatte. Ich konnte es nie über mich bringen, ihm zu gestehen, dass ich in Wahrheit vor ziemlich vielen Dingen ziemlich viel Angst hatte. Ich versuchte bloß immer, dieses unnütze Gefühl zu überspielen. Angst war ein Feind, der hinter der Tür lauerte, bis man ihn herausließ. Und ein freigelassener Feind konnte viel besser angreifen als ein gefangener, hatte Dad mir beigebracht.

Mein Blick fiel auf die große Holztruhe am Fußende des Bettes. Ich rutschte näher heran und versuchte, den Deckel zu öffnen. Nichts tat sich. Entweder war die Truhe verschlossen oder der Deckel zu schwer für mich. Gegenüber dem Bett stand anstelle eines normalen Kleiderschranks ein wuchtiges, verschnörkeltes Monstrum mit unglaublichen Ausmaßen. Ich verspürte nicht die geringste Lust, meinen Trolley auszupacken und meine Klamotten in diesem mittelalterlichen Ding zu verstauen.

Leise schlich ich zur Verbindungstür und lauschte. Mum pfiff fröhlich vor sich hin, und ich konnte mir lebhaft vorstellen, wie sie freudestrahlend durchs Zimmer tänzelte.

Ich wagte einen Blick auf die Uhr. Erst kurz nach drei. Noch eine Dreiviertelstunde bis zur angekündigten *Teatime*. Ich seufzte erneut und trat ans Fenster. Tatsächlich bot der Ausblick doch etwas mehr Abwechslung als Grün: In einiger Entfernung erstreckte sich ein lang gezogenes Gebäude, bei dem es sich – obwohl es mir dafür reichlich groß vorkam – um den von Mum so besonders hervorgehobenen Stall handeln musste. Die umliegenden sandigen Flächen konnten demnach nur die Reitplätze sein. Ich suchte die Umgebung nach Pferden ab, konnte aber keine entdecken. Vielleicht standen sie im Stall? Ich musste zugeben, ein winziges bisschen regte sich die Neugier in mir. Das Verbot der Generalin, mich „herumzutreiben", reizte mich sehr. Ein Rundgang durch Hargrave Abbey erschien mir jetzt genau das Richtige.

Kapitel 3

Grauzonen

So leise wie möglich drückte ich die Klinke herunter, um Mum nicht auf mich aufmerksam zu machen. Obwohl sie bei ihrer Pfeiferei vermutlich ohnehin nichts hörte.

Ich öffnete die Tür und streckte meinen Kopf durch den Spalt, um den langen Flur hinunterzuspähen. Verwundert betrachtete ich die Ritterrüstungen, die sich wie eine Wachgarde zu beiden Seiten des Ganges aufreihten. Vorhin waren sie mir nicht aufgefallen – vielleicht hatte mich der Anblick des Jungen mit den düsteren Augen zu sehr verwirrt.

Nein, korrigierte ich mich: Es war genau umgekehrt, diese ganze Reise mitsamt dem spukigen Schloss und seinen Bewohnern hatte mich so nachhaltig verwirrt, dass mich sogar der bloße Anblick irgendeines Jungen aus dem Konzept brachte.

Was hatte er schon Besonderes an sich gehabt?

Nichts! Ich unterband jeden anderen Vorschlag meines Gehirns und huschte entschlossen den langen Flur hinunter.

Der dicke Teppich zeigte seine Berechtigung. Hier ließ es sich wunderbar schleichen. Ich folgte dem dunkelgrünen Läufer ins Untergeschoss, wobei ich wachsame Blicke nach links und rechts warf, aber niemand war zu sehen. Nur die Ölschinken an den Wänden und die Fotos in der Vitrine erweckten den Eindruck, als würde mich die gesamte Ahnengalerie beobachten. Ich ermahnte mich im Stillen zur Ruhe. Immerhin war ich weder ein Dieb noch ein Herumtreiber. Ich wollte mich lediglich in meiner Ferienunterkunft umsehen, auch wenn ich mich nach den Vorschriften der Generalin damit mindestens in einer legalen Grauzone bewegte. Unbemerkt schlüpfte ich durch die schwere Holztür ins Freie.

Sofort war es vorbei mit der Stille. In einiger Entfernung klapperten Hufschläge und ich vernahm sogar ein lautes Schnauben. Meine Neugier trieb mich den Kiesweg entlang zum Stall hinüber. Allein das Tor hatte so riesige Ausmaße, dass man glauben konnte, die Tiere auf dem Anwesen wären dreimal so groß wie normale Pferde. Auch hier konnte ich niemanden entdecken, sonst hätte ich mich vermutlich doch nicht getraut hineinzugehen.

Mit angehaltenem Atem öffnete ich die große Schiebetür. Dahinter war es etwas dunkler als draußen, sodass sich meine Augen erst an die Umstellung gewöhnen mussten.

Hohe, holzvertäfelte Decken und der lang gestreckte Gang ließen den Raum schier unendlich wirken. Auf der rechten Seite der Stallgasse reihten sich die Boxen aneinander. Neugierige Pferdeköpfe hoben sich, als ich vorbeiging, und ein Schimmel schob vorwitzig seine Nase durch die Gitterstäbe.

Langsam ging ich näher heran. „Hey“, flüsterte ich. „Bist du auch unfreiwillig hier?“

Vorsichtig berührte ich seine Oberlippe, die an der Verriegelung spielte. Ich musste lächeln, als ich die weichen Nüstern unter meinen Fingern spürte – es machte mich schlagartig glücklich, dieses samtige Fell zu streicheln. Die großen dunklen Augen des Pferdes blickten mich interessiert an, und ich wäre vielleicht versucht gewesen, die Box zu öffnen, wenn nicht seine Körpergröße so beeindruckend gewesen wäre. Ich wanderte weiter zur nächsten Box, in der ein ebenso imposantes wie anmutiges Pferd stand. Das glatte Fell glänzte wie frisch poliert, und ich fragte mich, ob hier überhaupt so etwas wie Dreck existierte. Kein einziger Heuhalm lag auf dem Boden der Stallgasse.

An den dicken Pfosten der Boxen waren messingfarbene Verzierungen mit blattförmigen Schnörkeln angebracht. Selbst die Verriegelungen der Boxen sahen eigentlich zu wertvoll aus, um sie an eine Stalltür zu schrauben.

Das dunkelbraune Pferd vor mir schnaubte leise und ich nickte ihm freundlich zu. „Wenn ich ein eingesperrtes Pferd wäre, würde ich mir auch so eine Box wünschen." Mit großen Augen schlenderte ich weiter und betrachtete die verschiedenen Tiere. Alle waren wunderschön und wirkten ausgesprochen sanftmütig auf mich.

Nur der Schwarze in der vorletzten Box schien unruhiger als seine Stallkollegen zu sein. Er trat fordernd gegen die Seitenwand, seine Augen gingen hektisch hin und her. Sein Körper war schlank und sehnig. Er musste ein Sportpferd sein. Seine gesamte Erscheinung zeugte von der ungebändigten Kraft seiner Muskeln. Ehrlich gesagt, machte er mir ein bisschen Angst. Aber diese Boxentüren hielten vermutlich selbst das stärkste Pferd zurück. Hier würde garantiert niemand ausbrechen können.

Ich hörte Stimmen und folgte den Geräuschen, bis die Stallgasse eine Biegung machte. Am Ende des Ganges lag eine doppelflügelige Holztür. Ich wagte nicht, einfach hineinzuspazieren, zumal dahinter offensichtlich gerade eine angeregte Unterhaltung stattfand.

„Wo ist Greyson?", fragte eine schrille Frauenstimme, die so gar nicht in das friedliche Stallambiente passte.

„Noch nicht hier", erwiderte jemand kurz angebunden.

Ein verächtliches Schnauben folgte. „Nun denn, wir fangen um 15:30 Uhr an. Wie immer." Es klang ziemlich verärgert.

Ich warf einen Blick auf meine Uhr. 15:28 Uhr. Theoretisch kein Grund sich aufzuregen, fand ich. Die Frau musste es mit der Pünktlichkeit sehr genau nehmen.

„Ich habe kein Problem damit, wenn wir noch ein paar Minuten warten“, bemerkte eine wesentlich jüngere weibliche Stimme.

„Nein, mein Liebling, *Greyson* wird ein Problem haben, wenn *wir* noch länger warten müssen.“

„Mum …“, setzte die jüngere Stimme an.

„Wärm dein Pferd auf, Gwenyfar“, wies die Ältere sie zurecht.

Einen Moment lang hörte ich nur das dumpfe Geräusch von Pferdehufen auf weichem Boden.

„Haben Sie meine Anweisungen ausgeführt, Monsieur Chevalier?“, fragte die Frau in strengem Tonfall.

„Madame, natürlich.“ Der Mann räusperte sich. „Obwohl es bei einem sportlichen Wettkampf nicht zulässig ist, die Pferde mit Senföl einzureiben.“ Er räusperte sich erneut.

„Wir befinden uns nicht bei einem Wettkampf, falls Sie das vergessen haben sollten.“

„Nein, eben deshalb …“

„Ich habe Sie nicht nach Ihrer Meinung gefragt, Monsieur Chevalier“, erwiderte die Frau bissig.

Mein Neugierbarometer stieg wie das Quecksilber bei einem Fieberpatienten. Ich hätte zu gern gesehen, wer sich hinter diesem unangenehmen Charakter verbarg. Anscheinend musste man sich vor der Frau in Acht nehmen.

In ein paar Metern Entfernung entdeckte ich einen kleinen Raum mit einem Fenster, durch das man vermutlich seitlich in die Reithalle blicken konnte. Ich pirschte mich aufgeregt heran.

Es handelte sich um eine Art Büro, aus dem man aber dummerweise beim besten Willen nicht heraussehen konnte, ohne selbst entdeckt zu werden. Vorsichtig drückte ich mich an dem übervollen Schreibtisch vorbei, als ich plötzlich ein Geräusch hinter mir vernahm. Ich erstarrte augenblicklich, während sich in Windeseile eine Gänsehaut auf meinen Armen ausbreitete.

„Kann ich dir irgendwie helfen?"

Die dunkle Stimme in meinem Rücken verstärkte nur das Kribbeln, das von meinem Körper Besitz ergriffen hatte.

Ich wagte nicht, mich umzudrehen.

„Oder bist du hier eingebrochen?"

„Nein!" Ich fuhr entsetzt herum. „Ich ..."

„Gut, ich kann Schnüffler nämlich nicht ausstehen", wurde ich barsch unterbrochen.

Vor mir stand dieser Junge mit den düsteren Augen, der mich bei unserer Ankunft schon so unterkühlt gemustert hatte. Jetzt wirkte er beinahe wütend. Na ja, immerhin schnüffelte ich hier ja wirklich herum.

„Du bist doch die Tochter von Ambrose' Freundin?"

Ich atmete tief durch. Warum ließ ich mir das eigentlich gefallen? Normalerweise duldete ich es nicht, wenn jemand in diesem Ton mit mir sprach, aber ich war wie hypnotisiert. *Schon wieder.* Das musste an dieser komischen dunklen Graufärbung seiner Augen liegen. Sie war fast wie ein Sog, in dem mein Blick zu versinken drohte. Das Kribbeln auf meiner Haut wurde zu einem Flimmern in meinen Adern. Ich öffnete den Mund und wollte etwas sagen, doch es gelang mir nicht.

„Bestimmt wirst du schon im Schloss zur *Teatime* erwartet!", knurrte er schließlich. „Und ich denke, es ist besser, wenn du jetzt gehst." Das Flimmern verstärkte sich, es war, wie wenn man an einem besonders heißen Tag eine lange Straße hinunterblickt und die Hitze über dem Asphalt Trugbilder erzeugt. Ich nickte mühsam. Dann drehte er sich zum Glück um und öffnete eine Schublade unter dem Schreibtisch. Ich hatte das Gefühl, gerade einer gefährlichen Grauzone entkommen zu sein.

„Greyson!" Eine schrille Stimme durchbrach die Stille und löste endgültig meine Schockstarre.

Ich zuckte zusammen und bemerkte gerade noch, dass auch der seltsame Junge kurz in seiner Bewegung innehielt und unauffällig etwas in seiner Jacke verschwinden ließ.

Ich runzelte die Stirn.

Die wasserblauen Augen, die ich passend zu der weiblichen Stimme erblickte, als ich mich umdrehte, sahen leider keineswegs freundlicher aus als die grauen zuvor.

„Greyson", wiederholte sie mahnend. Doch es dauerte einen Moment, bis der Junge, der demnach Greyson sein musste, sich zu ihr umwandte. Die Frau hatte sich mit in die Hüften gestemmten Händen in der Tür aufgebaut. „Gwenyfar wartet auf dich", sagte sie, als wäre es eine Todsünde. Unverkennbar handelte es sich um die Dame mit dem Pünktlichkeitsproblem.

Greyson wirkte gänzlich unbeeindruckt. „Gwen hätte ruhig schon anfangen können", gab er zurück, schob die Hände in die Hosentaschen und schlenderte betont langsam auf sie zu.

Ich hatte vorerst genug gesehen. Zumal mich die lange Blondine, die man wohl besser nicht warten ließ, mit einem vernichtenden Blick bedachte, bevor sie auf dem Absatz kehrtmachte und zurück in die Reithalle stakste. Verwirrt versuchte ich, das seltsame Gefühl abzuschütteln, das mich noch immer in Beschlag nahm, und floh auf direktem Weg zurück ins Schloss. Tatsächlich erschien mir das alte Gemäuer auf einmal wie ein Zufluchtsort, an dem ich mich zumindest sicherer fühlte als in der Nähe all dieser Menschen mit den bohrenden Blicken.

Beinahe erleichtert hechtete ich an dem verdutzten Butler vorbei, der mir die Tür geöffnet hatte, rannte die Treppe hinauf und über den Flur – wo ich um ein Haar mit der Generalin zusammengeprallt wäre, die urplötzlich aus einem der Zimmer trat. Ich schien wirklich eine unglaubliche Anziehungskraft auf sie zu haben.

Ich lächelte sie so nett wie möglich an, um nicht schon wieder einen falschen Eindruck zu erwecken. Doch der strenge Zug um ihre Mundwinkel veränderte sich nicht.

Zum Glück öffnete sich in diesem Moment auch Mums Zimmertür. „Bist du fertig mit Auspacken?", rief sie hocherfreut.

Ich nickte, obwohl ich noch nicht einmal den Schrank geöffnet hatte. „Ich habe sogar schon …" Ich brach ab. Vermutlich war es schlauer, der Generalin nichts von meinem Stallrundgang zu erzählen. „… einen Riesenhunger!", ergänzte ich schnell. „Es gibt doch bestimmt auch Kekse zum Tee, oder?"

Eine tiefe Furche erschien auf der Stirn der strengen Hausdame und Mum konnte sich ein Grinsen nicht verkneifen. „Bestimmt, Abby."

Der Generalin klappte der Mund auf, und es wäre mit ziemlicher Sicherheit eine spitze Bemerkung gefolgt, wenn nicht genau in diesem Moment Ambrose die Treppe heraufgekommen wäre.

„Linnie!", rief er erfreut. Der warmherzige Klang seiner Stimme entlockte sogar mir ein Lächeln.

Mum ignorierte die entsetzte Generalin und fiel ihm um den Hals. Sofort verteilten sich wieder die alarmierenden Flecken im Gesicht der Haushälterin, und ich freute mich diebisch, dass sie nun auch einmal sprachlos war.

Als Mum sich vom Hals des Barons gelöst hatte, begrüßte er mich. „Wie gefällt es dir hier, Abby? Hat euch Miss Rigid schon alles gezeigt?"

Miss Unbeugsam – ernsthaft? Einen passenderen Namen hätte die Generalin wohl kaum haben können. Ich wäre beinahe in lautes Lachen ausgebrochen, konnte mich aber gerade noch beherrschen. Als Ambrose Miss Rigid dann jedoch wohlwollend lächelnd die Hand auf die Schulter legte und sie vor Verlegenheit rot anlief, konnte ich nicht mehr anders und gluckste los.

Mum strafte mich mit dem *Also-bitte*-Blick und schob mich zur Treppe. „Abby muss etwas essen. Wenn sie hungrig ist, benimmt sie sich …“ Mum senkte die Stimme, damit nur ich ihre letzten Worte hören konnte. „… einfach unmöglich.“ Ich sah, wie sie Ambrose im Vorbeigehen zuzwinkerte.

Wir folgten der unbeugsamen Generalin in einen Salon, der durchaus als Filmkulisse für „Die Schöne und das Biest“ hätte herhalten können – der Raum war fast so groß wie die Sporthalle meiner Schule. Und entweder hatte der Einrichter ein Faible für Grün gehabt oder der samtig-grüne Sitzbezug, der sich kaum von dem Teppich im Flur unterschied, war gerade im Angebot gewesen. Ich fing an, eine Abneigung gegen Grün zu entwickeln.

„Setzt euch doch“, forderte Ambrose uns freundlich auf.

Bei der großen Anzahl an Tischen und noch mehr Stühlen hatte man da die Qual der Wahl. Mum blickte ebenso irritiert wie ich. „An welchen Tisch denn?“

Ambrose lachte. „Ach, entschuldige. Mit den Jahren verliert man das Gefühl dafür, wie einschüchternd die Größe des Schlosses auf andere wirken muss. Setz dich hin, wo du möchtest, Linnie. Miss Rigid bringt uns dann gleich die Teegedecke.“

Mum sah mich hilflos an. „Hier vorn vielleicht, Abby? In die Sonne?“

Ich nickte ihr zu. „Klar, das ist super.“

Mein Blick fiel durch die raumhohen Fenster, die einen gigantischen Blick auf den Garten freigaben. Nicht ganz so steif wie die Parkanlage, aber doch akkurat gepflegt, reihten sich dort Buchsbaumhecken und weitere geometrisch geschnittene Bäume aneinander. Dazwischen blühten Rosen, die von der Größe her fast an Melonen erinnerten. Kein einziges Blatt lag unerlaubt herum. Dennoch war niemand weit und breit zu sehen, der etwa die Rasenflächen mähte oder freche Zweige der Hecken stutzte.

Ich hätte, ehrlich gesagt, lieber draußen gesessen, aber ich wollte die Sache nicht noch unnötig verkomplizieren.

„Kommst du, Abby?"

Mir war gar nicht bewusst gewesen, dass ich noch immer durch die Scheiben starrte, während Ambrose Mum bereits elegant einen Stuhl zurechtschob. Entspannen konnte man hier wohl eher nicht. Ambrose allerdings ließ sich in einen der Stühle fallen, der für seine Größe viel zu zart erschien, und schlug lässig die Beine übereinander. Er schob sich die Hemdsärmel hoch und lächelte Mum unverwandt an.

Er musste sie wirklich mögen. Andernfalls würde er niemals versuchen, zwei so unterschiedliche Welten zusammenzuführen. Diese Erkenntnis versetzte mir einen Stich in die Brust.

„Greyson kann leider erst nach seiner Reitstunde zum Abendessen kommen." Der Baron sah mich erwartungsvoll an, als ob mich diese Information besonders interessieren sollte.

Ich zuckte mit den Schultern. „Kein Problem." *Wie* problematisch mein Zusammentreffen mit Greyson bereits gewesen war, musste ja niemand wissen.

Mum warf mir einen liebevollen Blick zu, der sich allerdings in Richtung des Barons verselbstständigte. Ich fühlte mich regelrecht erlöst, als die Generalin mit dem Tee und den dazugehörigen Keksen kam. Eigentlich war *Kekse* nicht die passende Bezeichnung für die kleinen Kunstwerke aus Teig, Zuckerguss und Schokolade, die sich auf einer mehrstöckigen Etagere türmten. Ich konnte leider nicht warten, bis Miss Rigid die feinen Porzellanteller akkurat vor uns platziert hatte, und griff einfach zu. Der Baron schmunzelte, während die Generalin pikiert zur Seite blickte.

„Mhm, total lecker!" Ich unterdrückte ein zufriedenes Seufzen, um wenigstens einen Bruchteil des angemessenen Anstands zu wahren, und schnappte mir zwei weitere Kekse.

„Greyson ist ein begeisterter Reiter“, nahm Ambrose das Gespräch wieder auf. „Bist du auch schon mal geritten, Abby? Vielleicht könntet ihr mal gemeinsam die Gegend erkunden.“

Ich verschluckte mich an einem Kekskrümel und bekam einen Hustenanfall. Mum klopfte mir fürsorglich auf den Rücken, während ich nach Luft schnappte und mir mit einer Hand Sauerstoff zufächelte. Oh Mann! Nicht mal einen Keks konnte man in Ruhe essen. Greyson hier, Greyson da. Ich fühlte mich schon regelrecht verfolgt.

„Ich bin noch nie geritten“, brachte ich hervor, als es mir wieder einigermaßen möglich war zu sprechen.

„Das macht doch nichts. Vielleicht möchtest du es lernen?“ Ambrose hatte wohl für alles eine Lösung parat.

Ich nickte automatisch. Während mein Gehirn sich offenbar abgeschaltet hatte, verselbstständigte sich mein Körper und formte ein idiotisches Lächeln auf meinem Gesicht.

„Wirklich? Das ist ja toll!“, kommentierte Mum meine Reaktion. „Weißt du“, sie strahlte Ambrose schon wieder an, „Abby und ich lieben Pferdefilme! Wir machen nämlich jeden Freitag einen Heimkino-Abend.“

„Wir können diese Tradition gerne fortsetzen“, bot Ambrose ihr an, wobei ich mich fragte, ob er da nicht zu viel versprach. Gab es in diesem feinen Schloss überhaupt einen Fernseher?

Ich wagte aber nicht, meine Zweifel laut auszusprechen. Mum fühlte sich so wohl in dieser Umgebung, als hätte sie ihr Leben lang nur darauf gewartet hierherzukommen. Während ich darauf wartete, in *mein* Leben zurückzukommen.

Ich seufzte leise und sah mich unauffällig weiter um. Die Wände waren aufwendig mit Stuck verziert und die kassettenartigen Vertiefungen – wer hätte das gedacht? – waren allesamt grün gestrichen. Trotz der goldgelb abgesetzten Leisten und der beachtlichen Größe des Raumes ließ das unruhige Muster die Wände bedrückend eng erscheinen. Warum nur war alles an diesem Ort so düster und kam mir so fremd vor?

Mir fehlten ganz normale Dinge wie ein gemütliches Sofa, ein paar lustige Fotos an der Wand oder sonst irgendetwas, das darauf schließen ließ, was für Menschen hier wohnten. Stattdessen wirkte alles wie in einem Museum. Und ähnlich spannend war auch unsere Teezeit.

Gelangweilt nahm ich mir den bestimmt zehnten Keks – immerhin ein köstliches dreistöckiges Modell mit Marmeladenschichten und Schokoüberzug. Allerdings klebte die Marmelade so sehr, dass der Riesenkeks sich zu einem dicken Klumpen in meinem Mund formte, den ich nicht herunterschlucken und kaum zerkauen konnte.

Genau in diesem Moment betrat die schrille Dame aus dem Pferdestall den Salon. „Ambrose!", rief sie aus.

Mums Kopf zuckte erschrocken in Richtung der Stimme und der gute Ambrose zog die Schultern ein. Doch das bemerkte wohl nur ich. Er fasste sich immerhin schnell wieder, erhob sich und schlenderte gelassen auf den ungebetenen Gast zu.

„Camilla", sagte er, „wir haben eben noch von dir gesprochen."

Hatten wir? Ich konnte mich nicht daran erinnern. Aber ich hatte die Unterhaltung auch nicht wirklich verfolgt.

Camilla lächelte Ambrose flüchtig zu und wandte sich dann an Mum. „Sie müssen Mrs Baker sein." Sie betrachtete Mum, ohne auch nur die kleinste Gefühlsregung zu offenbaren. Endlich begann ihre spitze Nase, sich an den Seiten leicht zu kräuseln, und sie streckte die Hand aus und schenkte Mum ebenfalls ein Lächeln. „Ich habe schon viel von Ihnen gehört."

Mum warf Ambrose einen fragenden Blick zu.

„Du erinnerst dich sicher, dass ich dir von Camilla Cavendish erzählt habe, Linnie. Sie ist meine Geschäftspartnerin und außerdem eine alte Freundin des Hauses. Sie hat mehrere Pferde bei uns im Stall stehen und ihre Tochter Gwenyfar nimmt gemeinsam mit Greyson Reitstunden."

Camilla ließ nicht durchblicken, ob ihr die Vorstellung des Barons zusagte, doch die Art, wie sie ihre Schultern straffte, wirkte, als müsste sie erst ihren Stolz sortieren.

„Freut mich, Sie kennenzulernen", sagte Mum und nickte in meine Richtung. „Das ist *meine* Tochter, Abby." Sie sah mich erwartungsvoll an, aber der Keksklumpen in meinem Mund hatte sich aus einem unerklärlichen Grund auch noch verdoppelt. Es gelang mir gerade so eben, ein gequältes Lächeln hervorzubringen, für eine Antwort reichte es nicht mehr.

„Gwenyfar ist sehr talentiert! Reitest du auch?", fragte Camilla mit gleichgültiger Miene. „Wie ich vorhin feststellen konnte, scheinst du dich ja zumindest so sehr für Pferde zu interessieren, dass es dich sogar ins Büro des Reitlehrers gezogen hat", merkte sie wie beiläufig an, als ich peinlicherweise immer noch nichts sagen konnte.

„Mmh ..." Ich nickte verkrampft, während ich weiter mit den klebrigen Keksresten in meinem Mund kämpfte.

„Ihr kennt euch schon?", fragte Mum verblüfft.

„Ach", ich winkte ab und schluckte energisch. „Wir haben uns nur kurz draußen getroffen."

Mum lächelte. „Abby interessiert sich wirklich sehr für Pferde", bestätigte sie Camilla. „Sie könnte doch vielleicht gemeinsam mit Greyson und Gwenyfar Reitstunden nehmen, nicht wahr?", schlug sie begeistert vor.

Oh nein!

„Wäre das nicht toll, Abby?"

Nein!!!

Ich holte tief Luft, um nicht vor Schreck zu ersticken. „Also …" Am liebsten hätte ich Mum geköpft, aber ihr unschuldiger Blick hinderte mich daran. Sie konnte ja nicht wissen, wie unpassend ihr Vorschlag war – in jeglicher Hinsicht.

Doch Camilla winkte sowieso ab. „Gwenyfar und Greyson nehmen bereits Profistunden bei Monsieur Chevalier. Er war einer der erfolgreichsten Springreiter seiner Zeit, und es kostet ein Vermögen, seine Dienste in Anspruch zu nehmen. Abgesehen von dem für die meisten Menschen eher unbezahlbaren Preis, wäre Abby damit vermutlich etwas überfordert." Ihr herablassendes Lächeln streifte mich.

„Monsieur Chevalier kann die Reitstunde sicherlich so konzipieren, dass Anfänger und Fortgeschrittene gemeinsam trainieren können. Und die Kosten stehen hier nicht zur Diskussion." Ambrose' Tonfall ließ keinen Raum für weitere Einwände.

„Ich freue mich jedenfalls, Gwenyfar bald kennenzulernen", fügte Mum beschwichtigend hinzu.

Camilla lächelte gequält. Sie war gut einen halben Kopf größer als Mum und ihre ganze Erscheinung strahlte Würde und Eleganz aus. Auf eine gewisse Art fand ich sie beeindruckend, aber die Kehrseite ihrer piekfeinen Medaille war unübersehbar ihr mieser Charakter. Zum Glück ließ Mum sich von Camillas herablassendem Verhalten nicht einschüchtern. Außerdem war sie ohne Zweifel jeder aufgebrezelten Adelsdame überlegen. Mum sah, selbst wenn sie ungeschminkt war oder müde und abgearbeitet nach Hause kam, immer noch wunderschön aus. Ihre Gesichtszüge waren elegant und doch weich, nicht so hart wie Camillas. Sie hatte diesen natürlichen Charme, gegen den sich zumindest Ambrose nicht wehren konnte. Er legte den Arm um Mum.

„Ich wollte gerade mit Linnie einen Spaziergang durch den Park machen. Du entschuldigst uns sicherlich?"

Camillas Lächeln schien kurzfristig Eiskristalle anzusetzen, doch sie gab sich galant. „Natürlich, Ambrose. Ich denke, wir sehen uns ja sowieso beim Dinner."

Ambrose' nun ebenfalls etwas aus der Form geratenes Lächeln ließ erahnen, dass er sie nicht wirklich eingeladen hatte.

„Greyson erwähnte so etwas", fügte Camilla strahlend hinzu, obwohl ich mir kaum vorstellen konnte, dass er nach der herzlichen Begegnung im Stall eine Essenseinladung ausgesprochen hatte.

„Du bist natürlich immer willkommen, Camilla. Genauso wie Gwenyfar." Ambrose schritt mit einem höflichen Nicken an ihr vorbei, sah sich aber noch einmal um. „Abby, vielleicht möchtest du lieber in den Pferdestall, statt mit uns einen langweiligen Spaziergang zu machen. Bestimmt triffst du auch Greyson dort. Fühl dich einfach wie zu Hause."

Ich versuchte, genauso höflich zu sein, und unterdrückte ein Würgegeräusch. Wobei ich nicht sicher sagen konnte, welche Vorstellung ich schlimmer fand – Greyson noch mal gegenüberzustehen oder mich hier zu Hause zu fühlen.

* * *

Keine fünf Minuten und drei weitere Kekse später wusste ich, dass ich mich wohl eher mit Greyson anfreunden würde, als mich in diesem Schloss zu Hause zu fühlen – und auch das war mehr als unwahrscheinlich.

Ich wollte soeben die Treppe zu meinem Zimmer hinaufsteigen, als direkt hinter mir ein Schrei des Entsetzens ertönte. Die Generalin. Sie war mal wieder wie aus dem Nichts aufgetaucht.

„Einen Augenblick, junge Dame!" Sie baute sich mit gestrenger Miene vor mir auf. „Nicht schon wieder!"

Irritiert sah ich sie an. „Bitte?"

„So läuft das bei uns nicht!" Sie konnte doch unmöglich mich meinen, oder?

„Darf ich bitte mal Ihre Sohlen sehen?" Miss Unbeugsam sah mich an wie einen Schwerverbrecher.

„Meine *Sohlen?*", versuchte ich, möglichst freundlich nachzufragen.

„Allerdings. In unserem Hause putzt man sich die Schuhe ab, bevor man sich in die oberen Gemächer begibt. Dieser Teppich stammt aus der Zeit, als der alte Lord Hamilton Hargrave jung verheiratet war, und in all den Jahren ist es noch niemandem gelungen, ihn derart zu beschmutzen." Sie rümpfte wieder mal die Nase. „Bis heute."

Ich verstand nur Bahnhof.

„Also zeigen Sie mir Ihre Schuhsohlen, damit ich weiß, ob ich Sie so nach oben lassen kann."

Ich hob mein Bein und ließ sie einen Blick unter meine Chucks werfen, die zugegebenermaßen nicht mehr reinweiß waren. Meine Sohlen allerdings waren blitzblank!

Anstatt sich für ihr wenig gastfreundliches Benehmen zu entschuldigen, vertiefte sich die Falte auf der Stirn der Generalin.

„Soso. Ich dachte, dass Sie wenigstens den Anstand besitzen würden, Ihren Fehler einzugestehen."

So langsam wurde mir das zu doof. „Wovon reden Sie eigentlich?"

Genau in diesem Moment kamen Mum und Ambrose aus einem der gegenüberliegenden Zimmer. Gerade rechtzeitig, um meine wütende Frage zu hören.

Mums Wangen waren leicht gerötet, und ihre Augen weiteten sich, als sie mich sah. Ich wollte lieber gar nicht weiter darüber nachdenken, wieso ihr „Spaziergang" sie in eines der Zimmer geführt hatte, aber *sie* musste glauben, dass ich mich mit der Generalin hatte anlegen wollen. Ihr Gesichtsausdruck traf mich schlimmer als jeder Vorwurf der dämlichen Miss Rigid, die gerade Luft geholt hatte, um mir eine passende Antwort entgegenzuschleudern.

Doch Ambrose kam ihr zuvor.

„Was ist denn passiert, Miss Rigid?" Er schaffte es, sogar seine erstaunte Frage beschwichtigend klingen zu lassen.

Und tatsächlich seufzte die Generalin ergeben. Die Stirnfalte war wie weggebügelt. „Mylord, ich bin untröstlich. Es befanden sich erdige Fußspuren auf dem wunderschönen Teppich, den der alte Lord zu seiner Hochzeit …" Sie unterbrach sich, weil sie vermutlich selbst bemerkte, wie uninteressant es war, aus welcher Zeit dieser Fußabtreter stammte.

„Und?", bohrte der Baron nach.

„Und die Fußspuren führten direkt zu Miss Bakers Zimmer."

Der Satz hing wie ein Damoklesschwert in der Luft – über mir, natürlich.

Mum räusperte sich. Eine typische Geste von ihr, wenn sie eine Entschuldigung von mir erwartete.

„Also, ich habe gar …"

„Ach", unterbrach mich Ambrose mit einer lässigen Handbewegung. „Wie ich Miss Rigid kenne, ist von diesen Fußspuren längst nichts mehr zu sehen. Insofern sehe auch *ich* kein Problem und wir können endlich mit unserem Spaziergang beginnen. Hast du deine Strickjacke, Linnie?" Er legte den Arm um Mum. „Sie brauchen mich nicht zu rufen, Miss Rigid, wenn Sie die Dinge so wunderbar im Griff haben." Mit diesen deutlichen Worten drehte er sich um und zog meine verwundert dreinblickende Mum mit sich.

Die Generalin war ganz offensichtlich noch überraschter. Sie rümpfte abermals die Nase, bedachte mich mit einem vernichtenden Blick und verschwand dann ebenso schnell, wie sie gekommen war.

Ich stand allein in dem großen Foyer und fühlte mich etwas verloren. Wieso musste ich mir, gerade auf dem Schloss angekommen, solch vollkommen absurde Vorwürfe anhören?

Langsam schlich ich die Treppe hinauf und suchte nach Resten der unerlaubten Fußspuren. Natürlich konnte ich nichts finden. Entweder war auf Miss Rigids penible Sauberkeit Verlass oder … es hatte gar keine Fußspuren gegeben? Denn wieso hätte die Generalin stichhaltige Beweise meines unsauberen Benehmens entfernen sollen?

Etwas bedrückt betrat ich mein Zimmer – und wäre beinahe rückwärts wieder hinausgestolpert. „Hab ich mich erschreckt!", keuchte ich.

Die kleine rundliche Frau vor mir ließ sich nicht aus der Ruhe bringen. Sie lächelte mich freundlich an und fand es offensichtlich ganz normal, dass sie in meinen Sachen wühlte.

„Ich freue mich, Sie kennenzulernen, Miss Baker", sagte sie und es klang aufrichtig. „Ich bin Hazel, Ihr Zimmermädchen."

„Äh, gleichfalls." Etwas unsicher, wie ich mich verhalten sollte, betrachtete ich die ältere Frau, die von einem *Mädchen* Lichtjahre entfernt war.

Zu Hause hätte ich unverzüglich jeden, der ungefragt mein Zimmer betreten hätte, wütend vertrieben. Aber erstens fühlte ich mich dem Zimmermädchen sofort viel verbundener als all den anderen Bewohnern dieses vornehmen Schosses und außerdem war hier ohnehin alles anders. Die freundliche Hazel wirkte keineswegs, als würde sie etwas Unrechtes tun.

Sie sah mich mit ihren kleinen dunklen Knopfaugen aufmerksam an.

„Keine Sorge, ich erledige nur meine Arbeit“, sagte sie und schloss die Tür des Kleiderschranks. „Und die beschränkt sich aufs Aufräumen. Sie haben wohl noch nicht die Zeit gefunden auszupacken.“ Hazel lächelte, als hätte sie auch sofort durchschaut, weswegen ich bisher noch nicht „die Zeit gefunden“ hatte.

„Danke.“ Ich verschwand im Bad, um weiteren Durchleuchtungen meiner Seele zu entgehen. Immerhin hatte noch niemand meine Waschutensilien und Kosmetika ausgeräumt.

Etwas verstimmt sah ich mich in dem fensterlosen Raum um. Die Wände der Dusche waren rund, vermutlich grenzte das Bad an einen der Türme, die ich von außen gesehen hatte. Dicke Natursteine anstelle von glatten Fliesen. Und messingfarbene Wasserhähne und Duschköpfe anstelle von Kunststoffarmaturen wie bei uns zu Hause. Eine seltsame, etwas verwirrende Mischung.

Ich schielte zur Tür. Vielleicht war sie schon wieder weg und ich konnte mich ungestört auf mein Bett fallen lassen und lesen. Oder ein Nickerchen machen – in der Hoffnung, die Ferien einfach zu verschlafen. Da keinerlei Geräusche durch die Tür drangen, wagte ich mich vor und huschte eilig hinaus. Im selben Moment entdeckte ich sie. Die rundliche Frau stand am Fenster und schien etwas im Garten zu beobachten.

Ich überlegte gerade, ob ich fragen sollte, wie lange sie noch brauchte, als sie sich lächelnd umdrehte. „Von hier aus hat man den schönsten Ausblick im ganzen Schloss. Lord Hargrave wollte, dass Sie sich besonders wohlfühlen.“

„Mhm“, gab ich etwas zurückhaltend zurück.

„Ich hoffe, Sie fühlen sich wohl?“, hakte die Frau nach.

„Ich weiß nicht, ob der Ausblick reicht, um sich wohlzufühlen“, murmelte ich.

„Kann ich denn sonst noch etwas für Ihr Wohlbefinden tun?“, fragte sie beharrlich.

„Nein danke“, antwortete ich. Doch dann fiel mir etwas ein. „Haben Sie vielleicht vorhin die Fußspuren in meinem Zimmer beseitigt?“

„Welche Fußspuren?“

Verwirrt sah ich sie an. Hatte die Generalin sich das also wirklich aus purer Gehässigkeit ausgedacht?

„Wenn Sie die Spuren im Flur meinen – Miss Rigid hat darauf bestanden, den Teppich vor Ihrer Tür selbst zu reinigen. In Ihrem Zimmer gab es keine Fußspuren, Miss Baker.“

„Wie?“ Ich hatte mich bestimmt verhört.

„Bitte?“ Auch Hazel sah mich fragend an.

„Wie soll das möglich sein? Also, es geht ja nur um ein paar Fußspuren. Aber die Gen... Miss Rigid hat so ein Drama daraus gemacht und ... da hätte doch jemand mit schmutzigen Schuhen bis zu meiner Zimmertür gehen und sich dann in Luft auflösen müssen oder ...“ Ich brach etwas hilflos ab.

Die kleine Frau hatte meine Verwirrung offenbar bemerkt.

„In diesem Haus gibt es eine Menge Grauzonen – Dinge, die allein mit Logik nicht zu erklären sind“, sagte sie mit einem kurzen Blick zur Tür. „Ich habe es aufgegeben, die seltsamen Wege des alten Lord Hargrave zu erkunden. Und Sie sollten das Gleiche tun.“ Mit diesen nicht minder seltsamen Worten und einem geheimnisvollen Lächeln auf den Lippen verließ sie mein Zimmer.

Kapitel 4

Dinner-fertig

Etwas verwirrt starrte ich auf die Tür, durch die Hazel soeben verschwunden war. Was genau hatte sie mir sagen wollen? Glaubte sie etwa an *Geister?* Die Vorstellung, dass es in diesem Schloss spuken könnte, erschien mir verrückterweise einen Moment lang noch nicht mal so abwegig. Obwohl ich natürlich überhaupt nicht an so einen Quatsch glaubte – *normalerweise …*

Konzentrier dich auf das Wesentliche, Abby!, rief ich mich selbst zur Ordnung.

Okay, abgesehen von Spukschlössern, Geistern und Grauzonen hatte ich wohl nur ein ernsthaftes Problem: Ich musste dringend überlegen, was ich zum Dinner anziehen konnte. Das Abendessen mit Mum und Ambrose im *Panoramic 34* war, was das betraf, steigerungsfähig gewesen. Ich würde jedenfalls nie wieder ein Nobelrestaurant in einer Löcherjeans betreten – auch wenn weder Mum noch Ambrose ein Wort über meine Kleiderwahl verloren hatten.

Leider kam ich mir in diesem Augenblick ähnlich fehl am Platz vor. Ich wünschte mir, Danny wäre hier. Obwohl er mich eindeutig für verrückt erklärt hätte, wenn er wüsste, dass ich mir so viele Gedanken um mein Outfit machte, hätte er mich doch wenigstens aufgemuntert. Ganz allein fiel es mir schwer, dem Dinner gelassen entgegenzublicken, denn ich war mir sicher, dass ich nichts Passendes zum Anziehen dabeihatte, geschweige denn überhaupt besaß.

Ich stellte mir Greyson im dunklen Anzug vor neben Gwenyfar und Camilla in langen roséfarbenen Kleidern – und konnte das Ende des Abendessens kaum erwarten, obwohl es noch nicht mal begonnen hatte.

Seufzend warf ich mich aufs Bett, zog mein Handy heraus und tippte eine Nachricht an Danny.

Immer noch Tag eins und ich verzweifle jetzt schon!!!

Nach kurzer Überlegung schickte ich noch ein tränenüberströmtes Smiley hinterher, um meiner Aussage mehr Dramatik zu verleihen.

Es dauerte keine zwei Sekunden, bis Danny eine Antwort schickte:

Komm schon, Abby, sei ein echtes Skate-Girl!!! Es folgte eine erhobene Faust. **Zeig's den Adeligen!**

Ich musste lächeln. Warum hatte ich Mum eigentlich nicht gebeten, Danny mit in die Ferien zu nehmen? Er hätte die Schlossbewohner ganz schön aufgemischt.

Mein Handy piepte erneut.

Aber, hey, wenn du wegen schlechtem Benehmen nach Hause geschickt wirst, ist das auch kein Beinbruch.

Das nächste Smiley streckte mir die Zunge heraus.

Ich erwiderte die Geste und steckte das Handy weg.

Genau hier lag ja das Problem: Ich fühlte mich hin- und hergerissen zwischen dem Wunsch, Mum glücklich zu machen, und alles daran zu setzen, so schnell wie möglich wieder abzureisen.

„Abby! Du musst dir unbedingt den Pferdestall ansehen!" Mum streckte den Kopf zur Tür herein, ohne anzuklopfen. Ihre Augen strahlten und ihre Wangen leuchteten rosig. „Es gibt eine riesige Reithalle und man kann Ausritte in diese wunderschöne Landschaft machen. War es nicht eine tolle Idee von Ambrose, dass Greyson mal mit dir …"

„Mum“, unterbrach ich sie.

„Ja?“

„Du weißt, dass ich nicht reiten kann“, sagte ich ruhig. „Mir reicht schon die bloße *Vorstellung,* wie ich Neuling neben dem Superreiter Greyson auf einem Pferd herumhopse.“

Darüber musste sogar Mum schmunzeln. „Greyson hat sicher auch mal angefangen“, erwiderte sie diplomatisch.

„Vermutlich, als er drei war“, brummte ich.

„Ach, Abby, mein Darling.“ Sie setzte sich neben mich aufs Bett und strich mir liebevoll über den Arm. „Ich glaube, wenn du erst Freunde gefunden hast, wirst du dich ganz schnell einleben.“

„Einleben?“, fragte ich leicht entsetzt. *Einleben* hörte sich nicht nach einem kurzen Ferienbesuch an, eher wie ein Deal für die Ewigkeit.

Also, ich hatte definitiv nicht vor, mich während meiner Ferien hier *einzuleben!*

Mum ging ohnehin nicht weiter darauf ein. „Sollen wir uns denn jetzt noch ein bisschen zusammen im Schloss umschauen?“, fragte sie stattdessen. „Ich kann das Dinner kaum erwarten und brauche dringend eine Beschäftigung. Ambrose muss leider noch eine wichtige Telefonkonferenz führen, und ich dachte, du könntest mich retten …?“

Ich legte den Kopf schief. Eine Beschäftigung konnte ich auch gut gebrauchen. Und wenn Mum dabei war, würde ich sicher nicht solche Zusammenstöße wie vorhin im Stall fürchten müssen. Außerdem war ihre Aufregung irgendwie zu süß. Sie wirkte wie ein hibbeliger Teenager.

„Okay.“ Ich musste lächeln.

„Na, dann los!“

Mum zog mich zur Tür. Während ich hinter ihr herstolperte und den schlichten schwarzen Glockenrock bewunderte, der sie erst recht wie ein junges Mädchen wirken ließ, fiel mein Blick wieder auf meine löchrigen Jeans. Ich musste unbedingt daran denken, mich vor dem Dinner noch umzuziehen.

Später.

Mum war kaum zu bremsen und hüpfte wie eine entfesselte Glücksfee durch die endlos langen Flure.

„Sieh nur! Wie hübsch!", rief sie, als wir zu einem großen Saal kamen.

Mum schritt unter ehrfürchtigem Staunen zum Kamin, der zugegebenermaßen wirklich beeindruckend war. Schmiedeeiserne Gitter umgaben die Feuerstelle, auf die locker ein ganzes Spanferkel gepasst hätte. Sofort hatte ich ein Bild davon im Kopf, wie sich einst die königlichen Ritter über ein solches Festmahl hermachten. Noch ... äh ... *hübscher* waren die goldenen Verzierungen und Malereien auf weinrotem Grund, die die Kaminöffnung einrahmten und bis unter die Decke verliefen.

Die Geschichte, die sie erzählten, war dagegen extrem blutrünstig: Mehrere Reiter auf anmutigen Pferden folgten einer Hundemeute, wobei die gebleckten Zähne der Hunde mich spontan an das verkrampfte Lächeln der Generalin erinnerten. Die erhobenen Gewehre der Jäger waren auf einen kleinen, total verängstigten Fuchs gerichtet.

Ich hatte jedenfalls nicht vor, auf Hargrave Abbey selbst zum Fuchs zu werden, Gemecker hin oder her. Stattdessen nahm ich mir vor, Dannys Rat zu befolgen und diesen Adeligen zu zeigen, was eine echte Liverpooler Harke war.

Von dem mörderischen Szenario einmal abgesehen, war der Kamin sogar richtig schön. Vielleicht hätte ich auch den Rest des Zimmers gemocht, wenn die Wände nicht wieder in einem faden Dunkelgrün gestrichen gewesen wären.

Mum schien das keineswegs zu stören, sie wanderte durch den

Raum, als würde sie eine wertvolle Ausstellung bestaunen. Und irgendwie hatten sie ja auch was: diese ehrwürdigen Relikte aus früheren Zeiten.

Ich folgte Mum über den Parkettboden, der blitzte wie frisch lackiert, und wunderte mich, dass man nicht ständig ein Hausmädchen mit Staubwedel bei der Arbeit erwischte. Ich wollte Mum gerade darauf aufmerksam machen, wie fleißig das Personal hier war, als mir in einer Nische ein paar schwarze Aschekrümel auffielen.

„Wird hier immer noch mit Holz geheizt? Im Sommer?"

Ich starrte verwundert in den Kamin, bei dem mir keine Spuren eines kürzlich abgebrannten Feuers auffielen. Gedankenverloren strich ich mit den Fingern über das Kamingitter: kunstvolle Blumenranken, in deren Mitte eine Art Jagdwappen prangte.

„Was hast du gesagt, Abby?", fragte Mum, die gerade die Gardinen anhimmelte.

„Ach, nicht so wichtig", antwortete ich beiläufig, weil mir im selben Moment auffiel, dass meine Finger rußverschmiert waren. Ich wischte sie schnell an meiner Jeans ab. Ich würde mich ja sowieso noch umziehen.

Mum war schon wieder halb auf dem Flur. „Kommst du, Abby? Hier gibt es so unendlich viel zu entdecken!"

„Jaja …" Ich beeilte mich, um sie nicht zu verlieren.

Das Schloss war groß und verwinkelt. Der perfekte Ort, um in ein unfreiwilliges Versteckspiel zu geraten. Dank der Landschaftsbilder im Flur glich der nächste Teil unserer Schlossbesichtigung nun eher einer Wanderung durch die englische Hügellandschaft. Und hinter jeder Tür entdeckte Mum etwas, in jedem Raum faszinierte sie etwas anderes. Irgendwann konnte ich ihr kaum noch folgen.

Meine Aufmerksamkeit erwachte erst wieder zum Leben, als

wir an einer glänzenden Holzskulptur vorbeiliefen, die eine fantasyhafte Mischung aus Löwe und Vogel darstellte. Doch weit mehr als die seltsame Figur erregte der einsame Fußabdruck mein Interesse, den ich seitlich davon entdeckte. Wie kam der in diesen ansonsten blitzsauberen Flur?

Gerade rauschte Mum unter freudigem Quieken zu einem winzigen Turmfenster. „Oh, wie wunderschön! Schau doch nur, Abby!"

Da ich sie nicht von ihrem Freudentrip abbringen wollte und auf meine Frage sowieso keine Antwort hatte, stellte ich mich neben sie und stimmte ihr genauso enthusiastisch zu. Bei nächster Gelegenheit würde ich das Schloss einmal im Alleingang erkunden, weil sich Mums Interessen doch offensichtlich von meinen unterschieden.

Wir setzten unseren Rundgang fort, und ich musste etwas frustriert feststellen, dass ich bereits hinter der nächsten Ecke schon wieder den Überblick verloren hatte. Dieses Schloss war das reinste Labyrinth aus Räumen und Gängen. Wie in aller Welt Mum es schaffte, sich hier zurechtzufinden, war mir ein Rätsel. Vielleicht verfügte sie über einen inneren Schlossnavigator.

Ob es ihr Plan gewesen war, dass wir plötzlich im Esszimmer landeten, wusste ich nicht. Hätte ich es geahnt, hätte ich in jedem Fall protestiert. Doch da auch Camilla und ein hübsches Mädchen, das Gwenyfar sein musste, bereits neben Ambrose standen, verpuffte die letzte Chance, vor dem Dinner noch meine Garderobe zu wechseln, in der Sekunde, als wir den Raum betraten.

„Es ist so wunderschön hier!", schwärmte Mum. „Und es gibt so viel zu sehen!"

Camilla verzog das Gesicht zu einem höflichen Lächeln. „Irgendwann gewöhnt man sich daran und nimmt es gar nicht mehr wahr", erwiderte sie gelangweilt.

„Nicht jeder spürt den Zauber der alten Mauern, Linnie." Ambrose sah Mum liebevoll an. „Ihr bekommt natürlich noch eine offizielle Schlossführung von mir, die nächsten Tage habe ich mir nur für euch freigehalten. Aber jetzt sollten wir erst einmal eure Ankunft feiern." Er deutete auf ein zierliches Serviermädchen mit Schürze, das kaum älter als ich sein konnte und still am Rand stand. Auf seinen Wink hin trat sie sofort näher und reichte ein Tablett mit Sekt herum.

Mit spitzen Fingern griff Camilla zu und bot auch ihrer Tochter ein Glas an.

Als das Serviermädchen zu mir kam, verzog ich den Mund. „Nein danke."

Mum hingegen nahm sich ein Glas. „Abby trinkt noch keinen Sekt. Sie ist ja erst fünfzehn."

In diesem Augenblick betrat Greyson den Raum. Sein Blick streifte erst das Tablett, dann mich und zuletzt Gwenyfar und Camilla. Er grinste flüchtig.

Ich fühlte mein Selbstbewusstsein in Lichtgeschwindigkeit wie bei einem verpatzten *Kickflip* zu Boden krachen und sah schnell weg. Es gibt Momente, in denen man selbst die besten Mütter erwürgen möchte. Das war so einer.

„Gwenyfar trinkt auch keinen Sekt ...", unterbrach Camilla da meine unfreundlichen Gedanken.

Mum lächelte, während ich einen skeptischen Blick auf Gwenyfars Glas warf.

„... bei uns gibt es ausschließlich Champagner", schloss Camilla und erhob ihr Glas. „Willkommen auf Hargrave Abbey!" Sie prostete uns zu.

Bevor ich mich noch so richtig ärgern konnte, drückte mir Ambrose ein Glas Orangensaft in die Hand und legte den Arm um Mum. „Ich freue mich sehr, dass du und Abby hierhergekommen seid, und ich werde alles dafür tun, dass es euch hier gefällt." Er trank einen Schluck. „Greyson, komm her, endlich lernst du Linnie kennen." Ambrose winkte seinen Sohn näher zu uns heran.

Greyson reichte Mum die Hand und stellte sich höflich vor. Mum begrüßte ihn freudig und schob mich sogleich ein Stück nach vorn. „Greyson, das ist Abby, meine Tochter. Ich hoffe, ihr werdet euch gut verstehen." Sie lächelte abwechselnd ihm und Ambrose zu.

Greysons Lächeln hingegen fiel karg aus und erreichte seine dunklen Augen nicht. Er hatte seinen Blick auf mich geheftet wie ein Polizist, der einen Verbrecher durchleuchtet, aber außer mir schien das niemandem aufzufallen. Anstatt seine ausgestreckte Hand zu ergreifen, spülte ich meinen aufkeimenden Ärger mit dem Rest Orangensaft hinunter und drückte ihm kurzerhand das leere Glas in die Hand. Das war vielleicht nicht die beste, aber die einzige Liverpooler Harke, die mir in diesem Moment einfiel. Für einen kurzen Augenblick zuckte es in seinen Mundwinkeln, aber er hatte sich gut im Griff.

Während Mum hinter mir drauflosplapperte wie ein Wasserfall und Ambrose mit Fragen zum Schloss löcherte, ließ Greyson mich nicht aus den Augen. Ich wollte mich gerade abwenden, als er mein Glas abstellte und meine Rechte packte.

„Hi, Abby. Entschuldige, dass ich dir erst jetzt die Hand gebe. Aber …", er blickte vielsagend auf das Glas, das ich ihm aufgedrängt hatte, „… ich hatte ja gerade keine mehr frei." Seine Stimme klang kühl und ironisch. Sein Händedruck aber war sanft und hinterließ ein warmes Prickeln auf meiner Haut.

Bevor ich irgendetwas erwidern konnte, schob sich auch schon Gwenyfar zwischen uns.

„Grey, ich fand dich in der Reitstunde heute fantastisch mit Black Hawk. Euer Zusammenspiel ist einfach überwältigend."

Ein zufriedenes Lächeln legte sich auf Greysons Gesicht, als er sich Gwenyfar zuwandte. Mir sollte es recht sein: Trotz seiner – wie ich zugeben musste – sehr ansehnlichen Optik war mir irgendetwas an ihm nicht geheuer.

„Ehrlich gesagt war es nicht mein Tag heute." Greyson warf mir einen kurzen Blick zu. „Aber Hawk ist so gut auf mich eingestimmt, dass er gelernt hat, meine Fehler auszugleichen. Ich hingegen ...", er sah mich erneut an, „... muss daran arbeiten, mich von Zwischenfällen nicht ablenken zu lassen."

Irritiert versuchte ich, seinen grauen Augen auszuweichen. Zum Glück sorgte Gwenyfar dafür, dass er seine Aufmerksamkeit wieder ganz auf sie richtete.

„Wir sollten unbedingt noch einige Sprünge im Freien üben. Ich brauche noch mehr Sicherheit für die Jagd." Sie senkte gekonnt den Blick, um kurz darauf einen entwaffnenden Augenaufschlag einzusetzen. „Und ich wäre sehr froh, wenn du mich begleiten würdest." Ich drehte mich zur Seite und verzog das Gesicht. Diese Schleimerei war ja schrecklich! „Keine Sorge!" Gwenyfar tätschelte meinen Arm. Sie hatte meine Grimasse offenbar falsch gedeutet. „Dabei werden natürlich keine Tiere getötet."

Greyson wirkte eindeutig amüsiert. „Du bist doch schon eine Jagdexpertin, Gwen", sagte er. „Monsieur Chevalier kann dir sicher noch viel mehr beibringen als ich. Vielleicht sollte er dich besser begleiten."

Gwenyfar war sichtlich enttäuscht. Sie schluckte ein paarmal, bevor sie sich wieder gefangen hatte und stattdessen mich ins Visier nahm. „Reitest du auch?"

„Ich?", fragte ich genervt, obwohl natürlich niemand außer mir infrage kam. „Nein, ich reite nicht."

„Was betreibst du denn für eine Sportart?", hakte sie nach, während ihr Blick über mein schwarzes T-Shirt zu meinen Jeans wanderte. Ich musste mich sehr zusammenreißen, um nicht ebenfalls auf die Löcher in meiner Hose zu starren.

Aber ich sah ihr fest in die Augen. „Ich skate."

Sie runzelte die Stirn. „Du skatest?"

Brauchte sie ein Hörgerät? „Skaten, also Skateboard fahren", wiederholte ich. „Kennst du das nicht?" Ich tat, als sei ich ehrlich verblüfft über so viel ländliche Dummheit.

„Ich kenne zumindest niemanden, der nicht reitet", konterte Gwenyfar spitz. Sie wandte sich wieder an Greyson, der seine Belustigung kaum noch verbergen konnte. „Übrigens war die Cocktailparty bei deinem Schulfreund neulich wirklich erstklassig."

Das gezielte Klimpern ihrer Wimpern war leider letztklassig.

Greysons abrupt veränderten Gesichtsausdruck fand ich als Reaktion trotzdem etwas übertrieben. Seine dichten Augenbrauen zogen sich zusammen und er sah regelrecht wütend aus.

Gwenyfar schien es jedoch nicht zu bemerken – sie nestelte gerade mit den Fingern an seinem Jackett herum. „Ich hatte mir dafür extra ein neues Kleid gekauft."

„Stimmt, du hattest dich besonders in Schale geworfen", sagte Greyson mit einem seltsamen Unterton.

Im selben Moment räusperte sich der Butler. „Wären Sie so weit, Mylord? Das Abendessen ist bereitet", ließ er mit klischeemäßig näselnder Stimme verlauten.

Greyson entzog sich Gwenyfars Angriff. Sein Blick streifte mich – die plötzliche Wut in seinen Augen war noch nicht verraucht. Doch nun drängten alle zu ihren Stühlen. Nur ich blickte Greyson leicht verwirrt hinterher.

„Komm doch zu uns herüber, Abby!", rief Mum.

Ich folgte ihrer Aufforderung und nahm mir den einzig freien Platz – natürlich zwischen ihr und Greyson. Gegenüber von uns saßen Ambrose, Camilla und Gwenyfar.

Während alle sich angeregt unterhielten, wurde mir eines schnell klar: Mir stand das schlimmste Abendessen meines Lebens bevor. Auch wenn ich nicht sagen konnte, was mehr dazu beitrug – Camillas herablassender Blick, Gwenyfars neugierige Augen oder die Hitze, die paradoxerweise der unterkühlte Greyson ausstrahlte. Trotz der großzügigen Ausmaße des Esstischs saß er eindeutig zu nah neben mir.

Allerdings gab es genug noch schlimmere Dinge, die mich von ihm ablenkten. Meine gesamte Konzentration richtete sich nämlich darauf, mich nicht zu blamieren, weshalb es mir nahezu unmöglich war, mich an der Unterhaltung zu beteiligen. Da ich natürlich keine der erforderlichen Knigge-Regeln beherrschte, war ich vollauf damit beschäftigt, darauf zu achten, was die anderen taten. Und während Mum sich verhielt, als wäre sie in einer Schlosswiege geboren worden – sie lächelte ohne Unterlass, sagte leise Bitte und Danke und tupfte sich die Mundwinkel formvollendet mit der Stoffserviette ab –, griff ich grundsätzlich nach der falschen Gabel. Natürlich fiel mir das erst auf, als alle ihr benutztes Besteck zurück auf den Teller legten und nur auf meinem winzigen Vorspeisenteller überdimensional große Zinken prangten. Oder ich versuchte, das Fleisch mit dem Buttermesser zu schneiden, was mangels scharfer Schnittkante ein Ding der Unmöglichkeit war. Ich kämpfte mit der Besteckreihenfolge ebenso wie mit der störrischen Stoffserviette, die alle zwei Minuten unter den Tisch fiel. Von Camillas und Gwenyfars versnobtem Gehabe mal ganz abgesehen fühlte ich mich so deplatziert wie ein Alien in dieser Runde.

„Meinst du, das wäre dir möglich?“

Erschrocken zog ich den Kopf unter dem Tisch hervor und blickte direkt in Greysons dunkelgraue Augen.

„Was?“, fragte ich verwirrt.

„Ob du mir bitte mal das Brot reichen könntest? Ich habe gefragt, ob dir das möglich wäre." In seinen Mundwinkeln zuckte es schon wieder.

Ärgerlich stieß ich die Luft durch die Zähne. „Ich glaube, nein."

Jetzt war es Greyson, der etwas irritiert aussah. „Bitte?", entgegnete er.

„Es ist mir nicht möglich, weil Gwenyfar gerade den Brotkorb festhält. Vielleicht fragst du sie einfach mal", schlug ich genervt vor.

„Ja, klar." Er wirkte erstaunlicherweise verlegen.

Gwenyfar hingegen schien sehr erfreut, dass er seine Aufmerksamkeit wieder auf sie richtete. „Bitte sehr, Grey", säuselte sie.

„Danke, Gwen." Er blickte wieder auf seinen Teller.

Ich schob die Erbsen in die Shrimps und bastelte kleine Körbe daraus. Wehmütig dachte ich an unsere gemütlichen Abendessen zu Hause, wenn Mum irgendwelche Köstlichkeiten von Mo mitgebracht hatte.

„Das sind Meerestiere", sagte Gwenyfar unvermittelt. „Bestimmt kennst du so etwas nicht. Aber sie schmecken wirklich vorzüglich."

Ich starrte sie an. War das nun freundlich oder herablassend gemeint? „Ich esse sehr gerne Shrimps, ich bin nur immer noch satt von den Keksen, die es zum Tee gab", erwiderte ich gefasst.

„Ah." Gwenyfar warf mir einen wissenden Blick zu. „Ich dachte nur, weil …", sie unterbrach sich und musterte mich, „weil du …"

„Linnie hat im *Shankly Hotel* in Liverpool gearbeitet. Es ist ein sehr exklusives Haus, in dem ich regelmäßig residiere, wenn ich geschäftlich in der Gegend bin", mischte Ambrose sich ein. Sicher wollte er die Unterhaltung retten, die unaufhaltsam darauf hinsteuerte, dass wir nicht so vornehm waren wie der Rest der Tischgesellschaft. Trotzdem ärgerte ich mich über seine Worte.

„Mum arbeitet *immer noch* im *Shankly*", betonte ich gereizt.

Ambrose und Mum wechselten einen schnellen Blick. „Natürlich, Darling", sagte Mum sanft. „Aber im Moment habe ich frei." Sie warf einen fröhlichen Blick in die Runde.

„Und darauf sollten wir anstoßen!" Ambrose erhob sein Glas.

Während alle sich zunickten, unterzog Camilla Mum einer genauen Beobachtung. „Sind Sie im Hotelmanagement beschäftigt oder wie haben Sie Ambrose dort kennengelernt?"

Mum lächelte, obwohl diese Frage garantiert nicht nett gemeint war.

„Aber nein. Ich bin Zimmermädchen im *Shankly Hotel*." Sie sah Camilla ohne Scheu in die Augen.

„Oh ..." Camilla blickte bestürzt zu Ambrose, der jedoch mit keiner Wimper zuckte.

„Und was machen Sie?", fragte Mum ganz unbefangen.

Ambrose schmunzelte und tupfte sich mit der Serviette das Grinsen aus den Mundwinkeln.

„Oh ...", wiederholte Camilla einsilbig, ohne jedoch auf ihre Frage zu antworten.

„Meine Mutter hat Betriebswirtschaft studiert", verkündete Gwenyfar.

„Ach, arbeiten Sie in einem großen Konzern?" Mum gab sich hochinteressiert.

„Nein, ich verwalte die Finanzen dieses Gestüts. *Hargrave Stud* ist ein angesehener Trainingsstall, und das bedeutet fast so viel Arbeit, wie wenn ich mich um die Gelder meines Familiensitzes kümmere."

Puh. Ich stöhnte leise. Der Satz hing schwer wie Blei über uns. Wie sollte man mit so einer Person eine leichte Unterhaltung führen? Aber ich freute mich, dass Mum so locker auf Camillas indiskrete Fragen reagierte.

„Ambrose, davon hast du mir noch gar nichts erzählt", sagte Mum aufgeregt. „Hast du ein richtiges Gestüt?"

„Nicht ganz." Ambrose lächelte über Mums Begeisterung. „Mein Vater hat früher Englische Vollblüter gezüchtet. Ich habe das Gestüt in den letzten Jahren jedoch in einen Trainingsstall umgewandelt. Wir ziehen zwar noch das ein oder andere Fohlen, aber unsere Haupttätigkeit besteht darin, Springpferde auszubilden." Ambrose trank einen Schluck von seinem Wein. „Ein bisschen Arbeit schadet niemandem." Er warf einen Blick in die Runde. Es blieb unklar, ob er jemand Konkretes damit meinte oder nur eine These im Allgemeinen aufstellen wollte.

„Mylord, wünschen Sie, dass wir das Dessert servieren?", fragte einer der Angestellten. Etwa noch ein Butler? Entweder hatte der andere jetzt frei oder die Aufgaben in diesem Haus waren wirklich sehr strikt verteilt.

„Gerne, James." Ambrose nickte.

Ich starrte den Mann an, der nun eine leichte Verbeugung andeutete. Hieß er ernsthaft James? Wie der Butler in wirklich *jedem* Film? Vielleicht musste man sich in diesem Beruf ja zwangsumbenennen.

„Was gibt es denn heute, James?", fragte Greyson höflich. Erstaunt sah ich ihn an, weil ich nicht erwartet hätte, dass er aufrichtig nett sein konnte.

„Ihre geliebten Dessertvariationen, Mylord junior", erwiderte James mit einem Schmunzeln.

„Mhm, perfekt!" Greyson lehnte sich zurück und schloss die Augen. „Es gibt nichts Besseres."

Am liebsten hätte ich sein überschwängliches Lob nachgeäfft, aber ich hielt mich zurück.

„Margareta ist wirklich eine einzigartige Köchin", ergänzte Ambrose die Schwärmerei.

„Ich kann mir kaum vorstellen, dass es eine bessere Köchin als Mo gibt", murrte ich und hielt mir im selben Moment die Hand vor den Mund. Ich hatte mir doch vorgenommen, mich Mum zuliebe zusammenzureißen!

„Mo aus dem *Shankly Hotel?*", fragte Greyson mit unverhohlener Belustigung in der Stimme.

„Ja, allerdings." Jetzt war es sowieso zu spät. „Warst du schon einmal dort, sodass du es beurteilen könntest?"

„Nein, ehrlich gesagt nicht. Ambrose wollte immer lieber allein nach Liverpool reisen."

Betretenes Schweigen folgte. Niemandem schien dieses Thema zu behagen.

Nur Ambrose lockerte wieder einmal die Stimmung auf: „Ich erinnere dich bei *deinem* nächsten Date gern daran, dass du mich eigentlich auch mal mitnehmen könntest, Greyson. Ich glaube, das dürfte sehr amüsant werden."

Greyson lachte. „Okay, das wird sicher ein besonderes Date."

Sie grinsten beide, und ich wunderte mich, wie entspannt sie miteinander umgingen. Selbst zwischen Mum und mir wäre das kein so ungezwungener Schlagabtausch geworden.

„Pardon, Miss." James stellte einen Teller mit sowohl farblich als auch von der Form her wirklich stark variierenden Sorten Eis, Kuchen und Cremes vor mich hin.

„Oh", entfuhr es mir beinahe ehrfurchtsvoll. Unwillkürlich sah ich zu Greyson hinüber. Unsere Blicke trafen sich für den Bruchteil einer Sekunde.

„Danke, für mich nicht. Das enthält sicher sehr viele Kalorien", lehnte Camilla mit geradezu empörtem Gesichtsausdruck ab.

Wir sahen alle gleichzeitig auf. Gwenyfars Blick huschte zwischen dem Dessertteller und ihrer Mutter hin und her.

„Für mich auch nicht", sagte sie schnell.

James nahm die beiden Teller wieder mit. Ich zuckte mit den Schultern und tunkte genüsslich den Löffel in die pastellgrüne Creme. „Mhm, Pistazienmus!“ Ich seufzte glücklich. Wenigstens ein kleiner Moment, der sich wie zu Hause anfühlte!

Greyson neben mir lachte leise. Und für einen noch winzigeren Moment konnte ich ihn gut leiden.

Allerdings währte der nicht lange. Keine zwei Sekunden später entwickelte ich mal wieder Mordgelüste.

„Du musst sehr modebewusst sein“, sagte er, laut genug, damit ich ihn verstand, aber zu leise, als dass die anderen es hätten hören können. Gerade war eine angeregte Diskussion zum Thema Schlossgarten im Gange.

„Wieso?“, fragte ich vorsichtig.

„Nun, ich dachte, dein Style ist bestimmt topaktuell in Liverpool.“ Er betrachtete mich mit geschürzten Lippen. „Ich finde besonders diese Löcher in den Jeans zum Dinner so ungewöhnlich.“ Er deutete mit einem Finger auf meine Oberschenkel, wo die Haut durch die Löcher blitzte.

Ich schlug seine Hand weg. „Halt einfach deinen vornehmen Mund“, zischte ich.

„Oder kann es sein, dass du noch nicht ‚dinnerfertig‘ warst?“ Greyson tat, als würde er angestrengt darüber nachdenken. „Obwohl diese mintgrünen Chucks andererseits echt heiß sind.“ Er grinste, während er sich ein Stück Chocolate Cake in den Mund schob und genüsslich kaute.

Ich funkelte ihn schweigend an und schwor mir, dass ich ihm seinen Spott bei nächster Gelegenheit heimzahlen würde. Sehr bald hoffentlich.

„Grey, ich wollte morgen früh ausreiten. Kommst du mit?“ Gwenyfars Frage unterbrach meine Rachegedanken.

Sie hatte ihre strahlend blauen Augen erwartungsvoll auf Greyson gerichtet und ihr hellgelbes Kleid unterstrich den Glanz in ihrem Blick wie ein Bündel Sonnenstrahlen. Sie sah wunderschön aus. Elegant und anmutig.

Ich schämte mich augenblicklich noch mehr für mein unpassendes Outfit und kam mir vor wie ein Penner in der Grand Central Hall. Während Gwenyfar wie die Wiedergeburt einer adeligen Prinzessin aussah.

Überhaupt alles hier sah aus wie aus einem altmodischen Kostümfilm. Dicke Brokatvorhänge verdunkelten die Fenster, während kitschige Porzellanteller und Vasen, die auf kleinen Podesten an der Wand standen, um die Wette glänzten. Der einzige Lichtblick war der mehrarmige silberne Kerzenleuchter, der vor mir auf dem Tisch stand und so groß war, dass er eine Unterhaltung mit meinem Gegenüber nahezu unmöglich machte.

Während Greyson mit Gwenyfar herumalberte, stürzte ich mich frustriert auf den Rest des Desserts. Dieses Dinner machte mich echt fertig.

Kapitel 5

Dessertvariationen

Zwei Stunden nach Mitternacht lag ich immer noch wach und zerbrach mir den Kopf, wie es mir gelingen sollte, die Ferien zu überstehen, ohne doch noch in Tränen auszubrechen, schreiend davonzulaufen oder einen Mord zu begehen. Ich hatte keinen blassen Schimmer.

Das Mondlicht fiel durch die Fenster und tauchte den Raum in ein unwirkliches Licht. Überall knackte und ächzte es in den Mauern. Unruhig wälzte ich mich im Bett hin und her. Ein seltsam beklemmendes Gefühl streckte plötzlich seine Finger nach mir aus.

Ich schlug die Bettdecke beiseite und setzte mich auf. Das Schloss war ein bisschen komisch, okay, aber mehr doch nicht! Genau, das war's ... Ich musste einfach nur genügend Gründe finden, die das bewiesen!

Das Bett war so hoch, dass ich gerade mal mit den Zehenspitzen den Boden berührte, wenn ich ganz am Rand saß. Solche Schlafstätten stammten sicherlich noch aus dem Mittelalter – und genauso veraltet wie dieses Bett war auch der Glaube an Geister! Begierig, das Schloss auf seine Ungruseligkeit zu durchleuchten, tapste ich zur Verbindungstür und lauschte.

Natürlich war alles still.

Mum schlief mit Sicherheit genauso tief wie der Rest der Schlossbewohner. Nachts war bestimmt niemand hier unterwegs. Im Grunde gab es keine bessere Zeit für meinen geplanten

Rundgang – ganz allein, ohne Mum und ihre Begeisterungsanfälle. Ganz nebenbei würde ich mir beweisen, dass es hier nichts zu befürchten gab. Genau genommen war es höchste Zeit für ein Angsttraining auf Hargrave Abbey.

Leise drückte ich die Klinke herunter und öffnete die Tür einen Spaltbreit. Auch auf dem langen Flur bündelte sich das Mondlicht, sodass ich genug erkennen konnte, um nicht zu stolpern. Ich schlich hinaus. Die Ritterrüstungen, die den Gang säumten, wirkten wie eine bedrohliche Armee. Ich schob den Gedanken beiseite, dass sich jemand im Innern der Rüstungen verstecken könnte, und lenkte meine Aufmerksamkeit auf die nächtliche Stille um mich herum.

Keine Geräusche waren manchmal schlimmer als unheimliche. Unwillkürlich atmete ich flach und schnell.

Ich folgte dem weichen grünen Teppichläufer ins Untergeschoss. Auf der vorletzten Stufe knarrte es plötzlich ziemlich laut. Erschrocken umfasste ich das Geländer und lauschte, woher das Geräusch gekommen war. Nichts tat sich. Ich wippte leicht auf meinen Füßen hin und her, um zu testen, ob die Stufe unter mir geknarrt hatte – negativ. Ich hatte es mir vermutlich nur eingebildet. Langsam setzte ich meinen Weg fort.

Am Ende der Treppe endete auch der grüne Teppich. Das leise Tapsen meiner nackten Füße war das einzige Geräusch, das ich vernahm. Doch je länger ich es hörte, desto weniger laut erschien es mir, und umso mehr entspannte ich mich. Also beschleunigte ich meine Schritte und bog um die nächste Ecke.

Der große Schatten, der sich unmittelbar vor mir aufbaute, ließ mich schlagartig vor Schreck erstarren. Doch mein Gegenüber bewegte sich ebenso wenig wie ich.

Ich zwang mich, einige Schritte näher zu gehen, und erkannte die Umrisse eines Helmes.

Hm, also niemand hier würde einen Helm tragen. Einen – ich straffte meine Schultern – Ritterhelm!

Mit einem ärgerlichen Schnauben klopfte ich dem Krieger gegen die harte Rüstung. Mann, war ich blöd. Jetzt hatte ich mich doch noch vor einem dieser Hohlköpfe gefürchtet, die überall im Schloss herumstanden.

Ich brummelte missmutig vor mich hin und stapfte weiter. Mein Training diente doch genau dazu, mich an Dads Worte zu erinnern, dass Angst sich nur entfalten konnte, wenn man ihr den Raum dazu gab.

Obwohl Mum am Nachmittag mit mir durch Hunderte Gänge gehetzt war, erkannte ich das ein oder andere Detail wieder. Neugierig hielt ich Ausschau nach der Stelle mit dem Löwenvogel, wo mir der einzelne Fußabdruck aufgefallen war. Wenn ich schon mal allein unterwegs war, musste ich auch ausnutzen, dass ich nach Herzenslust spionieren konnte, wie Greyson es nennen würde.

Ich spähte den Gang hinunter und versuchte mich zu erinnern, wo genau ich die Skulptur gesehen hatte. Das kleine Turmfenster kam mir bekannt vor. Ich bog um die Ecke und ging weiter den Flur hinunter. Plötzlich hörte ich Schritte. Ich blieb stehen und lauschte. Die Schritte kamen näher. Sie schienen direkt auf mich zuzukommen. Ich schaute in alle Richtungen, aber niemand war zu sehen. Meine Nackenhaare stellten sich auf und ich hielt die Luft an … Doch dann entfernten sich die Schritte wieder.

Ich atmete auf. Was war das denn gewesen? Wenn außer mir noch jemand unterwegs war um diese Zeit, warum hatte ich ihn dann nicht gesehen?

Gegenüber bemerkte ich eine offen stehende Tür. Ich schlich näher und spähte vorsichtig in den Raum. Vor mir lag der Salon … und er war leer.

Ich hatte genug von meinem nächtlichen Ausflug. Angespannt suchte ich den Weg zurück zum Hauptflur. Wo war ich nur zuletzt abgebogen? Jetzt hatte ich mich auch noch in einem von unfreundlichen Adligen bewohnten Spukschloss verlaufen.

Was ich schließlich fand, war die Küche. Ich ließ den Blick durch den riesigen Raum wandern und vergaß vor Staunen meine Angst. Selbst Mo wäre angesichts dieses Equipments ganz aus dem Häuschen gewesen. Die Großküche des *Shankly Hotels* war durchaus beeindruckend, aber dieses Interieur stellte alles in den Schatten, was ich bisher gesehen hatte. Einerseits hingen altmodische, messingfarbene Töpfe und Pfannen an den Wänden, andererseits glänzten hochmoderne Elektrogeräte nebeneinander um die Wette.

Mit einem Mal verspürte ich unglaublichen Hunger, und vor meinem inneren Auge tauchte James auf, der die Dessertvariationen zurück in die Küche trug. Ob die Bediensteten sich bereits darüber hergemacht hatten? Vielleicht war diese Margareta ebenso großzügig wie Mo und verteilte regelmäßig die Leckereien?

Ich entdeckte einen mattsilbernen Schrank an der Wand gegenüber, der von der Größe her zwar mehr einem Kleiderschrank ähnelte, aber einen Versuch war es ja wert.

Ich öffnete die Tür, die mit einem leise schmatzenden Geräusch nachgab, das sich mächtig nach Kühlschrank anhörte.

Der Inhalt war mehr als überzeugend. Hier reihten sich tatsächlich alle übrig gebliebenen Köstlichkeiten des Abends nebeneinander auf. Der Innenraum war so tief, dass ich mich ein ganzes Stück hineinbeugen musste, und es hatten mindestens fünf Dessertteller Platz. Allerdings reichten mir die zwei, nach denen ich gesucht hatte, völlig aus. Mir lief bereits das Wasser im Mund zusammen. Ich streckte mich und griff glücklich in den Schrank, als ich plötzlich eine Bewegung hinter mir spürte.

Ich erstarrte. Die Hitze, die sich daraufhin in meinem Rücken sammelte, stellte einen verwirrenden Kontrast zu der Kühle des Eisschranks dar. Jemand musste unmittelbar hinter mir stehen. Bitte nicht … Hazels Geist?

Kalter Schweiß sammelte sich auf meiner Stirn, und ich hätte schwören können, dass sich bereits kleine Eiskristalle bildeten. Ich wagte kaum zu atmen. Dann entdeckte ich die lange schlanke Hand, die sich rechts von mir am Kühlschrank abstützte. Ohne Frage eine echte männliche Hand.

„Was hast du hier zu suchen?“, fragte eine tiefe Stimme hinter mir. Ich wusste genau, zu wem sie gehörte, und seufzte erleichtert auf.

„Ich hatte Hunger“, antwortete ich mit fester Stimme. Als ich mich umdrehte, fand ich mich – wie zu erwarten – Greyson gegenüber. „Und du?“

„Ich bin hier zu Hause!“, entgegnete er entrüstet.

„Tja – und Ambrose hat gesagt, ich soll mich hier ebenfalls wie zu Hause fühlen. Das hätte ich gerade eben sogar fast schon getan.“ Meine Stimme klang feindseliger, als ich geplant hatte. Denn natürlich standen ihm Vorrechte am Inhalt dieses Kühlschranks zu.

„Ich will nicht, dass du dauernd hier herumspionierst, verstanden?“, wiederholte er unbeeindruckt, ohne auf meine Erklärung einzugehen.

„Okay“, antwortete ich viel zu bereitwillig. Was war los mit mir?

„Also, dann gute Nacht.“

„Okay.“ Na, super. Anscheinend hatte mich nicht nur die Einsilbigkeit befallen, mein Hirn schien auch höchstens begrenzt zu funktionieren.

Ich schielte an ihm vorbei. Doch Greyson bewegte sich keinen Millimeter. Seine Arme versperrten mir den Fluchtweg, und seine grauen Augen, die im Dunkeln schwarz wirkten, wandten sich nicht von mir ab. Ich war körperlich und mental fixiert.

„Ich ... geh dann mal", piepste ich.

„Okay." Ein Grinsen regte sich in seinen Mundwinkeln.

„Könntest du ...?" Der Rest der Frage blieb mir jedoch im Hals stecken, weil er sich in diesem Moment noch ein winziges bisschen weiter vorbeugte und den sowieso schon minimalen Abstand zwischen uns noch mehr verringerte.

Mein Herzschlag setzte aus. *Oh mein Gott!* Wollte Greyson Hargrave mich etwa küssen? Ich hielt die Luft an. Jeder Atemzug barg die Gefahr, dass ich mich bewegen könnte, und ich wusste selbst nicht, ob das eher gut oder schlecht war. Immerhin wäre das mein erster richtiger Kuss, wenn man von Miles Hammond aus dem Kindergarten mal absah!

Greysons Lippen öffneten sich etwas. Ich glaubte, jeden Moment in Ohnmacht zu fallen.

Doch bevor ich herausfinden konnte, ob ein einzelner Kuss ausreichte, um mir das Bewusstsein zu rauben, griff er an mir vorbei in den Kühlschrank und zog beide Dessertteller heraus.

Ich starrte ihn mit offenem Mund an.

„Na gut, einen kannst du behalten", sagte Greyson großzügig und drückte mir den Teller in die Hand.

Im selben Moment brach Panik in mir aus. Was tat ich hier eigentlich? Ich hatte geglaubt, er wollte mich küssen, und blieb einfach seelenruhig stehen? *Echt jetzt? Abby?*

Energisch stieß ich ihn zurück. Er schwankte zur Seite, als hätte er plötzlich den Boden unter den Füßen verloren.

Und ich ergriff endlich die Flucht und rannte aus der Küche, ohne mich noch einmal umzusehen. Den Teller hielt ich dabei fest umklammert – obwohl ich nicht sicher war, ob *diese* Variation des Desserts so ganz nach meinem Geschmack war.

***

Ich machte die ganze restliche Nacht kein Auge zu. Wie auch? Um ein Haar hätte mich Greyson Hargrave geküsst! Und das am ersten Abend! Obwohl sich der erste Abend wahrscheinlich genauso wenig eignete wie der zweite, dritte oder letzte. Das Schlimmste jedenfalls war, dass ich kurz davor gewesen war, es zuzulassen.

Der Schock darüber saß ebenso tief in mir wie der unerklärliche Wunsch, dass diese Situation sich wiederholen sollte. Das war doch absurd, weil ich ihn nämlich absolut nicht leiden konnte! Wieso hatte ich ihm also nicht einfach vors Schienbein getreten und mir beide Dessertteller geschnappt? Aber genau hier lag das Problem. Ich *hatte* es nämlich gewollt. Ich tippte mir mit einem Finger gegen die Stirn. Was für eine Katastrophe! Darüber konnte ich nicht mal mit Mum reden. So hatte ich mir den Aufenthalt auf Hargrave Abbey definitiv nicht vorgestellt.

Ich brauchte dringend Ablenkung!

Die Sonne war kaum hinter den Hügeln aufgegangen, da hatte ich bereits meine Jeans wieder angezogen, schnürte meine mintgrünen Chucks – bei deren Anblick ich erst recht an Greyson denken musste – und schnappte mir einen dicken Sweatshirt-Hoodie. Das diesige Wetter sah nicht gerade einladend aus um diese Zeit, aber alles war momentan einladender als die Vorstellung – womöglich schon beim Frühstück! –, auf Greyson zu treffen. *Wirklich!* Das musste ich mir nur oft genug sagen.

Aber nach meinem nächtlichen Dessert war mir der Appetit sowieso gründlich vergangen. Es hielt mich also nichts auf. Ich steckte mein Handy ein und schob einen Zettel für Mum unter der Zwischentür hindurch, damit sie keinen Herzinfarkt bekam, wenn sie mich nicht in meinem Zimmer vorfand.

Abgesehen von einem unerwünschten Zusammenstoß mit

Greyson wollte ich allerdings auch ein Aufeinandertreffen mit Camilla oder Gwenyfar vermeiden. Obwohl ich nichts lieber getan hätte, als eine weiche Pferdenase zu streicheln und mich in einer der Boxen zu verkriechen, konnte ich daher leider auch nicht in den Stall zu diesen wunderschönen edlen Pferden.

Echt blöd.

Emsige Geräusche drangen aus dem Erdgeschoss, wo anscheinend schon das Frühstück vorbereitet wurde. Ich gelangte zum Glück ins Freie, ohne dass mich jemand sah. Nicht dass es irgendjemandem gelungen wäre, mich aufzuhalten, aber es war mir lieber, wenn ich keine Erklärungen abgeben musste.

Draußen blies mir ein kühler Wind um die Nase. Ich zog mir die Kapuze meines Hoodies über den Kopf und stapfte los. Obwohl ich als echtes Stadtkind wirklich nicht viel für Spaziergänge übrighatte und mich meine neu erworbene Abneigung gegen Grün zusätzlich daran hätte hindern müssen, erschien mir ein Ausflug in die Hügellandschaft als bestens geeignet, um meinen Kopf freizubekommen.

Ich verließ den ordentlich zurechtgestutzten Schlossgarten durch ein großes Tor hinter dem Stall. Sanfte Hügel erstreckten sich, so weit ich blicken konnte. Der unbefestigte Sandweg schlängelte sich zwischen Bäumen und Büschen durch die Landschaft vor mir. Bereits nach wenigen Abzweigungen konnte ich das Schloss nicht mehr sehen. Aber früher oder später würde ich sicher zurückfinden.

Entschlossen legte ich noch einen Schritt zu und musste zu meiner Verwunderung feststellen, dass Wandern gar nicht so übel war. Da ich mir das Skateboardfahren angesichts der unebenen Waldwege sowieso abschminken konnte, war es sicher sinnvoll, mit einem Alternativ-Sport zu beginnen.

Ich stellte mir vor, wie Danny mich auslachen würde, wenn er davon wüsste. Was er dazu sagen würde, dass ich beinahe Greyson geküsst hatte, stellte ich mir allerdings lieber nicht vor.

Der Weg wurde rechts und links von immer mehr Bäumen gesäumt, und schon stand ich mitten im Wald. Der Schotterweg gabelte sich in zwei Trampelpfade und ich blieb unentschlossen stehen. Da ich ohnehin kein Ziel hatte, war es vermutlich egal, wo ich langging.

Ich wählte aus dem Bauch heraus rechts.

Der Trampelpfad nahm bereits nach wenigen Metern eine scharfe Biegung und schlängelte sich mal nach links und mal nach rechts. Ich verlor komplett die Orientierung. An manchen Stellen verengte sich der Weg so stark, dass ich mich zwischen einigen Sträuchern hindurchzwängen musste. Ich blieb trotzdem nicht stehen und kehrte auch nicht um.

Je weiter ich mich vom Schloss entfernte und je länger ich wanderte, desto besser fühlte ich mich. Wer hätte gedacht, dass eine Walking-Runde durch die Natur so befreiend sein konnte!

Ich fand immer mehr Gefallen an meiner Umgebung. Erst als sich das Blätterdach über mir plötzlich so stark verdichtete, dass der Wald regelrecht verdunkelt erschien, regte sich erstmals ein mulmiges Gefühl in mir. Ich war ganz allein. Jede Hilfe – falls ich welche brauchte – war meilenweit entfernt. Im Ernstfall nützte mir mein Handy also auch nichts.

Aber wieso sollte ich auch Hilfe benötigen?

Hier gab es weder Abgründe noch Schluchten, in die ich hineinstürzen konnte, und bestimmt auch keine Schlangen oder andere wilde Tiere. Immerhin lief ich nicht durch den malaysischen Dschungel, sondern durch einen stinknormalen englischen Wald. Also schob ich all diese irrsinnigen Gedanken beiseite. Bei dem genialen Versuch jedoch, an *gar nichts* zu denken, ließ ich sogar den Weg vor mir außer Acht und stolperte prompt.

Ich landete buchstäblich auf allen vieren und sah mich ärgerlich um. Mit dem Skateboard war ich nicht mehr gestürzt, seit ich in der fünften Klasse mit Danny einen Ferienkurs belegt hatte, bei dem wir das Abrollen geübt hatten. Vielleicht sollte ich auch erst mal einen Wandersturzkurs belegen, bevor ich meinen nächsten Waldausflug plante.

Grummelnd erhob ich mich und hielt Ausschau nach der Ursache meines unerwarteten Falls. Eine dicke Wurzel durchzog den Trampelpfad unmittelbar hinter mir. Mein Blick folgte ihr bis zu dem riesigen Baum, zu dem sie gehören musste. Eine Eiche. Ich schluckte. Dad hatte einmal vor vielen Jahren bei einem Spaziergang im Park ein Herz für mich in die Baumrinde einer Eiche geritzt.

Dahinter schimmerte ein Stück saftiggrünes Gras durch das Unterholz und weckte die Hoffnung in mir, endlich dieses Dickicht verlassen zu können. Ich mochte es doch lieber, wenn ich in jeder Lage den Durchblick behielt. Entschlossen kämpfte ich mich durch die Büsche und kam tatsächlich auf einer kleinen Lichtung heraus. Es gab allerdings keinen erkennbaren Weg, der von hier aus weiterführte. Vielmehr erschien es mir, als habe sich dieser Grasfleck ebenso im Wald verirrt wie ich. Nachdem ich mich einmal im Kreis gedreht hatte, konnte ich prompt nicht mehr sagen, an welcher Stelle ich die Lichtung betreten hatte.

Ich seufzte.

Unschlüssig drehte ich mich um mich selbst, jedoch ohne Erfolg. Der Wald, der die Lichtung umgab, sah in jeder Richtung gleich aus. Keine Seite unterschied sich auch nur minimal von der anderen.

Plötzlich vernahm ich ein lautes Knacken hinter mir. Ich fuhr erschrocken herum, konnte aber nichts entdecken.

Es knackte erneut. Diesmal noch lauter – als würden mehrere

Paar Füße gleichzeitig durchs Unterholz stapfen. Sofort formte sich in meiner Vorstellung das Bild einer Horde Gefängnisausbrecher, die sich auf der Flucht durch den Wald schlugen. Ich schluckte. Bevor ich meine Überlegung, wohin *ich* fliehen könnte, allerdings zu Ende geführt hatte, bogen sich die Zweige an einer Stelle zur Seite, als würde jemand mit einer Dampfwalze hindurchfahren. Ein dicker Hintern kam zum Vorschein mit einem langen Schwanz. Äh ... Schweif. So hieß das doch bei Pferden.

Erleichtert atmete ich auf und stiefelte neugierig auf das Hinterteil zu, das immer kleiner wirkte, je näher ich kam. Es rotierte unruhig hin und her, als hinge es mit dem Vorderteil fest. Ich vergaß meine Bedenken und beschleunigte meine Schritte. Die Geräusche, die ich dabei verursachte, verängstigten das Tier offenbar so sehr, dass es sich ruckartig umdrehte und dabei nur noch mehr verhedderte. Jetzt sah ich auch das Ausmaß der Misere: Das Pferd hatte sich mit seiner zotteligen Mähne in einem Dornenbusch verfangen. Obwohl es energisch versuchte, seinen Kopf zu befreien, und wie verrückt zerrte, gab der Busch keinen Millimeter nach.

„Sch...", flüsterte ich. „Beruhige dich erst mal, dann kann ich versuchen, dir zu helfen." Ich näherte mich ihm so langsam wie möglich, um es nicht noch mehr zu verschrecken.

Das Pferd starrte mich mit aufgerissenen Augen an.

Ich blieb stehen und ging in die Hocke. Das hatte ich in dem letzten Pferdefilm gesehen, den ich mit Mum angeschaut hatte. Das Mädchen hatte sich auf diese Art einem Fohlen genähert, um es nicht durch seine Größe zu verunsichern. Das Pferd vor mir war zwar nicht kleiner als ich, aber seine Angst schien mindestens doppelt so groß zu sein wie meine.

„Hey, vor mir brauchst du dich wirklich nicht zu fürchten." Ich setzte mich auf den feuchten Waldboden.

Das Pferd hörte auf zu zerren und beobachtete mich aufmerksam. Es hatte große dunkle Augen, die einen wachen Ausdruck zeigten. Es war bestimmt nicht dumm. Vielleicht ließ es sich überreden, stillzuhalten, damit ich versuchen konnte, es zu befreien?

Mir fiel ein, dass ich nicht ohne Proviant losgezogen war. Ich tastete in meiner Hoodietasche nach dem kleinen Päckchen, das ich mir aus Klopapier gebastelt hatte. Vorsichtig wickelte ich das letzte Stück Chocolate Cake aus, ein Überbleibsel der Dessertvariationen, das ich trotz meines nächtlichen Frusts nicht mehr hatte verdrücken können.

„Tadaaa“, sagte ich leise und hielt den Kuchen in die Höhe.

Das Pferdchen schnupperte neugierig. Na bitte, es war wirklich nicht dumm!

„Du hast Hunger, oder?“, fragte ich etwas lauter. Ich betrachtete den dunkelbraunen Kuchen in meiner Hand, der sogar zu klein gewesen wäre, um meinen eigenen Hunger zu stillen. Aber ich hatte ja auch nicht vor, das Pferd damit satt zu kriegen. Er sollte mir lediglich einen Vertrauensvorschuss verschaffen, sodass es mir vielleicht gelang, das Tier aus seiner Zwickmühle zu befreien.

Ich krabbelte mit ausgestreckter Hand näher und balancierte den Kuchen in Richtung Pferdemaul. Der Geruch musste überzeugend sein, zumindest schien das Pferdchen seine Angst vor mir ebenso vergessen zu haben wie ich meine vor ihm. Es reckte seinen Hals in meine Richtung oder besser gesagt, dem Kuchen entgegen. Für mich interessierte es sich eher weniger.

Da das Pferd so seine Richtung änderte, lockerten sich die Ranken, die es gefangen hielten. Es kam noch zwei Schritte näher, steckte dann aber wieder fest.

„Soso, du hast wohl auch Lust auf einen Chocolate Cake, was?“ Ich grinste zufrieden. „Jetzt müssen wir nur noch ausknobeln, wie wir diesen Kuchen teilen.“

Doch ehe ich mich's versah, hatte das Pferd schon seinen Hals ums Doppelte vorgestreckt und schnappte sich mit einem Happs das ganze Stück. Von Teilen hielt es wohl nicht viel.

„Na danke", murrte ich. „Das ist wirklich nett von dir."

Das Pferd schmatzte zufrieden, ohne auch nur einen Funken von Reue zu zeigen. Ich stand auf. Doch statt ängstlich zurückzuweichen, schob sich die Pferdenase neugierig noch etwas näher in meine Richtung.

„Ach, du willst wohl noch mehr?", fragte ich belustigt. „Die Pistaziencreme vielleicht? Aber da muss ich dich leider enttäuschen, mehr ist nicht übrig von den Dessertvariationen." Lachend strubbelte ich dem Pferd durch das zerzauste Fell, was es sich sogar gefallen ließ. Wie lustig, dass ein einzelnes Stück Kuchen so eine Wirkung hatte! „Jetzt magst du mich wohl?"

Ich trat noch einen Schritt auf das Pferd zu und besah mir die verfilzte Mähne. Dornige Ranken hatten sich in den langen Haaren verflochten. Ein nahezu undurchdringliches Wirrwarr aus Blättern, kleinen stacheligen Ästen und jeder Menge Haare. Vorsichtig begann ich, einzelne Strähnen herauszuziehen. Wie bei einem umgekehrten Flechtvorgang löste ich ein Haarbüschel nach dem anderen und machte mich auf eine lange Arbeit gefasst.

Bereits nach wenigen Minuten taten mir meine Fingerkuppen weh und blutige Spuren zogen sich über meine Hände. Verbissen hieb ich meine Zähne in die Unterlippe. Ich musste daran denken, wie Danny sich immer über meinen Gesichtsausdruck lustig machte, wenn ich konzentriert an etwas arbeitete. Er hätte seine helle Freude an mir gehabt.

„Wie heißt du eigentlich?", fragte ich, um mich abzulenken.

Natürlich schwieg das Pferd. Vielleicht hatte es auch einfach einen doofen Namen, den es nicht verraten wollte. Ich grinste.

Ein einziger freiwilliger Waldspaziergang – und schon führte ich Gespräche mit einem Pferd.

„Ich finde, du schuldest mir was, wenn ich es schaffe, dich hier rauszuholen.“ Ich hielt inne und betrachtete das Pferd eingehender. Wo mochte es nur herkommen? Es gab doch bestimmt jemanden, der dieses Tier vermisste?

Der kleine Kerl befand sich etwa auf Augenhöhe mit mir. Ich glaubte, mich zu erinnern, dass man bei Pferden die Größe am Rücken maß. Da ich mit meinen ein Meter fünfundsechzig nicht gerade groß war, konnte es also allenfalls einen Meter fünfundvierzig hoch sein. Zu klein für ein teures Rennpferd – das konnte sogar ich sehen –, aber immer noch groß genug, um mir Respekt einzuflößen.

Ich zerrte an einer besonders langen Dornenranke und stach mir dabei wirklich fies in den Finger. Leise fluchend zupfte ich die letzten Äste aus der Mähne. „Warum bist du auch so zottelig?“

Das Pferd spitzte die Ohren und gab ein seltsam blubberndes Geräusch von sich. Ich musste lächeln. „Dieses Wort magst du, oder? Zottelig“, wiederholte ich und amüsierte mich über seine Reaktion. Es schüttelte den Kopf und schnaubte. „Doch, doch, ich hab’s genau gesehen, das Wort gefällt dir.“ Ich strich durch seine wilde Mähne. „An dir ist alles zottelig! Deine Haare ganz besonders, aber auch dein Fell steht in mindestens drei verschiedene Himmelsrichtungen ab. Wenn ich einen Namen für dich finden müsste, würde ich dich Shaggy nennen – weil du so zottelig bist!“ Ich ließ meine Hand langsam über sein Fell gleiten, das sich erstaunlicherweise trotz allem weich anfühlte. „Ich muss aber keinen Namen für dich finden, weil du mir ja leider gar nicht gehörst. Jetzt bist du wieder frei und kannst zurück nach Hause laufen – wo auch immer das ist.“

Das Pferdchen stupste mich mit seiner Nase an. Die schwarzen

Augen blinzelten mir vertrauensvoll zu. Egal, was es mir damit sagen wollte, an dieser Stelle trennten sich unsere Wege wohl. Ich klopfte ihm ein letztes Mal freundschaftlich den Hals, als es unvermittelt den Kopf abwandte und sich umdrehte.

Erschrocken wich ich einen Schritt zurück. So ein Pferdehinterteil konnte ganz schön bedrohlich wirken, wenn man es direkt vor der Nase hatte. Allerdings hatte das Pferd offenbar nicht vor, mir gefährlich zu werden, sondern begann, ruhig zu grasen.

Was ich dabei entdeckte, milderte aber keineswegs meinen Schreck. Auf der anderen Seite seines Halses, die ich bisher nicht gesehen hatte, zog sich ein langer Schnitt durch das dunkelbraune Fell. Die verklebten Stellen konnten von Schlammverkrustungen stammen. Oder auch von Blut.

Ich hielt die Luft an, während ich vorsichtig den Arm ausstreckte, um die Wundränder zu betasten. „Tut dir das weh?" Meine Stimme klang wie das Krächzen eines heiseren Vogels.

Das Blut – ich war mir mehr und mehr sicher, dass es sich nicht bloß um Dreck handelte – war bereits getrocknet, die Wunde also vermutlich schon älter. Weniger schlimm sah sie deshalb noch lange nicht aus.

„Das muss verarztet werden", sagte ich. „Vielleicht sogar genäht, aber in jedem Fall gereinigt."

Was sollte ich bloß tun? Und was würde das Pferd tun? Denn was auch immer ich für einen Entschluss fasste – das bedeutete ja noch lange nicht, dass es damit auch einverstanden wäre.

„Da ich meinen Arztkoffer gerade zufällig nicht dabeihabe", witzelte ich, „müsstest du also entweder mitkommen oder warten, bis ich Hilfe geholt habe." Letzteres allerdings würde voraussetzen, dass ich den Weg auch wieder hierher zurückfand. Dabei konnte ich froh sein, wenn ich überhaupt rechtzeitig zur *Teatime* das Schloss erreichte. „Es gibt nur eine Lösung für unser Problem", sagte ich und blickte das Pferd achselzuckend an. „Ich gehe jetzt. Komm mit oder lass es bleiben."

Entschlossen drehte ich mich um und stapfte los. Ich wählte einfach irgendeine Richtung durch das Unterholz, denn ich hatte ja keinen blassen Schimmer, wo genau ich hergekommen war. Gespannt lauschte ich auf Geräusche hinter mir, wagte aber nicht, mich umzudrehen. Mir war nur allzu klar, wie enttäuscht ich sein würde, wenn das Pferd plötzlich verschwunden wäre. Und ich wusste auch, wie wahrscheinlich das war. Doch das leise blubbernde Geräusch hinter mir belehrte mich eines Besseren. Ich drehte mich um – und konnte gar nicht mehr aufhören zu grinsen: Das kleine Pferd stand nur wenige Meter hinter mir. Es hielt den Kopf gesenkt, als wäre es sich nicht sicher, ob sein Verhalten angemessen sei.

„Na, dann komm doch", lächelte ich. „In diesem versnobten Schloss ist ganz sicher noch ein Plätzchen für dich frei, auch wenn du so komische Geräusche machst. Und dort kann dir garantiert jemand helfen."

Beschwingt drehte ich mich wieder um und setzte meinen Weg fort. Ob die Richtung nun stimmte oder nicht – irgendwo würden wir schon ankommen. Ich hatte mit einem Mal gute Laune. Was diese Dessertvariationen doch alles bewirken konnten!

Kapitel 6

1:0 für Liverpool

Wir liefen eine ganze Weile durch den dichten Wald. Es dauerte wesentlich länger als der Hinweg, doch vielleicht kam es mir auch nur so vor, weil ich diesmal ein Ziel vor Augen hatte.

Ein paar Mal blieb ich stehen, weil der Weg sich gabelte und ich erst überlegen musste. Jedes Mal schubste das Pferdchen mich sanft an, wie um mir die Richtung zu weisen. Und tatsächlich erreichten wir ohne den Einsatz meines Navis das Schloss. Es tauchte hinter einem Hügel auf wie eine Fata Morgana. Ziemlich unerwartet, weil ich nicht wirklich damit gerechnet hatte, mich auf dem richtigen Weg zu befinden, aber ebenso schön, wie eine Oase in der Wüste auf einen Verdurstenden wirken musste. O ja, ich hatte Durst! Und Hunger!

Ich stiefelte unermüdlich weiter, bis ich das große Tor an der Rückseite des Stalls erreichte. „Hier sind wir genau richtig, um dich unbemerkt hineinzuschmuggeln", sagte ich leise, ohne mich zu dem Pferd umzudrehen.

Der Versuch endete jedoch schneller als gedacht. Denn kaum hatte ich das Stalltor geöffnet, kam Camilla mir sauber herausgeputzt entgegen. Ihre Augen weiteten sich und sie stieß einen leisen Schrei aus. „Was ist *das* denn?" Das Entsetzen war ihr deutlich anzuhören.

„Ein Pferd?", fragte ich zurück.

Ihre Gesichtsfarbe wechselte ins Rötliche. „*Das* ist garantiert kein Pferd!", stieß sie hervor.

Hinter ihr tauchte Gwenyfar auf – und zu *meinem* Entsetzen auch Greyson.

„Was soll es sonst sein?“, erwiderte ich gereizt. Für wie blöd hielt sie mich eigentlich?

Camilla betrachtete meinen neuen Freund, als hätte er die Pest. „Allenfalls ein Pony!“, sagte sie und es klang mehr als verächtlich. „Schaff es schleunigst vom Gelände! Solche wilden Tiere übertragen alle möglichen Krankheiten.“

„*Oh, my god!* Sieh dir nur an, wie schmutzig es ist!“, kommentierte nun auch Gwenyfar meinen Fund.

Ich hob trotzig das Kinn. „Es ist verletzt und braucht Hilfe“, erklärte ich und wappnete mich gegen Greysons Protest.

Wider Erwarten blieb der jedoch aus. Ich warf Greyson einen misstrauischen Blick zu, dann drückte ich mich entschlossen an ihm vorbei und betrat den Stall.

Der Geruch nach Heu umfing mich wie eine warme Umarmung. Das Pferdchen – oder meinetwegen auch Pony – war mir gefolgt und schaute mich treuherzig an.

„Greyson, ich lasse nicht zu, dass unsere Pferde mit diesem …“, Camilla suchte offenbar nach dem passenden Wort, „… mit diesem Tier unter einem Dach wohnen. Sag deinem Vater, dass ich entsprechende Maßnahmen ergreifen werde, falls es heute Abend immer noch hier steht!“

Sie rauschte davon, während ich versuchte, mich optisch zu verkleinern. Irgendwie hatte ich ja schon geahnt, dass es mal wieder Ärger geben würde.

„Grey, ich …“, setzte Gwenyfar an.

Doch Greyson unterbrach sie. „Wir sehen uns später, Gwen, okay?“ Er schob sie hinaus und schloss das Stalltor hinter ihr.

Erstaunt wartete ich ab.

Als er sich zu mir umdrehte, ließ sich schwer erkennen, ob seine Furchen auf der Stirn ein Ausdruck von Wut waren – oder der angestrengte Versuch, sich ein Grinsen zu verkneifen. Aber das konnte mir schließlich egal sein. Vermutlich würde er mich jetzt sowieso mitsamt Pferdchen vor die Tür setzen.

„Und, Frau Doktor, welche Art von Hilfe braucht Ihr Pony denn?"

Irritiert sah ich ihn an. War das sein Versuch, nett zu sein, oder wollte er mich für dumm verkaufen?

„Im Ernst, was ist los?" Greysons Stimme klang tatsächlich eine Spur freundlicher. Er ging mit prüfendem Blick um das Pony herum, bis er die Wunde entdeckte. Greyson runzelte die Stirn und strich ihm vorsichtig den Hals entlang. „Woher hat er das?"

„Woher soll ich das wissen?", fragte ich zurück. „Ich habe ihn so gefunden." Die großen Augen des Ponys waren auf mich gerichtet und plötzlich fühlte ich mich schuldig. Vielleicht wollte Greyson wirklich nur helfen. „Wer ist denn hier der Pferdeexperte?", fügte ich schnell hinzu, um nicht allzu unfreundlich zu wirken.

„Wo hast du es gefunden?" Greyson kam einen Schritt näher und ich fühlte meinen Spielraum weichen. „Ich kann mir kaum vorstellen, dass es mitten auf der Wiese stand und auf dich gewartet hat." Er sah mich forschend an.

„Nein, natürlich nicht", stammelte ich. Mein Herzschlag beschleunigte sich. „Ich habe mich auf ... äh, auf den Wegen verirrt." Wieso versagte mein Hirn schon wieder so erbärmlich? Ich hatte doch gar nichts zu verbergen.

„Soso, du bist also im Wald auf Abwege geraten." Es zuckte verräterisch in seinen Mundwinkeln. „So wie gestern Nacht etwa?"

Ich schluckte nervös. „Ich ..."

„Wir waren uns doch einig, dass du nicht mehr herumspionieren solltest." Seine Stimme nahm einen schärferen Tonfall an.

„Ich habe nur einen Waldspaziergang gemacht", sagte ich empört. „Und wir waren uns überhaupt nicht einig."

„Ach ja?“ Er hob eine Hand und fischte ein Blatt aus meinen Haaren.

Wahrscheinlich wäre nun mein Herz stehen geblieben, wenn sich nicht in derselben Sekunde das Stalltor mit einem lauten Ruck geöffnet hätte und Mum und Ambrose die Köpfe hereingesteckt hätten.

„Abby, da bist du ja. Ist alles okay?“ Mum klang besorgt. Ob das an meinem frühmorgendlichen Verschwinden lag oder daran, dass sowohl ich als auch Greyson sie überrascht anstarrten, klärte sich jedoch nicht. Greyson warf mir noch einen eindringlichen Blick zu, bevor er sich zu dem kleinen Pferd umdrehte.

„Natürlich ist alles okay“, beantwortete er wie nebenbei Mums Frage. „Abby ist nur ein bisschen auf Abwege geraten. Aber das kann doch jedem mal passieren.“ Er grinste vor sich hin.

Wenn ich aber geglaubt hatte, weiteren peinlichen Situationen entkommen zu sein, hatte ich mich getäuscht. Mum lächelte mich nachsichtig an. „Was für ein Glück, dass Greyson dich gefunden hat!“

„Na ja … also …“ Ich brach etwas hilflos ab. Mir fiel partout keine passende Erklärung ein, um Greysons nicht vorhandene Heldentat richtigzustellen.

„Wer ist denn das?“, meldete sich da Ambrose zu Wort.

„Abby hat das Pony aus dem Wald mitgebracht. Ich wollte gerade Doktor White anrufen, weil es eine Schnittwunde hat.“ Greyson trat zu seinem Vater und deutete auf den zotteligen Hals des Pferdchens, das gerade zufrieden einzelne Halme aus einem Heuballen zupfte.

Doch obwohl er meine Partei ergriff, traute ich Greyson nicht. Er führte doch was im Schilde!

„Camilla und Gwen waren nicht so begeistert von der Idee, es hier unterzustellen“, bemerkte Greyson trocken.

„Ach?“ Ambrose gelang es nicht wirklich, sein amüsiertes Lächeln zu verbergen.

„Ja, sie wollen sich beschweren, falls es heute Abend noch hier sein sollte.“ Greyson ging an mir vorbei und öffnete eine Boxentür am Ende der Stallgasse. „Aber ich denke, wir können es neben Hawk stellen. Falls es wirklich irgendwelche Krankheiten hat, kommt es nicht mit Camillas Pferden in Kontakt.“

Ambrose hob eine Augenbraue. „Siehst du für Hawk denn keine Gefahr?“

„Hawk kann andere Pferde sowieso nicht leiden, die beiden werden sich garantiert nicht zu nahe kommen.“

Ambrose nickte. „In Ordnung. Camilla wird sich schon daran gewöhnen, dass wir einen Gast haben.“ Er bedachte mich mit einem Lächeln, und ich wurde den Verdacht nicht los, dass er seine Worte auch auf mich bezog.

„Danke“, sagte ich leise. So wenig er auch zu Mum und mir passte, so nett war er zugegebenermaßen trotzdem.

Greyson hielt immer noch die Boxentür auf und ich schubste das Pferdchen sanft an. „Komm schon, das ist eine Einladung, die ich nicht ausschlagen würde.“ Ich betrat die Box und vergaß plötzlich alles. „Wahnsinn! Hat hier mal die Königin von England gewohnt?“

Greyson grinste flüchtig. „Nein, wieso?“

„Na, weil ...“ Ich strich ehrfurchtsvoll über die vergoldete Wassertränke, die ich bei meinem ersten Stallbesuch nicht gesehen hatte. Von innen waren die Pferdeboxen noch luxuriöser als von außen! Ich drehte mich einmal im Kreis und fühlte mich beinahe auf die Titelseite von „25 Beautiful Homes“ versetzt. Das Holz hatte einen warmen Braunton und war geschliffen und lackiert. Die Metalleinfassungen glänzten ebenfalls golden oder messingfarben und waren mit aufwendigen Schnörkeln verziert. Der Boden zeigte keinerlei Verschmutzungen, und ich fürchtete beinahe, dass Pferdehaufen hier verboten waren.

Unsanft schubste mich jemand von hinten an. Ich stolperte und fluchte leise. „Hey! Was soll das?"

Als ich mich umdrehte, blickte ich in die großen Augen des zotteligen Pferdes.

„Das ist ja ein toller Dank dafür, dass ich dir so ein Hotelzimmer besorgt habe", grummelte ich und trat hinaus auf den Gang.

Greyson fing mich ab. „Moment mal! Wer ein Pony hier anschleppt, muss sich auch drum kümmern!" Er hielt mir einen kleinen Eimer hin, in dem verschiedene Bürsten lagen.

„Du meinst, ich soll es *putzen?*", fragte ich.

„Ich hätte nicht gedacht, dass du dir dafür zu fein bist. Wohl doch eine Prinzessin, was?", konterte er.

Ich verzog das Gesicht. „Keine Sorge, das Etepetete-Gehabe überlasse ich dir." Ich ignorierte sein blödes Grinsen, nahm den Eimer und ging zurück in die Box.

„Wie nennst du das Pferd eigentlich?!", rief er mir hinterher.

„Bestimmt nicht Princess", murmelte ich eingeschnappt.

„Das wäre auch ziemlich doof, weil es ja, wenn überhaupt, Prince heißen müsste."

Überrascht drehte ich mich um. „Ist es ein männliches Pferd?"

Er sah mich vorwurfsvoll an. „Um den Unterschied zwischen einem Hengst und einer Stute herauszufinden, muss man wirklich kein Pferdeexperte sein."

„Es heißt Shaggy", antwortete ich knapp, um möglichst schnell das Thema zu wechseln. Eine Diskussion mit Greyson über den Unterschied zwischen männlich und weiblich wollte ich wirklich nicht führen!

„Nun, das passt zumindest", erwiderte er, stellte eine Schubkarre mit Heu vor die Boxentür und verschwand wieder.

Echt jetzt? Was sollte das denn? Ich wusste doch nicht mal ansatzweise, wie ich diese Putzsache angehen sollte! Unschlüssig betrachtete ich die Bürstenauswahl und griff endlich nach der obersten. Dem Pony war es garantiert egal, ob ich es profimäßig oder stümperhaft putzte. Besser als jetzt würde es hinterher in jedem Fall aussehen. Ich begann, sachte mit dem Striegel – der aussah wie eine weiche Babybürste – über seinen Körper zu fahren. Leider änderte das an dem Gesamtbild rein gar nichts.

Auch nach mehr als fünf Minuten sah das Pony immer noch aus wie vorher. Ich tauschte die Babybürste gegen ein drahtigeres Modell, das sich ziemlich kratzig anfühlte, als ich mit den Fingerspitzen gegen die Borsten tippte.

„Es tut mir leid, aber wahrscheinlich wirst du sonst gar nicht sauber", murmelte ich und schabte vorsichtig über das Fell. Tatsächlich lösten sich nach und nach die schlammigen Verkrustungen. Dafür staubte es umso mehr und wir versanken in einer dichten Wolke aus Schmutzpartikeln. Vermutlich sollte ich besser einen Teppichklopfer besorgen.

Ich hustete. Das Pony schien es trotzdem zu genießen. Es hatte ein Hinterbein leicht angewinkelt und döste. Irgendwie mochte ich das Zottelpferd. Es war das erste Lebewesen auf Hargrave Abbey, bei dem ich mich wohlfühlte. Vielleicht weil es hier mindestens ebenso fehl am Platz wirkte wie ich.

Mitten im schönsten Staubaufwirbeln kam Ambrose die Stallgasse hinuntergeschritten, dicht gefolgt von einem grauhaarigen Mann mit Schnurrbart. Als sie näher kamen, sah ich den kleinen Vet-Aufnäher an seinem weißen Hemd. Der Tierarzt also.

„Abby, das ist Doktor White. Whitford, das ist Abby, die Tochter meiner ..." Ambrose suchte offenbar nach dem richtigen Wort, was mich irgendwie ärgerte. „... meiner Freundin", schloss er.

„Sieh dir bitte mal das Pony an."

Doktor White krempelte sich die Hemdsärmel hoch und betrat die Box. Shaggy sah im Vergleich zu vorher geradezu manierlich aus, trotzdem runzelte der Arzt die Stirn. „Meine Güte, armer kleiner Kerl. Wo hast du dich denn herumgetrieben?“

Er ging um das Pony herum und ließ seine Hand scheinbar willkürlich über Beine und Körper gleiten. An manchen Stellen tastete er die Gelenke und Knochen gründlicher ab als an anderen. Er wirkte sehr konzentriert. Und es schien ihn nicht im Geringsten zu interessieren, ob er es mit einem Pony oder Pferd zu tun hatte und welcher Abstammung es war – er behandelte nur den Patienten.

Bei der Schnittwunde angekommen, nahm er seine Arzttasche, zog Einweghandschuhe über, holte eine große Flasche und einige Wattepads hervor und betupfte die Wunde mit der Flüssigkeit. Shaggys Fell zuckte im Gleichtakt mit seinen Ohren. Er wirkte etwas nervöser, blieb aber ruhig stehen. Nur an dem eben noch angewinkelten Bein, das jetzt fest auf dem Boden stand, konnte ich erkennen, dass er nicht mehr so entspannt war wie vorher.

Ich trat an seinen Kopf und kraulte ihn zwischen den Ohren. Seine dunklen Augen behielten mich dabei fest im Blick, aber er schien seine Scheu mir gegenüber komplett verloren zu haben.

Was ein guter Chocolate Cake doch alles ausrichten konnte!

„Die Wunde hätte genäht werden müssen“, meldete sich Doktor White wieder zu Wort. „Sie ist allerdings schon älter, deshalb lassen sich die Schnittränder nicht mehr zusammenfügen. Es wird auf jeden Fall eine Narbe zurückbleiben.“ Er hob den Kopf und schaute in die Runde, bis sein Blick an mir hängen blieb. „Du hast ihn gefunden?“

Ich nickte zaghaft, weil ich nicht wusste, ob er das gut oder schlecht fand. Doch er lächelte anerkennend.

„Da hat er wirklich Glück gehabt. Die Wunde hätte sich sicher noch entzündet, wenn ich sie nicht behandelt hätte.“ Er reichte Ambrose die gebrauchten Tupfer, schaute aber mich dabei an, als ob ich seine Assistentin wäre. „Ich spritze ihm vorsorglich eine Tetanus-Impfung und ein Antibiotikum“, sagte er, während er die Injektionen vorbereitete. „Bleib einfach an seinem Kopf stehen und dreh ihn leicht in meine Richtung, dann entspannt sich die Halsmuskulatur und er merkt den Piks gar nicht.“

Ich nickte und kraulte mit einer Hand weiter, während ich die Arbeit des Arztes interessiert verfolgte.

„Die Wunde muss jeden Tag gereinigt werden.“ Er sah mich an. „Hast du aufgepasst?“

„Ich?“, fragte ich überrascht, weil ich mich ertappt fühlte – und gleichzeitig geehrt. „Also, ja … natürlich“, antwortete ich schnell, bevor er es sich anders überlegte und vielleicht den Pferdeexperten Greyson mit dieser Aufgabe betraute.

„Gut, dann lasse ich dir die nötigen Sachen hier und komme in zwei Tagen zur Kontrolle.“ Er zog sich mit einem schmatzenden Geräusch die Handschuhe aus und legte sie oben auf die Tupfer in Ambrose’ Hand. „Du hast wirklich Glück gehabt, kleiner Freund.“ Er klopfte Shaggy auf den Rücken. „Und *du* hast eine patente Unterstützung bekommen, Ambrose.“ Er lächelte mir zu. „Schön, dich kennengelernt zu haben, Abby.“

„Willst du nicht noch zum Essen bleiben, Whitford?“, fragte Ambrose, während er den Doktor die Stallgasse entlang zum Ausgang begleitete, wo er Tupfer und Handschuhe in die Mülltonne warf.

Mein Blick glitt über das zottelige Pony, das seelenruhig in seiner Box stand und fraß, als ob es seit jeher in diesen Stall gehören würde.

Zumindest einer von uns beiden fühlte sich hier innerhalb kürzester Zeit pudelwohl.

***

Am Abend aßen wir zum Glück ohne Camilla und Gwenyfar. Ich hatte noch nicht herausgefunden, ob sie hier auf dem Schloss wohnten oder irgendwo in der Nähe. Und waren sie mit den Hargraves eigentlich irgendwie verwandt? Ich musste unbedingt Mum danach fragen.

Als ich mich gerade etwas entspannt hatte und mit vollem Bauch zurücklehnte, betrat James den Raum. „Mylord, Lady Camilla und Lady Gwenyfar sind soeben eingetroffen."

Mir wurde schlecht.

Ambrose erhob sich, Greyson sprang ebenfalls auf.

„Lass nur, Dad, ich bin mit Gwen verabredet. Camilla hat sie vermutlich nur hergebracht."

Doch die Tür öffnete sich abermals und eine aufgedonnerte Camilla betrat den Raum, dicht gefolgt von Gwenyfar – zum Entsetzen des Butlers, der die Augenbrauen empört nach oben zog. Zweifellos widersprach es den guten Sitten des Hauses, ohne seine Erlaubnis einzutreten. Ich grinste in mich hinein.

„Guten Abend, Ambrose", sagte Camilla. Sie warf einen herablassenden Blick auf Mum und mich. „Mrs Baker nebst Tochter."

Mum nickte höflich.

„Camilla, welch angenehme Überraschung!", entgegnete Ambrose. Aber er klang wie ein schlechter Lügner.

Ich hätte die beiden liebend gern ignoriert, um mir den Abend nicht zu verderben. Aber an Gwenyfars Anblick kam ich nicht vorbei. In ihrem weißen Sommerkleid sah sie aus wie eine echte Prinzessin. Eine andere Bezeichnung fiel mir leider nicht ein. Ihr hellblondes Haar fiel in akkuraten Korkenzieherlocken über ihre Schultern, ihre Haut glitzerte porzellanfarben und ihre großen blauen Augen mussten auf Jungs wie ein Magnet wirken.

Greyson jedenfalls strahlte sie an, als hätte er ewig auf diesen Anblick gewartet. Er brauchte keine Sekunde, um an ihrer Seite zu sein. Mit einer halben Verbeugung zog er ihre Hand zu sich, um einen Handkuss anzudeuten. Im selben Moment, als seine Lippen beinahe ihre Haut berührten, versteifte sich sein Körper jedoch. Sein Blick verdüsterte sich und seine andere Hand ballte sich zur Faust. Er wirkte geradezu verärgert.

„Heute keine Kronjuwelen, Mylady?“, fragte er kühl.

Sowohl Ambrose als auch Camilla drehten sich verwundert zu ihm um, aber im nächsten Moment lächelte Greyson auch schon wieder. Er legte den Arm um Gwenyfars Schultern und warf einen herausfordernden Blick in Camillas Richtung.

Camilla verzog die Lippen zu einem künstlichen Lächeln.

Es fröstelte mich. Das war mehr als nur einfache Abneigung. Trotzdem gelang es beiden, dass offenbar kaum jemand etwas davon mitbekam.

„Ich hatte nicht mit dir gerechnet“, bemerkte Ambrose beiläufig zu Camilla.

„Nach dem Vorfall heute Nachmittag im Stall hielt ich es für besser, noch einmal nach dem Rechten zu sehen.“ Camilla blickte mich an, während sie mit Ambrose sprach. Es war offensichtlich, welchen *Vorfall* sie meinte.

„Bitte, setz dich doch.“ Ambrose bot ihr einen Stuhl an.

Mein Blick wanderte von der argwöhnisch dreinschauenden Camilla zu dem perfekten Bild, das Greyson und Gwenyfar nun wieder abgaben. Am liebsten wäre ich aufgestanden und davongelaufen.

„Möchtest du einen Drink mit uns einnehmen?“ Ich beneidete Ambrose, der wirklich in jeder Situation ein formvollendetes Benehmen an den Tag legte, während ich nah daran war, einer der beiden Ladys die Augen auszukratzen. Ich wusste genau, dass

Camilla keineswegs gekommen war, um einen Cocktail mit uns zu trinken.

Greyson trat zurück an den Tisch. „Es könnte später werden, Dad. Bis nachher." Sein Blick blieb an mir hängen, obwohl ich sicher nicht die Richtige war, um seinen Ausgang abzusegnen.

„Geht nur. Viel Spaß, Kinder", sagte Ambrose lächelnd.

„Wie steht es denn nun mit dem wilden Tier?", fragte Camilla, ohne sich ablenken zu lassen. Mein persönlicher Spaßfaktor, der sowieso schon bei null gelegen hatte, sank augenblicklich in den Minusbereich. „Ich gehe davon aus, dass es bereits abgeholt worden ist und der Tierschutz sich darum kümmert." Camilla warf mir einen scharfen Blick zu.

Ich wollte aufspringen und die Flucht ergreifen.

„Nein, Doktor White war da und ...", begann Ambrose.

„... es kann bleiben, bis es gesund ist", ergänzte Greyson beinahe schadenfroh. Er trat hinter meinen Stuhl, beugte sich zu mir herunter und flüsterte mir ins Ohr: „Eins zu null für Liverpool." Ein charmantes Lächeln lag auf seinen Lippen, während er Gwenyfar hinausführte und ich ihm verblüfft hinterherstarrte.

Kapitel 7

Geisterstunde

Niemand hielt mich zurück, als ich wenig später etwas überstürzt den Speisesaal verließ. Auf ein Dessert verzichtete ich normalerweise nie. Aber gemeinsam am Tisch mit dieser Camilla hatte ich nicht mal dazu Lust!

Nachdem ich noch schnell bei Shaggy im Stall vorbeigeschaut hatte, um sicherzugehen, dass mit ihm alles in Ordnung war, saß ich nun einsam in meinem Bett. Der Versuch, mich auf mein Buch zu konzentrieren, misslang kläglich. Angestrengt starrte ich auf die Worte, die einfach keinen Sinn ergaben. In meinen Gedanken schoben sich Bilder von Camilla, Greyson und Gwenyfar vor die Szenen der Geschichte und brachten alles durcheinander. Es half nichts, heute Abend konnte mich auch meine Lieblingsbeschäftigung nicht ablenken. Und bis auf mein Pony war mir auch nicht nach Gesellschaft zumute.

Ich seufzte und klappte das Buch zu.

Vielleicht war Schlaf jetzt das Beste.

Ich drehte mich in Richtung Fenster, winkelte die Beine an und zog die Decke bis zur Nasenspitze hoch. Das Mondlicht schien wie in der vorherigen Nacht in mein Zimmer, und das mulmige Gefühl schlich sich prompt wieder an.

Die Geräusche in diesem alten Schloss waren mir trotz meines gestrigen Angsttrainings nicht geheuer. Immer wieder knackte es in einer Ecke, manchmal hörte ich auch ein Knarzen draußen auf dem Flur. Ich versuchte, mich von meinen gruseligen Fantasien abzulenken – vermutlich hatten schon sehr viele Leute in diesem Himmelbett erfolgreich Schäfchen gezählt. Seit Hunderten und Aberhunderten von Jahren. Und wahrscheinlich sollte ich genau dasselbe tun: endlich schlafen.

Ein gleichmäßiges Knirschen draußen vor dem Haus verscheuchte das erste Schäfchen, noch bevor es überhaupt eine Chance hatte. Sofort horchte ich auf.

Ein Wagen fuhr vor.

Wer mochte mitten in der Nacht zu Besuch kommen? Ich sprang aus dem Bett und huschte zum Fenster.

Unten stand eine schwarze Limousine. Eine von der Sorte, wie man sie in Gangsterfilmen sieht – vermutlich noch mit getönten Scheiben, die den Blick ins Innere verhinderten. In der Dunkelheit konnte ich kaum etwas ausmachen, auch den Fahrer nicht. Als sich die hintere Tür öffnete, wartete ich gebannt darauf, wer aussteigen würde. Zuerst erkannte ich nur eine schlanke, hochgewachsene Gestalt – bestimmt ein Junge oder ein Mann –, der mit geschmeidigen Bewegungen die Tür hinter sich schloss. Er bückte sich zum Fahrer ans Fenster und schien ihm etwas zu sagen, doch von hier oben konnte ich nichts verstehen. Als er sich umdrehte und ein Lichtschimmer vom Eingangsportal sein Gesicht erhellte, lief mir ein Kribbeln über die Haut.

Greyson.

Er musste soeben von seiner Verabredung mit Gwenyfar zurückgekommen sein. Er verschwand in Richtung Eingang und die Limousine entfernte sich über den Kiesweg zum Stall. Vermutlich befand sich dort eine Garage.

Mein Blick folgte dem dunklen Wagen, als ich plötzlich noch jemanden entdeckte, der im Schatten der Bäume durch den Schlosspark huschte.

Ich trat näher ans Fenster.

Die schlaksige Gestalt trug eine Schiebermütze und verharrte geduckt hinter einem kegelförmigen Busch, bis die Limousine außer Sichtweite war. Dann lief sie zu dem großen Tor, das hinaus in die Felder führte, und blieb dort stehen. Da eine Gruppe geometrischer Büsche den Blick auf die linke Seite des Tors verhinderte, konnte ich leider nicht viel erkennen.

Ich wandte den Kopf in Richtung Flur, weil ich kurz überlegte, ob ich meinen Beobachtungsposten am Fenster verlassen und nach unten gehen sollte – möglichst unbemerkt, natürlich. Etwas an dieser Gestalt im Garten machte mich stutzig.

Als ich jedoch zurück zum Tor blickte, war die Person schon verschwunden.

Missmutig tapste ich wieder zu meinem Bett und kletterte hinein. Mein detektivischer Spürsinn war wohl nicht besonders geschärft. Den Moment, in dem ich Greysons Schritte auf dem Gang hätte hören können, hatte ich nämlich auch verpasst.

Ich sollte wirklich versuchen zu schlafen, damit ich den morgigen Tag überstehen konnte. Mum und Ambrose hatten irgendetwas von einem Familienausflug angedeutet. Eine Vorstellung, die ich noch gruseliger fand als dieses Schloss.

Ein leises Knarren durchbrach meine Gedanken. Ich blickte zur Tür, wo das Geräusch herzukommen schien. Ein erneutes Knarzen ertönte. Eine Gänsehaut breitete sich auf meinen Armen aus, während ich den Blick unverwandt auf die Tür gerichtet hielt – aber es passierte nichts. Die Stille fügte mir beinahe körperliche Qualen zu.

Und dann … bewegte sich die Klinke langsam nach unten.

Ich hielt den Atem an.

Vielleicht täuschte mich der Schatten der Klinke? Nervös starrte ich auf die Tür, während sich meine Finger in das steife Laken krampften.

Ich hatte mich nicht geirrt: Die Klinke bewegte sich eindeutig! Allerdings zurück in ihre ursprüngliche Position. Ich atmete auf. Hastig kletterte ich aus dem Bett, lief zur Tür und drehte den Schlüssel herum. Nun fühlte ich mich sicherer.

Trotzdem blieb die Frage, wer gerade versucht hatte, meine Tür zu öffnen. Etwa Greyson? Quatsch, das ergab doch alles keinen Sinn. Oh Mann! Wenn Danny mich so sehen würde …

Na klar, Danny!

Ich kroch zurück unter die Decke, zog die Beine wieder an und holte mein Handy unter dem Kissen hervor.

Hey, Danny, bist du noch wach?, tippte ich schnell, während ich einen Blick auf die Uhr warf. Eine Minute nach zwölf. Die Chancen standen nicht schlecht, immerhin waren Ferien.

Echt jetzt, Abby? Ich schlafe! Skaten macht müde, das weißt du doch!

Enttäuscht starrte ich auf das Display.

Sorry, alte Schlafmütze!

Ich schickte noch ein dösendes Smiley hinterher. Danny war vermutlich sowieso kein guter Chatpartner, um über diese seltsamen Vorgänge zu reden. Und mein mulmiges Gefühl würde er ohnehin nicht ernst nehmen, weil er nur die mutige Abby kannte, die ihn schon im Kindergarten verteidigt hatte. Dad war der Einzige gewesen, dem ich anvertraut hatte, dass es so viele Dinge gab, die mir Angst machten.

Mehrmals blinzelte ich, um meinen Blick zu schärfen und weitere Trugbilder zu vermeiden. Falls noch etwas Merkwürdiges geschah, würde ich sicher kein Auge mehr zumachen können – die ganze restliche Nacht nicht.

Doch es geschah nichts. Rein gar nichts.

***

Irgendwann musste ich dann doch eingeschlafen sein, denn als ich aufwachte, schien bereits helles Tageslicht durch das Fenster herein. Meine Knochen fühlten sich an, als hätte ich eine Nacht im Kühlschrank verbracht: steif und klamm. Ich hatte mich nicht einen Millimeter bewegt und saß immer noch mit angezogenen Knien unter der Decke. Was für eine schreckliche Nacht.

Müde rutschte ich aus dem Bett und warf einen Blick auf mein Handy.

Selber Schlafmütze, hatte Danny schon um acht Uhr früh geschrieben und ein Foto von sich und seinem Skateboard geschickt.

Ich schüttelte den Kopf über so viel morgendlichen Elan, schlüpfte in einen Oversize-Hoodie und verließ mein Zimmer.

Von allen Räumen in diesem Schloss zog mich nur einer wie magisch an: die Küche.

Irgendwie fand ich auch diesmal den Weg. Als ich um die Ecke spähte, sah ich eine ältere Frau mit orangerotem Haar am Herd stehen: Das musste Margareta sein. Natürlich war sie nicht Mo und ich wollte mir meine Loyalität in jedem Fall bewahren, aber als der Geruch von knusprigen Brötchen in meine Nase stieg, war es um mich geschehen.

Sie drehte sich um, bevor ich etwas sagen konnte, und ein Strahlen breitete sich in ihrem sommersprossigen Gesicht aus. Ihre Augen hatten einen warmen Braunton und ich mochte sie von der ersten Sekunde an.

„Lord Hargrave junior hat mir erzählt, dass Sie meine Dessertvariationen ebenso lieben wie er.“

„Ach … ja?“, fragte ich irritiert.

„Kommen Sie rein, mein Kind. Sie sehen aus, als hätten Sie nicht besonders gut geschlafen. Und gerade dann hat man eine stärkende Mahlzeit bitter nötig.“

„Oh“, murmelte ich nur. Woher wusste sie, dass ich schlecht geschlafen hatte?

„Sie sind bei mir immer herzlich willkommen, Miss Baker.“ Mit diesen Worten setzte sie mich auf einen kleinen Holzschemel und drückte mir ein noch warmes Croissant in die Hand.

Ich biss herzhaft hinein und vergaß alles um mich herum. Es schmeckte köstlich. Meine Welt war schon wieder halbwegs in Ordnung. Margareta betrachtete mich mit zufriedenem Blick. „Wie schön, dass wenigstens einer hier ans Frühstück denkt und sich von der Aufregung nicht anstecken lässt.“

„Melcher Aufmegung?“, fragte ich mit vollem Mund.

„Die Stallburschen haben Lord Hargrave und Lord Hargrave junior heute früh schon zeitig aus dem Bett geklingelt, weil eines der Pferde erkrankt ist.“

Ich legte abrupt das Hörnchen beiseite. „Was?“ Wieso hatte ich ausgerechnet das nicht mitbekommen? Ohne eine Antwort abzuwarten, sprang ich auf. „Entschuldigung, aber ich muss nachsehen, welches Pferd ...“ Ich sparte mir genauere Ausführungen, weil die arme Margareta den Rest ohnehin nicht mehr gehört hätte. In Windeseile erreichte ich die Haustür und rannte über den Kiesweg zum Stall.

Das Tor stand auf und ich platzte mitten in eine Unterhaltung zwischen Ambrose und Doktor White hinein.

„Was, glaubst du, ist die Ursache dafür?“

„Es gibt immer mehrere Möglichkeiten. Wir müssen sehen, wie es ihm in zwei Stunden geht, dann weiß ich mehr.“

„Guten Morgen, Abby“, sagte Ambrose ruhig.

„Was ist passiert?“, fragte ich, ohne seinen Gruß zu erwidern.

In diesem Moment klingelte sein Telefon.

Nach einem Blick auf das Display seufzte er leise. „Ja, Camilla?“ Er verzog das Gesicht. „Nein, ich kann dich beruhigen. Doktor

White ist bereits hier. Nein, auch wenn ich nicht weiß, wieso, bin ich mir sicher, dass das Pony nicht der Grund dafür ist …“

Das undeutliche Kreischen, das aus dem Handy drang, ließ vermuten, dass Camilla anderer Meinung war.

„Mach dir keine Sorgen, Abby. Deinem Pferdchen geht es so weit gut. Cloudwalker hat eine Kolik und die hat ganz sicher nichts mit Shaggy zu tun.“ Doktor White klopfte mir sachte auf die Schulter und deutete auf die Box vor uns.

Der Schimmel, mit dem ich bereits bei meinem ersten Stallbesuch Bekanntschaft gemacht hatte, wirkte nervös. In regelmäßigen Abständen zuckte er mit der Nase in Richtung seines Bauchs, als ob ihn jemand in die Seite zwicken würde. Unruhig trat er von einem Bein auf das andere.

„Camilla …“, setzte Ambrose erneut an. Anscheinend jedoch ohne Erfolg. „Nein, du brauchst wirklich nicht herzukommen. Deinen Pferden geht es gut und Doktor White hat alles im Griff.“ Er seufzte wieder. „Ich lege jetzt auf, Camilla … Ja, bis später.“ Er wirkte ebenso erschöpft wie das Pferd.

Mit einem gequälten Lächeln tätschelte er mir den Arm, während er sein Handy zurück in die Jackentasche steckte. „Geh ruhig zu deinem Pony, Abby. Camilla beruhigt sich schon wieder.“

Ich nickte stumm und schlich die Stallgasse hinunter. Einerseits war ich froh, dass Shaggy nicht der Patient war, andererseits behagte mir Camillas Vorwurf nicht, dass er für ein anderes krankes Pferd im Stall verantwortlich sein sollte. So vornehm zurückhaltend Camilla auf den ersten Blick wirken mochte – sie liebte es eindeutig, für Ärger zu sorgen. Vermutlich würde sie vorerst nicht so schnell von ihrer Meinung abweichen.

Ich blieb vor Shaggys Box stehen und musste lachen. Mein zotteliger Freund schubbelte sein Hinterteil an der Boxenwand, dass die Bretter nur so ächzten. Dabei rieselten stetig Haare herab.

„Auch eine Möglichkeit, sich von dem Pelzmantel zu befreien", grinste ich.

In diesem Moment bemerkte ich in der Box neben uns eine Bewegung. Hinter dem riesigen schwarzen Pferd, das darin stand, tauchte Greysons Kopf auf.

„Hi", versuchte ich es höflich.

Warum fühlte ich mich bloß immer, als hätte er mich bei einer Straftat erwischt, wenn ich ihn traf?

„Hi", antwortete er eine gefühlte Ewigkeit später, womit sich eine weitere Unterhaltung vermutlich erübrigte. Er hatte anscheinend kein Interesse daran.

Shaggy jedoch kam zu mir und versuchte, seine Nase zwischen den Gitterstangen hindurchzustecken. Er sah aus wie ein Gefangener. Ich hoffte inständig, dass er sich nicht auch so fühlte.

„Du kannst den oberen Teil der Tür beiseiteschieben, dann kann er besser rausgucken", sagte Greyson plötzlich – als hätte er meine Gedanken gelesen. „Und vor deinen Füßen steht der Eimer von gestern. Ich habe Shaggys Namen draufgeschrieben, damit sich mögliche Infektionskrankheiten nicht auf andere Pferde übertragen."

„Oh … danke." So viel Freundlichkeit überrumpelte mich regelrecht. Hastig bückte ich mich, um den Putzeimer aufzuheben, und schob den Türriegel auf. Shaggy begann, ohne Vorwarnung an mir herumzuknabbern, sobald ich die Box betreten hatte. Er war das genaue Gegenteil von Greyson: unvoreingenommen gegenüber neuen Freundschaften und sehr kommunikationsfreudig.

„Hi, mein Süßer", flüsterte ich und bemerkte, wie Greyson nebenan innehielt. Ich konnte mich nicht bremsen, mein Blick wanderte automatisch zu ihm hinüber.

Er grinste.

„Ich meinte natürlich nicht dich", zischte ich ärgerlich.

„Nein?“, fragte er verwundert.

„Nein! *Unsere* Unterhaltung war beendet.“

„Na dann …“ Er trat auf den Gang, schloss die Boxentür hinter sich und ließ mich stehen.

Ich befühlte mit den Händen meine Wangen. Es war zum Verrücktwerden! Warum musste ich in seiner Gegenwart dauernd die Gesichtsfarbe wechseln?

„Rot steht dir übrigens gut!“, rief er über die Schulter zurück.

Oh Mann! Hatte der Typ Augen am Hinterkopf?!

„Ich schwöre dir, der Moment der Rache wird kommen“, sagte ich zu Shaggy, der mich verständnislos ansah. „Du könntest übrigens ruhig auf meiner Seite stehen, nachdem ich mich so für dich eingesetzt habe.“ Das Pony schnaubte. „Der Ärger ist mit Sicherheit auch noch nicht vorbei, wollen wir wetten?“ Ich lugte über die Boxenwand. Greyson führte gerade den kranken Schimmel in die Stallgasse und blieb bei Doktor White stehen. Bevor ich mich ducken konnte, drehte er sich noch einmal um, und unsere Blicke trafen sich. Dann verließ er mitsamt dem Pferd den Stall.

***

Ich klopfte mir Shaggys Haare von der Kleidung, was mir leider nur mäßig gelang. Wenn ich beim Frühstück – das ich nach der Aufregung jetzt wirklich dringend nötig hatte – nicht schon wieder Sticheleien von Greyson bezüglich meines Outfits hören wollte, musste ich mir wohl etwas anderes anziehen. Andererseits konnte es mir auch ziemlich egal sein, oder etwa nicht?

Ich zog mich trotzdem um. Da der Sommer offenbar seinen Höhepunkt eingeläutet hatte und mein Hoodie sowieso viel zu warm war, nahm ich eine saubere, wenn auch abgeschnittene Jeans aus dem Ungetüm von Kleiderschrank und eine leichte

Bluse. Damit konnte man bei einem simplen Frühstück hoffentlich nicht allzu viel falsch machen.

Ich band mir schnell einen Pferdeschwanz und beeilte mich, das Esszimmer zu erreichen. Doch entweder hatte sich das Schlosslabyrinth gegen mich verschworen oder die Räume hatten sich im Laufe des Morgens auf geisterhafte Weise vertauscht. Denn obwohl ich den Weg inzwischen zu kennen glaubte, fand ich mich stattdessen in einem riesigen Raum wieder, den ich auch auf meinem Erkundungsrundgang mit Mum noch nicht gesehen hatte. Dicke Vorhänge vor den Fenstern verdunkelten das Zimmer, sodass sich meine Augen erst allmählich an das Dämmerlicht gewöhnten. Aber dann sah ich die vielen Bücher. Danny hatte also recht gehabt mit seiner Vermutung, dass es in jedem Schloss eine Bibliothek gab!

Ich ließ meinen Blick durch den Raum wandern und sog die Ruhe auf, die er ausstrahlte. Ehrfürchtig trat ich an eins der deckenhohen Regale heran. Es enthielt unzählige alte Bände. Vorsichtig fuhr ich mit dem Zeigefinger über die zum Teil kunstvoll verzierten Rücken.

Die Vorstellung, Seiten umzublättern, die vor Jahrzehnten schon umgeblättert worden waren, hatte mich schon immer fasziniert. Ich hatte viele Stunden in der Central Library in Liverpool so verbracht. Sehnsüchtig dachte ich an mein Lieblingssofa dort, in der Ecke mit den Bildbänden. Ob man hier auch so unbehelligt schmökern und die Zeit vergessen durfte?

Gerade wollte ich einen besonders dicken Band herausziehen, da ertönte hinter mir ein Hüsteln. Erschrocken fuhr ich herum. Aus der Ecke neben dem Fenster löste sich ein Schatten: Greyson.

„Was machst du denn hier?“, rutschte es mir heraus.

„Na, vielen Dank auch. Ich sollte wohl eher fragen, was *du* hier machst“, gab er zurück. Er schob die Gardinen zur Seite, sodass endlich Licht in den Raum fiel und die Bücherregale erhellte. „*Ich* habe ein Schulbuch gesucht.“ Seine grauen Augen fixierten mich.

„Im Dunkeln?“, fragte ich ungläubig.

„Ich war gerade fertig und wollte wieder gehen. Und du?“

„Ich will eigentlich ins Esszimmer“, verteidigte ich mich, obwohl diese Behauptung angesichts der vielen Bücher eine glatte Lüge war. Greysons Ausrede, in so einer Bibliothek ausgerechnet ein Schulbuch zu suchen, aber vermutlich auch. „Du hast es nicht gefunden, oder?“, fragte ich mit einem Blick auf seine leeren Hände.

„Was?“, fragte er irritiert.

„Das Schulbuch!“

„Ach so. Nein, ich werde in der Ost-Bibliothek suchen müssen.“

Ich hob die Augenbrauen. „In der *Ost*-Bibliothek?“, wiederholte ich. Wie viele Zimmer mit Büchern gab es denn hier?

„Genau das habe ich gesagt. Kann ich dir sonst noch irgendwie helfen?“

Ich nickte, obwohl es mir unangenehm war, ihn um etwas zu bitten. „Kannst du mir vielleicht den Weg erklären?“

Er schob mich hinaus und schloss die Tür hinter sich. „Wenn du Dad nicht erzählst, dass du mich in der Bibliothek getroffen hast, bringe ich dich sogar hin.“

„Wieso soll ich das nicht erzählen?“, fragte ich skeptisch.

„Er muss einfach nicht wissen, dass ich hier war, okay? Sonst denkt er bloß wieder, dass ich gestern nicht so viel an meinem Ferienprojekt gearbeitet habe, wie ich sollte.“

„Aha. Und deshalb hast du im Dunkeln danach gesucht, damit dich niemand entdeckt?“

Logik war wohl eher nicht so sein Ding.

„Ich wüsste zwar nicht, was dich das angeht“, erwiderte Greyson, „aber ...“

Abrupt brach er ab und sah an mir vorbei. Blitzschnell drehte ich mich um und – stieß prompt mit jemandem zusammen. Unter lautem Scheppern spürte ich, wie sich ein Schwall Flüssigkeit über mich ergoss, während Margareta mich mit weit aufgerissenen Augen anstarrte und sich die Hand vor den Mund hielt, wie um einen Schrei zurückzuhalten.

„Du lieber Himmel, Miss Baker, das tut mir so leid! Nun habe ich Ihre Kleidung ruiniert." Margareta wedelte hilflos mit den Armen, wobei die Karaffe mit dem Saft wieder bedrohlich schwankte. „Geben Sie mir schnell Ihre Bluse, damit ich den Kirschsaft auswaschen kann, sonst bleiben hässliche rote Flecken darauf."

„Nein, *mir* tut es leid", versuchte ich, meine Tollpatschigkeit zu entschuldigen.

Doch sie schnappte erneut nach Luft und deutete erschrocken auf die grüne Streifentapete, die nun von einem riesigen dunklen Fleck verunstaltet wurde. Unzählige feine Spritzer verteilten sich darum. Margaretas Gesichtsfarbe wechselte zu Kalkweiß.

„Oh je, ich muss sofort etwas zum Reinigen holen!"

„Das ist doch kein Problem, Margareta", tröstete Greyson sie. „Machen Sie sich keine Sorgen wegen der Tapete. Ich bringe Abby in ihr Zimmer und sage Hazel Bescheid, sie kann sich um die Bluse kümmern." Er griff nach meiner Hand und zog mich mit sich. „Du hast wirklich das Talent, immer im richtigen Moment aufzutauchen."

„Ich?", fragte ich ärgerlich. „Ich habe nur das Esszimmer gesucht. Aber welcher Idiot trinkt schon Kirschsaft zum Frühstück?" Ich sah an mir hinab. Der rote Saft wirkte wie Blut auf meiner Bluse.

„Ich", sagte Greyson herausfordernd und sein Blick folgte meinem. „Also dann …" Er schob mich die Treppe hoch. „Und beeil dich, ich habe Hunger! Allerdings warte ich trotzdem besser hier, damit du nicht wieder verloren gehst."

***

Als ich mit Greyson endlich das Esszimmer betrat, blickten Mum und Ambrose uns mit großen Augen entgegen. „Da seid ihr ja", sagten sie beinahe gleichzeitig.

„Ja, ich ... wir ..." Mehr als ein Stottern bekam ich schon wieder nicht heraus.

„Ich habe Abby noch gezeigt, wie sie das Pony richtig putzt. Es sieht ja total haarig aus", übernahm Greyson die Antwort. Ich sah ihn überrascht an. „Nicht wahr, Abby?", hakte er nach und stieß mir unauffällig seinen Ellbogen in die Seite.

Ich unterdrückte einen empörten Ausruf. „Ja ... das war wirklich ... nett." Ich rang mir ein Lächeln ab, das vermutlich mehr einem Zähneblecken glich.

„Wie schön, dass ihr euch gleich so gut versteht", freute sich Mum.

„Äh, also ..." *Eigentlich nicht,* wollte ich sagen. Aber mir war klar, dass es Greyson gewesen war, der sich für Shaggy eingesetzt hatte. Genau genommen verdankte ich es nur ihm, dass mein Zottelpony bleiben durfte. Ich sollte es also tunlichst vermeiden, mich mit ihm anzulegen.

Er schob mir unterdessen höflich den Stuhl zurecht und unterhielt sich weiter mit Ambrose und Mum, als auch schon Margareta mit geröteten Wangen den Raum betrat. Sie stellte eine frische Kanne Kirschsaft auf den Tisch und zwinkerte Greyson zu. Ich wurde den Verdacht nicht los, dass diese Menschen hier allesamt etwas zu verbergen hatten.

Nur vor mir? Oder auch voreinander?

„Möchtest du etwas Kirschsaft?" Greyson hielt mir die Kanne unter die Nase.

„Nein, danke", erwiderte ich eine Spur zu heftig und griff stattdessen quer über den Tisch nach dem Brötchenkorb. Vermutlich verstieß das gegen jegliche Anstandsregel, aber das fiel mir wieder mal zu spät ein.

„Konnte Doktor White herausfinden, warum das Pferd erkrankt ist?“, fragte Mum besorgt.

Ambrose schüttelte den Kopf. „Eine Kolik ist generell erst mal nichts Ungewöhnliches. Das kann verschiedenste Gründe haben: falsches Futter, schlechte Heuqualität oder auch einfach ein Wetterumschwung.“ Er rieb sich nachdenklich die Stirn, während James die leeren Teller abräumte. „Eine eindeutige Ursache konnte Whitford nicht ausmachen. Die letzte Heuration hat Cloudwalker gestern am frühen Abend bekommen. Offiziell zumindest.“ Ambrose sah mit einem Mal besorgt aus. „Der Stallbursche hat gegen Mitternacht Geräusche gehört.“

Meine Aufmerksamkeit war geweckt. „Gegen Mitternacht?“, fragte ich argwöhnisch.

„Zur *Geisterstunde*“, murmelte der Butler dramatisch vor sich hin.

„Ja, das ist ungewöhnlich. Um diese Zeit schlafen hier eigentlich alle“, stimmte Ambrose mir zu.

„Bis auf den alten Lord Hargrave“, meldete sich der Butler wieder mit Grabesstimme zu Wort. „Aber der würde niemals seine Pferde ...“

„Ach, James, dieser Geisterglaube kommt doch nur wieder von Hazel!“, wies Ambrose ihn in freundlichem Ton zurecht.

Ich beobachtete Greyson unauffällig. Aber er ließ sich nichts anmerken, obwohl *er* um Mitternacht definitiv noch nicht geschlafen hatte.

„Angesichts des kranken Pferdes ist es vermutlich besser, wenn wir unsere Tagesplanung heute ändern, nicht wahr?“, warf Mum mitfühlend ein.

Mir kam ihre Androhung eines Familienausflugs in Erinnerung, und ich war froh, dass wenigstens *dieses* Problem vorerst beseitigt war.

„Ich weiß nicht, Darling“, erwiderte Ambrose. „Es wäre schade, wenn wir das schöne Wetter nicht nutzen würden.“

„Wie du meinst. Ich fände es natürlich toll, wenn wir alle gemeinsam etwas unternehmen könnten“, sagte Mum. „Und Abby sicherlich auch!“

Ich schwieg. Widerstand war sowieso zwecklos.

„Ich muss leider noch ziemlich viel lernen“, erklärte Greyson jedoch mit bekümmertem Gesichtsausdruck. „Für mein Ferienprojekt in Geschichte und Englische Literatur muss ich noch jede Menge lesen und recherchieren. Und Abby hat ja noch einen Termin mit Doktor White heute Nachmittag.“

Ich starrte ihn sprachlos an. *Was* hatte ich?

„Was hat sie?“, fragte Ambrose ebenso überrascht.

„Doktor White sagte, er wolle Abby noch etwas wegen des Ponys erklären“, behauptete Greyson.

Ambrose warf seinem Sohn einen eindringlichen Blick zu. In seinen Augen erkannte ich eine stumme Zurechtweisung, aber offenbar gewann Greyson die Auseinandersetzung. Er lächelte herausfordernd, bis Ambrose schließlich nickte. „In Ordnung. Du bleibst mit Abby hier und ich werde mit Linnie allein ein paar Ausflüge durch Sussex machen.“ Er wandte sich an Mum. „Ich kann es kaum erwarten, dir dein neues …“ Er stockte. „… die wunderschöne Umgebung zu zeigen.“

Wäre ich nicht so froh gewesen, um den Familienausflug herumzukommen, wäre ich sicher stutzig geworden, aber jetzt wunderte mich vor allem eins: Greysons offensichtliche Schwindelei.

„Bist du nicht enttäuscht, wenn du die Klippen von Beachy Head nicht siehst? Den Royal Pavillon, Arundel Castle oder die

Kathedrale von Chichester?" Mum sah mich traurig an. „Du würdest so viele schöne Dinge verpassen ... In Brighton gibt es auch eine sehr große Bibliothek", fügte sie noch hoffnungsvoll hinzu.

„Ich könnte Abby die Bibliothek auch morgen zeigen. Ich muss dort ohnehin noch ein paar Dinge für die Schule recherchieren", bemerkte Greyson beiläufig. „Danach könnten wir einen Abstecher nach Beachy Head machen, dann hat sie zumindest ein bisschen Sightseeing gehabt." Er lächelte Mum an, aber ich hatte das Gefühl, dass hier irgendetwas nicht stimmte. Wieso war er auf einmal so nett?

„Das ist eine wunderbare Idee, Greyson." Ambrose sah seinen Sohn wohlwollend an. „Vielleicht könnt ihr Gwen noch mitnehmen." Er wandte sich an Mum. „Das ist bestimmt viel aufregender für Abby, als mit uns alten Leuten zu fahren." Kleine Lachfältchen umrandeten seine Augen, aber er sah alles andere als alt damit aus. „Außerdem könntet ihr heute ein Auge auf Cloudwalker haben, das würde mich sehr beruhigen."

„Natürlich, Dad. So machen wir es. Ich finde diese Lösung auch viel besser. Ihr dürft ruhig mal was alleine unternehmen." Greyson zwinkerte Ambrose zu. „Und ich werde gleich mit meinem Projekt anfangen, damit ich mir die Zeit besser einteilen kann." Er erhob sich, bevor ich meinen Protest anbringen konnte, und ich schloss entnervt die Augen. Ich war wirklich eine gute Schülerin, aber dieser Eifer erschien selbst mir unerträglich.

„Am besten kommst du gleich mit, Abby, dann kann ich dir in der Bibliothek noch ein paar Fachbücher über Pferdepflege heraussuchen und beim Hochtragen helfen."

Ich überlegte kurz, was passieren würde, wenn ich ihm hier und jetzt einen Kinnhaken verpasste – nicht so einen kleinen zarten, mit dem ich Danny gern ärgerte, sondern einen richtigen –, aber Mum sah ihn an, als wäre er die Perfektion in Person.

„Ich war sowieso fertig." Mit einem gequälten Lächeln erhob ich mich. Greyson nahm – als wäre das alles nicht bereits genug – auch noch meine Hand und zog mich ungeduldig hinter sich her.

„Viel Spaß, Mum!", rief ich noch, ehe die Tür hinter uns zufiel.

Auf dem Flur befreite ich mich energisch aus Greysons Griff. „Was fällt dir eigentlich ein?", fauchte ich. „Vielleicht *wollte* ich ja mit Mum und Ambrose nach …"

Doch er hielt mir mit warnendem Gesichtsausdruck den Mund zu. „Schscht! Willst du, dass sie uns hören?"

Was ich *wollte,* war, ihm mit aller Kraft gegen das Schienbein zu treten und schreiend wegzulaufen.

„Wir können das gerne in der Bibliothek ausdiskutieren, ja?" Er gab sich höflich, sein Gesichtsausdruck zeigte jedoch deutlich, dass er keinen Widerspruch duldete.

Ich beschloss, mir seine Erklärungsversuche anzuhören, und betrat mit finsterer Miene die Bibliothek.

„Du mieser Schnösel", setzte ich an, sobald Greyson die schwere Tür hinter uns geschlossen hatte.

Er schaute mich belustigt an. „Interessante Ausdrucksweise."

„Was fällt dir eigentlich ein? Erst verscheuchst du mich aus der Bibliothek, weil du angeblich Angst hast, jemand könnte erfahren, dass du hier warst." Ich holte tief Luft. „Dann erfindest du einen Termin mit dem Tierarzt, von dem Doktor White vorhin keinen Ton gesagt hat, dabei kannst du gar nicht wissen, ob ich Mum und Ambrose nicht gern auf einem Ausflug durch Sussex begleitet hätte!" Meine Stimme überschlug sich beinahe. „Und jetzt schleppst du mich sogar wieder zurück in die Bibliothek. Was willst du eigentlich?" Ich stemmte die Hände in die Hüften, um zu verhindern, dass sie sich selbstständig machten und ihn kurzerhand erwürgten.

„Ich habe es mir einfach anders überlegt", antwortete Greyson.

„Anders überlegt?!" Meine Stimme klang leider eine Spur zu schrill, aber darauf konnte ich jetzt keine Rücksicht nehmen. Es war dringend notwendig, endlich mal meinen Standpunkt zu klären.

„Ja, ich habe mir überlegt, dass ich so die beste Gelegenheit habe, mich in Ruhe hier umzusehen. Du bist mein Alibi."

Einen Moment lang war ich zu zornig zum Antworten. Er bemühte sich noch nicht einmal, seine Übergriffigkeit zu verteidigen!

„Ich habe absolut kein Interesse daran, dein Alibi zu sein", sagte ich dann so ruhig wie möglich. „Für was auch immer. Warum um alles in der Welt sollte ich *das* tun?"

„Vielleicht, weil du mir dankbar bist, dass ich dein Pony in der Box neben meinem Pferd untergebracht habe – obwohl alle anderen dagegen waren?"

Ich starrte ihn schweigend an.

„Das überzeugt dich, was?", fragte er frech. „Schön, dass wir uns einig sind." Greyson wandte sich um und begann, die Regale abzugehen.

Meine Körpertemperatur stieg bedrohlich an und diesmal hatte es rein gar nichts mit einer eventuellen Schwäche für Greyson zu tun. Ich kochte innerlich! Noch nie hatte mich jemand so wahnsinnig gemacht wie dieser ... Mir fiel noch nicht mal eine passende Bezeichnung für ihn ein. „Ich gehe!", stieß ich mit zusammengepressten Kiefern hervor.

Er sah mich überrascht an. „Du gehst?"

„Ja, stell dir das mal vor!"

Ich war so schnell an der Tür, dass mir selbst keine Zeit blieb, meine Handlung zu überdenken. Ich spürte bereits das kühle Metall des Türgriffs unter meinen Fingern.

Greyson schaffte es trotzdem, sich mir in den Weg zu schieben. Er sah mich eindringlich an. „Es ist ... Ich suche ein Buch."

Ich verzog das Gesicht. „Das sagtest du bereits. Leider kann ich dir dabei wirklich nicht helfen."

„Ich will nicht, dass es jemand mitbekommt."

„Das ist nicht mein Problem."

„Bitte, Abby ... Ich brauche deine Hilfe!"

„Ich verstehe es einfach nicht", beharrte ich kopfschüttelnd. „Wenn du doch sowieso dauernd irgendwelche Bücher für die Schule brauchst, wieso sollte jemandem auffallen, dass du dabei noch ein anderes Buch suchst?"

Er zögerte mit seiner Antwort, als müsse er abwägen, ob ich sein Geheimnis für mich behalten konnte. „Es geht ... um ein Versteck", sagte er schließlich.

Ich zog skeptisch die Augenbrauen in die Höhe.

Greyson atmete hörbar ein. „Ich habe von einem Geheimversteck gelesen, das ich bisher noch nicht finden konnte. Ich glaube, dass es in der Bibliothek ist, und ich brauche jemanden, der aufpasst, damit niemand reinkommt, während ich danach suche." Ich wollte gerade zu einer Antwort ansetzen, als sich wie aufs Stichwort die Tür öffnete und die Generalin hereinkam. Vor Staunen blieb mir der Mund offen stehen. Das war doch ein abgekartetes Spiel!

Die Haushälterin nickte uns steif zu und begann, an den Sesseln und Tischchen, die in einer Ecke des Raumes standen, herumzurücken – ohne erkennbares Ziel, wie ich fand.

Greyson warf mir einen bedeutsamen Blick zu und trat an eines der Regale. Er zog verschiedene Bücher heraus und legte sie auf einen Stapel, den er mir dann in die Arme drückte. „Ich glaube, das reicht erst mal, sonst gehst du noch als Streberin durch."

Ich schnaubte. „In deiner Gegenwart falle ich damit bestimmt nicht auf."

Er lächelte. „Selbstverständlich nicht, wie konnte ich das nur vergessen." Greyson schob mich hinaus. „Und, was habe ich dir gesagt?", füsterte er, nachdem er die Tür verschlossen hatte. „Wir treffen uns in einer Stunde wieder hier, dann dürften Dad und deine Mum aufgebrochen sein." Damit wandte er sich zum Gehen.

„Wolltest *du* nicht die Schulbücher rauftragen?", fragte ich empört.

„Nein, tut mir leid, das habe ich mir auch gerade anders überlegt", sagte er mit einem breiten Grinsen. „Aber vielleicht ist dir der alte Lord Hargrave behilflich. Anscheinend treibt er sich seit deiner Ankunft ja wieder auf den Schlossfluren herum."

„Wie meinst du das denn jetzt schon wieder?", fragte ich misstrauisch.

„Du weißt schon, wie ich das meine. In den ganzen letzten Jahren hat es hier nicht mehr so viel gespukt wie in den vergangenen Tagen ..."

„Wieso sollte ausgerechnet ich etwas mit diesen Spukgeschichten zu tun haben?"

„Das frage ich mich auch. Aber immerhin hast du ja ein besonderes Faible für die Geisterstunde. Oder wieso warst du bisher jede Nacht um diese Zeit noch wach?"

Kapitel 8

Haarige Angelegenheiten

Dieser Mistkerl hatte mich natürlich nicht mal bis zum Treppenaufgang begleitet und so balancierte ich mühsam und leise fluchend den Bücherstapel den Flur entlang. Inzwischen hatte ich vermutlich eine ähnlich dunkelgrüne Farbe angenommen wie der Teppich.

Glücklicherweise fand ich den Rückweg auch allein und gelangte ohne Umwege zurück in die Eingangshalle. In meinem Zimmer angekommen, ließ ich die Bücher vorsichtig aufs Bett fallen und betrachtete frustriert mein Lernmaterial. Sollte ich das jetzt alles lesen – bloß weil Greyson Hargrave der Meinung war, dass ich zu blöd war, um ein Pony zu bürsten? So schwer war das nicht, oder?

Ich holte mein Handy hervor und tippte eine Nachricht an Danny. Eigentlich hatte ich mir vorgenommen, ihm so wenig wie möglich vorzujammern, wie schrecklich ich es hier fand, aber jetzt musste ich meinen Ärger einfach mit jemandem teilen.

Aaaargh! Null Skateboardfahren, aber hundert Prozent Idioten um mich herum. Ich tippte entschlossen auf das Wut-Smiley und sandte die Nachricht ab.

Es dauerte nicht lange, bis eine Antwort kam: **Was auch immer du damit meinst, Abby – aber sorry, ich würde lügen, wenn ich es nicht gut fände, dass dir Liverpool besser gefällt. Du sollst ja nicht am Ende vergessen zurückzukommen!** Danny schickte ein Smiley mit Heiligenschein.

Ich musste grinsen. **Haha.**

Eine Zeit lang wartete ich auf seine Antwort, die jedoch ausblieb.

Liverpool gefällt mir nicht nur besser, ich vermisse es! Erst zögerte ich, doch dann schickte ich noch einen weinenden Smiley hinterher.

Diesmal reagierte Danny schnell. **Ich vermisse DICH!!!**

Ich biss mir auf die Lippe.

Danke. 😉

Dannys Antwort kam prompt: ein rotes Herz, das pumpte, als ob es jeden Moment zum Leben erweckt werden würde. Mit gemischten Gefühlen schob ich mein Handy unter das Kopfkissen.

Dann griff ich wahllos nach einem der Bücher und lehnte mich zurück. Hineinschauen konnte ich ja mal.

Der Titel des Buches lautete, ohne Scherz: „Mein Pony & ich – das ABC für kleine Pferdefreundinnen.“

Mann, Greyson! Das war jetzt echt nicht wahr! Das Cover zierte passend zum Titel ein Mädchen, das allenfalls halb so alt war wie ich. Ich war kurz davor, das Buch wieder wegzulegen. Andererseits … Vielleicht lag Greyson ja gar nicht so sehr daneben: Ich hatte zwar schon jede Menge Romane über Pferde gelesen, aber noch nie ein Sachbuch über die richtige Pflege in der Hand gehabt.

Also gut. Shaggy zuliebe würde ich einen kurzen Blick hineinwerfen. *Nur* Shaggy zuliebe.

Ich schlug die erste Seite auf und begann zu lesen.

***

Laute Rufe auf dem Hof ließen mich aufhorchen. Ich hatte beim Lesen völlig die Zeit vergessen. Denn falls Greyson gedacht hatte, dass er mich mit seiner Lektüreauswahl geärgert hätte, musste ich ihn enttäuschen: Von Kapiteln wie *Bevor ich mir ein erstes eigenes Pferd wünsche* bis hin zu *Fellpflege für Anfänger* fühlte ich mich echt informiert. Das Buch war vielleicht für Grundschulzwerge, aber durchaus nützlich für einen Pferdeneuling wie mich. Die Rufe auf dem Hof gingen in Gebrüll über. Ich sprang zum Fenster und suchte nach der Ursache der Aufregung.

Die Stallburschen, James und die Generalin liefen mit fuchtelnden Armen durch den Park, als ob sie jemanden verfolgen würden. Ich entdeckte Greyson, der an ihrer Spitze rannte, und musste unwillkürlich grinsen. Vielleicht hatte er es sich endlich mit mehreren Leuten gleichzeitig verscherzt?

Mein Blick folgte der Richtung, die alle eingeschlagen hatten, bis mir das Lachen verging. Ich glaubte meinen Augen nicht zu trauen: Da war Shaggy! Und er lief geradewegs über die Felder auf den Wald zu. Wohlgemerkt außerhalb des Schlossparks.

Blitzschnell schnappte ich mir meine Schuhe, in die ich auf dem Weg zur Treppe hüpfend hineinschlüpfte. Wie zum Teufel war Shaggy aus seiner Box gekommen? Ich stopfte die Schnürsenkel in die Innenseiten der Schuhe und nahm mehrere Stufen auf einmal. An der Eingangstür rannte ich um ein Haar den Butler um, der gerade noch zur Seite springen konnte. Er war hochrot im Gesicht.

„’tschuldigung!“, rief ich schnell, obwohl das vermutlich nichts daran ändern würde, dass ich sowieso immer negativ auffiel.

Ich hechtete über den Kiesweg. Wenn ich nicht schnell genug war, würde ich mein Pferd in der hügeligen Landschaft aus den Augen verlieren und nie wiedersehen. Mein Herz schlug im Trommelwirbel gegen meinen Brustkorb, aber ich verlangsamte meine Schritte nicht. Atemlos rannte ich durch das große Tor, das den Schlosspark von der Außenwelt trennte.

„Warte doch, Abby!", rief Greyson, als ich an ihm vorbeistürmte.

Ich ignorierte ihn. Auf das Gezeter der Generalin, die gerade eintraf, hörte ich ebenso wenig. Mit geballten Fäusten kämpfte ich mich den Hügel empor, in dem verzweifelten Versuch, nicht an Tempo zu verlieren.

Doch natürlich war Shaggy schneller.

Wer glaubte auch schon, dass er ein Pferd einholen konnte? Offenbar nur so eine dumme Nuss wie ich, deren Fachwissen kaum über das „ABC für kleine Pferdefreundinnen" hinausging.

Keine zweihundert Meter später blieb ich keuchend stehen. Von meinem Pony war nichts mehr zu sehen.

Während ich gleichzeitig versuchte, wieder Luft zu bekommen und die Tränen zurückzuhalten, legte sich plötzlich eine Hand auf meine Schulter.

„Vergiss es. So holst du ihn nicht ein."

Ich fuhr herum. „Lass mich jetzt einfach in Ruhe, okay?!"

Greysons Augen weiteten sich, und fast tat es mir leid, dass ich ihn so angefaucht hatte.

Er schwieg jedoch und versuchte noch nicht mal, mir weiter gute Ratschläge zu erteilen. Ohne ein weiteres Wort drehte ich mich um und stapfte davon. Selbst wenn ich mein bisheriges Tempo nicht durchhalten konnte – die Suche nach Shaggy gab ich garantiert nicht auf. Und auf Greysons Hilfe war ich sowieso nicht angewiesen.

Aktuell beschäftigte mich ohnehin viel mehr die Frage, wie das alles passieren konnte. Jemand musste Shaggys Boxentür offen gelassen haben – und der schlaue kleine Kerl hatte diese Chance genutzt, seine Freiheit zurückzugewinnen. Übel nehmen konnte ich es ihm nicht, immerhin dachte ich ja auch dauernd darüber nach, wie schön es wäre, von hier zu verschwinden.

Ich wischte mir energisch über die Augen und versuchte, meinen Blick zu schärfen, um möglicherweise doch noch Shaggys Umrisse am Waldrand zu erkennen. Doch er blieb unauffindbar. In der schwachen Hoffnung, dass er vielleicht stehen bleiben und hinter der nächsten Ecke auf mich warten würde, lief ich weiter.

Gefühlte Stunden später – die sich nach einem Blick auf die Uhr als gerade mal zwanzig Minuten erwiesen – hörte ich ein Geräusch. Ein Geräusch, das sich verdächtig nach dem dumpfen Hufschlag eines Pferdes anhörte. Verwundert sah ich mich um: Ein Reiter näherte sich in schnellem Tempo der kleinen Anhöhe, auf der ich stand. Auch wenn ich meinen Augen zunächst nicht traute, als das schwarze Pferd wenige Meter vor mir zum Stehen kam: Der Reiter war Greyson.

Ich kniff die Augen zusammen. „Was willst du?“

Er lachte und sprang ab. „Immer wieder gern. Aber ein einfaches Danke hätte auch gereicht.“

„Danke?“ Ich musterte ihn kritisch. „Wofür sollte ich mich bei dir bedanken? Soweit ich mich erinnere, warst du bislang vor allem dann nett zu mir, wenn es für dich von Vorteil war. Hm, lass mich mal überlegen ... Wer weiß, vielleicht hast du sogar absichtlich die Boxentür offen gelassen, damit du Camilla endlich vom Hals hast.“ Ich drehte mich um und ging einfach weiter.

„Hey, warte doch mal!“ Mit dem Pferd am Zügel lief er neben mir her. „Das ist doch Quatsch, wieso sollte ich das tun?“ Er griff nach meinen Arm, sodass ich ihn ansehen musste. „Ich will dir helfen. Wir werden Shaggy schon finden. Versprochen.“ Seine Stimme klang sanft – überzeugen konnte er mich damit allerdings noch lange nicht.

„*Ich* werde ihn finden“, sagte ich stur.

Doch er grinste nur. „Ohne mich? Keine Chance! Dad macht mich einen Kopf kürzer, wenn ich ihm sage, dass du schon wieder im Wald verschwunden bist, kaum dass er uns allein gelassen hat.“

„Was soll das werden, ein neuer Erpressungsversuch?“ Ich funkelte ihn an.

„Keine Sorge. Im Grunde ist es sowieso Hawk, der dir hilft. Er hat von uns beiden die bessere Spürnase.“ Greyson sah mich mit einem Blick an, der meine Knie irritierenderweise von einer Sekunde zur anderen in Wackelpudding verwandelte.

Schnell wandte ich den Kopf zur Seite und betrachtete das riesige schwarze Pferd, das folgsam hinter ihm herschritt.

„Er ist ziemlich groß für einen Spürhund“, brummte ich.

Greyson lachte. „Für einen Hund bestimmt! Für einen Hengst ist er eher klein, deshalb ist er auch nur bedingt für die Zucht geeignet. Sein großes Plus ist sein Charakter und eben sein guter Geruchssinn.“ Wie zur Bestätigung schnaubte der Hengst. Bei jedem Schritt bewegten sich seine Muskeln wie bei einem durchtrainierten Sportler. Sein glänzendes schwarzes Fell sah nach stundenlanger Putzarbeit aus – oder nach guter Fütterung.

„Gibst du ihm Öl?“, fragte ich, bevor ich mich zurückhalten konnte.

„Was?“ Greyson schaute mich verwundert an.

„Das ‚ABC für kleine Pferdefreundinnen‘. Liest du eigentlich immer noch Mädchenbücher?“ Ich warf ihm einen herausfordernden Blick zu.

Er lächelte. „Das Buch gehörte meiner Mum. Aber wie ich sehe, hast du deine Hausaufgaben gemacht.“ Er ging eine Weile schweigend weiter, während ich überlegte, dass ich gar nichts über seine Mutter wusste. Waren sie und Ambrose geschieden?

„Falls du es wirklich wissen willst“, sagte Greyson schließlich, „ja, er bekommt Öl. Das unterstützt ein seidiges Fell.“

Fasziniert beobachtete ich das Pferd, das mit aufgestellten Ohren neben Greyson herschritt. Es sah tatsächlich aus, als würde es etwas suchen. Hin und wieder drehte es den Kopf in eine andere Richtung und blähte die Nüstern. Wäre ich nicht so in Sorge um Shaggy gewesen, hätte ich mich halb totgelacht.

Und wenn ich mich nicht so klein und ohnmächtig gefühlt hätte, wäre mir vielleicht auch aufgefallen, dass Greyson einfach nur dem Weg folgte. Aber wie auch immer er Shaggy fand, er tat es jedenfalls. Ob nun mit oder ohne Unterstützung seines Pferdes.

Mein untreuer Freund stand auf einer kleinen Lichtung, die mir ziemlich bekannt vorkam. Genau hier hatte ich ihn aus dem Gebüsch befreit.

„Da ist er“, kommentierte Greyson voller Stolz seine Leistung.

Ungläubig starrte ich mein Pony an. Ich hatte einen riesigen Kloß im Hals. „Warum ist er denn hierher zurückgekommen?“, flüsterte ich endlich. Hatte ich ihm mit meiner Rettungsaktion am Ende gar keinen Gefallen getan? Ich fühlte, wie meine Wiedersehensfreude schwand.

„Hey“, Greyson stieß mich in die Seite. „Ponys sind manchmal so. Das muss nicht heißen, dass er dich nicht mag.“

Ich konnte nicht antworten, sondern nickte nur.

„Könnte es aber“, setzte Greyson mit einem Grinsen nach. Am liebsten hätte ich ihm doch noch den Kinnhaken verpasst, den er wirklich schon lange verdient hätte. Hilfe hin oder her.

Ich ließ ihn stehen und betrat die Lichtung. Shaggy spitzte die Ohren, als ich näher kam. Sein linkes Ohr, das in meine Richtung zeigte, zuckte aufmerksam hin und her.

„Ja, genau, schäm dich ruhig. Du bist einfach abgehauen, ohne Bescheid zu geben!“, schimpfte ich liebevoll.

Der kleine Ausbrecher wirkte nicht besonders reumütig, machte aber auch nicht den Versuch, wieder abzuhauen. Als ich vor ihm stand, stupste er mich mit seiner Nase an, als ob er mich besänftigen wollte. Und ehrlich gesagt gelang ihm das auch mühelos.

„Warum tust du so was?“, fragte ich unnötigerweise.

Shaggy begann, meine Taschen eifrig nach etwas Essbarem abzusuchen.

„Na, toll. Wolltest du etwa einfach nur mehr von dem Kuchen und bist deshalb weggelaufen?“

„Du hast ihm Kuchen gegeben?“, mischte sich Greyson ein. Er trat hinter mich, was sich leider schon wieder negativ auf meine Hirnfunktion auswirkte.

„Äh, ja?“, fragte ich zurück.

„Du solltest doch noch mal einen Blick in das ‚ABC für kleine Pferdefreundinnen‘ werfen. Waren die Erklärungen zu schwierig für dich? Kuchen ist ziemlich ungesund für Pferde.“

„Sehr witzig! Daran werde ich das nächste Mal denken, wenn ich einen Spaziergang mache und *für mich* etwas Proviant einstecken will. Vorsichtshalber esse ich unterwegs nur noch Äpfel und Pferdeleckerli.“

Während ich Shaggys Nase streichelte, die weiter an mir herumstupste, fiel mir auf, dass ich gar keinen Strick oder etwas Ähnliches mitgenommen hatte, um ihn nach Hause zu führen.

„Immerhin, es freut mich, dass die Dessertvariationen dich offensichtlich nachhaltig beeindruckt haben“, sagte Greyson – und hielt mir ein Halfter unter die Nase.

„Danke“, knurrte ich.

„Keine Ursache.“ Es klang aufrichtig. Verwundert suchte ich in seinem Gesichtsausdruck nach einer Spur seines üblichen dämlichen Grinsens, aber Fehlanzeige: Ich entdeckte jede Menge Gefühlsregungen, aber keinerlei Spott.

Schnell drehte ich mich um und zog Shaggy das Halfter über. Ich zupfte die wilde Mähne zurecht, in der sich schon wieder etliche Kletten verfangen hatten. „Was hast du nur immer hier zu suchen?“, fragte ich leise.

„Vermutlich liebt er es, frei zu sein“, antwortete Greyson.

„Doktor White hat aber gesagt, dass er versorgt werden muss, damit die Wunde sich nicht entzündet." Ich hatte das Gefühl, mich rechtfertigen zu müssen.

Greyson schwieg eine Weile. „Meine Mum war auch so", erwiderte er schließlich leise.

Ich sah ihn überrascht an. „Deine Mum?"

Er blickte mich an, als hätte ich ihn bei etwas ertappt. „Vergiss es." Abrupt drehte er sich um und führte sein Pferd zurück über die Lichtung. Shaggy folgte den beiden, ohne dass ich ihn dazu überreden musste.

Eilig lief ich hinterher. Was war mit Greysons Mum? Mir fiel auf, dass ich wirklich überhaupt nichts über die Familienverhältnisse der Hargraves wusste. Nur die Frage, ob Gwenyfar und Greyson verwandt waren, konnte ich mir inzwischen selbst beantworten – wenn man die beiden zusammen sah, erübrigte sie sich nahezu. Es gab aber definitiv noch jede Menge andere Dinge, die ich herausfinden musste.

Greyson legte ein strammes Tempo vor, sodass ich mit Shaggy immer ein paar Meter hinter ihm und seinem Hengst herlief, was eine Unterhaltung absolut unmöglich machte.

Mir blieb nichts anderes übrig, als ihnen stumm zu folgen, bis wir das große Tor erreichten. Wir durchquerten den Park und Greyson öffnete die Stalltür. Doch kaum hatte ich Shaggy in seine Box gebracht, sah ich neues Unheil die Stallgasse herunterkommen … Camilla mit Gwenyfar im Schlepptau.

„Greyson!" Camillas Ruf hallte in meinen Ohren wie eine Alarmsirene.

Nicht nur ich zuckte zusammen, auch Greyson neben mir veränderte seine Körperhaltung. Er straffte die Schultern und reckte sein Kinn einige Zentimeter höher. Dadurch wirkte er erwachsener und noch kühler. Vermutlich ein schlauer Zug von ihm.

„Wieso steht dieses Pony immer noch hier im Stall?", fragte Camilla in scharfem Ton, als sie vor uns stehen blieb.

„Hallo, Camilla", erwiderte Greyson ruhig und trat aus der Box. „Das Pony steht neben Hawk. Wir haben extra dafür gesorgt, dass es mit deinen Pferden nicht in Kontakt kommt."

Camilla schnaubte, was ihr selbst eine gewisse Ähnlichkeit mit einem Pferd verlieh. Laut dem „ABC für kleine Pferdefreundinnen" war Schnauben entweder ein Zeichen von Zufriedenheit oder es bedeutete das Bewältigen einer Stresssituation.

Ich musste mir ein Grinsen verkneifen, weil ich mir vorstellte, wie oft am Tag Camilla wohl abschnauben musste. Sie wirkte eigentlich dauergestresst.

Gwenyfar trat neben Greyson und berührte in einer zärtlichen Geste seinen Arm. Ich schluckte gegen das mulmige Gefühl in meiner Magengegend an, während Greyson Gwenyfars Finger kurz drückte, sie aber sanft beiseiteschob.

„Es bleibt dabei. Solange das Pony ärztliche Versorgung benötigt, wird Doktor White es behandeln, und genauso lange kann es hier im Stall stehen." Greyson blickte Camilla herausfordernd an.

Ich musste zugeben, dass ich ihn in diesem Moment bewunderte. Er ließ sich in keiner Weise einschüchtern und schien im Gegenteil an dem Widerstand, den sie ihm entgegenbrachte, noch zu wachsen.

„Ich werde mit Ambrose darüber reden", blaffte Camilla und wandte sich um.

„Das kannst du natürlich gerne machen." Greyson lächelte.

Gwenyfar hakte sich bei ihm unter, was in meinen Augen mehr wie ein Festklammern wirkte. „Denkst du an Raimons Party am Wochenende?", flötete sie in sein Ohr.

„Mal sehen – wenn deine Mutter mich bis dahin nicht aufgefressen hat." Er sah Camilla deutlich genervt hinterher.

„Ach, du weißt doch, wie sie manchmal ist", sagte Gwenyfar. Sie wirkte tatsächlich etwas verlegen.

„Genau, deshalb ja." Greyson schob sie zum Tor und küsste sie auf die Wange. „Ich hab noch zu tun, Gwen. Wir sehen uns."

Sie schlang ihre Arme um seinen Hals und schmiegte sich regelrecht an ihn. Mir versetzte es einen Stich. Auch Greyson schien einen Moment überrumpelt, dann machte er sich frei.

Ich wurde aus ihrem Verhältnis nicht schlau. Manchmal kam es mir so vor, als würde Greyson Gwenyfar geradezu lästig finden, andererseits schien er ziemlich oft etwas mit ihr zu unternehmen. Mehr als mir lieb war, um ehrlich zu sein.

Hastig wandte ich mich ab. Ich schnappte mir den Putzeimer aus dem Regal und betrat Shaggys Box, ohne die beiden weiter zu beachten.

„Wenigstens hab ich dich wieder", sagte ich leise, während ich Shaggy hinter den Ohren kraulte. „Wer hat dir denn nun geholfen, hier auszubrechen? Oder brauchtest du gar keine Hilfe?"

Ich stellte den Eimer ab und besah mir das Schloss an der Tür genauer. Vielleicht war es nicht besonders klug gewesen, den oberen Teil mit den Gitterstangen beiseitezuschieben? Trotzdem erschien es mir nahezu unmöglich für Shaggy, den Riegel anzuheben. Konnte ein Pferd ernsthaft so clever sein oder hatte ihn nicht doch heimlich jemand aus der Box gelassen? Camilla, beispielsweise?

„Am besten machst du das obere Gitter wieder zu, dann kommt er nicht mehr so leicht an den Riegel."

Der schlaue Greyson!

„Ach, wirklich?", erwiderte ich gereizt. „Da wäre ich ja niemals drauf gekommen."

Greyson fixierte mich mit zusammengezogenen Brauen. „Kann ich dir noch bei irgendetwas helfen?", fragte er.

„Nein danke, ich habe ja jetzt das ‚ABC für kleine Pferdefreundinnen'. Da brauche ich *dich* wirklich nicht mehr." Ich warf ihm einen kühlen Blick zu und widmete mich mit größtem Interesse dem Putzeimer. „Auf diese haarige Katastrophe bin ich jetzt bestens vorbereitet."

„Schade", murmelte er, drehte sich um und marschierte hinaus. Hatte ich mich verhört?

Ich konzentrierte mich schleunigst auf mein zotteliges Pferd. Etwas Ablenkung von Greyson Hargrave und seinem seltsamen Verhalten konnte ich gut gebrauchen. Eine nahezu unlösbare Aufgabe erschien mir dazu perfekt geeignet!

***

„Möchtest du noch etwas Soße, Abby?", fragte Greyson in bester Gentleman-Manier. Sein Grinsen allerdings war wieder genauso dämlich wie eh und je.

„Ich bin sehr erleichtert, dass es Cloudwalker inzwischen besser geht", sagte Ambrose. „Bestimmt habt ihr morgen auch einen schönen Tag in Brighton. Das Wetter soll grandios werden." Er lächelte mir zu.

„Es war echt gut, dass wir hiergeblieben sind. Shaggy ist abgehauen", sagte ich schnell, um das Thema zu wechseln.

„Oh, nein! Wie konnte das denn passieren?", fragte Mum besorgt.

„Keine Ahnung", ich zuckte mit den Schultern. „Vielleicht hat jemand die Box offen gelassen?" Ich warf einen auffällig-unauffälligen Blick in Greysons Richtung.

„Ich glaube, er hat sich selbst befreit", antwortete Greyson ruhig. Na gut. Vielleicht hatte ich ihm und sogar Camilla wirklich unrecht getan.

„Ich verspreche dir, dass ich dafür morgen nach Shaggy sehen werde, wenn ihr beiden nach Brighton fahrt." Mum strahlte. „Die Klippen von Beachy Head darfst du dir auf keinen Fall entgehen lassen!"

„Gwen war auch ganz begeistert von dieser Idee", sagte Ambrose. „Ich habe Camilla von dem Ausflug erzählt."

Greyson und ich sahen beinahe gleichzeitig auf.

Unnötig zu erwähnen, dass ich nicht gerade in Begeisterungsstürme ausbrach. Greyson zog die Augenbrauen zusammen, als müsste er angestrengt nachdenken. Seine Gesichtszüge zeigten jede Menge unausgesprochener Worte. Er schwieg jedoch.

„Es wird bestimmt ein toller Tag", bekräftigte Mum noch mal. „Es ist wirklich eine sehr gute Idee, dass ihr jungen Leute einen Ausflug ohne uns macht."

„Das finde ich auch und abgesehen davon ist Greyson ein viel besserer Fremdenführer als ich." Ambrose warf seinem Sohn einen wohlwollenden Blick zu. „Ich bin froh, dass ihr euch so gut versteht. Vielleicht wollt ihr schon ein paar Stopps auf eurer Route planen? Dann würde ich Linn gerne heute Abend noch ins Kino ausführen. Was meint ihr?" Er lächelte verschwörerisch.

„Klar, Dad, kein Problem", stimmte Greyson zu – natürlich, bevor *ich* meine Meinung dazu äußern konnte.

Widerstrebend nickte ich. „Ich wollte sowieso früh schlafen gehen, um morgen fit zu sein."

„Siehst du, Linnie, was hab ich dir gesagt?", nickte Ambrose zufrieden.

Was auch immer Ambrose meiner Mum zuvor gesagt haben mochte – ehe ich mich's versah, hatten sie winkend das Esszimmer verlassen, und ich blieb allein mit Greyson zurück.

Unsicher starrte ich auf meinen Teller und überlegte fieberhaft, wie es mir gelingen konnte, ihn möglichst unauffällig gefesselt und geknebelt für den Rest der Ferien in seinem Zimmer einzusperren. Schlauer war es aber vermutlich, einfach fluchtartig den Raum zu verlassen.

„Möchten Sie mit Miss Baker noch die Dessertvariationen im Salon genießen, Mylord junior?“ James stand mit einem Mal hinter uns. Ich hatte gar nicht gehört, wie er hereingekommen war.

„Nein!“, lehnte ich energisch ab.

„Nein, wir nehmen das Dessert in der Bibliothek ein, James“, ergänzte Greyson freundlich. „Wir haben noch einen Ausflug nach Brighton zu planen.“

„Brighton ist ein wunderbares Ausflugsziel, Mylord junior“, sagte James lächelnd. „Es wird Miss Baker bestimmt gefallen.“

Als James die Tür hinter sich geschlossen hatte, holte ich tief Luft und sammelte meine Energie für einen Angriff. „Wieso lässt du mich eigentlich nie zu Wort kommen?“, fauchte ich.

Greyson lehnte sich mit einem tiefenentspannten Lächeln zurück. „Tue ich das?“

„Allerdings! Und du könntest wenigstens vorher fragen, ob ich auch Lust dazu habe.“

Ich knüllte energisch meine Serviette zusammen und knallte sie auf den Tisch. „Ich werde heute ganz sicher keine Route mit dir planen, nur damit du es weißt!“ Ich wollte aufstehen und gehen, doch er hielt mich zurück.

„Hey, wieso bist du so sauer?“

„Ich bin überhaupt nicht sauer“, sagte ich mit zusammengebissenen Zähnen.

„Abgesehen davon, dass ich dir rein gar nichts getan habe, was ist mit unserer Abmachung?“

„Mit unserer Abmachung? Warum zum Teufel sollte ich eine Abmachung mit dir getroffen haben?“

Jemand räusperte sich hinter mir. Ich fuhr erschrocken herum.

Die Generalin stand mit verkniffenem Gesichtsausdruck da und sah mich herablassend an. „Wenn Sie das Fluchen beendet haben, dürften Sie in die Bibliothek kommen. Ich habe alles hergerichtet."

Greyson nickte Miss Rigid zu und schon verließ sie schnurstracks das Esszimmer.

Ich sah Greyson mit festem Blick an. „Hör zu: Ich habe weder vor, noch mehr Dessertvariationen mit dir zu teilen, noch einen gemeinsamen Abend in der Bibliothek zu verbringen."

„Wirklich nicht?" Er lehnte sich zurück. „Ich dachte, du hättest dich darüber gefreut, dass ich deinem Pony geholfen habe. Heute schon zum zweiten Mal, übrigens. Ich kann Dad aber auch sagen, dass Hawk sich leider doch nicht so gut mit Shaggy verträgt …"

„Du bist ein richtig hinterhältiger Mistkerl, weißt du das?"

Er kniff die Augen zusammen. „Nein, da täuschst du dich", erwiderte er kühl. „Ich finde nur, dass man auch bei haarigen Angelegenheiten einen fairen Deal einhalten sollte. Aber du kannst ja selbst entscheiden, ob du Lust hast, gleich in die Bibliothek zu kommen oder nicht."

Mit diesen Worten erhob er sich.

Na toll.

Nun ließ er *mich* allein zurück.

Kapitel 9

Gefährliche Seiten

Wieso zum Henker musste immer alles so dermaßen verzwickt sein? Allein bei dem Gedanken daran, mich von Greyson erpressen zu lassen – zu was auch immer –, sträubten sich mir die Haare. Andererseits hatte die Vorstellung, ein Geheimnis mit Greyson zu teilen, leider trotz allem etwas Verführerisches.

Immerhin, fünf Minuten ohne Greysons verwirrende Gegenwart hatten mir zumindest Zeit gegeben, einen Plan auszuarbeiten: Ich würde herausfinden, was genau er ständig in der Bibliothek machte. Und was er vor Ambrose verheimlichte – obwohl sie doch ansonsten ein so gutes Verhältnis hatten. Vielleicht würde das auch eine der anderen unzähligen Seltsamkeiten erklären?

Ich holte tief Luft und drückte die Klinke herunter.

Greyson saß mit übereinandergeschlagenen Beinen in einem Sessel, den Dessertteller direkt vor der Nase. Die leckeren Nachtischsorten fanden eine nach der anderen zielstrebig den Weg in seinen Mund.

„Von Gerechtigkeit hast du wohl noch nichts gehört, oder?", fragte ich mürrisch.

Er sah in gespielter Überraschung auf, als ob er mich gerade erst bemerken würde. „Wie kommst du darauf? Ich bin ein eiserner Verfechter der Gerechtigkeit."

Ich baute mich mit ausgestrecktem Arm vor ihm auf. „Und wo bleibt dann mein Anteil? Wenn du mich schon zur Zusammenarbeit nötigst, wäre es wohl das Mindeste, mit mir zu teilen!"

Er nahm sich völlig ungerührt einen Löffel Pistaziencreme. Kurz entschlossen schnappte ich mir den ganzen Teller und griff mit den Fingern nach dem Chocolate Cake.

„Hey!", protestierte Greyson.

„Danke, sehr lecker", nuschelte ich kauend. Geräuschvoll lutschte ich die Schokoladenreste von meinen Fingern. „Also, entweder du sagst mir jetzt, was genau du hier suchst, oder *ich* werde deinem Dad sagen, dass du hier herumschnüffelst."

Greyson stand auf und sah mich – oder womöglich auch das Dessert – mit großen Augen an.

„Ich kann mir einen besseren Zeitvertreib vorstellen, als hier mit dir herumzudiskutieren", setzte ich schnell hinzu und schob mir einen Blaubeerpfannkuchen in den Mund, bevor er mir die Köstlichkeiten wieder entriss. Doch statt sich weiter darüber herzumachen, stellte er den Teller weg.

„Okay", sagte er in verändertem Tonfall, „ich gebe zu, dass ich dich etwas überrumpelt habe. Aber ich kann es dir leider nicht genauer erklären, als dass ich eine Art Geheimversteck suche. Jemand ... meine Mutter hat es in einem ihrer Tagebücher erwähnt, und ich denke, es befindet sich hier in der Bibliothek. Ich weiß, das klingt ziemlich schräg, aber es ist wirklich wichtig für mich."

Er sah mich mit einem fast bittenden Ausdruck an.

„Sind deine Mum und dein Dad ... geschieden?", fragte ich stockend, weil ich Angst hatte, etwas Falsches zu sagen.

„Meine Mum ist tot", erwiderte Greyson, ohne mich aus den Augen zu lassen.

Ich schluckte. „Das ... wusste ich gar nicht ..."

Ich konnte ihn nur anstarren. Seine Mum war tot! Wieso hatte mir das niemand gesagt?

Andererseits hatte ich selbst nie gewollt, dass Mum jedem sofort auftischte, dass Dad nicht mehr lebte. Sicher wollte auch er ganz normal behandelt werden. Ich gab mir einen Ruck. „Ganz verstehe ich das trotzdem nicht ..."

„Musst du auch nicht. Mir reicht ein einfaches Ja oder Nein. Machst du mit oder nicht?"

Ich schluckte wieder. „Nein", sagte ich leise.

Seine Gesichtszüge verhärteten sich. „Nein?"

Ich versuchte, ruhig zu bleiben. „Ich lasse mich auf keine Abmachung mit dir ein, bei der ich nicht weiß, worum es geht."

Greyson nickte. „Du bist eine harte Verhandlungspartnerin. Was willst du als Gegenleistung?"

„Mehr Informationen", antwortete ich, ohne zu zögern.

„Die kann ich dir nicht geben."

„Dann tut es mir leid."

Greyson wandte sich mit verärgertem Gesichtsausdruck ab und trat ans Fenster. Er öffnete die Jalousien ein Stück und spähte hinaus in die Dunkelheit. Eine Weile herrschte Stille.

„Also gut", sagte er endlich. „Wenn ich dir ein Detail verrate, hilfst du mir einen Schritt weiter. Und solange wir wechselseitig unser Versprechen einlösen, steht unsere Abmachung. Im Gegenzug sorge ich dafür, dass Shaggy bleiben kann." Er drehte sich zu mir um. Sein Blick war noch eindringlicher als zuvor. „Deal?"

„Du musst anfangen", erwiderte ich und war unendlich stolz auf mich, dass ich trotz seiner grauen Augen nicht einknickte. „Keine kryptischen Ansagen wie ‚Ich suche ein Buch' oder ‚Meine Mum hat ein Geheimversteck in ihrem Tagebuch erwähnt'. Ich will wissen, worum es wirklich geht."

Er zog seine Oberlippe zwischen die Zähne, während ich versuchte, nicht auf seinen Mund zu starren.

Es dauerte eine halbe Ewigkeit, bis er wieder etwas sagte, aber nun nickte er langsam. „Okay. Ich suche ein Buch, in dem meine Mutter einen Grundriss des Schlosses hinterlegt hat. Es muss irgendwo in dieser Bibliothek sein. Und ich brauche dich, damit du Schmiere stehst und mir rechtzeitig Bescheid gibst, wenn jemand kommt. Du hast ja inzwischen gemerkt, wie lange man hier ungestört ist."

Ich runzelte misstrauisch die Stirn. „Wieso ausgerechnet ich?"

„Du bist die Einzige, die neutral ist. Von meinem Dad mal abgesehen, kann ich hier absolut niemandem in dieser Sache vertrauen."

„In welcher *Sache?*", hakte ich nach.

Er atmete hörbar aus. „Ich habe etwas herausgefunden, das es notwendig macht, die Todesumstände meiner Mutter noch mal genauer unter die Lupe zu nehmen, okay?"

„Oh." Ich nickte, obwohl ich gar nichts verstand, und sah ihn fragend an.

„Du kannst dir vielleicht nicht vorstellen, wie es ist: nicht zu wissen, warum jemand gestorben ist, den man sehr geliebt hat."

Ich schluckte gegen den Kloß in meinem Hals an. „Doch – das weiß ich zufällig ganz genau", flüsterte ich.

„Also ... hilfst du mir?", fragte Greyson. Seine Stimme klang belegt und nicht im Entferntesten so energisch wie noch wenige Minuten zuvor.

„Ja", antwortete ich leise, obwohl ich mir keineswegs sicher war, ob ich das Richtige tat. Ich wusste nur, dass ich seine Bitte nicht ausschlagen konnte.

„Deal?", fragte er und streckte mir seine Hand entgegen.

Ich legte meine Hand in seine. „Deal."

Einen Augenblick lang glaubte ich, dass er mich nicht mehr loslassen würde.

„Gut, dann stell dich einfach an die Tür. Wenn du sie nur einen Spaltbreit öffnest, kannst du den Gang im Auge behalten und mir rechtzeitig Bescheid geben, falls jemand kommt."

Die Dessertvariationen begannen, in meinem Magen Salto zu tanzen. Auch wenn ich eigentlich fest daran glaubte, dass Greyson mit seiner rätselhaften Art übertrieb, kam ich mir vor, als wäre ich bereits in ein düsteres Geheimnis verwickelt.

Ich hatte ja so was von keine Ahnung.

***

Meine Füße kribbelten, mein Mund fühlte sich trocken an und ich musste dringend zur Toilette. Aber Greyson hatte mir noch immer kein Zeichen zur Entwarnung gegeben. Ich starrte mit brennenden Augen den langen Flur hinunter, mal nach rechts und mal nach links ließ ich meinen Blick wandern – in der Hoffnung, es möge bitte niemand vorbeikommen. Denn genau genommen wusste ich gar nicht, was ich dann machen sollte. Und wozu brauchte mich Greyson überhaupt?

Im Grunde verstand ich immer noch nicht, was an einem Greyson vor einem Bücherregal so auffällig sein sollte, dass man einen Wachposten an der Tür aufstellen musste – immerhin war er doch Lord Hargrave junior und konnte auf dem Schloss tun und lassen, was er wollte – egal, um welche Uhrzeit. Zumal Ambrose und Mum sowieso im Kino waren.

Es knarzte leise.

Ich hielt den Atem an, um mein Gehör durch nichts abzulenken. Kam da jemand? Ich lauschte. Tatsächlich ... Langsame Schritte näherten sich, doch da der Gang eine Biegung machte, konnte ich noch niemanden sehen.

Ich wartete angespannt.

Die Bediensteten des Schlosses bewegten sich eindeutig zielstrebiger. Als ich eine Bewegung am Ende des Flures wahrnahm, zog ich den Kopf zurück und lehnte die Tür gerade so weit an, dass ich noch einen Fingerbreit hindurchsehen konnte. Angestrengt blickte ich auf den Gang hinaus. Endlich erkannte ich sie: die Generalin. So ziemlich die letzte Person, von der ich erwartet hätte, dass sie abends herumschlich. Normalerweise hetzte sie wie ein Feldwebel unter Zeitdruck von Zimmer zu Zimmer, ohne einen Blick hinter sich zu werfen.

Jetzt bewegte sie sich langsam von einer Tür zur nächsten, drückte leise die Klinken herunter und kontrollierte die dahinter liegenden Zimmer. Warum verhielt sie sich so merkwürdig? Oder bildete ich mir das nach Greysons finsteren Andeutungen nur ein?

Schritt für Schritt rückte Miss Rigid vor.

Ich schloss so geräuschlos wie möglich von innen die Tür. Mit klopfendem Herzen drehte ich mich um und wollte Greyson Bescheid geben. Nur war das leider nicht möglich.

Er war weg!

Und dort, wo zuvor harmlose Bücherregale bis zur Decke hinaufgereicht hatten, klaffte nun ein riesiges Loch vor mir.

„Greyson?", flüsterte ich.

Keine Antwort. Wo war er?

„Greyson!", rief ich halblaut.

Doch nichts geschah.

Greysons Worte hallten in meiner Erinnerung nach: *„Ich kann niemandem hier vertrauen."* Ganz sicher wollte er nicht, dass die Generalin diese Geheimtür, oder was auch immer die Öffnung in der Bücherwand sein mochte, zu Gesicht bekam. Ich musste etwas tun!

Ohne nachzudenken, schaltete ich das Licht aus und stürzte auf die Öffnung zu, hinter der ein dunkler Gang lag. Mit zittrigen Fingern untersuchte ich das Regal, trat dann hinein und versuchte, die Wand von innen zu schließen. Ich zerrte sie erst nach vorn, dann nach hinten, bis ich feststellte, dass sie wie eine Schiebetür funktionierte. Mein Herzschlag beschleunigte sich. Was zum Teufel sollte ich der Generalin antworten, wenn sie fragte, was ich hier tat?

So gut es ging schob ich die Regaltür vor mir zu. Ein kaum vernehmbares Geräusch drang durch den schmalen Schlitz, der meine einzige verbliebene Verbindung zur Bibliothek war. Ich lauschte angestrengt. Ein leises Klacken, dann fiel Licht durch den Spalt, und ich konnte erkennen, wie die Generalin unmittelbar auf mich zukam. Meine Finger verkrampften sich vor Schreck. Bestimmt würde sie mich jeden Moment entdecken. Oder zumindest den Spalt, der darauf hindeutete, dass etwas an diesem Bücherregal ganz und gar nicht in Ordnung war. Oder kannte sie dieses Versteck vielleicht? Immerhin arbeitete sie schon seit Ewigkeiten hier.

Panik breitete sich in mir aus. Wenn sie mich hier fand, würde sie mir garantiert die übelsten Absichten unterstellen. Gerade als ich sicher war, es keine Sekunde länger aushalten zu können, schlossen sich warme Finger um meine rechte Hand. „*Schscht*, Abby! Nicht schreien", raunte Greyson dicht an meinem Ohr. „Sie ist bestimmt gleich wieder weg."

Sein Atem kribbelte in meinem Nacken. Ich wagte nicht, mich zu bewegen. Erst als ich sah, dass die Generalin vor dem Sessel stehen geblieben war und mit ärgerlichem Gesichtsausdruck den leeren Dessertteller an sich nahm, beruhigte sich mein Puls. Endlich trat sie den Rückzug an. Ihre Schritte verklangen, der Lichtstrahl verschwand und ich seufzte erleichtert.

Obwohl mir eine andere Ursache meiner Aufregung immer noch im wahrsten Sinne des Wortes im Nacken saß.

„Nicht schlecht, Miss Baker! Du hast starke Nerven", flüsterte Greyson hinter mir.

Ich fuhr herum und entriss ihm meine Hand. „Du hättest mich wenigstens vorwarnen können! Warum hast du mir denn nichts von dieser Art von Versteck gesagt?"

„Ich habe es auch eben erst entdeckt. Und du hast so hoch konzentriert den Flur beobachtet, dass ich es nicht sinnvoll fand, dich zu stören."

„*Ich* hätte es aber sinnvoll gefunden, weil ich mich dann vielleicht nur halb so sehr erschreckt hätte."

„Beim nächsten Mal weißt du dann ja Bescheid", sagte er gelassen.

„Ich weiß noch nicht, ob es ein nächstes Mal geben wird. Wer weiß, ob das *sinnvoll* ist."

Greyson stieß mich an. „Ach, komm schon, Abby. Bist du so ein Hasenfuß?" Er schob die Bücherwand bis zum Anschlag zu und griff erneut nach meiner Hand. „Wenn wir Miss Rigid nicht doch noch in die Arme laufen wollen, werden wir diesen Weg nehmen müssen." Seine Finger strahlten trotz allem eine beruhigende Wärme aus. Ich ließ mich mitziehen. Er hatte die Taschenlampe an seinem Handy angeschaltet. Der Lichtschein reichte gerade so aus, dass ich zumindest hoffen konnte, nicht über meine eigenen Füße zu stolpern.

Anfangs sah es aus, aus würden wir einfach einem weiteren Flur durch die Gänge des Schlosses folgen. Der grüne Teppichboden fand sich auch hier wieder und beinahe vergaß ich meine Anspannung.

Wir kamen an eine scharfe Kurve und dahinter lag eine steile Treppe, die abwärtsführte. Unten angekommen, erwartete uns ein kerkerähnlicher Raum: der blanke Steinboden, die kahlen Wände, in denen schwere Metallringe verankert waren ... Unwillkürlich klammerte ich mich fester an Greysons Hand. Wo um Himmels willen waren wir hier?

„Wohin führt dieser Weg?“, flüsterte ich.

„Ich bin mir nicht sicher, aber ich habe eine Vermutung“, raunte Greyson mit einem Blick auf sein Handy.

„Und die wäre?“ Warum musste er immer so verdammt geheimnisvoll tun?

„Wart's ab“, erwiderte er lediglich und zog mich weiter.

Es fiel mir schwer abzuschätzen, wie lang die Strecke war, die wir bereits zurückgelegt hatten. Oder in welche Richtung wir gingen. Vor allem fragte ich mich, wo wir am Ende wohl herauskommen mochten.

Plötzlich stoppte Greyson. Der Gang schien hier zu enden. Direkt vor uns, in der Wand, die uns den Weg versperrte, war allerdings eine Tür. Greyson griff nach der Klinke.

„Willst du sie einfach so öffnen?“, fragte ich atemlos. Immerhin wussten wir nicht einmal, welcher Raum dahinter lag.

Doch Greyson schenkte mir nur ein mildes Lächeln. „Glaub mir, so spannend ist es auch wieder nicht. Ich vermute, dass wir irgendwo im Stall landen.“

„Im Stall?“, wiederholte ich wie ein Idiot. „Wieso denkst du das?“

„Weil es verschiedene Hinweise gibt, die darauf hindeuten.“

„Was für Hinweise denn?“, fragte ich argwöhnisch.

„Der Kompass auf meinem Handy zum Beispiel. Außerdem sind die Geheimgänge vermutlich ebenso alt wie das Schloss selbst – und sollten Fluchtmöglichkeiten im Falle eines Angriffs bieten. So ein Fluchtweg wäre doch viel nützlicher, wenn er erst einmal in den Stall führt. Meinst du nicht auch?“

„Oh … doch … wenn man es so betrachtet.“

Aus irgendeinem Grund empfand ich eine leichte Enttäuschung. Vielleicht hatte ich mir ja doch eine etwas spektakulärere Erklärung erhofft …

Greyson drückte vorsichtig die Türklinke herunter. Doch nichts tat sich. Auch als er seinen Oberkörper mit Nachdruck gegen das Holz stemmte, rührte sich nichts.

„Vielleicht ist sie von der anderen Seite zugebaut?", mutmaßte ich.

„Möglich", murmelte er und warf sich mit Schwung gegen das Türblatt. Ein dumpfes Geräusch ertönte, als wäre auf der anderen Seite etwas zu Boden gefallen. Greyson legte ein Ohr an die Tür und lauschte.

„Komm, hilf mir mal", forderte er mich dann ungeduldig auf. „Eins, zwei, drei. Los!"

Wir sprangen beide gleichzeitig gegen die Tür, dass es nur so rumpelte. Öffnen ließ sie sich trotzdem nicht.

Nach ungefähr zehn erfolglosen Minuten gaben wir auf. Greyson stand der Schweiß auf der Stirn und seine Wangen leuchteten im Licht der Handylampe. Es ärgerte mich, dass ihn das erst recht sexy wirken ließ, während ich vermutlich aussah, als hätte ich mir das Gesicht in der Sonne verbrannt.

„Mist!", fluchte er und trat mit dem Fuß gegen die Tür.

„Wir müssen wohl doch zurückgehen", schlug ich vor.

„Was du nicht sagst!"

Ohne mich eines Blickes zu würdigen, stapfte er an mir vorbei und trat den Rückweg an.

„Hey!", rief ich ärgerlich. *„Vielen Dank, dass du mir geholfen hast, Abby. Jetzt bin ich dir eine weitere Erklärung schuldig.* Wie wär's damit?" Ich gab ihm einen Stoß. „Das hier", ich richtete einen anklagenden Zeigefinger auf ihn, „wirkt auf mich nicht wie ein fairer Deal."

„Stimmt." Er blieb stehen und drehte sich zu mir um. „Du hast kurz die Tür bewacht und ich schleppe dich im Gegenzug schon die ganze Zeit mit mir herum."

Ich starrte ihn mit offenem Mund an. „Ernsthaft?", fragte ich. „Das ist alles, was du dazu zu sagen hast?"

Er grinste. In seinen Augen tanzten kleine Lichtpunkte vom Schein der Handylampe. „Ja klar. Mehr habe ich dazu nicht zu sagen." Er trat einen Schritt näher. „Für den Rest brauche ich keine Worte."

Mit einer Hand strich er mir eine Haarsträhne aus dem Gesicht und meine Hirnfunktionen verflüchtigten sich. Ich konnte nur noch an eines denken: unseren Beinahe-Kuss neulich vor dem Kühlschrank. Während ich noch überlegte, wie es mir gelingen könnte, diesmal wenigstens ein anderes Ende herbeizuführen, traf mich die Berührung seiner Lippen wie ein Blitzschlag. Greyson war wie immer schneller. Er zog mich näher an sich heran und küsste mich, als ob er mindestens so lange darauf gewartet hätte wie ich.

Lieber Himmel!

Es passierte wirklich: Ich küsste Greyson Hargrave. Es fühlte sich an wie ein sehr realer Traum, aus dem ich bald aufwachen würde. Ich konnte nicht mehr klar denken.

„Das wollte ich schon länger tun", grinste er, als er sich endlich von mir löste. „Und jetzt lass uns verschwinden, bevor Dad wiederkommt und ich ihm erklären muss, was wir hier unten treiben."

Ich nickte stumm, da ich dafür selbst keine Erklärung hatte. Sicher wusste ich nur, dass dieses Abenteuer sehr wohl eine gefährliche Seite barg, von der ich bislang allerdings nichts geahnt hatte.

Kapitel 10

Don't count your chickens ...

Ich schwöre, dass ich nicht mehr wusste, wie ich zurück in mein Zimmer gekommen war. Die einzigen Erinnerungsfetzen, die in meinem Kopf herumschwirrten, drehten sich ausschließlich darum, dass Greyson meine Hand gehalten hatte. Und das Einzige, was diese Erinnerung toppen konnte, war der Kuss.

Ich hatte Greyson Hargrave geküsst. *Holy shit!* Das war kein Traum gewesen. Zum ersten Mal sah ich dem kommenden Tag voller Vorfreude entgegen. Eine Portion gesunder Pessimismus wäre allerdings durchaus angemessen gewesen, wie sich aber erst viel später herausstellen sollte.

Das leise Piepen meines Handyweckers erinnerte mich daran, dass mir keine Zeit blieb, mich weiter in wohligen Träumereien über den gestrigen Abend zu verlieren. In genau einer Stunde musste ich unten vor der Tür stehen, um zu unserem Ausflug nach Brighton aufzubrechen. Mit Greyson.

Mit einem Satz sprang ich aus dem Bett und unter die Dusche. Ebenso eilig flitzte ich eine halbe Stunde später mit noch halbnassen Haaren – aber in meiner frisch gewaschenen Bluse ohne Kirschsaftflecken! – in die Küche zu Margareta, um mir ein ofenwarmes Croissant abzuholen. „Sie sollten sich mehr Zeit für das Frühstück nehmen, Miss Baker. Es ist die wichtigste Mahlzeit des Tages", tadelte sie mich mit einem freundlichen Lächeln.

„Ich weiß, deshalb plane ich es auch für morgen ganz fest ein", versprach ich.

Ich verschwieg lieber, dass ich mein Marmeladenbrot zu Hause in Liverpool normalerweise in aller Eile in mich hineinstopfte, während ich schon mit dem Skateboard zur Schule düste. Im Vergleich dazu widmete ich dem Frühstück hier also wirklich viel Zeit. Mein Blick fiel auf einen Kalender an der Wand, den in verschnörkelter Schrift das Tagesmotto zierte: *„Don't count your chickens before they hatch."*

Du sollst den Tag nicht vor dem Abend loben. Pah ... ich würde mir dadurch garantiert nicht diesen wunderbaren Tag verderben lassen. Nicht nach dem ersten Abend auf Hargrave Abbey, der schön – nein, viel, viel mehr als schön! – gewesen war.

„Ich muss los! Danke, Margareta!", rief ich – und wäre in der Tür fast mit der Generalin zusammengeprallt. Schon wieder.

„Miss Baker", begann sie in strengem Ton.

Doch bevor sie mir einen Vortrag über Geschwindigkeitsbegrenzungen im Schloss halten konnte, lächelte ich entschuldigend und rannte einfach weiter. Im Moment hatte ich keine Zeit, mich Miss Rigid freiwillig zum Fraß vorzuwerfen. Ich musste unbedingt vor der Abfahrt bei Shaggy vorbeischauen, um mich zu vergewissern, dass er noch in seiner Box stand und nicht schon wieder abgehauen war.

Draußen schlug mir die kühle Morgenluft entgegen. Im Laufen zog ich mir die Sweatshirt-Jacke über, die ich in weiser Voraussicht mitgenommen hatte.

Der Stall war geschlossen und weit und breit niemand zu sehen. Ich schlüpfte hinein. Der Duft nach warmen Pferdekörpern und Heu umfing mich und löste ein eigenartig friedliches Gefühl in mir aus. Tatsächlich hatte ich nicht gewusst, was mir fehlte, bevor ich zum ersten Mal diesen Stall betrat. Ich ahnte jedoch jetzt schon, wie sehr ich ihn und vor allem ein ganz spezielles Pferd vermissen würde, wenn ich wieder zu Hause war. Zum ersten

Mal fühlte sich dieser Gedanke seltsam an. Ob das an meinem neuen Freund Shaggy lag, den ich nun mal nicht mit zurück nach Liverpool nehmen konnte, oder an Greysons Kuss, der ebenso fest mit diesem Ort verankert war, wusste ich nicht.

Außer Atem erreichte ich die hinterste Box. Shaggy lag mit ausgestreckten Beinen auf der Seite, die Augen geschlossen und das Maul leicht geöffnet. Ich erstarrte.

„Oh nein!", hauchte ich entsetzt.

Sein linkes Ohr zuckte, und er blinzelte neugierig in meine Richtung, während ich tausend Dankesgebete zu Dad in den Himmel schickte. Im ersten Moment hatte ich wirklich geglaubt, das Pony sei tot.

Ich öffnete die Box und kniete mich neben mein zotteliges Pferdchen, das völlig ungerührt liegen blieb. Unwillkürlich musste ich lachen. „Erst hast du so große Angst vor mir, und dann schnarchst du gemütlich weiter, während ich mich neben dich setze."

Shaggys Vertrauen rührte mich. Immerhin wusste ich, dass Pferde Fluchttiere waren. Ich strich mit einer Hand durch seine wilde Mähne und entdeckte einen winzigen weißen Fleck unter seinem Schopf. Das Fell war auch unter dem Haaransatz so dicht und flauschig! Ich wurde das Gefühl nicht los, dass so etwas zu dieser Jahreszeit einfach nicht normal sein konnte. Shaggy haarte wie ein alter Teppich, der seit einem Jahrhundert darauf wartete, ausgeklopft zu werden. Doch wie immer war es ein wunderbares Gefühl, mit den Fingern durch seinen Zottelpelz zu fahren. Ich beobachtete verzückt Shaggys zufriedenen Gesichtsausdruck. Ehrlich, ich hatte nicht gewusst, dass Pferde über eine so ausdrucksstarke Mimik verfügten! Seine Unterlippe zuckte leicht, hin und wieder bewegte sich auch ein Ohr, aber ansonsten hielt er still und genoss meine Streicheleinheiten.

Für einen kurzen Moment wünschte ich mir, für immer hier sitzen zu können.

„Miss Baker?“, rief eine zögerliche Stimme.

„Ja, ich bin hier“, antwortete ich.

Shaggy hob den Kopf und der Zauber war vorbei. Nachdem er sich auf die Vorderhufe gestützt und mit einem Grunzen auf alle viere gekommen war, knuddelte ich ihn noch einmal. „Tut mir leid, dass ich dich geweckt habe“, murmelte ich. „Ich glaube, ich muss jetzt los.“

Ich beugte mich etwas herunter und küsste vorsichtig die Pferdenase, die so weich wie ein frisch gewaschenes Plüschtier war. Schnell warf ich Shaggy noch einen Arm voll Heu in die Box, damit auch er ein ordentliches Frühstück bekam.

„Bis später“, flüsterte ich.

Am Eingang zur Stallgasse stand einer der beiden Stallburschen, die ich einfach nicht auseinanderhalten konnte, weil sie sich so ähnlich sahen. „Miss Baker, beeilen Sie sich! Die Limousine wartet schon.“ Er lächelte.

Ich nickte und rannte voller Vorfreude los. Der Tag mit Greyson würde bestimmt unvergesslich werden. Und mit dieser Vermutung lag ich gar nicht mal so daneben, wie sich schon bald herausstellen sollte …

Vor dem Eingang zum Schloss stand der schwarze Wagen, den ich vorletzte Nacht beobachtet hatte.

Als ich die Tür öffnete, saß Greyson in seiner üblichen Pose mit übereinandergeschlagenen Beinen auf der Rücksitzbank und lächelte. Der Innenraum des Wagens erinnerte an ein altes Taxi: Eine Glaswand trennte den Fahrerbereich vom hinteren Teil. Ich atmete einmal tief durch, bevor ich einstieg. Meine Hände fühlten sich schwitzig an und es kribbelte in meinem Bauch.

„Hi, Abby“, begrüßte Greyson mich.

„Hi", antwortete ich heiser.

„Wieso warst du nicht beim Frühstück?"

„Oh, ich ... hab mir nur ein Croissant geholt. Ich wollte noch nach Shaggy sehen." Ich schob mich neben ihn auf den Rücksitz und versuchte, ihn nicht zu berühren. Ich hatte keine Ahnung, wie er über den gestrigen Abend dachte, und die Anwesenheit des Fahrers verunsicherte mich.

Ich konnte spüren, dass mein Verhalten Greyson amüsierte. Er sagte jedoch nichts: nichts, was die Situation entspannt hätte, aber auch nichts, was gemein oder herablassend war. Ich fühlte mich wie ein Astronaut, der hilflos durch das Weltall schwebt.

Schweigend fuhren wir durch die Hügellandschaft von Sussex. Vor meinen Augen zogen grüne Wiesen und Wälder vorbei, während sich in meinem Kopf nur eine Frage drehte: Was dachte Greyson über unseren Kuss?

Die Fahrt war leider nicht lang genug, um eine Antwort darauf zu finden. Und als wir vor einer wunderschönen schneeweißen Landhausvilla hielten, dämmerte mir, dass dieser Tag vielleicht doch nicht ganz so cool werden würde, wie ich gehofft hatte. Das entscheidende Detail, das ich bei meiner Vorfreude vergessen hatte, hieß Gwenyfar.

Perfekt gestylt von Kopf bis Fuß und mit einem strahlenden Lächeln im Gesicht trat sie durch die Haustür ins Sonnenlicht. Ich musste automatisch blinzeln, um mich zu vergewissern, dass sie echt war.

„Grey, ich freue mich ja so!", rief sie, als sie schwungvoll die Tür öffnete und sich in den Fond der Limousine beugte.

Bei meinem Anblick hielt sie kurz inne, lächelte dann aber. „Hi."

Ich gab mein Bestes, ein einigermaßen freundliches Lächeln zurückzuwerfen.

„Hi, Gwen! Steig ein."

Greyson rutschte etwas zu mir herüber, um ihr Platz zu machen. Seine Hand streifte mein Bein und ein wohliges Kribbeln überzog meine Haut.

Soll Gwenyfar doch mitfahren, dachte ich trotzig. Ich würde mir diesen Tag auf keinen Fall vermiesen lassen.

Immerhin: Die Fahrt nach Brighton gestaltete sich wider Erwarten vollkommen unspektakulär und wir erreichten den Pier in überraschend guter Laune.

Als ich die breite Promenade am Wasser sah, die Seeluft in meine Lungen strömte und das Kreischen der Möwen in meinen Ohren summte, fühlte ich mich fast wie zu Hause.

„Wow, ich wusste nicht, dass es hier so schön ist! In Liverpool ist das Albert Dock einer meiner Lieblingsplätze!"

Greyson lächelte. „Ihr könnt ja hierbleiben, während ich in die Bibliothek gehe", schlug er vor.

„Nein!" Ich schüttelte entschieden den Kopf. „Ich liebe Bücher! Ich könnte auch zu Hause immer stundenlang in der Central Library herumstöbern."

Gwenyfar sah mich verständnislos an. „Ehrlich? Was soll man denn so lange in einer Bücherei machen?"

Ich zuckte verwirrt mit den Schultern. „Lesen?"

„Kommt einfach mit. Wenn es euch zu langweilig wird, könnt ihr ja in ein Café gehen", entschied Greyson diplomatisch.

Ich nickte zustimmend. Gwenyfar wirkte allerdings nicht besonders begeistert. Murrend trottete sie hinter uns her zur Jubilee Library.

Das riesige quadratische Gebäude war komplett verglast und spiegelte die Sonnenstrahlen in alle Richtungen. Ich malte mir bereits aus, wie schön es werden würde, durch lichtdurchströmte Gänge mit unzähligen Bücherregalen zu schlendern. Das Gebäude war rein optisch so ganz anders als meine Bücherei in Liverpool, viel moderner und geradliniger.

„Was suchst du eigentlich genau?“, fragte ich Greyson, weil ich mich nur vage daran erinnerte, dass er von einem Ferienprojekt gesprochen hatte.

„Ich muss ein paar Zeitungsartikel durcharbeiten – ziemlich langweilig. Ihr könnt euch gerne eine andere Abteilung zum Schmökern aussuchen.“

„Schmökern“, wiederholte Gwenyfar und verdrehte dabei die Augen. „Ist das nicht etwas für alte Damen?“

„Ich schmökere in der Pferdeecke“, verkündete ich fröhlich. „Aber bestimmt findest du auch ein paar Modezeitschriften.“

Greysons Blick streifte meinen, ein Lächeln durchzog seine Mundwinkel. „Was auch immer ihr macht, wir treffen uns in circa einer Stunde wieder hier, okay?“

Gwenyfar stöhnte leise, aber wir beachteten sie nicht weiter. „Bis später, Gwen!“, flötete ich gut gelaunt und fuhr die Rolltreppe hinauf ins Obergeschoss.

Ich entdeckte ein gemütliches kleines Sofa, das fast genauso aussah wie mein Lieblingsplatz in der Central Library.

Meine Gedanken schweiften erneut nach Liverpool.

Ich liebte meine alte Bücherei dort! Einzigartig schön war der Bereich unter der Glaskuppel, der je nach Tageszeit ein besonderes Flair verbreitete. Trotzdem hatte es mich immer am meisten zu dem kleinen roten Sofa bei den Pferdebüchern hingezogen, die ich so liebte.

Doch egal wo: Kaum dass ich die Welt der Bücher betrat, fühlte ich mich wie von Zauberhand in ein anderes Universum versetzt. Auch in der Jubilee Library von Brighton entdeckte ich, ohne lang suchen zu müssen, sofort den Buchtipp des Monats, der genau wie in der Central Library über der Regalreihe prangte und immer das erste Buch war, das ich mir ansah. Es war ein Bildband über den New Forest Nationalpark.

Vorsichtig angelte ich auf Zehenspitzen das Buch von dem kleinen Holzpodest. Ich hatte keine Ahnung, worum es in diesem Band ging, aber der Bibliotheksempfehlung folgte ich immer gern. Das dunkelbraune Pferd, das mir auf dem Cover entgegenblickte, ließ mein Herz höherschlagen. Es sah fast so aus wie Shaggy, aber wahrscheinlich kam mir das nur so vor, weil ich dauernd an ihn denken musste. Dieses Pferd hatte auch bei Weitem nicht so langes Fell und stand vor einer wunderschönen Landschaftskulisse im Licht der untergehenden Sonne. Es sah klug und ehrlich aus, als könnte man ihm absolut vertrauen.

Genau wie Shaggy.

Ich fuhr mit den Fingern über den glatten Einband und dachte an Dad. Er hatte sein Versprechen nie einlösen können, dass ich eines Tages reiten lernen würde, um gemeinsam mit ihm mit offenen Augen und ausgebreiteten Armen gegen den Wind zu galoppieren. Und ich war nie dahintergekommen, ob er es jemals vorher gemacht hatte oder warum er ausgerechnet *davon* träumte. Vielleicht verband er ein ganz besonderes Ereignis aus seinem Leben – oder sogar einen dieser magischen Momente – damit. Aber es hatte sich immer so überzeugend angehört, dass ich ihm vorbehaltlos geglaubt hatte, es könnte nichts Schöneres geben.

Dad hatte außerdem immer behauptet, dass man durch die Augen eines Pferdes bis auf den Grund seiner Seele blicken könnte. Ich konnte mich nicht erinnern, wann er das zum ersten Mal zu mir gesagt hatte, aber es war definitiv eine der letzten schönen Erinnerungen, die ich an ihn hatte.

Ich schluckte gegen den Kloß in meinem Hals an, der sich wie immer bildete, wenn ich an Dad dachte.

Während ich gedankenverloren auf meiner Lippe kaute, ließ ich mich auf das Sofa sinken und blätterte durch das Buch. Fotos von frei lebenden Pferden in einer einmalig wilden Landschaft lenkten meine Gedanken in eine andere Richtung.

Besonders das Bild von einem wunderschönen Tal zog meinen Blick an wie ein Magnet. Und ganz plötzlich wünschte ich mir nichts sehnlicher, als einmal diesen Ort zu besuchen. Es fühlte sich an, als könnte man dort alle Träume in die Tat umsetzen.

Es war irgendwie verrückt – die unterschiedlichsten Bücher schafften es, mir solche Ideen einzupflanzen. Vielleicht hatte auch Dad nie auf einem galoppierenden Pferd gesessen, sondern nur in einem Buch davon gelesen, wie berauschend dieses Gefühl war? Ich blickte auf. Ob auch Greyson so einzigartige Erinnerungen an seine verstorbene Mum hatte?

Mein Handy piepte. Ich zog es aus meiner Hosentasche und öffnete die Nachrichten-App.

Wie geht es den Idioten?, hatte Danny geschrieben. Ein Smiley streckte mir die Zunge heraus. **Oder gibt es doch ein paar nette Leute auf dem Spukschloss?**

Ich musste grinsen.

Tja, was soll ich sagen ..., tippte ich. **Es gibt tatsächlich auch Ausnahmen.** Mein Zeigefinger schwebte zögernd über dem Tastaturfeld, aber ich drückte dann doch auf *Senden,* ohne die Ausnahmen näher zu erläutern. Stattdessen schickte ich noch einen zwinkernden Smiley hinterher. **Bin in der Jubilee Library in Brighton, also stör mich nicht.**

Typisch, Abby! Ich dachte, als Downton-Lady hättest du jetzt andere Hobbys.

Ich konnte Dannys grinsendes Gesicht geradezu vor mir sehen.

Mein neues Hobby hat viele Haare ...

Es kamen drei überdimensional große Fragezeichen zurück.

Es ist ein Pferd. Vielleicht schicke ich dir später ein Foto. Ich kicherte leise und tippte auf den Zwinker-Smiley, dann steckte ich das Handy wieder weg.

„Hast du einen Freund in Liverpool?"

Ich hob erschrocken den Kopf und blickte in Gwenyfars blaue Augen.

„Ja ... äh, na ja, einen besten Freund." Ich wusste eigentlich gar nicht, warum ich ihr das näher erklären sollte.

Sie betrachtete mich eindringlich. „Greyson studiert immer noch die Zeitungsartikel und ich langweile mich zu Tode. Möchtest du mit in ein Café kommen?"

Sie überraschte mich. Also nicht mit der Tatsache, dass sie sich langweilte, aber mit der Frage, ob ich sie begleiten wollte. Ich hatte zwar überhaupt keine Lust, meinen gemütlichen Platz auf dem Sofa zu verlassen, aber vielleicht sollte ich Gwenyfar eine Chance geben. Mum zumindest würde mir an dieser Stelle raten, dass man immer unvoreingenommen an eine Sache herangehen sollte.

Ich gab mir einen Ruck. „Gerne."

Gwen lächelte zögerlich. „Gut, dann sagen wir Grey kurz Bescheid und verschwinden von hier."

Ich folgte ihr ins Untergeschoss, wo sich das Zeitungsarchiv befand. Greyson stand in einer Ecke abseits des Trubels über einen Stapel Zeitungsausschnitte gebeugt und wirkte äußerst konzentriert. Obwohl er mich nicht ansah, fiel mir seine angestrengt gerunzelte Stirn auf. Seine Hände waren zu Fäusten geballt und immer wieder klopfte er ungeduldig auf den Stapel vor ihm.

„Hey, Grey, wir haben genug *geschmökert.*"

Greyson zuckte zusammen, als Gwenyfar ihm auf die Schulter tippte. Blitzschnell schob er einen Arm über die Zeitungsartikel, als versuchte er, etwas zu verstecken.

Ich erhaschte trotzdem einen Blick darauf: *Tödlicher Unfall bei* … und darunter ein Bild, auf dem mehrere Reiter gezeigt wurden. Mehr hatte ich leider nicht erkennen können.

„Was habt *ihr* denn für ein Thema in Geschichte?", fragte ich verblüfft.

Greyson sah mich an, als hätte ich ihn bei etwas Verbotenem ertappt. „Interessante Ereignisse der letzten zehn Jahre", antwortete er schnell.

„Komm, lass ihn doch, wir gehen jetzt." Gwenyfar zog mich am Arm zur Rolltreppe. Greysons merkwürdiges Verhalten war ihr offenbar nicht aufgefallen. Jedenfalls schien es sie nicht halb so sehr zu interessieren wie mich, worum es bei seinen Recherchen ging. „Bis später, Grey! Ich schreib dir, wo du uns finden kannst!", rief sie noch.

Er nickte und beugte sich wieder über den Berg an Informationen vor ihm. Ich wäre liebend gern geblieben, aber ich hatte es ihr nun einmal versprochen, und so folgte ich Gwenyfar in die City von Brighton.

***

„Hey, da seid ihr ja!", rief Gwenyfar.

Ich sah erstaunt von der Getränkekarte auf, die ich gerade studierte, und blickte in die lächelnden Gesichter von zwei Mädchen.

Gwenyfar wirkte jedoch überhaupt nicht überrascht, es schien eher so, als hätte sie die beiden erwartet. Immerhin benahm sie sich viel netter als sonst und ihre Freundinnen wirkten sogar ganz sympathisch.

„Hi, ich bin Amy", stellte sich das eine Mädchen vor.

Sie hatte eine wilde Lockenmähne und sah ihrer Freundin ziemlich ähnlich.

„Hi“, sagte ich.

„Tracy ist meine Cousine“, erklärte Amy, als sie meinen fragenden Blick bemerkte.

Die Mädchen setzten sich zu uns und Tracy lächelte freundlich. „Gwen hat schon viel von dir erzählt.“

„Ach ja?“ Ich war etwas verwirrt. So viel gab es über mich doch gar nicht zu erzählen.

„Ja, sie meinte, du wohnst während der Ferien auf Hargrave Abbey.“ Tracy musterte mich ungläubig.

„Äh … ja, wieso?“, fragte ich.

„Nimmst du gemeinsam mit Gwen und Greyson Hargrave Springstunden?“ Sie blickte mich erwartungsvoll an.

„Nein.“ Ich schüttelte den Kopf.

„Reitest du denn Turniere?“, fragte Amy. Sie beugte sich vor. „Oder besitzt du ein eigenes Pferd?“

Ich fühlte mich wie bei einem Verhör. „Nein.“

„Sie hat ein *Pony* angeschleppt“, mischte sich Gwenyfar ein und sah mich mit einem breiten Lächeln an. Die Art, wie sie *Pony* aussprach, ließ keinen Zweifel darüber zu, was sie davon hielt. Auf einmal nahm unser Gespräch eine unangenehme Wendung. „Natürlich ist es kein Dressurpony“, ergänzte sie schnell – vermutlich, um mir weitere Missverständnisse zu ersparen.

„Natürlich nicht“, bestätigte ich. Mein Lächeln war schlagartig eingefroren.

„Aber du kannst doch reiten, oder?“, fragte Amy beinahe entsetzt. Ihr Tonfall ließ darauf schließen, dass meine Antwort darüber entschied, ob ich für ihren *Club* geeignet war oder nicht.

Ich sah sie mit festem Blick an und sagte es trotzdem. „Nein, das kann ich nicht.“

Gwenyfar kicherte gleichzeitig mit Tracy los. „Ihr wolltet mir ja nicht glauben.“

„Du meinst, du wohnst auf Hargrave Abbey und kannst nicht reiten? Was machst du denn da die ganze Zeit?“

Ich schnappte nach Luft. Also, diese „Mädchenzeit“ mit Gwenyfar hatte ich mir eindeutig anders vorgestellt.

„Ihre Mutter ist Zimmermädchen“, sagte Gwenyfar mit einem honigsüßen Lächeln auf den Lippen, während sie mich mit hochgezogenen Augenbrauen ansah.

„Zimmermädchen auf dem Schloss?“, fragte Amy irritiert. „Wie kommst du nach Hargrave Abbey, wenn deine Mutter …“

Die Kellnerin rettete mich. „Was kann ich euch bringen?“, fragte sie mit dem einzig ehrlichen Lächeln in der Runde.

Ich überlegte nicht lange. Das würde vermutlich meine erste und letzte Chance bleiben, mich dieser bezaubernden Mädchenrunde zu entziehen.

„Für mich gar nichts. Ich muss los!“

Ich bleckte ein letztes Mal die Zähne, was in diesen oberflächlichen Kreisen vermutlich trotzdem als Lächeln durchging, und stürzte zum Ausgang.

Das höhnische Lachen der Mädchen und Gwenyfars gemeine Worte hörte ich trotzdem noch. „Sie kommt eindeutig aus der falschen *Klasse*.“

Wie gehetzt rannte ich durch die Stadt, ohne irgendeinen Plan, was ich nun machen sollte. Mein guter Wille, Gwenyfar eine Chance zu geben, war wirklich beglückwünschenswert dumm gewesen. Auf gar keinen Fall würde ich jemals wieder etwas mit ihr unternehmen.

Ich wischte mir eine Wutträne aus den Augenwinkeln, als ein lautes Hupen ertönte. Erschrocken blickte ich auf. Ich war so sehr in Gedanken versunken gewesen, dass ich den Bus, der nun direkt vor mir zum Stehen kam, nicht gesehen hatte.

Der Busfahrer schüttelte verständnislos den Kopf. Über ihm

leuchtete *Chichester* auf der Anzeigentafel und mir fiel ein, dass ich den Ortsnamen auf der Hinfahrt schon einmal gesehen hatte.

Plötzlich kam mir die rettende Idee.

Ich machte dem verdutzten Busfahrer hektische Zeichen, dass ich einsteigen wollte, und er öffnete tatsächlich die Tür.

Das Ticket nach Chichester kostete mich beinahe mein gesamtes Taschengeld, aber das war es mir wert.

Erst als ich mich erschöpft auf die hinterste Bank sinken ließ, fiel mir ein, dass ich Greyson vielleicht hätte Bescheid geben müssen. Andererseits: Sollte Gwenyfar ihm doch erklären, was vorgefallen war!

***

Von der monotonen Schaukelei waren mir die Augen zugefallen. Als ich aufwachte, lag ich halb auf der Rücksitzbank des Busses, der immer noch über irgendwelche abgelegenen Landstraßen rollte.

Oh Mann! Ich war wirklich eingeschlafen! Ich hatte keinen blassen Schimmer, wo wir eigentlich waren.

Ich ging nach vorn zum Fahrer, um zu fragen, wie lange die Fahrt noch dauerte und ob der Bus überhaupt bis Chilgrove weiterfuhr. Ein leicht genervter Seitenblick war jedoch die einzige Antwort, die ich bekam. Eine alte Dame neben mir deutete auf ein Schild über meinem Kopf: *Bitte während der Fahrt nicht mit dem Fahrer sprechen.* Na super. Wie sollte ich so herausbekommen, wo ich war – geschweige denn nach Hause finden?

„Wohin müssen Sie denn, Miss?“, fragte die Frau freundlich.

Tja, wenn ich das mal so genau wüsste.

„Ich wohne in Chilgrove, also zumindest ist das in der Nähe“, versuchte ich es.

Die Frau lächelte. „Chilgrove ist noch ein gutes Stück weiter. Wo genau wollen Sie denn hin?"

„Hargrave Abbey heißt das Schloss."

„Ach, Sie machen eine Besichtigungstour." Die Dame nickte wissend.

„Nein, eigentlich nicht. Ich verbringe dort meine Ferien."

Sie sah mich skeptisch an. „Chilgrove ist noch ungefähr zehn Minuten entfernt, es gibt, soweit ich weiß, auch nur eine Haltestelle. Sie werden Ihr Schloss dort sicherlich finden."

Ich lächelte dankbar. Die Dame stieg an der nächsten Haltestelle aus und winkte mir zum Abschied.

Diesmal passte ich besser auf, und als ich das Ortsschild sah, drückte ich den Haltewunschknopf.

Wenig später stand ich auf der Straße und sah mich aufmerksam um, aber es gab leider immer noch nichts, das mir in irgendeiner Weise bekannt vorkam. Ich zog mein Handy hervor, um Mum anzurufen. Auch wenn ich mich nicht gerade darauf freute, ihr die Umstände meiner Heimreise zu erklären, würde sie es mir bestimmt nicht übel nehmen, dass ich Greyson nicht Bescheid gesagt hatte. Mum verstand mit Sicherheit, dass ich keine weitere Sekunde in der Gesellschaft von Gwenyfar und ihren blöden Freundinnen hatte verbringen wollen.

Das Freizeichen tutete, doch ich wartete vergeblich darauf, dass sie abhob. Nach einer erfolglosen Minute schaltete sich die Mailbox an.

Wie seltsam. Mum ging eigentlich immer an ihr Handy – außer sie hatte gerade etwas Wichtigeres zu tun oder es irgendwo liegen gelassen. Ich würde es in ein paar Minuten noch mal versuchen. Vielleicht lag das Schloss auch gar nicht mehr so weit entfernt und ich konnte mit meinem Navi allein hinfinden. Ich tippte Hargrave Abbey in die Suchmaske ein, aber stattdessen wurde die Hargrave Road in London angezeigt. Mist. Wieso hatte ich auch nie gefragt, wie die Straße hieß, in der das Schloss lag?

Ich versuchte noch mal, Mum zu erreichen. Leider erfolglos.

Unschlüssig sah ich mich um, in der Hoffnung, jemanden nach dem Weg fragen zu können. Außer einer uralten Frau, die in einem kleinen Vorgarten kniete, konnte ich jedoch niemanden entdecken. Na ja, das war immer noch besser, als gar keine Menschenseele zu finden.

„Entschuldigung, ich suche das Schloss. Können Sie …?“

„Pardon?“ Sie hielt sich eine Hand hinter ihr Ohr.

Ich stöhnte innerlich. Eine schwerhörige alte Dame war genau der Gesprächspartner, den ich mir jetzt gewünscht hatte.

„Das Schloss“, versuchte ich es lauter.

„Welches Ross?“, fragte sie verständnislos.

Du lieber Himmel, sie war nicht schwerhörig, sondern stocktaub! Ich holte noch einmal tief Luft.

„Har-grave Ab-bey!!“, brüllte ich.

Sie riss die Augen auf und sah mich interessiert an. „Ah, das Schloss?“

„Ja!“ Ich nickte erleichtert.

Sie deutete mit ihrem knochigen Finger in die Richtung, aus der der Bus gekommen war.

Ich lächelte und formte mit den Lippen ein *Danke*. Weitere Fragen stellte ich ihr lieber nicht. So schlimm wie mein bisheriger Tag konnte der Rest des Weges sowieso nicht werden.

***

Natürlich lag das Schloss *nicht* wie erhofft hinter dem nächsten Hügel.

Stattdessen irrte ich durch grüne Wiesen und Felder.

Alle meine Versuche, Mum zu erreichen, blieben erfolglos. Aber immerhin war ich zweimal an einem Wegweiser vorbeigekommen, der zum Schloss wies. Ganz falsch konnte ich hier also nicht sein. Doch dann hörten die festen Wege auf, und ich befand mich auf einem Trampelpfad, der in einen Wald führte. Was sollte ich tun, wenn ich nicht bald die alten Mauern des Schlosses in der Ferne entdeckte? Meine Füße taten weh, mein Magen knurrte unüberhörbar und ich hatte schrecklichen Durst. Was für eine blöde Situation.

In Liverpool hätte es mich herzlich wenig interessiert, ob ich mich in einer Gegend auskannte oder nicht. Ich wäre mit dem Skateboard einfach dem Navi meines Handys gefolgt, bis ich an eine mir bekannte Stelle gekommen wäre, oder ich hätte – noch einfacher – die U-Bahn genommen. In einer Großstadt konnte man sich im Grunde gar nicht verlaufen. Kein Wunder also, dass es mir noch nie passiert war. Hier hingegen ... Ich seufzte. Resigniert ließ ich meinen Blick zum hundertsten Mal durch die Bäume wandern – Moment mal: Dahinten stand doch ein Haus, oder?

Mein Herz klopfte einen Takt schneller.

Na ja, ein Haus im Wald musste nicht unbedingt immer etwas Gutes bedeuten. Aber sonderlich groß war die Auswahl an vertrauenswürdigen Häuschen hier schließlich nicht. Also stapfte ich entschlossen vorwärts und ließ das kleine Haus keine Sekunde aus den Augen. Je näher ich kam, desto klarer sah ich, dass es wohl eher die Bezeichnung Hütte verdiente.

Als ich nur noch wenige Schritte entfernt war, blieb ich zögerlich stehen. Es wirkte gemütlich. An den Fenstern hingen Vorhänge in einem warmen Gelbton – zum Glück kein Grün! – und die Fensterbänke schmückten kleine Pflanzkästen mit bunten Sommerblumen. Um das Haus herum waren Brennholzstapel aufgeschichtet und eine kleine Sitzecke aus selbst gezimmerten Möbeln erinnerte mich an den Garten von Dannys Eltern. Die dunkelroten Polster und das aufgeschlagene Buch ließen darauf schließen, dass noch vor Kurzem jemand hier gesessen hatte. Alles wirkte sehr einladend und keineswegs bedrohlich – trotzdem hielt ich wachsam die Umgebung im Auge, während ich mich dem Tisch näherte. Ich vergewisserte mich noch einmal, dass niemand in der Nähe war, und warf einen neugierigen Blick auf das Buch. Ein Blatt fiel heraus und segelte zu Boden. Schnell bückte ich mich, um es wieder aufzuheben.

Es war eine Fotografie von einem schneeweißen Pferd.

Ich schob das Bild zurück zwischen die handbeschriebenen Seiten. Offenbar handelte es sich um ein Tagebuch. Beschämt legte ich meinen Fund zurück auf den Tisch. Ich hatte nicht die Absicht gehabt, in derart privaten Dingen herumzuschnüffeln.

„Wenn du dich schon vertraut gemacht hast, kannst du dich auch gleich hinsetzen und mir behilflich sein. Ich brauche noch jemanden, der die Kartoffeln schält."

Erschrocken fuhr ich herum. Ich fühlte, wie meine Wangen rot anliefen. „Es tut mir leid, ich wollte nicht ... also, ich hab mich nur ... verlaufen." Ich hätte mir am liebsten vor die Stirn geschlagen, um mein Hirn in Gang zu setzen. „Entschuldigung", sagte ich vorsichtshalber noch mal.

„Angenommen." Der alte Mann sah mich aus freundlichen kleinen Augen an und lächelte. „Ich habe selten so netten Besuch. Setz dich doch." Er strich mit einer Hand durch seine weißen Barthaare. Rein optisch erfüllte er wirklich jedes Klischee eines Lieblingsopas. Er deutete auf einen der Holzstühle, um seine Einladung zu unterstreichen.

Ich schüttelte den Kopf. „Das ist sehr nett, aber ich habe mich verlaufen und will nicht, dass sich jemand Sorgen macht."

„Soso“, sagte er. „Wer ist denn jemand?“

„Meine Mum.“

„Wenn du mir sagst, wo du hinwillst, kann ich dich gerne ein Stück begleiten, bis du dich wieder auskennst“, erwiderte er. „Ich habe nämlich leider kein Telefon.“

„Das macht nichts, ich habe ja selbst ein Handy. Ich konnte nur niemanden erreichen.“ Ich sah ihn skeptisch an. „Aber ... haben Sie ... wirklich kein Telefon? Kein Handy oder Festnetz?“

„Weder noch“, schmunzelte er. „Mein Enkelsohn schimpft auch ständig mit mir.“

Ha! Wusste ich's doch. Er war ein Lieblingsgroßvater. Dadurch stieg die Wahrscheinlichkeit, dass er kein Serienmörder war, bestimmt um fünfzig Prozent.

Er sah mich aufmerksam an. „Also, wo willst du hin?“

„Zum Schloss.“

Er hob interessiert eine Augenbraue, sagte aber nichts.

„Hargrave Abbey“, ergänzte ich schnell. Wer wusste schon, wie viele Schlösser es hier in der Umgebung gab?

„Jaja, ich dachte es mir. Arbeitet deine Mum dort?“, hakte er nach.

„Nein, ich verbringe da meine Ferien bei ...“ Ich zögerte kurz, weil ich nicht so recht wusste, wie ich die Familienverhältnisse zwischen Ambrose und mir beschreiben sollte, „ ... mit meiner Mum.“

Der alte Mann fragte ohnehin nicht weiter nach, sondern schloss die Tür seiner Hütte ab und zeigte auf den Weg, der vor uns in den Wald hineinführte. „Na, dann mal los!“

Überrascht sah ich eine gute halbe Stunde später die Schlosstürme aus den Baumwipfeln ragen. Wir hatten so viele Abzweigungen und Trampelpfade hinter uns, dass ich schon den Verdacht gehegt hatte, der alte Mann könnte sich selbst verirrt haben.

„Wahnsinn!“, entfuhr es mir. „Sie müssen sich sehr gut auskennen in der Gegend hier.“

Er lächelte nur. Etwas wehmütig, wie mir schien. „Findest du den Rest des Weges allein?“

„Ja, natürlich. Ich danke Ihnen wirklich sehr“, sagte ich.

„Besuch mich doch mal wieder“, sagte der Alte, bevor er sich umdrehte und mit einem Winken wieder im Wald verschwand.

Was für eine seltsame Begegnung.

Das Gefühl, gerade der Stargast in einem Märchen gewesen zu sein, verschwand jedoch, sobald ich durch das Tor trat.

Ein Blick genügte, um zu erfassen, dass etwas nicht stimmte. Dieser Tag schien seinen Höhepunkt offenbar noch immer nicht erreicht zu haben. Ich ahnte nur noch nicht, was mich wirklich erwartete …

Kapitel 11

Verurteilt

Auf dem Hof herrschte eine derartige Hektik, dass ich zuerst gar nicht begriff, was los war. Mehrere Autos parkten quer vor dem Eingang, als wären die Fahrer in aller Eile herausgesprungen und hätten ihre Fahrzeuge dann kurzerhand vergessen. Ich beschleunigte meine Schritte und betrat durch das weit geöffnete Tor den Stall.

Drinnen erkannte ich Doktor White, der mit einem Stethoskop den Körper eines schwer atmenden Pferdes abhörte. Das Tier hielt den Kopf gesenkt und blinzelte müde. Der Bauch zitterte und es schlug heftig mit dem Schweif. Ambrose stand am Kopf des Pferdes und strich mit beruhigenden Bewegungen zwischen seinen Augen entlang. Sein Gesichtsausdruck zeigte eine Mischung aus Besorgnis und Ärger.

Die Stallburschen führten zwei andere Pferde auf die Stallgasse hinaus, die ebenfalls nicht gesund aussahen. Was mochten sie wohl haben? Und wie schlimm musste es sein, wenn sogar mir als Laie nicht verborgen blieb, dass sie sich unwohl fühlten?

Als ich Mum entdeckte, die in einer der Boxen stand und den Körper eines Pferdes mit Stroh abrieb, bekam ich regelrechte Angst: Mum liebte vielleicht Pferdefilme, aber sie hatte immer großen Respekt vor den echten Tieren gehabt. Wenn sie sich jetzt doch an sie heranwagte, musste eine Epidemie ausgebrochen oder irgendeine andere größere Katastrophe passiert sein.

Die Generalin stakste mit steifen Schritten an mir vorbei, dicht gefolgt von Margareta, die ein Tablett mit Sandwichs balancierte. Doch niemand schenkte den Köstlichkeiten Beachtung, die sie auf einem Tisch an der Wand abstellte. Was um Himmels willen war hier los? Voller Sorge steuerte ich die letzte Box an. Mit wachsender Panik suchte ich Shaggys Kopf zwischen den vielen Menschen, als neben mir eine Boxentür aufgestoßen wurde.

„Wo warst du?“, knurrte Greyson. Eine steile Falte stand zwischen seinen Augenbrauen, und der Ton seiner Stimme ließ keinen Zweifel daran, dass er stinksauer auf mich war.

„Ich …“

„Hast du einen schönen Spaziergang gemacht, während hier der halbe Stall krepiert?“

„Was? Nein!“, wehrte ich mich empört. „Ich habe …“

„Erst habe ich mir ja Sorgen gemacht, als Gwen mich anrief und sagte, dass du einfach so verschwunden wärst. Aber ich hätte mir ja denken können, dass etwas nicht stimmt.“

„Gwen hat *was?*“, fragte ich ungläubig. „Mehr hat sie nicht erzählt?“ Oh ja, es stimmte tatsächlich etwas ganz und gar nicht in diesem feinen Schloss. Ich war nur noch nicht sicher, was genau.

„Was hätte sie denn noch sagen sollen?“

„Hast du dich gar nicht gefragt, warum ich überhaupt *einfach so* verschwunden bin?“ Ich konnte nicht glauben, dass er Gwenyfar diese Erklärung abgekauft hatte.

„Doch“, sagte er endlich. „Ich fand es seltsam. Genauso seltsam wie die Tatsache, dass beinahe alle Pferde diese Vergiftungssymptome zeigen – bis auf Shaggy.“

Gleichzeitig mit der Erleichterung darüber, dass es Shaggy gut ging, erfasste mich die Erkenntnis, dass Greyson mir gerade einen ungeheuren Vorwurf machte. Einen Vorwurf, der in seinem Kopf so fest verwurzelt schien, dass er offenbar nicht einmal nachfragen wollte, was vorgefallen war.

„Ich bin jedenfalls nicht spazieren gegangen“, sagte ich möglichst ruhig. „Und ich bin auch nicht *einfach so* verschwunden, wie Gwenyfar behauptet.“

„Ach, nein?“ Sein Blick bewies deutlich, dass er mir nicht glaubte.

„Abby, wo warst du nur?“ Als ich Mums Stimme hörte, hätte ich am liebsten losgeheult. „Wir haben dich alle gesucht! Du musst doch Bescheid sagen, wenn du einfach so verschwindest.“

Ich seufzte. „Ich bin nicht *einfach so* verschwunden, Mum“, sagte ich leicht erschöpft. „Ich hatte wirklich meine Gründe.“

„Was für *Gründe?*“, fragte Mum alarmiert und sah mich eindringlich an. „Warst du heute Morgen im Stall, Abby?“, fragte sie leise.

Ich zögerte. Was auch immer ich gleich sagen würde – es fühlte sich an, als würde ich unweigerlich in eine Falle tappen. „Ja“, antwortete ich.

„Hast du die Pferde gefüttert?“, fragte sie weiter.

„Ich habe bloß …“

„Unfassbar, das hätte ich echt nicht von dir gedacht!“, fiel mir Greyson ins Wort.

Mums Blick war fast noch schlimmer. Ich sah verständnislos zwischen ihnen hin und her. „Erklärt mir mal einer, worum es hier eigentlich geht?“, fragte ich.

Mum seufzte leise. „Doktor White vermutet, dass die Pferde etwas Giftiges gefressen haben.“ Sie sah mich abwartend an.

Beinahe hätte ich aufgelacht. „Dann ist ja wohl klar, dass ich nichts damit zu tun habe“, sagte ich schnell.

„Eigentlich können sie es nur über das Heu bekommen haben“, ergänzte Mum.

„Das ist wirklich schrecklich …“

„Jemand hat gesehen, dass du heute Morgen Heu gefüttert hast“, unterbrach mich Mum.

„Ich habe Shaggy Heu gegeben, sonst niemandem“, wehrte ich mich.

„Dann steht hier wohl Aussage gegen Aussage.“ Greysons Lippen waren zu einem dünnen Strich zusammengepresst.

„Wessen *Aussage?*“, fragte ich schockiert.

„Der Stallbursche hat dich gesehen.“ Greyson blickte mich herausfordernd an.

„Aber …“ Ich konnte nichts zu meiner Verteidigung hervorbringen. Dieser Vorwurf war einfach völlig verrückt. Ich war dem Stallburschen zwar heute Morgen begegnet, aber ich konnte mir nicht vorstellen, dass er überhaupt gesehen hatte, wie ich Shaggy Heu in die Box warf. Und der hatte noch nicht mal Anzeichen einer Vergiftung. Wie kam der Stallbursche also dazu, so etwas zu behaupten? Er hatte richtig nett auf mich gewirkt. Es *musste* sich einfach klären lassen, dass ich damit rein gar nichts zu tun hatte!

„Wir hätten doch darüber sprechen können, Abby-Darling.“ Mums Gesicht war ganz blass geworden.

„Worüber, Mum?“, fragte ich aufgebracht. „Ich habe gar nichts gemacht! Ich habe nur Shaggy Heu gegeben“, wiederholte ich. „Ich habe nicht …“

„Am besten, du verschwindest hier erst mal. Alle sind ziemlich wütend auf dich.“ Greyson umfasste mein Handgelenk und zog mich hinter sich her.

„Lass mich, ich muss noch Shaggys Wunde reinigen!“, rief ich.

Doch Greyson ignorierte meinen Protest. Er nickte meiner Mum zu, die ihn dankbar anlächelte, und schob mich nun mit Nachdruck in Richtung Ausgang. „Du kannst froh sein, dass Camilla für zwei Tage in London ist. Sie würde ausflippen, wenn sie jetzt hier wäre.“

Ich schnaubte ärgerlich. Aber am besten war es wohl, ich sagte erst mal gar nichts mehr.

Draußen zog Greyson mich um die Ecke bis hinter den Stall. Erst als wir außer Hörweite der anderen waren, ließ er mich los. Aber nur, um vor Wut seine Fäuste zu ballen. „Was zum Teufel hast du dir dabei gedacht?“ Er starrte mich finster an. „Wie kommst du darauf, einfach die Pferde zu füttern, obwohl du gar keine Ahnung davon hast und das auch überhaupt nicht deine Aufgabe ist?“

„Ich habe dir schon gesagt, dass ich nicht weiß, wovon du sprichst“, entgegnete ich. So langsam wurde mir das alles zu viel. „Ich *habe* die anderen Pferde nicht gefüttert.“

Greyson sah aus, als wäre er kurz davor zu explodieren.

„Jetzt wird mir auch klar, warum du in Brighton so plötzlich den Abgang gemacht hast“, fuhr er mich an. „Ich kann mir gut vorstellen, warum du mit dem Bus nach Hause gefahren bist. Du wolltest sicher noch ein bisschen Zeit gewinnen, bevor du dich den Vorwürfen hier stellen musst.“

„Wie bitte?“ Jetzt verstand ich gar nichts mehr. „Das glaubst du doch nicht wirklich?“

„Du bist noch nicht mal auf direktem Weg hierhergekommen“, ereiferte er sich weiter. „Es ist so offensichtlich, Abby, dass du es auch einfach zugeben kannst.“

„Was? Nein!“

„Im Grunde ist es mir auch egal, ob du es weiterhin leugnest oder nicht“, sagte Greyson mit schneidender Stimme. „Der Stallbursche hat dich ja nun mal heute Morgen im Stall gesehen.“

Plötzlich wurde mir klar, dass ich sagen konnte, was ich wollte. Er würde mir sowieso nicht glauben. Die Tränen schossen mir in die Augen. Ich biss mir auf die Lippe, um nicht laut aufzuschluchzen, und rannte los. Weg von Greyson, weg von den Vorwürfen, weg von diesem ganzen Mist. Und leider auch weg von Shaggy – dem Einzigen, der mich sicher nicht verurteilt hätte.

***

Blind vor Tränen stolperte ich die Treppe hinauf. Niemand war mir gefolgt. Wozu auch? Für alle anderen schien die Sache ja klar zu sein. Alles sprach gegen mich, obwohl es keinen einzigen vernünftigen Beweis gab. Es war zum Verrücktwerden.

An der obersten Stufe stoppte ich, als ich jemanden in einem der Räume verschwinden sah. Um keinen Preis wollte ich jetzt der Generalin begegnen! Ich war wirklich nicht in der Stimmung für eine Auseinandersetzung.

Ich wischte mir mit dem Ärmel übers Gesicht und versuchte, mich so leise wie möglich zu bewegen. Gerade wollte ich hastig in meinem Zimmer verschwinden, als ich ein dumpfes Geräusch hörte, als ob ein Buch zu Boden fiel.

„So ein verdammter Idiot!", fluchte eine mir sehr bekannte Frauenstimme, die offensichtlich aus Greysons Zimmer kam.

Ich hielt inne und lauschte.

„Ich werde schon noch herausfinden ..." Die Stimme senkte sich zu einem verärgerten Murmeln. „... in diesen ... dämlichen Büchern ...!" Ich verstand nur noch die Hälfte, war mir jedoch sicher, dass es Camilla war.

Nur – was machte sie in Greysons Zimmer? Er hatte doch gesagt, sie wäre verreist!

Obwohl mir nur nach Alleinsein zumute war, drehte ich noch einmal um und lief zu seiner Tür, die nur angelehnt war. Mit angehaltenem Atem spähte ich durch den schmalen Schlitz. Meine Augen weiteten sich vor Erstaunen, als ich tatsächlich Camilla entdeckte, die in einem kleinen Buch blätterte, das mir bekannt vorkam. Ich wagte kaum zu atmen. Wozu, um alles in der Welt, wühlte Camilla in Greysons Sachen herum?

„Es müssen doch noch mehr sein!", schimpfte sie leise vor sich hin. „In dieses Tagebuch passt niemals ein ganzes Leben – auch wenn es noch so kurz war.“ Ein hektisches Kichern erklang und ich bekam eine Gänsehaut. Hastig riss Camilla eine Schublade nach der anderen auf und durchwühlte den Inhalt.

In meinem Kopf drehte sich alles. Sollte ich etwas sagen? Oder jemanden holen? Doch wer hätte mir geglaubt, wenn ich behauptete, dass ich Camilla beim Schnüffeln in Greysons Zimmer ertappt hatte, die angeblich gerade in London war?

Niemand.

Nicht nach den Vorfällen im Stall.

Frustriert wandte ich mich ab und ging schnell in mein Zimmer. Es gelang mir, lautlos die Tür hinter mir zu schließen. Zur Sicherheit drehte ich noch den Schlüssel herum, damit niemand auf die Idee kam, einfach hereinzuspazieren. Dann sank ich auf mein Bett und versuchte, irgendwie zu verstehen, was ich da eigentlich gerade beobachtet hatte – doch ich konnte mir partout keinen Reim darauf machen.

Viel mehr jedoch als Camillas neuester Ausraster beschäftigte mich der schreckliche Vorwurf von Greyson, ich hätte die Pferde vergiftet. Wie konnte es sein, dass sogar Mum mir nicht glaubte?! Ich schlug die Hände vors Gesicht und schloss die Augen.

Was für ein Albtraum.

Mein Gesicht in den Kissen vergraben, dachte ich an Danny und mein richtiges Zuhause, das mir plötzlich noch viele Meilen weiter entfernt schien als zuvor. Von den zwei Wochen Sommerferien lagen gerade mal vier Tage hinter mir. Wie sollte ich den Rest aushalten? Und woher sollte ich wissen, ob Mum danach nicht vorhatte, unseren Aufenthalt hier noch ein bisschen … und dann vielleicht noch ein weiteres bisschen zu verlängern?

Selbst nach Dads Tod hatte ich mich nicht so allein gefühlt. Wie konnte Mum mich nur verurteilen, ohne mich nach meiner Version der Geschichte zu fragen? Ich drückte meine Nase tiefer in das Kissen. Der falsche Duft und der steife Baumwollstoff erinnerten mich einmal mehr daran, dass ich hier fremd war.

***

Ich träumte, dass ich auf einem weißen Pferd durch den Wald galoppierte. Dunkelheit umgab mich und der Wind heulte leise. Ich vergrub meine Hände in der Mähne des Pferdes und beugte mich tiefer über seinen Hals. Überall hörte ich anklagende Stimmen flüstern, dass alles meine Schuld sei, bis ich mich unvermittelt auf einer Lichtung wiederfand und mich ein düsterer Blick aus grauen Augen dazu brachte, ein Geständnis abzulegen. Für ein Verbrechen, das ich nicht begangen hatte.

Als ich mit klopfendem Herzen erwachte, hörte ich die Holzbalken knarzen und leise Schritte auf dem Boden. Um Gottes willen, war da jemand in meinem Zimmer? Starr vor Schreck wagte ich es nicht einmal, die Augen zu öffnen. Ich verstand das nicht. Ich hatte doch die Tür abgeschlossen! Also konnte doch wohl niemand um mein Bett herumschleichen ... *Oder?*

Trotzdem schaffte ich es nicht, mich auch nur einen Millimeter zu rühren, bis sich das leise Quietschen von Gummisohlen wieder entfernte.

Nichts weiter geschah und irgendwann beruhigte ich mich. Als ich das nächste Mal aufwachte, konnte ich nicht mehr mit Sicherheit sagen, ob das Ganze wirklich passiert oder doch nur ein Traum gewesen war.

Es klopfte zaghaft an der Tür. „Abby, Darling?“ Mums Stimme kam mir seltsam fremd vor. Ich zog mir das Kissen über den Kopf und hoffte, sie würde einfach verschwinden.

„Bitte, Abby!“

Ich hätte sie gern ignoriert, aber zu spät: „Darf ich reinkommen?“, fragte Mum, die ohnehin schon mitten im Zimmer stand.

„Ich hatte extra abgeschlossen“, grummelte ich.

„Diese Tür aber nicht“, sagte Mum mit einem zaghaften Lächeln. „Wenn du natürlich darauf bestehst, dass ich wieder gehe ...“

Ich schüttelte resigniert den Kopf. Mum schloss die Tür hinter sich und setzte sich zu mir ans Bett, das auch zu Hause immer der Platz für unsere ernsten Gespräche war.

„Es tut mir leid, Abby. Ich möchte mich bei dir entschuldigen.“

Überrascht sah ich sie an. „Ehrlich?“

„Ja, ehrlich. Ich habe nicht gewusst, wie sehr ich dich verletzt habe.“

Obwohl ich mich über ihre Erkenntnis freute, irritierte mich der plötzliche Sinneswandel. „Ich wusste gar nicht, was ich sagen sollte, als du ...“

„Ich weiß, Abby“, unterbrach sie mich. „Ich hätte dich mit diesem Ferienaufenthalt nicht so überfallen sollen. Ich hatte gedacht, dass du überglücklich wärst, wenn du den Pferdestall sehen würdest. Aber natürlich, die unbekannte Umgebung, die vielen fremden Menschen ... Ich hätte mir sehr gewünscht, dass es dir hier gefällt. Aber das war alles eine dumme Idee von mir.“

Ich verstand nicht, was sie mir sagen wollte. Was hatte das mit den vergifteten Pferden und den Vorwürfen gegen mich zu tun? „Was meinst du eigentlich genau?“, fragte ich.

„Ich habe einfach nicht gemerkt, wie unwohl du dich hier fühlst, weil ich selber so glücklich war“, erwiderte Mum. „Ambrose meinte, es sei ganz natürlich, dass du deshalb so überreagierst.“ Sie strich mir liebevoll über die Wange.

Ich schob ihre Hand weg. „Was meinst du mit *überreagieren?*“, fragte ich argwöhnisch. So langsam dämmerte mir, dass wir nicht von derselben Sache sprachen.

„Wir haben Verständnis für dich, auch wenn dein Handeln nicht in Ordnung war. Bestimmt wolltest du nicht, dass den Pferden etwas wirklich Schlimmes passiert." In ihrem Blick lag Mitleid. „Wir hätten darüber reden sollen."

„Mum, hör mir mal zu, ich habe *gar nichts* gemacht!" Meine neu aufflammende Wut war so heftig, dass ich ein seltsames Schwindelgefühl spürte. Mein Kopf brummte wie nach einer starken Migräne. „Was auch immer du von mir denkst, es stimmt nicht! Ich bin allein nach Hause gefahren, weil Gwenyfar mich mit ihren Freundinnen verhöhnt hat. Auf dem Heimweg habe ich mich auch noch verirrt und nur zurückgefunden, weil ein alter Mann mich bis zum Tor gebracht hat." Ich holte tief Luft. „Und die Pferde habe ich *natürlich nicht* vergiftet! Ich habe sie noch nicht mal gefüttert – bis auf Shaggy."

Mum runzelte die Stirn. Ich konnte ihr ansehen, dass sie mir nicht glaubte. Aber ich kannte sie gut genug, um zu wissen, dass sie nicht weiter auf mir herumhacken würde. „Möchtest du lieber auf deinem Zimmer essen, Abby?"

Ich schluckte. Natürlich. Es war ihr peinlich, dass ihre Tochter Ärger machte. Verbissen kämpfte ich gegen die Tränen an, die mir schon wieder in die Augen traten. „Das ist eine gute Idee", log ich. „Ich bin immer noch sehr müde und würde gerne bald schlafen gehen."

„In Ordnung, Darling." Mum drückte mir liebevoll die Hand. „Und du weißt ja, dass du immer mit mir reden kannst."

Sie verließ das Zimmer und der Kloß in meinem Hals vergrößerte sich.

Ich war erst *vier* Tage hier.

Wie sollte ich denn nur die übrigen zehn Tage durchstehen, wenn ich schon jetzt für alle quasi eine Pferdemörderin war?

Kapitel 12
Je geheimer, desto reizvoller …

Am nächsten Morgen stand die Sonne bereits hoch am Himmel, als ich endlich wieder aufwachte. Offenbar hatte es niemand für nötig gehalten, mich zu wecken. Zumindest kam ich so mit ziemlicher Sicherheit um Gesellschaft herum. Auf sämtliche Schlossbewohner konnte ich im Moment gut verzichten.

Dass Mum allerdings nicht mal nach mir geschaut hatte, versetzte mir einen kleinen Stich. Oder schlief sie selbst noch? Ich ging zu der Verbindungstür zwischen unseren Zimmern und spähte durch das Schlüsselloch. Der Raum war jedoch offensichtlich leer. Das begrenzte Blickfeld, das sich mir bot, zeigte ein ordentlich gemachtes Bett, das sogar ziemlich unbenutzt aussah. Doch darüber wollte ich auf keinen Fall nachdenken. Den Nachttisch schmückte ein riesiger Blumenstrauß, der kaum Platz für andere Dinge ließ. Eine kleine Karte blitzte zwischen den roten Rosen hervor, und ich wollte ebenfalls nicht wissen, was darauf stand. Doch gerade als ich mich peinlich berührt abgewandt hatte, hörte ich auf einmal ein leises Geräusch aus dem Nebenzimmer.

Neugierig spähte ich erneut durchs Schlüsselloch. Wenn Mum zurückgekommen war, würde ich zu ihr gehen, beschloss ich. So weit weg von zu Hause fiel es mir besonders schwer, die Missverständnisse zwischen uns auszuhalten. Doch drüben regte sich nichts weiter – oder, Moment mal: Die Tür des Kleiderschranks wurde geöffnet. Und zwar nicht von Mum.

Ich versuchte, meinen Blickwinkel zu ändern, aber Schlüssellöcher waren einfach zu klein, um hochkarätige Spionage betreiben zu können. Trotzdem rührte ich mich nicht von der Stelle. Etwas hatte mich stutzig gemacht: Wer auch immer die Schranktür geöffnet hatte, besaß leuchtend rot lackierte Fingernägel.

Mum trug nie Nagellack. Und ich hielt es zwar für durchaus möglich, dass die Liebe einen Menschen auf die eine oder andere Art veränderte, aber Mum mit Nagellack – und dazu noch dieses grelle Rot – konnte ich mir definitiv nicht vorstellen.

Ich starrte gebannt durch das Schlüsselloch und hoffte, dass die Person auf der anderen Seite einen Schritt in meine Richtung gehen würde. Vielleicht war es Hazel, die frische Wäsche brachte? Aber das Zimmermädchen hatte ebenfalls keinen Nagellack getragen, als sie meinen Schrank aufgeräumt hatte, und es hätte auch nicht zu ihr gepasst. Die Generalin hatte zwar penibel manikürte Finger, überlegte ich, aber Rot würde sie bestimmt auch nicht wählen. Ich konnte mir nur eine Person vorstellen, zu der dieser schrille Nagellack passte, aber ... War sie nun in London oder nicht? Also wer, um Himmels willen, wühlte in Mums Schrank?

Ich hörte ein leises Seufzen, das Enttäuschung verriet. Die Schranktür wurde geschlossen und leise Schritte bewegten sich durch den Raum.

Plötzlich verdunkelte sich mein Blickfeld. Ich sah nichts als Schwarz und zog erschrocken den Kopf zurück. Ich hatte gestern Abend nicht hinter Mum abgeschlossen! Was, wenn jemand im nächsten Moment die Tür öffnete und mich beim Spionieren erwischte?

Ich richtete mich auf und versuchte angestrengt, meine Atmung zu kontrollieren, um mich nicht zu verraten. Lange hielt ich es aber nicht aus, bückte mich erneut hinunter zum Schlüsselloch – und konnte gerade noch einen entsetzten Aufschrei unterdrücken: Ich fand mich vis-à-vis mit einem anderen Auge wieder, das ebenso weit aufgerissen durch das Schlüsselloch starrte wie meins.

Holy shit!

Blitzschnell hielt ich mit einer Hand das Loch zu und überlegte fieberhaft, was ich nun tun sollte. Wer auch immer auf der anderen Seite dieser Tür stand, wusste vermutlich, wer ich war und dass ich ihn – oder besser gesagt sie – gesehen hatte. Das war nicht gut, denn ich hatte mit ziemlicher Sicherheit etwas beobachtet, das niemand hätte sehen sollen. Ich hatte die Person, die in Mums Zimmer herumgeschnüffelt hatte, quasi in flagranti erwischt – auch wenn ich nicht wusste, bei was genau.

Während ich noch abwägte, ob ich womöglich in ernster Gefahr war und besser so schnell wie möglich verschwinden sollte, hörte ich, wie sich nebenan eine Tür schloss. Ohne weiter darüber nachzudenken, stürzte ich zu dem anderen Ausgang, der von meinem Zimmer in den Flur führte, drehte den Schlüssel herum und zog vorsichtig die Tür auf.

Doch der Gang war leer. Weit und breit war niemand zu sehen. Verflixt, ich hatte sie verpasst! Ich ging zurück und schloss die Tür wieder hinter mir ab. Dann öffnete ich die Verbindungstür und trat zögerlich in Mums Zimmer. Ich musste unbedingt nachsehen, ob etwas fehlte!

Einzig der Duft eines fremden Parfums, der in der Luft hing, verriet, dass jemand hier gewesen war. Ansonsten sah alles wie immer aus. Ich warf einen Blick in den Kleiderschrank, der genau wie zu Hause vorbildlich aufgeräumt war. Falls etwas fehlte, war zumindest alles andere wieder ordentlich zurück an seinen Platz gelegt worden. Allerdings war auch nicht viel Zeit zum Suchen gewesen. Ob vielleicht eher etwas hineingelegt worden war? Doch um das herauszufinden, hätte ich den Inhalt besser kennen müssen. Ich schloss mit einem Anflug von Ärger die Tür. Mit der Kommode, die neben dem Schrank stand, verhielt es sich nicht anders: Nichts deutete darauf hin, dass Mums Sachen durchwühlt worden waren.

Zuletzt fiel mein Blick erneut auf den Blumenstrauß auf dem Nachttisch, in dem die Karte steckte. Nun bildete ich mir jedoch ein, dass sie etwas weiter herausguckte als zuvor. Meine Neugier war angestachelt und ich zog sie mit zittrigen Fingern heraus. Obwohl ich mich ein wenig schämte, diese zweifellos privaten Zeilen zu lesen, konnte ich nicht anders ...

Liebste Linn,
die Nacht mit dir war wundervoll!
Und ich weiß, dass unsere Zukunft ebenso schön sein wird ...
Love, Ambrose

Oh mein Gott!

So genau hatte ich es nun wirklich nicht wissen wollen. Ich schob die Karte hastig wieder zurück zwischen die Rosen – und stach mir prompt an einem scharfen Dorn den Finger.

„Shit!" Erschrocken zog ich meine Hand zurück, doch der Stachel verhakte sich in meiner Haut und ich riss den Blumenstrauß mitsamt der Vase vom Nachttisch.

Ich unterdrückte einen Entsetzensschrei.

Bitte, bitte, nicht auch das noch! Die Vase war glatt in zwei Hälften zerbrochen, das Blumenwasser versickerte in dem dicken Flor und die Rosen lagen anklagend zu meinen Füßen.

Hektisch sah ich mich nach einer anderen Vase um, doch natürlich fand ich nichts. Auch in meinem Zimmer eignete sich nichts dazu, eine Vase zu ersetzen – abgesehen von meinem Zahnputzbecher. Aber das konnte mir jetzt auch egal sein – schnell füllte ich das kleine Glas mit Wasser, stopfte die Rosen hinein und lehnte den viel zu großen Strauß vorsichtig gegen die Wand, damit er nicht direkt wieder umkippte. Die beiden Vasenteile steckte ich in den Mülleimer im Bad, dann warf ich mein Duschhandtuch auf den extra flauschigen Bettvorleger und trat wie wild darauf herum.

Wieder in meinem Zimmer schloss ich die Verbindungstür hinter mir und drehte diesmal sorgfältig den Schlüssel im Schloss herum. Anscheinend war es notwendig, gewisse Vorsichtsmaßnahmen zu treffen, wenn ich niemand Fremdes in meinem Zimmer vorfinden wollte.

Ich setzte mich ratlos aufs Bett, als mein Blick auf meinen Nachttisch fiel. Dort lag ebenfalls ein Zettel, den ich vorhin in der Eile offenbar übersehen hatte ...

> Abby, Darling, ich habe dich absichtlich nicht geweckt. Die letzten Tage waren sicherlich einfach zu viel für dich und das tut mir unendlich leid. Ich drücke dich ganz fest.
> Mum

Verstohlen blinzelte ich eine Träne weg und steckte den Zettel in meine Hosentasche. Vielleicht würde Mum sich ja so über die Rosen freuen, dass ihr der nasse Teppich gar nicht auffiel.

Mit hängendem Kopf schleppte ich mich zum Fenster und blickte sehnsüchtig hinüber zum Stall. Ob ich es nach dem gestrigen Vorfall wagen konnte, einfach so dort hineinzuspazieren und mich bei Shaggy in der Box zu verkriechen? Ich vermisste mein Zottelpferdchen.

Doch dann gab ich mir einen Ruck. Ich würde mich einfach unter dem Vorwand, etwas essen zu wollen, unauffällig in der Küche nach einer Vase umsehen. Wenn in Mums Zimmer alles wieder in Ordnung war, würde ich anschließend mit ausreichend Proviant meinen Weg zum Stall fortsetzen. Blieb nur zu hoffen, dass mir niemand begegnen würde, der mein Vorhaben behinderte. Ich putzte mir also die Zähne, zog mich an und lief hinunter in Richtung Küche.

Der Geruch von gebratenem Speck verriet mir, dass bereits die Vorbereitungen für das Mittagessen im Gange waren. Doch trotz des leckeren Dufts machte sich ein ungutes Gefühl in mir breit, als ich auf einmal laute Stimmen hörte. Langsam tastete ich mich vor, bis ich das Gespräch belauschen konnte, bei dem es – wie konnte es anders sein? – um mich ging.

„Ich bin der Meinung, dass man dieses Mädchen mitsamt ihrer Mutter unverzüglich zurück nach Liverpool hätte schicken sollen." Die unverkennbare Stimme der Generalin schnitt kalt durch die Luft.

Ich riss die Augen auf.

„Ach, Edith, ich finde, du bist zu hart. Das Mädchen ist sehr nett, und es konnte niemand beweisen, dass es ihre Schuld war."

Das konnte nur Margareta sein.

„*Ich* brauche gar keine Beweise, um an ihre Unschuld zu glauben", sagte eine dritte Stimme, die ich nicht zuordnen konnte.

„Ach was, ihr seid geblendet von ihrem hübschen Gesicht", widersprach die Generalin verärgert. „Sie hat keine guten Absichten, genau wie ihre Mutter. Weshalb sollte ein Zimmermädchen einen Baron heiraten wollen? Na?"

„Nein, das glaube ich nicht."

„Aber ich! Da ist immer Geld im Spiel, genauso wie damals bei …"

„Edith!“, warnte Margareta energisch.

„Du willst es ja nie glauben, aber ich sage dir, auch diese falsche Schlange hat es auf das Erbe des ehrenwerten Lords abgesehen. Den armen Waisenjungen, den ihr so vergöttert, wird sie ebenfalls um seinen Anteil bringen, als Adoptivkind steht ihm nach einer Hochzeit nach dem Gesetz vermutlich gar nichts mehr zu.“

Ich hielt den Atem an. Greyson war adoptiert?

„Edith, ich bitte dich! Rede keinen Unsinn! Nun gehst du wirklich zu weit!“, schimpfte Margareta. „Das ist reine Spekulation.“

„Unser alter Lord würde das nicht zulassen …“ Lautes Topfgeklapper schnitt den Rest des geflüsterten Satzes ab.

„Hazel hat recht. Für Lord Hargrave war der Junge immer wie ein echter Enkelsohn.“

Ich hörte Schritte auf dem Flur hinter mir. Hastig suchte ich nach einer Möglichkeit, mich unsichtbar zu machen. Dabei fiel mein Blick auf die gegenüberliegende Tür. Ich überlegte nicht lange, stürzte darauf zu und huschte in das Zimmer.

Ich befand mich in einem lichtdurchfluteten Raum mit hohen Fenstern. Der Wintergarten gab den Blick auf einen ursprünglichen Teil des Parks frei, den ich zuvor noch nicht gesehen hatte: blühende Sträucher, dicht bewachsene Beete und eine riesige Trauerweide, unter der eine einfache Holzbank stand. Es war wunderschön – und ganz und gar anders als der Rest des steifen Schlossparks. Seitlich führte ein kleiner Weg zwischen hohen Hecken hindurch, und ich fühlte sofort den unwiderstehlichen Drang, mich dort umzusehen.

Ich öffnete die altmodische Verriegelung der Terrassentür und trat hinaus ins Freie. Draußen überfiel mich wieder ein Gefühl der Beklemmung. Irgendwie kam ich mir beobachtet vor – aber wahrscheinlich lag das nur an der riesigen Fensterfront. Die Sonne schien mir ins Gesicht und vertrieb meine Bedenken.

Entschlossen ging ich auf die Hecke zu. Ein uraltes, mannshohes Gewächs, dessen Form darauf schließen ließ, dass der letzte Schnitt schon länger zurücklag. Der feine Kiesweg war nach der ersten Biegung mehr und mehr mit Laub übersät. Bereits nach wenigen Schritten erkannte ich, dass ich mich in einer Art Labyrinth befand – einem Wirrwarr aus sich selbst überlassenen Gängen, die einen starken Kontrast zu dem penibel sauber gehaltenen Schlosspark darstellten. Das Netz der Wege verzweigte sich immer weiter, bis ich in einer Sackgasse landete.

Unschlüssig versuchte ich, die dichten Zweige ein wenig auseinanderzudrücken, um wenigstens einen Blick durch die Hecke werfen zu können. Aber das war absolut unmöglich.

Mir blieb nichts anderes übrig, als den Rückweg zu suchen. Doch immer wenn ich glaubte, hinter der nächsten Ecke den Ausgang zu finden, hatte ich mich nur noch mehr verirrt. Ich fing an, den Boden mit Pfeilen aus vertrockneten Blättern zu dekorieren, aber danach kam ich nicht wieder an derselben Stelle vorbei.

Genervt stampfte ich wie ein kleines Kind mit dem Fuß auf – und erstarrte. Das hohle Geräusch, das dabei ertönte, irritierte mich. Vorsichtig tippte ich abermals mit dem Fuß auf. Als erneut ein dumpfes Geräusch zu hören war, fegte ich eilig mit den Händen die Blätter zur Seite.

Auf den ersten Blick erkannte ich nichts Ungewöhnliches. Nur Kies und Blätter, wie überall um mich herum. Erst bei genauerer Untersuchung entdeckte ich eine kleine Mulde aus Holz zwischen den feinen Steinchen. Was mochte das sein? Ich versuchte, nun auch den Kies etwas beiseitezuschieben, musste aber feststellen, dass die Steine wie festgeklebt waren. Irgendetwas war darunter. Ein Schacht? Hm.

Sollte ich …?

Ich schluckte, dann schob ich langsam die Finger in die Griffkuhle und zog daran. Der Boden ließ sich wie ein Deckel anheben. Unter den Steinen war eine alte Holzklappe und darunter führte ein Gang ins Erdreich.

Allein die Vorstellung, da herunterzusteigen, ließ mich schaudern. Es war stockdunkel dort unten. Mein Handy lag noch auf dem Bett in meinem Zimmer, also konnte ich noch nicht mal meine Taschenlampen-App als Notlösung einsetzen.

Abgesehen von den ersten Stufen einer steinernen Treppe war rein gar nichts zu erkennen. Ein leicht muffiger Geruch schlug mir entgegen, aber lange nicht so moderig, wie ich erwartet hatte. Vielleicht wurde dieser Geheimgang ja sogar regelmäßig genutzt?

Na klar, Abby! Bestimmt zur Obst- und Gemüselieferung!

Als ich den Deckel wieder herablassen wollte, fiel mein Blick auf einen Vorsprung weiter unten in der Mauer. Etwas glänzte dort. Ich kniff die Augen zusammen und sah genauer hin.

„Ach, schau an!", entfuhr es mir überrascht. Da lag eine Taschenlampe! Das war doch ein klarer Hinweis darauf, dass erst kürzlich jemand hier entlanggegangen sein musste – vielleicht sogar Greyson? Jetzt gab es keine Ausrede mehr: Ich musste da runter.

Die ersten Stufen stieg ich mit wackeligen Knien hinab, doch dann wuchs meine Neugier. Womöglich hatte ich einen Geheimgang entdeckt, der mich ungesehen zum Stall führen würde!

Gespannt angelte ich mir die Taschenlampe – sie funktionierte sogar! Ein heller Strahl erleuchtete den Gang vor mir, dessen Wände fest gemauert schienen und, soweit ich das einschätzen konnte, auch einsturzsicher wirkten. Ich grinste mutig in der Hoffnung, meiner Angst die Zähne zu zeigen …

Kapitel 13

Seltsame Bekanntschaft

Eine wackelige Eisenstange schlängelte sich als Geländer an einer Wandseite des Geheimgangs entlang. Zwar gab sie mir keinen echten Halt – aber trotzdem klammerte ich mich mit einer Hand daran fest, als wäre sie eine Art Rettungsanker. Mit der anderen Hand hielt ich die Taschenlampe, die einen zittrigen Lichtschein vor mich warf.

Je tiefer ich in den Tunnel vordrang, desto mulmiger wurde es mir. Ich versuchte, mir Mut zu machen, und setzte stur weiter einen Fuß vor den anderen. Ich würde der Angst einfach keinen Raum geben – was mir, wie es aussah, auch gelingen dürfte: Viel Raum war zwischen mir und den Tunnelwänden nämlich ohnehin nicht.

Ich hatte keine Ahnung, wie weit ich gekommen war, denn blöderweise hatte ich vorher noch nicht mal auf die Uhr sehen können. In Zukunft würde ich mein Handy sogar mit aufs Klo nehmen!

Als ich am Ende des Lichtkegels eine Wand erkannte, glaubte ich schon, wieder in einer Sackgasse gelandet zu sein. Ich suchte die Wände und die Decke mit der Taschenlampe ab und seufzte dann doch vor Erleichterung auf: natürlich! Auch hier war eine Klappe in der Decke – beziehungsweise eine Falltür dort, wo ich gleich herauskommen würde. Ich betete, dass es im Pferdestall sein würde!

Ich musste mich auf die Zehenspitzen stellen, um die Falltür berühren zu können. Wie um alles in der Welt sollte ich dort hochkommen? Vorsichtig drückte ich dagegen, doch die Klappe gab kaum nach. Irgendetwas schien wie ein schwerer Zementsack auf der Öffnung zu liegen.

Ich nahm die Taschenlampe fest in eine Hand und stieß mit der anderen mit aller Kraft gegen die Klappe, sodass es mir tatsächlich gelang, sie einen Spalt zu öffnen. Frische Luft wehte mir ins Gesicht und ich atmete auf. Noch einmal drückte ich gegen die Klappe. Ein Klacken ertönte, als ob sich irgendein Mechanismus gelöst hätte, und im gleichen Augenblick sauste etwas mit Karacho auf mich zu. Ich konnte gerade noch meine freie Hand ausstrecken, um den hölzernen Gegenstand abzufangen.

Nach dem ersten Schreck sah ich zumindest, worum es sich dabei handelte: eine Leiter. Wie praktisch! Aber wer verankerte sie bitte schön so, dass man bei der ersten Gelegenheit fast erschlagen wurde?

Ich holte die Leiter weiter zu mir herunter und versuchte, einen festen Stand zu schaffen. Dann testete ich behutsam die Stabilität und stieg Sprosse für Sprosse nach oben, bis ich so nah unter der Klappe stand, dass ich sie diesmal mit Leichtigkeit aufdrücken konnte.

Der Deckel schlug um und landete mit einem dumpfen Knall auf der anderen Seite. Ich sah mich neugierig um.

Tatsächlich befand ich mich unter freiem Himmel, aber nur bedingt in der freien Natur. Um mich herum entdeckte ich jede Menge Steine – Grabsteine genauer gesagt. Ich war mitten auf einem Friedhof gelandet. Und nur wenige Meter von mir entfernt stand derselbe alte Mann, der mich gestern zurück zum Schloss gebracht hatte, und blickte mich verwundert an.

Was war das für ein seltsamer Zufall!

„Ich sehe schon, du nutzt jede erdenkliche Möglichkeit, um

mich wieder besuchen zu können." Er schmunzelte. „Sei sie auch noch so unterirdisch."

„Wohnen Sie hier?", fragte ich verwirrt und krabbelte die letzten Sprossen hinauf.

Er nickte.

„Auf dem Friedhof?", vergewisserte ich mich vorsichtshalber.

„Manchmal sind die Toten eben die besseren Lebensgefährten", sinnierte der alte Mann und bückte sich zu einem der Grabsteine. Er zupfte die verwelkten Blätter einer leuchtend roten Blume ab und schien mich einen Moment lang vergessen zu haben.

„Sie sind aber kein Geist, oder?", grinste ich und klopfte mir den Schmutz von der Kleidung. „Falls Sie doch der alte Lord Hargrave sein sollten, von dem alle reden, tut es mir leid, wenn ich Ihre Grabesruhe gestört habe. Das war keine Absicht."

Der Mann hob belustigt die Augenbrauen und gluckste leise. „Nun, für den alten Lord Hargrave hat mich wahrlich noch niemand gehalten", sagte er. „Sollte Seine Lordschaft hier noch irgendwo umgehen, hat er sich mir zumindest noch nie gezeigt." Der alte Mann zwinkerte mir fröhlich zu, wobei sich eine Vielzahl von kleinen Fältchen um seine Augen bildete.

„Ist er denn … hier begraben?", fragte ich.

„Sicher", erwiderte der Mann und deutete auf einen der Grabsteine in der Nähe, der sich durch seine Form und Größe deutlich von den anderen unterschied. „Falls du ihn einmal treffen solltest, hoffe ich jedenfalls sehr, dass dir zumindest der Altersunterschied zwischen uns auffallen würde."

Ich kicherte und betrachtete den alten Mann nun etwas genauer. Sein weißes Haar hob sich von der stark sonnengebräunten Haut ab. Er musste sich sehr viel draußen aufhalten. Unbeirrt von meiner Anwesenheit setzte er nun seine Arbeit an dem kleinen Blumenbeet am Fuße des Grabsteins fort.

Ich trat einen Schritt näher und räusperte mich. „Wer sind Sie eigentlich?“, fragte ich etwas verlegen.

Er sah mich einen Moment lang schweigend an. „Das ist eine sehr poetische Frage“, erwiderte er langsam. „Manche Menschen suchen ihr ganzes Leben lang nach einer Antwort darauf.“

Ich lächelte. „Und, haben Sie eine gefunden?“

Er wiegte nachdenklich den Kopf hin und her. „Nur zum Teil.“ Natürlich hatte ich eigentlich etwas anderes gemeint, aber seine Art, meinen Fragen zu entgehen, gefiel mir. Er hatte Humor.

Ich versuchte es anders. „Sind Sie so etwas wie ein Friedhofsgärtner?“

„Ich bin ein Vater, der das Grab seiner Tochter pflegt. Insofern trifft das vielleicht zu.“ Er lächelte traurig, und ich bereute sofort, dass ich nachgefragt hatte.

„Das tut mir sehr leid“, sagte ich leise.

„Nun, es ist schon sehr lange her, dass ich meine Gracie beerdigt habe, aber der Tod eines geliebten Menschen hinterlässt eine Narbe auf dem Herzen, die nie ganz verblasst.“

Ich schluckte. Ja, so ähnlich fühlte es sich wahrhaftig an. Ich empfand auf einmal ein Gefühl der Verbundenheit, und so trat ich näher und half ihm, das Blumenbeet von alten Blättern und Zweigen zu befreien. Dabei warf ich verstohlen einen Blick auf die Inschrift des Grabsteins:

Gracie Cecilia Walker
***25.12.1977**
†8.7.2007

„Sie war ein wunderbares Mädchen“, sagte der Alte leise.

Ich blinzelte gegen die aufsteigenden Tränen in meinen Augen an. Die Fürsorge, mit der er das Grab seiner Tochter auch nach so vielen Jahren noch pflegte, rührte mich. Er musste sie sehr vermissen.

„Ich konnte sie einfach nicht allein lassen, deshalb bin ich hier heraus gezogen." In seinen Augen schimmerte es ebenfalls. „Am liebsten ist sie mit ihrem Pferd über die Felder und durch den Wald galoppiert. Nichts konnte sie daran hindern, kein Regen oder Sturm. Nur der Tod."

„Das tut mir unglaublich leid", flüsterte ich noch einmal.

Er bedachte mich mit einem dankbaren Lächeln. „Aber weißt du, das Leben hält so viele Aufgaben bereit, dass man nicht aufgeben darf, wenn eine davon wegfällt. Es eröffnet sich immer eine neue." Plötzlich wirkte er geradezu glücklich. „Meine größte Herausforderung ist es nun, ein guter Großvater zu sein." Er zwinkerte mir verschwörerisch zu. „Die Kinder haben es heutzutage nicht leicht. Wir leben in einer schnellen Zeit, die wenig Raum für Fantasie lässt. Und wenn dann noch die Liebe ins Spiel kommt, steht die ganze Weltanschauung kopf."

Ich wusste nicht, was ich dazu sagen sollte, und konzentrierte mich darauf, Blätter aus dem Beet zu zupfen.

„Allerdings würde die Menschheit vielleicht bis heute glauben, dass die Erde eine Scheibe ist, wenn nicht schon Aristoteles daran gezweifelt hätte. Es ist gut, mitunter die alte Weltanschauung auf den Kopf zu stellen." Er erhob sich und klopfte sich die Erde von den Knien. „Was meinst du, willst du heute einen Tee mit mir trinken?" Er sah mich erwartungsvoll an. „Nichts im Leben ist so wertvoll wie das Hier und Jetzt."

Ich musste lächeln. „Auf so viel Weisheit kann ich jetzt wirklich etwas zu trinken gebrauchen. Aber bitte ..." Ich schüttelte mich. „Es tut mir leid, wenn das unhöflich klingt ... aber alles, nur keinen *Tee*." Ich war gespannt, ob er zu der Sorte Engländer gehörte, die ein Anti-Tee-Statement verkraften konnte.

Zu meiner Überraschung brach er in schallendes Gelächter aus.

Erleichtert stimmte ich ein. „Ich heiße Abby", eröffnete ich unsere seltsame Freundschaft.

Er lächelte warmherzig und hielt mir seine Hand hin. „Du kannst Gramps zu mir sagen, das tun fast alle, die mich hier besuchen."

Ich schüttelte ihm die Rechte. „Okay, Gramps."

Hätte er nicht von seinem Enkelsohn erzählt, hätte ich geglaubt, dass ich der einzige Mensch war, der jemals den Weg zu ihm gefunden hatte. Aber als wir kurz darauf seine Hütte erreichten, erkannte ich sogar frische Hufspuren in dem weichen Boden.

„Haben Sie ein Pferd?", fragte ich neugierig.

Er lächelte. „Ich hatte ein Pferd, als ich noch so gelenkig war, dass ich auch aufsitzen konnte." Er deutete auf seine Beine. „Jetzt habe ich nur noch ein paar alte Knochen, die kaum etwas von denen unterscheidet, die unter der Erde liegen."

Ich verzog das Gesicht. „Was für eine gruselige Vorstellung."

Er lachte. „Nein, im Gegenteil. Es zeigt nur, dass wir uns vor den Toten nicht fürchten müssen, weil sie nicht anders sind als wir – nur ein bisschen morscher."

Ich musste schon wieder lachen. Er war so ganz anders als all die steifen Leute, die mich in letzter Zeit umgaben.

„Was möchtest du trinken? Eine Zitronenlimonade?" Gramps deutete auf einen der Stühle. „Setz dich, ich hole dir ein Glas."

„Nein, bitte!", wehrte ich ab. „Ich kann es mir doch selbst holen! Auf dem Schloss werde ich schon andauernd bedient, obwohl ich das vollkommen übertrieben finde."

„Soso, ich vermute, mit dieser Meinung stehst du ziemlich allein da?"

„Ja", seufzte ich, während ich ihm ins Haus folgte. „Das kann man so sagen."

Genau genommen war es mehr ein Zimmer als ein richtiges Haus, aber es strahlte eine Gemütlichkeit aus, die mich so stark an die Queens Road erinnerte, dass mich eine unerwartete Welle von Heimweh überflutete.

Gramps holte wortlos ein Glas aus einem kleinen Hängeschrank über der Küchenzeile und drückte es mir in die Hand. Aus einem altmodischen Kühlschrank nahm er eine Glaskaraffe, in der sich eine klare Flüssigkeit und ein paar Scheiben Zitrone befanden. „Möchtest du auch ein Sandwich dazu haben?"

Mein Magen knurrte prompt. Kein Wunder, ich hatte heute noch nichts gegessen. „Sehr gerne! Ehrlich gesagt bin ich sogar ziemlich hungrig."

„Dann bekommst du die doppelte Portion." Er schmunzelte.

„Sie waren gar nicht überrascht, als ich aus dem unterirdischen Gang gestiegen bin." Ich sah ihn fragend an, obwohl es mehr eine Feststellung gewesen war.

„Nein", erwiderte er. „Ich hätte dich auch gestern schon durch den Tunnel zurückschicken können, der Weg ist deutlich kürzer. Aber ich hielt es für einfacher, dich zum Tor des Schlossparks zu begleiten."

„Allerdings", murmelte ich. Natürlich wäre ich um nichts auf der Welt einem fremden Mann in einen unterirdischen Gang gefolgt! „Kennen Sie noch mehr solcher Gänge zum Schloss?", fragte ich voller Neugier.

Sein Lächeln schien tief aus seinem Innern aufzusteigen. „Nun, mein Wissen umfasst noch einiges mehr als ein paar geheimer Wege. Aber dieses Schloss ist uralt, und ich glaube, niemand hat es jemals in seinem vollen Umfang erkundet." Es gruselte mich bei dem Gedanken, dass es auf Hargrave Abbey mehr Geheimnisse gab, als ich aufdecken konnte. „Vielleicht wusste selbst der alte Lord nicht alles, was auf seinem Schloss vor sich ging." Er schien mit seinen Gedanken plötzlich weit weg zu sein, doch schließlich hob er den Kopf und sah mich freundlich an. „Du musst sicher so langsam los, nicht wahr?"

Ich stellte mein Glas ab und stand auf. „Ja, Sie haben recht."

Gramps nickte verständnisvoll. „Bestimmt vermisst man dich schon auf dem Schloss."

Ich schüttelte den Kopf. „Wohl eher nicht. Allerdings habe ich ein Pferd zu versorgen, und ich glaube, es wartet nicht gern."

Gramps schaute auf. „Du hast ein eigenes Pferd auf Hargrave Abbey stehen?"

Ich fragte mich, warum ihn das so wunderte.

„Nein, nein", wehrte ich ab. „Aber das ist eine ziemlich lange Geschichte." Ich lächelte entschuldigend.

„Na dann, vielleicht beim nächsten Mal. Ich habe mich jedenfalls sehr gefreut, dass wir uns kennengelernt haben."

„Ich mich auch", erwiderte ich aufrichtig. Genau genommen gehörte die Begegnung mit Gramps ganz klar zu den schönsten Stunden dieser Ferien – abgesehen von Greysons Kuss ...

„Du darfst gerne wiederkommen, Abby."

„Danke, das werde ich", versprach ich. Mein Blick wanderte in Richtung des Friedhofs. Nein, ich würde nicht den Geheimgang nehmen, sondern über die Felder zurücklaufen. „Wo muss ich langgehen, wenn ich den gleichen Weg wie gestern nehmen will?"

Gramps erhob sich ebenfalls. „Ich zeige es dir. Du solltest nur nicht vergessen, später die Terrassentür im Wintergarten wieder zu schließen, sonst musst du vielleicht erklären, wo du gewesen bist." Wieder sah er mich mit diesem wissenden Blick an, und mich beschlich der Verdacht, dass auch er ein Geheimnis verbarg, das mit Hargrave Abbey verbunden war. Irgendetwas in seinem Gesicht kam mir auf seltsame Art vertraut vor. Ich konnte nur beim besten Willen nicht sagen, was genau es war.

Kapitel 14

Teamwork für Anfänger

Das beklemmende Gefühl, das ich in den letzten Stunden so erfolgreich verdrängt hatte, kehrte schlagartig zurück, als ich das Tor zum Schlosspark öffnete. Ich spürte gleich, dass die Stimmung keineswegs besser geworden war. Die wenigen Menschen, die mir begegneten, warfen mir vernichtende Blicke zu. Es war, als hätte sich jeder im Schloss gegen mich verschworen.

Einer der beiden Stallburschen führte ein dunkelbraunes Pferd auf dem Hof herum, und ich hoffte, dass es nicht ein neuer Kolikpatient war. Auf mein freundliches Hallo reagierte der Mann nicht, aber er war so auf das Pferd konzentriert, dass er mich vielleicht auch einfach nicht gehört hatte. Der Doppelgänger-Stallbursche – oder war es sein Zwillingsbruder? – begegnete mir in der Stallgasse. Als er mich sah, murmelte er irgendetwas in vermutlich russischer Sprache vor sich hin. Ich brauchte ihn jedoch gar nicht zu verstehen, um zu wissen, dass es keine freundlichen Worte waren. Und ohne Zweifel galten sie mir.

Ich biss mir auf die Lippen und beschleunigte meine Schritte, um so schnell wie möglich zu Shaggy zu gelangen. Hastig schloss ich die Boxentür hinter mir und vergrub mein Gesicht in dem dichten Ponyfell. Ein warmes Gefühl durchströmte mich. Ich fuhr mit den Fingern durch Shaggys haarigen Pelz und er stupste mich auffordernd mit seiner Nase an. Als ich mich endlich wieder aufrichtete, machte er dieses leise blubbernde Geräusch mit seinen Nüstern und ich musste lächeln.

Shaggys große braune Augen blickten mich aufmerksam an.

„Also dann", sagte ich und holte tief Luft, „werden wir erst mal deine Wunde säubern."

Vorsichtig goss ich etwas von dem Desinfektionsmittel auf ein sauberes, ausrangiertes Küchentuch, das mir Margareta überlassen hatte. Ich betupfte sanft die verkrusteten Wundränder und entfernte dabei lose Haare. Davon hatte Shaggy wirklich genug! Wieder einmal wunderte ich mich, dass er bei einem derartigen Haarausfall trotzdem noch einen so dicken Pelz trug. Die Wunde sah schon etwas besser aus als am Anfang, und es würde vermutlich nicht mehr allzu lange dauern, bis sie komplett verheilt war. Sein Besitzer würde hoffentlich mit meinen Bemühungen zufrieden sein. Wem er wohl gehörte?

Doktor Whitford hatte in seiner Praxis extra einen Zettel ausgehängt. Warum nur hatte sich daraufhin noch niemand gemeldet? Grübelnd holte ich den Putzeimer und begann, Shaggys Fell zu bürsten. Einerseits wünschte ich ihm sehr, dass er ein schönes Zuhause hatte. Irgendjemand musste ihn doch schmerzlich vermissen – und vielleicht fehlte ihm seine Bezugsperson ebenso. Aber insgeheim hoffte ich, dass es niemanden gab, der das Pony suchte, und dass ich es behalten konnte. Auch wenn das natürlich ein total idiotischer Gedanke war: Meine Sehnsucht, nach Hause – nach Liverpool – zurückzukommen, vertrug sich eindeutig nicht mit dem Wunsch, ein Pferd zu besitzen.

So, wie es momentan allerdings aussah, schien es gar nicht mal so abwegig, dass ich in absehbarer Zeit wieder mit Mum in die Queens Road zurückkehrte. Offenbar gab es hier genügend Leute, die sich meine Heimreise noch sehnlicher wünschten als ich. Mum jedoch wäre unendlich enttäuscht, wenn ich fortgeschickt würde, und das wollte ich ihr einfach nicht antun.

Es blieb mir also nur eine Lösung für mein Dilemma: Ich musste selbst herausfinden, wer oder was hinter diesen plötzlichen Kolikfällen steckte. Nicht gerade ein einfacher Plan, wenn man keine Ahnung von Pferden hatte ... Aber welcher unschuldig Verurteilte hatte es schon leicht?

Mit gleichmäßigen Strichen bürstete ich das dichte Pferdefell. Ein ganzer Berg von Haaren sammelte sich dabei an. Und mit jedem Zentimeter, den dieser Berg wuchs, fühlte ich mich etwas besser. Shaggy schien meine gründliche Putzerei ebenfalls zu gefallen. Mit halb geschlossenen Augen blinzelte er vor sich hin. Sein linkes Hinterbein hielt er wie üblich angewinkelt, und seine Unterlippe zuckte manchmal, als würde er beim Dösen etwas vor sich hin murmeln.

Ich nahm einen Kamm, der meinem eigenen ziemlich ähnlich sah, und befreite den Schweif und die Mähne vorsichtig von tückischen Knoten. Das Pferdehaar fühlte sich an wie eine kräftige Nylonschnur, und trotzdem fiel es seidig weich herunter, nachdem ich es ordentlich gekämmt hatte. Als ich den Schopf entwirrte, knabberte Shaggy an meinem Pullover, bis er ihn halb verschlungen hatte und seine Pferdelippe mich am Bauch kitzelte.

„Hey!“ Ich gab ihm einen zärtlichen Schubs. „Du bist ganz schön frech!“ Er blickte mich aus seinen großen Augen an, als wäre er der liebste Vierbeiner der Welt. „Das hilft dir auch nichts!“, schimpfte ich lächelnd und betrachtete mein zerkautes Sweatshirt. Immerhin sah Shaggy jetzt wieder gepflegter aus. „Fehlen eigentlich bloß noch die Hufe“, murmelte ich mit einem Blick auf den Hufkratzer, den ich bisher nicht angerührt hatte. Natürlich wusste ich theoretisch inzwischen, wie es ging, aber neben einem echten Pferd zu stehen und es dazu zu bringen, das Bein zu heben ... na ja, das war irgendwie doch etwas anderes. „Heb doch mal den Fuß“, versuchte ich es diplomatisch und tippte sachte gegen ein Bein.

Shaggy rührte sich nicht. Ich klopfte etwas fester, aber auch das zeigte keine Wirkung. Also beugte ich mich zu seinem Huf hinunter, darauf bedacht, meinen Kopf möglichst nicht in die Gefahrenzone zu bringen, und zog behutsam an den Haaren, die an den Beinen noch etwas länger waren als sowieso schon. Obwohl ich so wachsam war, traf es mich doch unvorbereitet, als sein Huf plötzlich hochschnellte. Gleichzeitig ertönte hinter mir ein lauter Knall, als hätte jemand kräftig gegen die Boxenwand getreten, und ich erschrak so sehr, dass ich rückwärts über meine eigenen Füße stolperte und auf meinem Hinterteil im Stroh landete.

Ich rappelte mich wieder auf und blickte mich empört um, wer der Auslöser für den Lärm gewesen war. Greysons schwarzer Hengst stand mit gespitzten Ohren an der Zwischenwand, die die beiden Boxen voneinander trennte. Shaggy hob die Nase und schnupperte in seine Richtung. Er drückte sich an mir vorbei und trat näher zu dem Hengst, der sofort die Ohren anlegte.

„Hey, sei lieber vorsichtig", ermahnte ich mein Pony. „Der mag keine anderen Pferde, das weißt du doch!"

Aber Shaggy ließ sich von meiner Warnung nicht beeindrucken. Er steckte seine süße Nase so weit wie möglich zwischen den Gitterstäben hindurch – und damit definitiv in Dinge, die ihn nichts angingen. Der Hengst schnappte ohne Vorwarnung blitzschnell zu, aber Shaggy war schneller und zog seine Nase rechtzeitig zurück.

Dieses Spiel wiederholte sich mehrere Male. Obwohl ich Angst hatte, dass der Hengst ihn verletzen könnte, bewunderte ich Shaggys unermüdlichen Mut. Er ignorierte meine Warnungen und versuchte stets wieder aufs Neue, sich dem Hengst freundlich zu nähern.

Black Hawk schnaubte verärgert durch die Nüstern und trat unwillig gegen die Boxenwand. Aber plötzlich ließ er eine winzige Berührung der Ponynase zu. Ich konnte ihm seine Verwirrung förmlich ansehen. Für den Bruchteil einer Sekunde hielt er inne. Dann blubberte Shaggy fröhlich durch seine Nüstern, und der Hengst schreckte zurück, als ob ihn ein Orkan getroffen hätte. Ich musste laut losprusten.

Irritiert blinzelte Shaggy zu mir herüber und ich strubbelte ihm lachend durchs Fell. „Du gibst nie auf, was?"

Seine Ohren zuckten, als ob er sich selber nicht ganz sicher wäre, aber er wirkte zufrieden. Und in einem Punkt musste ich ihm recht geben: Vielleicht war es einfach der Versuch, der zählte.

„Du hast recht", sagte ich leise. „Man sollte niemals aufgeben." Ich grinste und umfasste den Hufkratzer in meiner Hand etwas fester. „Also, her mit deinem Huf!"

Ob es nun an meiner neu gewonnenen Motivation lag oder daran, dass meine Stimme einen unverkennbaren Befehlston angeschlagen hatte – jedenfalls funktionierte es! Shaggy hob brav sein Bein.

Vier Hufe später warf ich den Hufkratzer zufrieden zurück in den Putzeimer und klopfte Shaggy auf sein rundes Hinterteil.

„Siehst du, wir haben beide gelernt, dass Erfolg etwas mit Geduld zu tun hat. Ich finde, wir sind ein tolles Team!"

Als Antwort darauf stieß mein freches Pferd mich – genau in dem Moment, als ich aus der Box schlüpfen wollte – von hinten an, sodass ich ungeschickt nach vorn stolperte. Lachend und schimpfend schaffte ich es gerade noch, nicht erneut hinzufallen, und drückte Shaggy im letzten Moment die Tür vor der Nase zu. „He! Du willst doch nicht schon wieder abhauen?" Ich legte den Riegel vor und versicherte mich, dass der vergitterte obere Teil der Boxentür ebenfalls fest verschlossen war. „Beschäftige dich gefälligst mit deinem Zimmernachbarn, wenn es dir hier zu langweilig wird!"

Lächelnd nahm ich den Putzeimer und stellte ihn in den Geräteraum am Ende der Stallgasse. Als ich die Tür zudrücken wollte, stieß ich gegen eine Schaufel, die ungünstig im Weg stand. Der schwere Stiel kippte gegen den Spind der Stallburschen und die Tür schwang auf.

„Hier sollte dringend mal jemand aufräumen“, murmelte ich vor mich hin, während ich versuchte, die Tür wieder zu schließen. Doch etwas klemmte dazwischen.

Ich öffnete den Schrank und hob den Regenmantel auf, der offenbar heruntergefallen war. Dabei stieß ich gegen eine kleine Metalldose, die nun aus dem Schrank und quer durch den Geräteraum rollte.

Na super!

Ich bückte mich nach der Dose, doch in dem Moment schwang die Tür hinter mir auf und schlug mir gegen die Hüfte.

„Ouch!“ Ich fuhr herum und rieb mir die schmerzende Stelle.

Der Stallbursche, der vor mir stand, sah unglaublich wütend aus. Er riss mir die Dose aus der Hand und gab einen Schwall russischer Flüche von sich. Ich verstand natürlich kein Wort, aber sein eindeutiger Gesichtsausdruck reichte völlig aus.

„Es tut mir leid“, begann ich, „ich wollte nur …“ Ich seufzte und gab es sofort wieder auf. Diese Verkettung von dummen Zufällen glaubte *mir* doch sowieso keiner.

„Ich werde Lady Cavendish darüber informieren“, knurrte der Mann leise.

„Wie bitte?“ Was sollte das denn jetzt? Nur, weil mir eine Dose heruntergefallen war?

Er stellte die Blechdose zurück in den Schrank und schloss sorgfältig die Tür. Ich starrte ihn noch immer ungläubig an. Sollte ich Camilla lieber gleich selbst davon erzählen, damit man mir nicht schon wieder irgendetwas in die Schuhe schob?

„Los, mach, dass du rauskommst!“ Er deutete zur Tür.

Ich verließ hocherhobenen Hauptes die Gerätekammer. Mit diesen Schlossbewohnern stimmte doch definitiv etwas nicht! Bei nächster Gelegenheit würde ich mir jedenfalls einen neuen Platz für Shaggys Putzeimer suchen, um weiteren Konflikten aus dem Weg zu gehen.

Während ich versuchte, nicht länger über diesen seltsamen Zwischenfall nachzudenken, lief ich durch den Schlosspark zurück zum Schloss. Schon von Weitem erkannte ich Gwenyfars helle Stimme. Ich konnte mir ohne Weiteres vorstellen, wie die Jungs sich schon allein deshalb reihenweise in sie verliebten. Umso mehr ärgerte es mich, als ich Greyson entdeckte, der neben ihr stand. Ziemlich eng, wohlgemerkt. Zum Glück verbarg jedoch einer der geometrischen Büsche – in diesem Fall war es ein Kegel – meinen Eifersuchtsanfall.

„Sehen wir uns morgen Abend?“ Gwenyfars Stimme klang hoffnungsvoll.

Greyson antwortete nicht sofort. Gwenyfar trat noch einen Schritt näher an ihn heran und legte ihre Hand auf seinen Arm. „Grey, ich würde gern ...“

„Du meinst Raimons Party?“, fragte er schnell und wand sich aus der Berührung. „Ja, ich wollte auch hingehen.“

„Wunderbar!“ Sie strahlte ihn an. „Dann hole ich dich morgen Abend ab.“

Trotz meiner Abneigung tat sie mir leid. Greyson war zwar nie unfreundlich oder gemein zu ihr, irgendwie schien es sogar, als würde er sie mögen; aber so ganz bei der Sache war er nicht.

Im Grunde war es nicht anders als bei mir. An einem Tag gab er mir einen filmreifen Kuss, bei dessen bloßer Erinnerung mir jetzt noch die Knie weich wurden, und am nächsten war er ungerecht und verurteilte mich vorschnell. Ich schüttelte den Kopf über mich selbst. In Liverpool hätte ich mich vermutlich nicht auf jemanden eingelassen, der so launisch war.

Ungeduldig wartete ich auf Greysons Reaktion, aber er schien nicht besonders redefreudig zu sein. Gerade als Gwenyfar sich leicht vorbeugte und ich schon befürchtete, sie würde ihn küssen, trat ich auf einen Zweig. Das Knacken ließ Greyson aufschrecken. Na super. Nun dachte er sicher schon wieder, ich würde ihm hinterherspionieren. Ich rannte los. Auf eine Konfrontation dieser Art hatte ich jetzt überhaupt keine Lust.

„Hey, warte!“, rief Greyson ärgerlich hinter mir her und setzte zur Verfolgung an.

„Grey!“, rief Gwenyfar in anklagendem Tonfall.

„Wir sehen uns nachher bei der Reitstunde, Gwen.“ Anscheinend hatte er sie stehen gelassen.

Ich erreichte die Haustür, die zum Glück offen stand. Der Butler hatte sich gerade gebückt und kratzte Taubendreck von den Stufen, wobei er missmutig etwas vor sich hin grummelte.

Mit großen Schritten sprintete ich an ihm vorbei durchs Foyer, nahm immer zwei Stufen auf einmal und hatte fast die obere Etage erreicht, als meine spektakuläre Flucht – wie hätte es auch anders sein können? – durch die Generalin ausgebremst wurde.

Mit sichtlich verärgertem Gesichtsausdruck und in die Hüften gestemmten Händen baute sie sich vor mir auf. „Miss Baker!“

Ich musste eine Vollbremsung hinlegen und prompt lief Greyson von hinten in mich hinein. Ich unterdrückte einen Aufschrei und erwartete ergeben die unweigerlich folgende Predigt der Haushälterin.

Doch mit einem bühnenreifen Lächeln legte Greyson mir die Hände auf die Schultern und sagte: „Bitte entschuldigen Sie uns, Miss Rigid, wir haben es leider sehr eilig“, während er mich vor sich herschob und die Generalin mit offenem Mund stehen ließ.

Er bugsierte mich in mein Zimmer und schloss die Tür hinter uns. Sein Lächeln war verschwunden. „Wo warst du?“

Ich schnappte nach Luft. „Was geht dich das an?“

„Das ist keine Antwort auf meine Frage“, erwiderte er hitzig.

„Scharf kombiniert, Sherlock. Aber ich antworte grundsätzlich nicht, wenn mir jemand so doofe Fragen stellt.“

Sein Blick wurde etwas milder. „An dieser Frage ist nichts doof.“

„Ich bin dir jedenfalls keine Rechenschaft schuldig.“ Ich atmete noch einmal tief ein. „Da ist übrigens die Tür.“

Er hob abwehrend die Hände. „Okay, es tut mir leid.“

Entgeistert starrte ich ihn an. Hatte er sich ernsthaft entschuldigt? Oder war er jetzt komplett verrückt geworden?

„Ich ... habe dich gesucht.“

Ich sah ihn weiter verständnislos an.

„Die Tür im Wintergarten war nur angelehnt“, erklärte er. „Und da ich nicht wüsste, wer sie einfach so aufgelassen haben sollte, habe ich ...“

„... hast du dir gedacht, das kann nur Abby gewesen sein! Sie hat ja schon die Pferde vergiftet und macht auch sonst alles fasch. Natürlich hat sie auch die Tür offen gelassen. Ist es so in etwa gewesen?“ Meine Stimme ähnelte mit jedem Wort mehr und mehr Camillas Gekreische.

„Nein“, erwiderte Greyson ruhig. „Ich habe die Abdrücke deiner Schuhsohlen erkannt.“ Ein Lächeln huschte über sein Gesicht. „Hier trägt niemand außer dir Chucks in Größe achtunddreißig.“ Oha, welche Logik! Aber wieso kannte er eigentlich meine Schuhgröße? „Du warst also im Garten“, ergänzte er seine Schlussfolgerung.

„Wirklich schlau kombiniert“, schnappte ich. „Wenn du sowieso schon alles weißt, wieso fragst du mich überhaupt?“

Er senkte lächelnd den Blick. Im ersten Moment wirkte es, als ob er sich geschlagen geben würde. „Es interessiert mich nur, wieso du die Tür nicht verschlossen hast, nachdem du wieder hereingekommen bist." Er sah mich forschend an. „Oder hast du einen anderen Weg genommen?"

Mein Hals fühlte sich zu trocken an, um eine Antwort hindurchzulassen. Ich räusperte mich, während die Gedanken in meinen Kopf umherrasten wie in einem Karussell.

Kannte Greyson diesen Geheimgang? Vermutlich. Und wenn ja, war er mit Sicherheit auch schon bei Gramps gewesen. Vielleicht kannte er sogar dessen Enkelsohn? Immerhin war er doch hier aufgewachsen. Oder etwa nicht? Was hatte die Generalin noch mal gesagt?

„Stimmt es eigentlich, dass du adoptiert bist?", fragte ich unvermittelt.

Und nun war endlich einmal Greyson sprachlos – was leider augenblicklich mein schlechtes Gewissen auf den Plan rief. Ihm eine so persönliche Frage ohne Vorwarnung entgegenzuschleudern, war trotz allem wirklich stillos.

„Es ... es tut mir leid", stammelte ich. „Ich wollte das eigentlich gar nicht fragen."

Seine Schultern waren merklich herabgesackt. Er hatte einiges von seiner Fassung verloren, obwohl er mich wieder mit diesem Blick fixierte, als ob er mich verhaften wollte.

„Vielleicht sind wir dann jetzt quitt", bemerkte er kühl. Er wandte sich um, hielt aber in der Tür noch mal inne. „Es stimmt. Eigentlich ist es auch kein Geheimnis." Langsam drehte er sich zu mir um. „Zufrieden mit der Antwort?"

Ich biss mir auf die Lippe. Er stand nur da und starrte mich mit einem Gesichtsausdruck an, den ich nicht deuten konnte.

Frustriert ließ ich mich auf mein Bett sinken. „Ich hab doch gesagt, es tut mir leid", sagte ich leise.

Er wirkte auf einmal erschöpft und lehnte sich gegen die Tür. „Mehr willst du nicht wissen?"

Ich schüttelte den Kopf. „Nein." Es fühlte sich nicht an, als hätte ich die Diskussion gewonnen.

„Normalerweise fragen alle: Wieso? Warum? Seit wann?" Sein Blick wurde eindringlicher. „Du nicht?"

„Nein, es geht mich ja nichts an. Ich wollte nur wissen, wie hoch der Wahrheitsgehalt eines Gesprächs ist, das ich gehört habe." Irgendwie schämte ich mich.

Doch seltsamerweise lächelte er plötzlich. „Vielleicht will ich es dir trotzdem erzählen."

„Warum solltest du das wollen?"

„Keine Ahnung." Er zuckte mit den Schultern. „Das frage ich mich auch die ganze Zeit."

Bevor ich darauf eine passende Erwiderung finden konnte, klopfte es an der Verbindungstür.

„Abby?" Mums Stimme brachte alles durcheinander.

Greyson nickte mir zu. „Ein andermal", sagte er, verließ mein Zimmer und schloss leise die Tür hinter sich.

„Abby, kann ich reinkommen?", fragte Mum erneut.

„Ja, klar." Ich seufzte, als sich die Verbindungstür öffnete und Mum zögernd den Kopf hereinstreckte.

„Ist alles okay?"

Was für eine Frage, nachdem mich die gesamte Familie meines potenziellen Vielleicht-Stiefvaters nebst Hofstaat verdächtigte, ihre Pferde vergiftet zu haben! „Im Englischunterricht würden wir das eine rhetorische Frage nennen", antwortete ich.

Mum setzte sich neben mich. „Das Personal hier ist genauso reizend wie meine Kolleginnen im Shankly Hotel", sagte sie mit einem zaghaften Lächeln. „Das Zimmermädchen hat sogar meine Blumen neu arrangiert und eine andere Vase hingestellt."

Ach, du Schande! Die zerbrochene Vase hatte ich ja ganz vergessen!

„Hat sie das?“, fragte ich unschuldig. „Das ist wirklich sehr nett von ihr.“ Ich musste unbedingt in Erfahrung bringen, ob es Hazel gewesen war, und ihr die Füße küssen!

„Ich habe dich vorhin überall gesucht“, wechselte Mum das Thema, und ich ahnte, dass unser belangloses Geplauder hiermit beendet war.

„Och, ich bin ein bisschen spazieren gegangen.“

„Möchtest du noch einmal mit mir über den Vorfall im Stall sprechen?“, fragte Mum behutsam.

Ich sah sie ärgerlich an, ersparte mir aber zu erwähnen, dass ich die ganze Zeit versucht hatte, ihr meine Version der Geschichte zu erzählen, und dass es demnach gar keinen *Vorfall* gab.

„Grey hat sich für dich eingesetzt. Er meinte, es hätte ein Missverständnis mit Gwenyfar gegeben, deshalb wärst du mit dem Bus nach Hause gefahren.“

Ein Missverständnis mit Gwenyfar ... tz.

„Ich meine“, begann Mum, „vielleicht habe ich dir zum Teil unrecht getan.“

„Heißt das, du glaubst mir jetzt, dass ich mit den Koliken gar nichts zu tun habe?“, fragte ich hoffnungsvoll.

Sie betrachtete mich liebevoll. „Ich glaube, dass du nichts mit böser Absicht getan hast. Lass uns den Vorfall einfach vergessen und noch mal neu auf Hargrave Abbey anfangen, okay?“

Ich schluckte. Das war definitiv nicht die Antwort, die ich hatte hören wollen – aber vermutlich die beste, die ich bekommen würde. Es fiel mir schwer, Mums Friedensangebot anzunehmen. Doch was sollte ich tun? Ich brauchte erst handfeste Beweise, damit sie mir meine Unschuld glaubte. Bis dahin musste ich mich mit dem zufriedengeben, was sie mir anbot.

Ganz so leicht wollte ich es ihr dennoch nicht machen. „Okay, ein Neuanfang also“, sagte ich. „Aber ich finde, du bist mir ein paar Antworten schuldig.“

Mum sah mich verwundert an.

„Warum hast du mir verschwiegen, dass Greyson adoptiert ist?“, platzte ich heraus.

„Woher hast du das denn?“

„Mum! Das ist eine Gegenfrage! Warum beantwortest du nicht erst einmal meine? Oder wusstest du es auch nicht?“

„In Ordnung.“ Sie machte es sich auf meinem Bett gemütlich. Ein Zeichen, dass sie weiter ausholen würde, als mir vielleicht gefallen würde.

„Weißt du, Abby, wenn man sich liebt, hat man keine Geheimnisse voreinander.“ Sie sah mich ernst an.

Ich stöhnte innerlich.

„Ambrose hat ein Leben vor mir gehabt, so wie ich ein Leben hatte, bevor ich ihn kennengelernt habe. Keiner von uns war im Kloster und wir hatten beide ein Liebesleben, bevor ...“

„Mum, bitte!“, warnte ich sie. „Kein Grundsatzgespräch über Bienchen und Blümchen!“

Sie lächelte. „Das hatte ich gar nicht vor. Ambrose hat keine eigenen Kinder. Greyson ist der Sohn seiner früheren Verlobten, die kurz vor der Hochzeit bei einem Reitunfall gestorben ist.“

Ich starrte sie ungläubig an. Mit so einer Offenbarung hatte ich nicht gerechnet.

„Sie hatten schon länger zusammengewohnt, und Ambrose hatte vor, Greyson zu adoptieren, weil sein Vater kurz nach seiner Geburt gestorben war.“

„Oh, wie schrecklich. Das tut mir leid.“ Ich fühlte mich schlecht, weil ich in solch ein Wespennest gestochen hatte, als ich Greyson nach seiner Adoption fragte.

„Ambrose hat auch nach dem Tod seiner Verlobten noch an dieser Entscheidung festgehalten, was ich unglaublich bewundernswert finde." Mum sah mich an. „Ich habe dir ja gesagt, dass die Seiten, die ich an ihm schätze, nichts mit seinem Reichtum zu tun haben. Er liebt Greyson wie einen echten Sohn."

„Ja", flüsterte ich. „Das ist mir auch schon aufgefallen."

„Es ist also kein Geheimnis hier im Schloss, dass Greyson nicht sein leiblicher Sohn ist, aber es ist auch nichts, was man jedem unter die Nase reiben muss."

„Ich dachte, ich wäre nicht einfach nur *jeder* für dich", entgegnete ich verletzt.

Mum strich mir zärtlich über den Arm. „Ach, Abby. Ich wollte dich einfach nicht damit belasten. Es war mein Wunsch, dass du dich in diesen paar Tagen hier ganz unvoreingenommen einleben kannst. Ich weiß, dass ich dabei offenbar ziemlich viel falsch gemacht habe. Kannst du mir verzeihen?"

Ihr hoffnungsvolles Lächeln besänftigte mich. Ich konnte ihr einfach nicht mehr böse sein. Vor mir saß meine geliebte Mum, die es wirklich nicht leicht in ihrem Leben gehabt hatte und jetzt auf dem besten Weg war, glücklich zu werden. Ich nickte und Mum zog mich an sich. Wir umarmten uns fest.

„Hast du tatsächlich geglaubt, dass ich die Pferde vergiftet haben könnte?", murmelte ich an ihrer Schulter.

Sie zögerte mit ihrer Antwort.

„Mum ...?" Ich bereute sofort, dass ich mir die Frage nicht verkniffen hatte.

„Abby, Darling, lass uns ..."

„Okay, du hast recht – wir vergessen es." Ich schob sie weg.

Mum ließ hilflos die Arme sinken. „Ambrose hat dich immer verteidigt. Er meinte, Greyson hätte auch eine schwierige Phase nach dem Tod seiner Mutter gehabt."

Eine schwierige Phase? Ich sah sie entgeistert an. Das hier führte zu nichts, es war zum Verrücktwerden.

„Wie gut, dass du mich daran erinnerst", sagte ich schnell. „Greyson wollte mir noch zeigen, wie man ... äh, bei Shaggy die Hufe auskratzt." Ich sprang auf, ohne ihre Reaktion abzuwarten. „Sorry, Mum, ich hab das total vergessen. Bis später!"

Ich hatte den Satz kaum zu Ende gesprochen, da war ich schon draußen und ließ die Tür hinter mir ins Schloss fallen. Doch während ich noch überlegte, wie ich Mum möglichst effektiv aus dem Weg gehen könnte, öffnete sich sowohl die Tür hinter mir erneut – als auch Greysons Zimmertür gegenüber auf dem Flur.

„Greyson!" Bevor ich irgendetwas sagen konnte, hatte Mum ihn schon entdeckt. „Wie nett von dir, dass du Abby mit dem Pony hilfst! Ihr seid ja wirklich ein tolles Team. Viel Erfolg, ihr zwei!"

Greyson schaute mich interessiert an, als erwarte er eine Erklärung. Ich rollte mit den Augen und versuchte, ihm unauffällig zu signalisieren, dass er mich nicht verraten sollte. Seinem genüsslichen Grinsen nach zu urteilen, schien er sich dabei durchaus zu amüsieren.

„Klar, kein Problem", antwortete er lässig, ohne mich aus den Augen zu lassen. „Teamwork liegt mir total." Er hakte mich unter und zog mich mit sich den Gang hinunter, was ich mir notgedrungen gefallen ließ.

„Bis später, Linn!", rief er über die Schulter zurück. „Wir haben noch sehr viel zu tun."

Ich stöhnte entnervt. Von Teamwork waren Greyson und ich in etwa so viele Meilen weit entfernt wie ich von Liverpool. Das hier war höchstens Teamwork für Anfänger.

Kapitel 15
Plan B

„Und?“ Greyson sah mich eindringlich an. Er hatte mich hinunter in die Bibliothek gezerrt und die Tür hinter uns geschlossen.

„Und was?“, fragte ich unwirsch zurück, während ich angestrengt versuchte, mich gegen das Flimmern in seinem Blick zu wehren – was nicht wirklich möglich war, solange wir uns so nah gegenüberstanden.

„Du scheinst einen Plan mit mir zu haben.“ Er lächelte, obwohl ich nichts an unserer Unterhaltung lustig fand. Die Tatsache, dass ich mich sogar mit dem undurchsichtigen Greyson verbünden musste, um Mum zu entkommen, zeigte nur, wie ernst die Lage war.

„Ich brauchte nur eine Ausrede. Es tut mir leid, aber ...“

Meine Hand lag bereits auf dem Türgriff, doch Greyson hielt mich zurück. „Warte! *Ich* habe einen Plan! Und ich denke, er reicht für uns beide.“

Widerstrebend drehte ich mich in seine Richtung, ohne ihm jedoch in die Augen zu sehen. „Und der wäre?“ Meine Stimme klang leider deutlich weniger gelangweilt als beabsichtigt.

Greyson baute sich so dicht vor mir auf, dass ich ihn nun doch ansehen musste. „Auch wenn du es mir nicht glaubst, aber unsere Interessen liegen gar nicht so weit auseinander, wie du denkst.“

„Geht es vielleicht weniger kryptisch?“, fragte ich genervt.

„Du willst doch herausfinden, wer dir die Kolikfälle in die Schuhe geschoben hat, oder?“

Ich zögerte. Immerhin war *er* trotz allem unter den Ersten gewesen, die mich verdächtigt hatten. Keine gute Basis für eine vertrauensvolle Zusammenarbeit, fand ich …

Als ich nicht antwortete, beugte Greyson sich noch etwas näher zu mir. „Ich will ebenfalls etwas herausfinden“, flüsterte er, obwohl niemand in der Nähe war, der uns hören konnte. „Und ich glaube, diese beiden Dinge könnten zusammenhängen.“

Das klang alles andere als logisch und ich schüttelte nur den Kopf. So schnell war mein Vertrauen nicht wiederhergestellt!

„Komm schon, Abby. Ich finde, wir harmonieren gar nicht so schlecht.“

„Wie bitte?!“ Ich schob ihn mit beiden Händen von mir weg. Jetzt ging er wirklich zu weit. „Du hast gestern noch geglaubt, dass ich eure Pferde vergiften wollte. Meine Mum und der Rest eures feinen Gefolges glauben es vermutlich immer noch.“

„Das streite ich auch gar nicht ab. Aber ich habe einen Fehler in meiner Annahme aufgedeckt.“

„Ach?“ Ich hob interessiert die Augenbrauen. „Und der wäre?“

„Das kann ich dir erst verraten, wenn du einer Zusammenarbeit zustimmst.“

Ich schnaubte nur verächtlich. „Was soll das denn jetzt wieder heißen?“

„Du kennst doch das Prinzip: Gib niemals zu früh zu viel preis.“

„Das klingt für mich mehr nach einer Falle als nach einem Plan.“ Energisch wandte ich mich um und ging zur Tür. Dort drehte ich mich noch einmal zu ihm um. „Tut mir leid, Greyson, aber nicht mit mir. Wir harmonieren in etwa so wie eine Schlange und ein Kaninchen.“ Ich wartete nicht ab, was er dazu zu sagen hatte, und verließ schleunigst den Raum.

***

Leider musste ich feststellen, dass das Sprichwort *Aus den Augen, aus dem Sinn* nicht auf Greyson zutraf. Er ging mir den ganzen Tag nicht mehr aus dem Kopf. Es war kurz nach sieben, als ich noch mal bei Shaggy vorbeischauen wollte. Ein diffuser Nebel breitete sich über den Feldern bis zum Horizont aus. Das Wetter in England war immer seltsam, aber in Chilgrove war es noch seltsamer als in Liverpool.

Von Margareta hatte ich erfahren, dass Doktor White morgen zum Abendessen kommen würde – ich wollte unbedingt, dass er mit meiner ärztlichen Versorgung von Shaggy zufrieden war. Und immer noch hoffte ich insgeheim, dass er niemanden gefunden hatte, dem das kleine Pferd gehörte, und ich es behalten konnte. Wenigstens vorerst.

Die Kieselsteine knirschten leise unter meinen Sohlen auf dem Weg zum Stall. Ich zuckte zusammen. Aus den Augenwinkeln meinte ich, etwas gesehen zu haben. War da ein Schatten vorbeigehuscht? Als ich jedoch genauer hinsah, kam ich mir ziemlich dumm vor: Da war nämlich rein gar nichts. Trotzdem. Erst als ich das Stalltor öffnete und der warme Geruch von Heu und Pferden mich umfing, legte sich meine Anspannung.

Ich schritt an den Boxen entlang die Stallgasse hinunter. Manche Pferde hoben neugierig den Kopf, als ich vorbeikam, andere dösten vor sich hin. Die Heurationen für den Abend standen in Schubkarren bereit, und ich vermutete, dass einer der Stallburschen bald seine Abendrunde machen würde. Hoffentlich würde keines der Pferde noch einmal erkranken. Ich mochte mir gar nicht ausmalen, was geschehen würde, wenn diese albtraumhaften Verdächtigungen weitergingen.

In der hintersten Box konnte ich schon von Weitem Shaggys dunkelbraune Ohren sehen, die aufmerksam nach vorn gerichtet waren, als würde er angestrengt lauschen.

Ich schnalzte leise, sein Kopf fuhr herum und das typische Blubbergeräusch drang aus seinen Nüstern. Ein warmes Gefühl der Zuneigung durchflutete mich.

„Hey", flüsterte ich, als ich seine Box betrat. „Vermisst du mich etwa? Wo ist denn dein neuer Freund hin?"

Greysons Hengst stand nicht in seiner Box, die Tür war nur angelehnt und Halfter und Strick hingen über dem Riegel.

„Und jetzt Druck machen!", vernahm ich eine energische Stimme. Ich blickte in die Richtung, aus der ich jetzt auch Schnauben und andere Geräusche vernahm. Dort lag die Reithalle. Bislang hatte ich mich nicht getraut, dieses verbotene Terrain um das Büro herum zu betreten.

„Genau so, Greyson! Hervorragend!"

Die Verlockung war einfach zu groß. „Ich bin gleich wieder zurück", raunte ich Shaggy zu und strich ihm sanft über die Nase.

Auf Zehenspitzen schlich ich einen Augenblick später die Stallgasse entlang, die nach wenigen Metern um die Ecke führte.

Die Stimmen wurden lauter, je weiter ich ging. „Nein, Gwenyfar!", rief jemand entrüstet. „Du blockierst seine Bewegung, wenn du so stark am Zügel ziehst. Du musst ihm vertrauen."

Ein paar Heuballen standen im Gang, hinter denen ich mich verstecken konnte, und endlich gelang es mir, unbemerkt einen Blick in die Halle zu werfen.

Das doppelflügelige Tor stand offen, und ich konnte im hinteren Teil der Halle, in der mehrere Hindernisse aufgebaut waren, zwei Reiter ausmachen. In der Nähe des Tors stand ein Mann mit dem Rücken zu mir. Ich erinnerte mich an Ambrose' Worte: Dies musste Monsieur Chevalier sein, der Gwenyfar und Greyson die viel gelobte Springstunde gab, bei der Camilla mich nicht hatte dabeihaben wollen. Ich blieb in sicherer Entfernung hinter dem Heuballen stehen. Greyson und Gwenyfar waren zu konzentriert auf das, was sie taten, und zu weit entfernt, um mich sehen zu können. Wenn ich mich ruhig verhielt, würde auch Monsieur Chevalier mich nicht bemerken.

Gebannt beobachtete ich Greyson, der einfach nur gut aussah auf seinem schwarzen Hengst. Die Reitkappe verdeckte seine wilden Haare, aber selbst aus dieser Entfernung konnte ich die Intensität seines Blickes spüren. Und ich hätte schwören können, seinem Pferd ging es ebenso. Hawk hatte die Ohren parallel zu Greysons Blick gerichtet. Es war, als wären Pferd und Reiter aus einer Einheit geschaffen, die wie von einem magischen Band zusammengehalten wurde. Jetzt verstand ich, was Gwenyfar mit ihrem Gesäusel von Zusammenspiel gemeint hatte. Sogar ein Laie wie ich spürte diese unsichtbare Verbindung zwischen Greyson und seinem Pferd.

Von Gwenyfar hingegen konnte man das nicht behaupten. Obwohl ich zugeben musste, sicher keine objektive Beobachterin zu sein, ließ sich die Tatsache einfach nicht verleugnen, dass zwischen dem hübschen blonden Mädchen und ihrem fuchsroten Pferd – abgesehen von den Zügeln – keinerlei Verbindung bestand. Leider zerrte sie daran herum, dass einem wirklich elend werden konnte. Die Augen ihres Pferdes wirkten gequält und es sperrte sein Maul auf gegen den Druck.

„Wovor hast du Angst, Gwenyfar?", fragte Monsieur Chevalier ruhig.

„Ich habe keine Angst!", rief Gwenyfar mit unsicherer Stimme.

Ich hätte beinahe gelacht, wenn ich nicht so viel Mitleid gehabt hätte. Ich konnte sehen, dass sie sich Mühe gab, aber offensichtlich gelang es ihr einfach nicht.

„Komm zu mir rüber und sieh dir Greysons Ritt an", forderte der Reitlehrer sie auf. „Es geht nicht darum, dass du alles genauso machen sollst, es geht nur um die Harmonie."

Mit geröteten Wangen und frustriertem Blick trabte Gwenyfar zu Monsieur Chevalier und ich duckte mich schnell hinter den Heuballen.

„Lass die Zügel lockerer, wenn er steht. Entspann dich etwas." Monsieur Chevalier sprach beruhigend auf Gwenyfar ein und tätschelte dem Pferd den Hals.

„Los, Greyson!"

Greyson gab seinem Pferd kaum sichtbare Signale, um es anzutreiben. Mit wachem Blick – und ich schwöre, es lag Freude darin! – trabte Hawk an und wechselte in den Galopp. Seine Bewegungen waren fließend und rhythmisch. Greysons Hände schwebten ruhig über dem Mähnenkamm, und ich konnte nicht erkennen, wann er den Befehl zum Absprung gab. Ich sah nur seine Hände, die sich nach vorn schoben, genau in dem Moment, als Hawk seinen Körper streckte und vom Boden abhob.

Einfach fantastisch! Wenn ich Greyson nicht schon vorher beeindruckend gefunden hätte, hätte ich mich spätestens jetzt in ihn verliebt. Äh, diesen Gedanken löschte ich besser direkt wieder aus meinem Kopf. Ich hätte schließlich auch jeden anderen Reiter bewundert, der in dieser Symbiose mit seinem Pferd ein Hindernis überwand. Es war Zufall, dass es sich hierbei um Greyson handelte.

Aber er war einfach toll! Mein Herz setzte einen kleinen Schlag aus, als er über ein besonders breites Hindernis sprang. Die Flugphase war länger als beim ersten Mal, ich hielt den Atem an und konnte erst wieder Luft holen, als Hawk mit den Vorderhufen geschmeidig auf dem Boden aufsetzte. Beinahe hätte ich mich verraten und Beifall geklatscht.

„Hast du gesehen, was ich meine?", fragte Monsieur Chevalier in den andächtigen Moment der Stille hinein.

Gwenyfar räusperte sich. „Natürlich." Ihre Stimme klang belegt – und ich konnte nicht sagen, ob aus Ehrfurcht vor Greysons Ritt oder weil sie den Tränen nahe war. Keine Frage war jedoch, dass sie auch bei bestem Training niemals Greysons Form erreichen würde. Sie tat mir gleich noch mehr leid.

„Versuch es noch mal! Du schaffst das, Gwenyfar!", beteuerte Monsieur Chevalier jedoch entgegen meiner Prognose.

Gwenyfar nickte mechanisch. „Okay", sagte sie, aber ich hörte, dass sie Angst hatte. Aus eigener Erfahrung beim Skaten wusste ich, dass das keine gute Voraussetzung war – selbst wenn es in dieser Reitstunde doch nur um Training ging.

Kaum dass es antrabte, verspannte sich ihr Pferd. Seine Ohren stellten sich leicht nach hinten und es bekam denselben starren Blick wie Gwenyfar. Im Galopp wirkten seine Beine steif und die Muskeln verkrampft, als würde etwas seine innere Energie zurückhalten. Mit energischen Beinbewegungen trieb Gwenyfar das Pferd an. Der Fuchs beschleunigte zwar, aber mit steigendem Tempo legten sich auch seine Ohren weiter zurück. Je näher sie dem Hindernis kamen, desto deutlicher schien mir die Anspannung von Pferd *und* Reiterin. Gwenyfar klammerte sich an die Zügel. Ihr Pferd setzte brav zum Sprung an.

Das Hindernis war zum Glück klein. Wie ein richtiger Erfolg erschien mir ihre Leistung nicht, aber sie schafften tatsächlich die nächsten drei Sprünge, ohne dass eine Stange zu Boden fiel.

Der Trainer sagte während der ganzen Zeit kein einziges Wort. Entweder fieberte er genau wie ich mit oder es hatte ihm schlicht die Sprache verschlagen. Doch ich bemerkte, wie er die Fäuste ballte, als das Doppelhindernis näher kam.

Mit jedem Galoppsprung wuchs auch die Panik in Gwenyfars Gesicht und in den Augen des Pferdes. Sie trieb es mit verzerrtem Gesicht an – und genau in dem Augenblick, als der Fuchs alle Zweifel über Bord zu werfen schien, zerrte sie ruckartig die

Zügel zurück. Das Pferdemaul sperrte sich gegen den Druck, das Tier verlor die Balance und wollte seitlich ausbrechen. Es gelang ihm jedoch nicht, die enge Kurve zu nehmen, und es donnerte mit seiner Brust genau in das Hindernis hinein. Gwenyfar konnte sich nicht im Sattel halten und fiel herunter.

„*Merde!*“, fluchte Monsieur Chevalier leise und rannte zu der Unfallstelle.

Fast wäre ich hinterhergerannt, um zu sehen, ob sie meine Hilfe benötigten, aber das wäre wohl nicht so gut angekommen. Zum Glück stand Gwenyfar genauso schnell auf, wie Greyson das Hindernis erreichte.

„Ist alles okay?“, fragte er besorgt.

Gwenyfar hatte einen hochroten Kopf und klopfte sich unter wütendem Fluchen die Späne von der Hose. Ich hatte nicht gewusst, dass man in diesen feinen Kreisen solche Ausdrücke kannte. Dagegen war der Liverpooler Straßenslang gar nichts! Unwillkürlich musste ich grinsen. Zumindest war das ein Zeichen, dass sie sich nicht ernsthaft wehgetan hatte.

„Ich reite das Biest nie wieder!“, schloss Gwenyfar ihr Gezeter.

Sowohl Greyson als auch Monsieur Chevalier sahen sie verständnislos an.

„Gwen“, versuchte es Greyson sanft. „Steig wieder auf.“

„Was?“ Sie starrte ihn an.

„Regel Nummer eins, wenn man vom Pferd gefallen ist: immer wieder aufsteigen“, sagte er ruhig. „Solange man es noch kann und sich nicht ernsthaft verletzt hat“, fügte er mit einem Lächeln hinzu.

„Ach, so ein Blödsinn!“, kommentierte Gwenyfar seinen nett gemeinten Versuch.

Der Reitlehrer schwieg. Vielleicht kannte er sie besser und wusste, wann er sich zurückhalten musste.

„Komm schon, Gwen, Red kann doch nichts dafür."

„Red?", fragte sie verständnislos. „*Red Dancer* ist der Sohn von *Charming Black Dancer,* einem der besten Springpferde der letzten zehn Jahre. Warum zum Teufel schafft er keinen einfachen Doppeloxer?"

Monsieur Chevalier straffte seine Schultern, als müsste er seinen Mut sammeln, um etwas zu sagen. „Nun, es reicht leider nicht, wenn das Pferd das Hindernis schafft. Immerhin muss es die Hürde gemeinsam mit dem Reiter überwinden."

Ui, das saß! Gwenyfar blickte ihn sprachlos an.

Greyson klopfte ihr freundschaftlich auf die Schulter. „Er hat recht, Gwen. Nimm's dir nicht so zu Herzen und steig wieder auf. Jeder gute Reiter macht das so."

Gwenyfar kniff die Lippen zu einem dünnen Strich zusammen und griff nach dem Zügel, den Greyson ihr hinhielt.

Als sie wieder oben saß, warf sie ihrem Reitlehrer einen feindseligen Blick zu. „Und was ist Ihr Expertentipp, wie ich es in Zukunft schaffen soll?"

Monsieur Chevalier bedachte sie mit einem milden Blick. „Lass die nächsten drei Springstunden ausfallen und geh mit ihm ausreiten."

„Was?!"

„Geh ausreiten mit deinem Pferd oder von mir aus auch spazieren. Mach etwas mit ihm, das für euch beide den Stress aus dem Training nimmt. Erfolg lässt sich nicht mit Druck erzwingen."

„Toller Tipp. Ist die Reitstunde dann jetzt beendet?", blaffte Gwenyfar.

Schon erstaunlich, dass sie sich derartige Frechheiten erlauben durfte.

Ohne eine Antwort abzuwarten, wendete sie ihr Pferd und trieb es Richtung Ausgang. Ich brachte mich schleunigst in Sicherheit und huschte eilig zurück zu Shaggys Box. Ich hatte keine Lust, mich in Gwenyfars Schusslinie zu begeben.

Gerade noch rechtzeitig gelang es mir, mich hinter die Boxentür zu ducken, als Gwenyfar mit dem Fuchs vorbeistürmte. Ich hörte, wie sie am Ende der Stallgasse anhielt, geräuschvoll absprang und eine der Boxentüren aufriss. Wenige Sekunden später knallte die Tür wieder zu und Gwens wütende Schritte entfernten sich Richtung Ausgang. Sie musste ihr Pferd mitsamt Sattel und Zaumzeug in der Box gelassen haben.

Greyson und Monsieur Chevalier schritten gemächlich an Shaggys Box vorbei.

„Gwen!“, rief Greyson ihr hinterher.

Doch sie blieb nicht stehen. „Wir sehen uns morgen, Grey.“

Das Stalltor schepperte.

Monsieur Chevalier seufzte. „Manchmal frage ich mich, ob sie eigentlich gerne reitet.“

Greyson hielt an und löste den Sattelgurt. „Ich weiß, dass sie gerne reitet. *Sie* weiß nur nicht, dass man auch etwas mögen kann, bei dem man nicht Weltmeister wird.“

„Eine weise Erkenntnis.“ Die Stimme des Trainers klang, als lächelte er. „Ich hoffe, eure Stallburschen haben noch Dienst?“

„Ich mach das schon. Bis nächste Woche, Monsieur Chevalier.“

„Ja, bis Montag, Greyson.“

Ich hörte, wie Greyson Hawk den Sattel abnahm und auf einen Metallbügel hängte, der auf der anderen Seite an der Wand befestigt war. Eins musste ich zugeben: Wie peinlich Gwenyfar sich auch aufgeführt hatte, filmreif war ihr Abgang in jedem Fall gewesen. Sie hatte – wenn auch kein reiterliches – doch immerhin ein echtes Talent zum Drama. Shaggy knabberte unterdessen ungerührt an meinem Gürtel, und ich hoffte, dass er mich nicht verraten würde.

Hawk stand mit gesenktem Kopf in der Stallgasse, nur wenige Armlängen von uns entfernt. Shaggy schob sich an mir vorbei und reckte den Kopf zu dem oberen Gitter hoch. Er versuchte, seine Nase zwischen den Stäben hindurchzuschieben, obwohl das definitiv nicht möglich war. Doch unermüdlich nibbelte er mit seiner Lippe an der Vergitterung, bis sich die obere Hälfte ein Stück beiseiteschob. Gebannt verfolgte ich den Vorgang. Es fehlte ihm an Kraft, aber – wie vermutlich immer im Leben – zahlte Geduld sich aus. Stück für Stück rutschte das Gitter zur Seite und vergrößerte die Öffnung.

Nicht nur ich verfolgte Shaggys Bemühungen, auch Hawk hatte mittlerweile seine gesamte Aufmerksamkeit auf das Pony gerichtet. Mit einem letzten Ruck öffnete sich der obere Teil der Boxentür. Shaggy drückte mich noch ein Stück beiseite und reckte endlich seinen Kopf durch das Loch. Neugierig streckte auch Hawk seine Nase in Shaggys Richtung.

„Hey!", rief Greyson überrascht von drüben und kam mit schnellen Schritten näher. Als er das Gitter wieder schließen wollte, fiel sein Blick hinter die Boxentür. „Was machst du denn da?", fragte er argwöhnisch.

„Ich versorge mein Pferd", erwiderte ich möglichst locker.

„Im Dunkeln? Und um diese Zeit?"

„Na ja, ich habe schon früher damit angefangen, aber ich …" Ich zuckte mit den Schultern. Leugnen war eh zwecklos. „Ich wurde abgelenkt."

Greyson legte den Kopf schief. „Hast du uns zugesehen?"

Ich fühlte, wie sich meine Wangen mit Hitze füllten. „Also, zuerst habe ich mehr zugehört." Ich grinste entschuldigend. „Ihr wart ja nun mal nicht zu überhören."

Greyson sah mich eindringlich an. „Oder hast du mich gesucht, weil du deine Meinung zu meinem Plan geändert hast?"

„Äh …“ Ich musste mich konzentrieren!

„Na?“, hakte er nach.

„Nein.“ Ich versuchte, meine Stimme fest klingen zu lassen. „Ich mache gar nichts mit dir. Weder schmiede ich irgendwelche Pläne noch …“

Er grinste so frech, dass mir meine Worte im Hals stecken blieben. „Gar nichts?“ Seine Finger streiften mein Kinn. „Es wäre allerdings sehr schade, wenn ich dich noch nicht mal für Plan B begeistern könnte.“

„Plan B?“, fragte ich verwirrt.

„Du weißt schon, eine Alternative zu Plan A“, flüsterte er, während seine Lippen immer näher kamen.

Ich vergaß beinahe zu atmen. Jegliche Argumente, Alternativen und Antworten waren aus meinem Gehirn gelöscht. Als er mich küsste, fühlte ich mich hirnlos, atemlos und planlos sowieso. Die Frage nach Plan A oder B stellte sich hier wirklich nicht.

Kapitel 16

Zweifelhafte Rendezvous

Meine Knie fühlten sich an wie Wackelpudding, mein Herz stand in Flammen und mein Gehirn hatte sich verabschiedet. So langsam begriff ich, warum die Verliebten in schnulzigen Filmen immer irgendetwas Dummes taten: Küssen legte den Verstand lahm.

Während Greyson mich küsste, rief ein imaginäres Teufelchen in meinem Hinterkopf, dass es doch völlig egal war, welchem Plan ich zustimmte, solange Greyson nicht aufhörte. Irgendwo in weiter, weiter Ferne schüttelte als Gegenstück ein Engelchen den Kopf über so viel Dummheit. Aber ich konnte ohnehin nichts daran ändern. Greyson küsste einfach zu gut.

Als er sich langsam wieder von mir löste, fühlten meine Wangen sich brennend heiß an. Greyson lächelte. „Vergiss Plan A, ich stehe, ehrlich gesagt, viel mehr auf Plan B." Er sah mich an, als würde er einen inneren Kampf ausfechten. „Schade, dass ich Red absatteln muss", murmelte er.

Meine Gehirnfunktionen kehrten nur langsam wieder zurück. Immerhin erkannte ich mit stiller Freude, dass Greyson ebenfalls ziemlich durcheinander war.

Shaggy hatte sich während der gefühlten Ewigkeit, die unser Kuss gedauert hatte, so unauffällig wie möglich verhalten. Aber kaum hatte Greyson die Box verlassen, stupste er mich frech von hinten an.

Ich warf ihm einen vorwurfsvollen Blick zu. „Am besten, du

sagst gar nichts", warnte ich ihn, woraufhin er nur unbeteiligt mit den Ohren zuckte. „Immerhin hast du auch deine Streicheleinheiten bekommen. Ich finde das mehr als gerecht."

Grinsend strubbelte ich ihm durch die dichte Mähne. Mit einem Lächeln auf den Lippen verließ ich die Box und schloss sorgfältig die Tür hinter mir, damit er nicht wieder abhauen konnte. Hawk blickte neugierig zu Shaggy hinüber. Er war mindestens einen Pferdekopf größer und wirkte geradezu Furcht einflößend im Gegensatz zu meinem freundlichen zotteligen Pferdchen. Aber mein Gefühl sagte mir, dass sich zwischen den beiden eine heimliche Freundschaft anbahnte. Da konnte Greyson sagen, was er wollte – *so* unnahbar, wie er dachte, war der Hengst gar nicht.

Ich schlenderte an den anderen Pferden vorbei und blieb vor der Box von Gwenyfars Fuchs stehen. Das Pferd hatte immer noch die Ohren misstrauisch nach hinten gerichtet, obwohl Greyson sich offensichtlich große Mühe gab, nett zu ihm zu sein. Interessiert sah ich zu, wie er etwas Futter in einen kleinen Trog an der Wand schüttete.

„Was gibst du ihm?", fragte ich neugierig. Alle anderen Pferde in diesem Stall hatten wunderbar glänzendes Fell. Alle außer Shaggy. Dabei hatte ich noch nie gesehen, dass jemand so ausgiebig putzte wie ich. Das frustrierte mich ziemlich.

„Jedenfalls nicht nur Öl", neckte Greyson mich.

„Sehr witzig. Das Buch war gar nicht so schlecht", entgegnete ich beleidigt.

„Hast du auch das Kapitel über giftige Pflanzen gelesen?", fragte Greyson scheinbar beiläufig, aber sein veränderter Tonfall fiel mir sofort auf.

„Wie meinst du das?" Ich war alarmiert.

„Ich frage nur", antwortete er ausweichend. „Ich wollte nicht ..."

„Ich dachte, wir hätten das geklärt."

Greyson trat näher an das Trenngitter heran und sah mir in die Augen. „Ich wollte mich nur vergewissern."

„Du traust mir nicht." Ich biss die Zähne zusammen.

„Es gibt Situationen, in denen man niemandem trauen sollte. Aber wenn du genau zugehört hättest, wüsstest du, dass ich es war, der das Missverständnis zwischen dir und Gwenyfar aufgedeckt hat."

Das Missverständnis! Wut kochte in mir hoch, aber ich hielt seinem Blick stand. „Ich habe zugehört. Ich frage mich nur, wieso du deine Meinung so plötzlich geändert hast."

„Das hatte verschiedene Gründe."

„Und die wären?"

„Weißt du noch? Das gehörte zu Plan A." Greyson sah mich abwartend an. „Hast *du* auch deine Meinung geändert?"

„Erzähl mir erst etwas über Giftpflanzen", forderte ich. „Warum denken denn eigentlich alle, dass die Pferde vergiftet worden sind?"

Für ein paar endlose Sekunden haftete sein Blick auf mir, aber ich ließ mich nicht einschüchtern.

„Okay", begann er leise. „Pferde ernähren sich hauptsächlich von sogenanntem Raufutter, also Heu. In guter Qualität enthält es eigentlich alle Nährstoffe, die sie benötigen. In schlechtem Heu allerdings finden sich oft giftige Pflanzen, die unbemerkt auf den Wiesen wachsen. Werden sie mitgeerntet und verfüttert, können die Pferde Vergiftungserscheinungen erkennen lassen. Das kommt schon mal vor." Er klopfte Red auf den Hintern und trat aus der Box. „Allerdings sind es meist nur leichte Anzeichen. Sie haben dann kleine Pusteln in den Maulwinkeln und wirken müde oder schlapp." Greyson redete weiter, während er den Riegel vor die Box schob. „Fälle von Koliken treten dadurch eher selten auf, weil die Pferde dafür schon ziemlich viel schlechtes

Heu fressen müssten. Kein Bauer erntet bewusst eine komplette Wiese mit Jakobskreuzkraut, deshalb müsste es fast schon als Zusatz über das Futter gestreut werden ... nur wer sollte so etwas tun? Dass also mehrere Pferde oder beinahe ein ganzer Stall erkrankt, ist äußerst seltsam und kommt eigentlich eher bei Infektionskrankheiten vor."

„Vielleicht war es ein Virus?", fragte ich.

„Nein." Greyson schüttelte den Kopf. „Die Pferde hatten weder Fieber noch Husten und der Doc hat die Blutwerte überprüft. Das Ergebnis zeigt einen deutlich erhöhten Ammoniakgehalt, was wiederum auf eine Vergiftung hindeutet."

In meinem Kopf drehte sich die Frage, wer ein Interesse daran haben könnte, die Pferde zu vergiften. Warum sollte jemand absichtlich etwas ins Futter tun?

Ich tippte mir nachdenklich mit dem Finger gegen die Oberlippe. Warum hielt sich so hartnäckig der Verdacht, dass ich die Täterin sein musste? Obwohl es wirklich jeder getan haben konnte. Es stimmte, was Greyson gesagt hatte: Irgendjemand versuchte, mir die Sache in die Schuhe zu schieben.

„Glaub mir, ich habe lange darüber nachgedacht, aber ich habe keinen Hinweis darauf gefunden, wer es hätte sein können", sagte Greyson, als hätte er meine Gedanken gelesen.

„Außer mir", ergänzte ich trocken.

„Auch das habe ich nur im ersten Moment geglaubt." Er wiegte langsam den Kopf hin und her. „Aber diese Theorie enthält zu viele Ungereimtheiten."

„Jetzt bin ich aber gespannt."

„Dir fehlt eindeutig ein Motiv." Greyson fuhr sich durch die Haare. „Weshalb solltest du den anderen Pferden schaden wollen?" Er machte eine Pause. „Und dann noch dein Lieblingspferd auslassen? Wie plump ist das denn?" Greyson schüttelte den Kopf.

„Das sieht mir vielmehr so aus, als hätte jemand absichtlich eine falsche Fährte gelegt."

„Aber anscheinend mit Erfolg. Mum glaubt mir immer noch nicht richtig."

„Obwohl sie dich doch am besten kennen müsste. Ich verstehe nicht, warum ihr nicht direkt aufgefallen ist, dass du die Wahrheit sagst."

„Wie meinst du das?"

„Du kannst absolut nicht lügen, Abby." Es zuckte in seinen Mundwinkeln. „Ich wusste gleich, dass du mich magst."

Verlegen fühlte ich mir mit einer Hand über die Wange, um zu testen, ob ich schon wieder rot anlief.

Greyson lächelte. „Wir werden das Rätsel lösen", sagte er. „Früher oder später – je nachdem, ob du noch mal über meinen Vorschlag nachdenkst. Ich glaube, das würde uns weiterbringen. Uns beide." Jetzt grinste er breit. Dann nahm er meine Hand und zog mich zum Ausgang. „Und noch was, Abby."

„Hm?"

„Es ist süß, wenn du rot wirst."

Ich wäre am liebsten still und heimlich im Boden versunken.

***

Mum warf mir einen forschenden Blick zu, als Greyson und ich das Esszimmer betraten. Meine Wangen tuschten sich in Sekundenschnelle noch eine Nuance röter, obwohl niemand wissen konnte, weshalb wir zu spät zum Abendessen kamen.

Mum räusperte sich. „Da seid ihr ja."

Ich war trotzdem nicht bereit, eine Erklärung abzugeben, da konnte sie sich räuspern, so viel sie wollte.

„Abby hat Gwen und mir bei der Reitstunde zugesehen", übernahm Greyson die Erklärung, obwohl das kein Grund für die Verspätung war.

Ambrose ging sofort darauf ein. „Das ist ja schön. Du könntest wirklich beim nächsten Mal mitmachen, Abby."

Ich schüttelte verlegen den Kopf. „Ich glaube nicht, dass das passt. Greyson und Gwenyfar können sehr gut reiten. Ich habe noch nie auf einem Pferd gesessen."

„Das macht doch nichts." Ambrose lächelte mich aufmunternd an. „Irgendwann ist immer das erste Mal. Und du kannst ohne Weiteres die Grundlagen lernen, während Greyson und Gwenyfar ihre Fortgeschrittenenstunde nehmen. Die Reithalle ist groß genug."

„Ich glaube nicht, dass Gwenyfar das gefallen würde", wehrte ich ab. Genau genommen war ich mir sogar sicher, dass „nicht gefallen" die Untertreibung des Jahres war. Sie würde es hassen.

„Vielleicht sollte Gwen lieber gemeinsam mit Abby die Anfängerübungen machen", grinste Greyson.

„Grey", ermahnte ihn Ambrose. „Es geht beim Reiten nicht darum, besser als jemand anders zu sein."

„Nein, Dad, ich weiß. Aber vielleicht erklärst du das Gwen noch mal."

Ambrose warf Greyson einen tadelnden Blick zu, dennoch lächelte er, als er sich nun an Mum wandte. „Obwohl alle Hargraves Pferdenarren waren, muss ich gestehen, dass ich nur mittelmäßig gut reite. Greyson hingegen hat ein wirkliches Talent, da ist er genau wie seine Mutter. Sie war eine begnadete Reiterin." Stolz klang in seiner Stimme mit und ich konnte es in seinen Augen glitzern sehen.

„Manche Eigenschaften vererben sich eben einfach so." Mum warf mir einen verträumten Blick zu. Sie wirkte nicht im Geringsten irritiert oder gar eifersüchtig bei der Erwähnung einer anderen Frau. Und ich vermutete, dass es umgekehrt genauso wäre. Ambrose musste wissen, dass sie Dad sehr geliebt hatte.

Greyson jedoch schien das Gespräch unangenehm zu sein. Er hatte den Blick auf seinen Teller gerichtet und wirkte stiller und in sich gekehrter als noch vor wenigen Minuten.

„Wann ist deine nächste Reitstunde bei Monsieur Chevalier, Grey?", fragte Ambrose sanft.

„Montagnachmittag", antwortete er knapp.

„Was meinst du, Abby?", Ambrose ließ nicht nach.

Ich schluckte. Nach Dads Tod hatte ich mir – besonders beim Lesen der vielen Pferdebücher – so oft gewünscht, mit offenen Augen und ausgebreiteten Armen gegen den Wind zu reiten, dass diese Szene mir neuerdings sogar bis in meine Träume folgte. Aber ich hatte absolut keine Lust, mich vor Greyson und Gwenyfar zu blamieren.

„Du könntest Cloudwalker nehmen", führte Ambrose seine Überlegung fort. „Er ist ein ganz ruhiges Pferd."

„Cloudwalker?" Ich runzelte die Stirn. War das nicht das Pferd gewesen, das zuerst eine Kolik bekommen hatte?

Greyson sah nachdenklich aus, als brächte ihn das ebenfalls auf eine Idee. Doch dann schüttelte er den Kopf. „Warum probieren wir es nicht einfach mit Shaggy?"

Überrascht blickte ich ihn an. Doch bevor ich etwas erwidern konnte, kam Mum mir zuvor. „Hat Doktor White eigentlich etwas über seinen Besitzer herausfinden können?"

Mein Magen zog sich schmerzhaft zusammen, sobald ich daran dachte, dass ich Shaggy vielleicht schon bald hergeben musste …

Ambrose schüttelte nun auch den Kopf. „Ich glaube, noch nicht. Aber er wird morgen zum Abendessen vorbeikommen. Vielleicht hat er bis dahin etwas in Erfahrung gebracht."

„Was, wenn …", setzte ich an, doch Mum tätschelte mir liebevoll den Arm. Sie musste bemerkt haben, dass mir das Thema zu schaffen machte. „Warten wir mit Spekulationen ab, bis wir Genaueres wissen, okay?“

***

In der Nacht schlief ich nicht besonders gut. Wieder jagte ich auf einem weißen Pferd über stoppelige Felder. Es hatte sich jedoch etwas Entscheidendes verändert: Ich fühlte mich verfolgt. Immer wieder warf ich einen Blick über die Schulter nach hinten. Der Wind peitschte mir stärker ins Gesicht und ließ meine Augen tränen. Da war dieses Glücksgefühl, auf einem Pferd zu sitzen – und zugleich die namenlose Angst, gegen die ich ankämpfte. Die kleinen Härchen auf meinen Armen stellten sich vor Anspannung auf. Meine Haut begann zu kribbeln. Schweißgebadet wachte ich genau in dem Moment auf, als wie aus dem Nichts Hände mit rot lackierten Fingernägeln nach meinen Zügeln griffen.

Keuchend setzte ich mich auf. Das Zimmer war dunkel. Nicht mal der Mond schaffte es, die Wolken zu durchdringen. Mein Atem ging schnell und mein Herz schlug viel zu laut. Ich konzentrierte mich auf meine Angst, um sie so klein und unbedeutend wie möglich werden zu lassen. Hier war nichts!

Doch gerade, als es mir fast gelungen war, mich zu beruhigen, hörte ich ein leise schlurfendes Geräusch auf dem Flur. Ich hielt die Luft an und lauschte angestrengt. Es klang, als würde etwas über den Boden gezogen. Ich stand lautlos auf und schlich zur Tür. Das Geräusch entfernte sich. Vorsichtig drückte ich die Klinke herunter und linste hinaus. Auch der Gang lag im Dunkeln. Nur ganz am Ende fiel ein schmaler Lichtstreifen durch eine geöffnete Zimmertür. Der letzte Raum links. Wer wohnte dort?

Die Tür schloss sich und das Licht verschwand.

Ich schluckte nervös und schlich zurück in mein Zimmer, um mein Handy zu holen. Als ich die Taschenlampenfunktion eingeschaltet hatte, leuchtete ich mit klopfendem Herzen den Gang hinunter. Es war niemand zu sehen, kein einziges Geräusch war mehr zu hören. Das Einzige, das ich sah, war eine dunkle Spur, die sich an meinem Zimmer vorbei über den grünen Teppich zog. Ich bückte mich und rieb mit den Fingern darüber: Es waren kleine Erdbröckchen. Die mysteriösen Fußabdrücke kamen mir in Erinnerung. Echt seltsam, dass sie schon wieder den sonst so strengen Augen der Generalin entgangen waren. Oder waren sie ganz frisch?

Ich überlegte gerade, ob ich einen weiteren nächtlichen Rundgang wagen sollte – vielleicht konnte ich ja doch noch das eine oder andere Rätsel als absolut unspektakulär entlarven –, als ich aus dem unteren Stockwerk leises Kichern vernahm. Ich hörte Schritte auf der Treppe und verzog mich eilig hinter meine Tür. Angestrengt starrte ich durch den winzigen Spalt hinaus in den Flur. Erneutes Kichern, gefolgt von einem tieferen, leisen Lachen.

„Du wirst noch deine Bediensteten aufwecken!" Das war Mum!

„Na und?", kam es mutig zurück. „Du könntest die zukünftige Lady Hargrave sein."

Ich schloss schnellstens die Tür. Auf gar keinen Fall wollte ich mitten in der Nacht in eine peinliche Gegenüberstellung mit Mum und Ambrose geraten. Ich wartete, bis die beiden an meiner Zimmertür vorbeigewandert waren, und nutzte den Moment, um den Schlüssel wieder im Schloss herumzudrehen, als Mum sich verabschiedete.

Ich kroch zurück in mein Bett und zog mir die Decke bis unter die Nase. Bei der Vorstellung, dass Mum „Lady Hargrave" werden könnte, war mir plötzlich eiskalt. Sollte das nur ein Witz sein oder hatte Ambrose das etwa ernst gemeint?

Kapitel 17

Im Auge der Schlange

Unmittelbar nach dem Frühstück zog es mich in den Stall. Ich fürchtete mich vor dem, was Doktor White uns beim Abendessen über Shaggy berichten würde, und wollte den Tag unbedingt mit meinem Zottelpferdchen verbringen. Irgendwie musste ich versuchen, die Zeit bis dahin zu überbrücken – und zwar, ohne andauernd daran zu denken, dass es womöglich unser letzter gemeinsamer Tag war.

Shaggy blubberte leise, als er mich sah. Ich griff nach einem der Halfter, die in der Stallgasse hingen, und streifte es ihm über.

„Wir gehen spazieren“, erklärte ich ihm. „Hast du Lust?“

Shaggy schüttelte den Kopf und schnaubte, aber ich wertete es einfach mal als Zustimmung. Der kleine Ausreißer hatte bestimmt nichts gegen ein bisschen frische Luft!

Meine Finger schlossen sich um den Strick und ich führte Shaggy die Stallgasse hinunter zum Ausgang. Als ich das Tor zur Seite schob, blickte ich in das misstrauische Gesicht des Stallburschen.

„Doktor White hat gesagt, er muss etwas bewegt werden“, behauptete ich. Ein verkrampftes Lächeln war das Einzige, was ich zustande brachte. Irgendwie war der Typ mir nicht geheuer. Nach dem Vorfall in der Gerätekammer erst recht nicht.

Doch er nickte nur und zog die Schiebermütze tiefer in sein Gesicht. Ohne etwas zu erwidern, ging er an mir vorbei.

Ich war regelrecht erleichtert, als ich den Schlosspark verließ und hinaus in die freien Felder gelangte. Shaggy hatte die Ohren erwartungsvoll nach vorn gerichtet und wirkte ebenfalls hocherfreut.

„Siehst du, du brauchst gar nicht abzuhauen. Wir machen einfach gemeinsam einen Ausflug.“ Ich strich ihm lächelnd über die Nüstern. Es war mir egal, dass ich nur zu Fuß unterwegs war, weil ich nicht reiten konnte. Mit Shaggy war auch ein ganz normaler Spaziergang schön.

Wir wanderten den Schotterweg entlang über die weiten Hügel in Richtung Wald, ohne ein bestimmtes Ziel. Ich hatte mich die ganzen letzten Tage nicht so entspannt gefühlt. Ein Begleiter, der keine blöden Fragen stellte, war genau das, was ich brauchte. Ich konnte einfach meinen Gedanken nachhängen, ohne irgendwelche Erklärungen abgeben zu müssen. Völlig versunken und glücklich darüber, mir endlich mal die Zeit mit etwas zu vertreiben, bei dem ich allein war und mich dennoch nicht so schrecklich einsam fühlte, merkte ich gar nicht, wo ich hinging. Wer von uns beiden die Führung übernommen hatte, registrierte ich erst, als der Weg sich gabelte und Shaggy mich nach links zog.

„Hey“, protestierte ich und versuchte, auf der entgegengesetzten Richtung zu beharren. Doch mein Pferd blieb ungerührt stehen. „Was ist los mit dir? Willst du hier nicht langgehen?“

Ich konnte beim besten Willen nicht feststellen, inwiefern der von Shaggy auserwählte Weg nun besser oder schlechter sein sollte. Plötzlich ruckte er mit dem Kopf nach vorn und der Strick entglitt meinen Fingern. Kaum dass er sich befreit hatte, trabte er fröhlich los. Ich musste mich beeilen, um ihn nicht zu verlieren.

Während ich schimpfend hinter ihm herlief, dämmerte mir plötzlich, wo wir waren. Der knorrige Baumstamm an der Abzweigung kam mir bekannt vor. Dieser Weg führte doch eindeutig zu Gramps’ Haus!

Shaggy verlangsamte sein Getrappel erst, als ich bereits die selbst gezimmerten Gartenmöbel entdeckte. Diesmal saß der weißhaarige Mann in einem der Stühle und hielt ein Buch in der Hand. Schon wieder. Vielleicht hatte er die gleiche Leidenschaft für Geschichten wie ich?

„Das ist ja eine Überraschung!“ Er sprang auf, als er uns näher kommen sah. Shaggy bremste abrupt und steuerte zielsicher auf einen der Blumenkästen zu. Als er seine freche Nase in den bunten Blüten versenkte, konnte ich gerade noch das Ende des Stricks erwischen und ihn rechtzeitig wegzerren, bevor Schlimmeres geschah.

„Es tut mir wirklich leid, er hat sich losgerissen.“

Gramps schmunzelte und strubbelte Shaggy durchs Fell, genau wie ich es sonst immer tat. „Ich bin mir sicher, dass sie köstlich schmecken. Es gibt einige Nobelrestaurants in England, die Wildblumenkräutersalat anbieten.“

Ich verzog das Gesicht. „Wirklich? Das hört sich aber nicht nach einem Feinschmeckergericht an.“

„Nun, ich denke, dein Freund hier hat Ahnung.“

Ich schüttelte den Kopf. „Ich glaube eher, er hat einfach immer Hunger.“ Ich führte Shaggy von den Blumenkästen weg, um einen Sicherheitsabstand zu schaffen. „Aber wer weiß, vielleicht kommt er ja doch aus einem Drei-Sterne-Stall.“ Ich zögerte kurz, bevor ich weitersprach. „Ich habe ihn gefunden.“

Gramps sah Shaggy interessiert an, sagte aber nichts dazu. „Möchtest du eine Limonade und dein Pferd vielleicht etwas Blumenwasser?“

Unwillkürlich musste ich grinsen. „Danke, gerne.“

Gramps verschwand in der Hütte, um die Getränke zu holen. Mir fiel auf, dass dasselbe Buch wie gestern auf dem Tisch lag. Ein handgeschriebenes Tagebuch. Ich ertappte mich dabei, wie ich unauffällig nach dem Namen des Verfassers suchte. Aber ich wagte nicht, es erneut aufzuklappen und nachzusehen.

„Wo hast du ihn denn gefunden?“, fragte Gramps, als er mit zwei Gläsern und einer frisch gekühlten Karaffe wieder zurückkam.

„Im Wald“, erwiderte ich nur. Ich hatte keine Lust, die gesamte Geschichte zu wiederholen.

Gramps’ Blick wanderte nachdenklich zwischen Shaggy und mir hin und her. „Nun, er wirkt nicht so, als ob er etwas vermissen würde. Allerdings täte ihm ein bisschen Pflege mit der Bürste bestimmt gut.“ Er runzelte die Stirn, während er mit den Fingern durch Shaggys Pelz fuhr.

„Sie würden nicht glauben, wie oft ich ihn schon gebürstet habe“, erwiderte ich geknickt. „Er verliert jeden Tag wahnsinnig viele Haare und sieht trotzdem noch so zottelig aus.“

Gramps wanderte langsam um Shaggy herum. Sein Gesichtsausdruck war sehr nachdenklich. Er tastete die Beine ab und untersuchte die Augen. Dabei wirkte er, als hätte er sein Leben lang nichts anderes gemacht. „Hat Doktor White sich das Pony schon angesehen?“

Ich sah ihn überrascht an. „Kennen Sie ihn?“

Gramps schmunzelte. „Das könnte man so sagen.“

Ich wusste nicht, ob es unhöflich war, nachzubohren, wenn er mir nicht von sich aus mehr erzählte. Doch meine Neugier gewann die Oberhand.

„Kennen Sie noch mehr Leute vom Schloss?“

Gramps rieb sich das Kinn. Doch bevor er antworten konnte, ertönte ein Motorengeräusch in der Nähe. Gramps sah mich erstaunt an. Dieser Ort war vermutlich nicht gerade von Besuchern überlaufen.

Ein schwarzer Geländewagen fuhr den Schotterweg zum Haus

herauf. Auch Shaggy wandte den Kopf und spitzte die Ohren. Der Wagen hielt unmittelbar vor dem Haus. Die Fahrertür öffnete sich, als Erstes erschienen hohe schwarze Lederstiefel und dann … ich blinzelte ungläubig – stieg Camilla aus.

Der Mund klappte mir vor Überraschung auf. Was hatte Gramps mit Camilla zu tun?

Für den Bruchteil einer Sekunde beschlich mich das dumpfe Gefühl, schon wieder in eine Falle getappt zu sein. Wenn Camilla mit Gramps befreundet war, hatte ich mich in diesem netten alten Mann getäuscht. Und zwar so richtig.

Gramps' Gesichtsausdruck nach zu urteilen, kannte er den Gast tatsächlich. Eine herzliche Begrüßung blieb zu meiner Erleichterung jedoch aus.

Camilla warf einen verächtlichen Blick auf den Waldboden und schritt auf Gramps zu. Als sie mich bemerkte, stoppte sie abrupt. „Wer hätte gedacht, dass hier eine Verbindung besteht."

„Camilla", bemerkte Gramps kühl. „Was kann ich für dich tun?" Mir fiel die persönliche Anrede auf: Er nannte sie bei ihrem Vornamen.

Camilla bleckte die Zähne zu einem eisigen Lächeln. „Schön, Sie anzutreffen, Mister Walker. Ich habe Sie lange nicht mehr auf Hargrave Abbey gesehen …" Camilla ließ das Satzende offen, als läge etwas in der Luft, das keiner Worte bedurfte.

Ich fühlte mich seltsam zwischen diesen beiden Menschen, die unterschiedlicher kaum hätten sein können. Warum besuchte Camilla Gramps hier draußen in der Einöde? Unruhig trat ich von einem Fuß auf den anderen. Erst als Shaggy an meinem Pullover zog, fiel mir auf, dass ich die Hände verkrampft hatte und die Zähne zusammenbiss.

„Mister Walker, Greyson wird ja gemeinsam mit Gwenyfar an der Herbstjagd teilnehmen. Für die Nominierung brauchen wir die vollständigen Papiere der Pferde. Greyson sagte, Sie hätten den Nachweis, dass Hawks Abstammung über Destiny auf El Huaso zurückgeht, eines der berühmtesten Springpferde der letzten Jahrzehnte."

Ich verstand nur Bahnhof. Wovon redete sie?

Gramps' Gesichtszüge verhärteten sich. „Greyson hat Sie gebeten, mich danach zu fragen?", erwiderte er mit merklicher Skepsis.

„Ja, Sie wissen doch, wie er ist, immer bescheiden und zurückhaltend." Sie lachte hüstelnd.

Gramps' Augen schienen sie zu durchbohren. Es dauerte einen Moment, aber dann wandte er sich ruckartig um. „Ich hole die Papiere."

Camilla blickte mich mit einem siegesgewissen Lächeln an und stellte ihre Tasche auf dem Holztisch ab.

„Ich hatte ja keine Ahnung, dass ihr euch kennt. Aber es wundert mich nicht", bemerkte sie spitz.

Ihre Augen fixierten mich wie eine Beute und ich überlegte gerade, was ich darauf antworten sollte, als Gramps schon zurückkam. Er hielt einen geschlossenen Umschlag in der Hand, auf dem Greysons Name stand.

„Vielen Dank, Mister Walker", sagte Camilla mit rauer Stimme.

Blitzschnell entzogen ihre langen Finger den Umschlag Gramps' Hand. Dabei blitzten ihre rot lackierten Fingernägel auf wie Warnleuchten. Ich erstarrte.

Camilla hingegen schien es plötzlich dreimal so eilig zu haben. Sie schnappte sich ihre Tasche und stakste zurück zu ihrem Auto. Mein Blick fiel auf den Tisch und irgendetwas hämmerte gegen die Innenseite meiner Schädeldecke ... als ob ein bedeutendes Detail an diesem Bild nicht stimmte. Bevor ich weiter darüber nachdenken konnte, schubste Shaggy mich jedoch von hinten zur Seite, sodass ich beinahe zu Boden fiel, und trabte an mir vorbei auf das Auto zu. Erschrocken hechtete ich hinter ihm her. Camilla beachtete mein Pony gar nicht, sondern öffnete die Fahrertür und hob ein Bein, um in den Geländewagen zu steigen. Ich hätte am liebsten die Hände vor die Augen gehalten, weil ich schon ahnte, was als Nächstes passieren würde. Aber natürlich kam es noch schlimmer.

Shaggy rempelte Camilla genau in dem Moment an, als sie sich mit einem Bein abstoßen wollte. Ihre Handtasche fiel zu Boden und Camilla geriet ins Straucheln – konnte sich zum Glück aber gerade noch am Lenkrad festhalten. Mein unmögliches Pony schob seine freche Nase in die Lücke hinter dem Sitz und begann, an etwas herumzuzerren. Was um Himmels willen machte es da?

„Shaggy …“, stöhnte ich entsetzt.

Camilla hatte sich wieder gefangen, stieß einen spitzen Schrei aus und versuchte zeternd, mein wild gewordenes Pony aus ihrem Auto zu ziehen. Sowohl Shaggy als auch Camilla trampelten dabei auf dem ausgekippten Inhalt der Handtasche herum. Ich sah bereits voraus, welcher Ärger auf diese Tat folgen würde. Rücksichtslos wurden Camillas Habseligkeiten von Hufen und Stiefelabsätzen in den weichen Waldboden gedrückt: Lippenstifte, Brillenetuis, Schminktäschchen, ihr Portemonnaie und … das Tagebuch, in dem Gramps gelesen hatte.

Meine Hand schnellte vor und rettete das Buch, nur eine Sekunde, bevor Shaggy einen sicherlich unvergesslichen Abdruck darauf hinterlassen hätte.

Was hatte dieses Buch in Camillas Handtasche zu suchen? Ich warf einen schnellen Blick in die Runde – hatte Gramps es auch bemerkt? Doch der alte Mann war viel zu sehr damit beschäftigt, beruhigend auf das störrische Pony einzureden, während Camilla weiter von der anderen Seite an ihm zerrte. Sollte ich Gramps das Tagebuch zurückgeben? Bestimmt würde er jede Menge Fragen stellen – und Camilla würde sich garantiert eine Ausrede einfallen lassen und alles auf mich schieben.

Außerdem wollte ich wirklich zu gerne wissen, warum Camilla es eingesteckt hatte!

Wie eine Furie schlug sie nun auf mein Pferd ein. Aber Shaggy hatte im wahrsten Sinne des Wortes ein dickes Fell – er ließ sich so lange nicht beirren, bis er hatte, was er wollte: eine Möhre. Ehrlich gesagt war ich nicht einmal überrascht. Er musste sie in Camillas Einkäufen erspäht haben. Im Kofferraum befanden sich ein ganzer Berg Möhren und ein paar Futtersäcke. Mit seiner Eroberung zwischen den Zähnen schwang mein verfressener Freund die Hufe und rannte los. Was für ein Albtraum!

„Entschuldigung!", rief ich laut über Camillas Kampfschrei hinweg. „Es tut mir so leid, Gramps. Ich bringe das wieder in Ordnung." Und dann rannte ich los. Das Buch steckte sicher unter meinem Shirt im Hosenbund und war offensichtlich gerade Camillas kleinstes Problem. Auch wenn es ihr in absehbarer Zeit auffallen würde, dass die Diebesbeute ganz still und heimlich den Besitzer gewechselt hatte.

***

Ich – oder vielmehr Shaggy – erreichte das Schloss in Rekordzeit. Mir war nichts anderes übrig geblieben, als hinter ihm herzuhetzen. Vermutlich hielt er auch nur an, weil er das Tor allein nicht aufbekam. Warum er allerdings freiwillig nach Hargrave Abbey zurückkehrte, blieb mir ein Rätsel.

Als ich das große schmiedeeiserne Tor öffnete, leckte er sich den letzten Rest Möhrenmatsch von den Lippen.

„Ich fasse es nicht!", keuchte ich. „Du bist so was von blamabel!

Und wie um alles auf der Welt konntest du wissen, dass Camilla Möhren im Auto hat?"

Ich war versucht, meinem Pony einen Vogel zu zeigen, aber ich konnte mich gerade noch bremsen. Kopfschüttelnd hielt ich ihm das Tor auf, damit er in Richtung Stall traben konnte. Wie ein folgsamer kleiner Schoßhund stellte er sich vor seine Box und sah mich auffordernd an.

„Du bist wirklich verrückt! Vielleicht hat dich sogar absichtlich jemand freigelassen, weil du nur Unsinn im Kopf hast ..."

Shaggy blickte mich mit seinen großen Augen unschuldig an. Ich seufzte. „Ach, was soll's, uns kann hier sowieso niemand leiden. Ich mache alles falsch, du machst alles falsch. Irgendwie passen wir gut zusammen."

Shaggy blubberte leise durch seine Nüstern.

Tja, er hatte ja auch keine Vorstellung davon, was passieren würde, wenn Camilla gleich hier eintraf. Ich hingegen schon. Genau genommen konnte ich sie schon vor Shaggys Box explodieren sehen. Und was auch immer dem folgen würde, ich durfte mein Pony jetzt auf keinen Fall allein lassen. Wenn ich Shaggy wieder abgeben musste, dann nur an seinen rechtmäßigen Besitzer – und nicht, weil Camilla ihn loswerden wollte.

„Also los!", sagte ich angriffslustig. „Arbeit lenkt doch bekanntlich ab." Ich bewaffnete mich mit dem Putzeimer und krempelte die Ärmel hoch. „Jaja, *du* hast gute Laune, was?"

Ich strich sanft über seine Nase und fuhr mit den Fingern unter seinen Schopf. Es würde mir schwerfallen, mich von ihm zu verabschieden. Und ich hätte liebend gern meine ersten Reitversuche auf Shaggy gewagt. Aber natürlich war es falsch, so viel Vertrauen zu ihm aufzubauen, obwohl ich doch wusste, dass ich ihn nicht behalten konnte. Selbst wenn sich niemand fand, dem er gehörte, konnte ich in Liverpool definitiv kein Pony gebrauchen.

Mit einem leisen Rumpeln öffnete sich das Stalltor. Ich warf einen Blick um die Ecke und sah mein zweites Problem auf mich zukommen: Greyson.

Er blieb vor Hawks Box stehen und sah zu mir herüber. „Du bist ziemlich fleißig, was das Putzen angeht." Seine Mimik ließ nicht erahnen, ob er mich ärgern wollte oder mir gerade ein echtes Kompliment gemacht hatte.

„Ich versuche mein Bestes, um gegen diesen Pelz anzukommen", erwiderte ich wahrheitsgemäß. „Aber leider hilft es nicht viel."

Greyson öffnete Shaggys Box und trat ein. Auf seiner Stirn zeichnete sich eine Falte ab, als würden seine Gedanken angestrengt arbeiten. Er fuhr mit der Hand durch Shaggys struppiges Fell und schüttelte nachdenklich den Kopf. „Ich habe schon die ganze Zeit gedacht, dass irgendwas nicht mit ihm stimmt", sagte er nach einer Weile. „Ich meine, es ist Sommer, auch wenn diese Jahreszeit hierzulande manchmal etwas wechselhaft ausfällt. Aber Shaggy sieht aus, als wäre er ein direkter Nachkomme eines hippologischen Yetis."

Ich musste grinsen. „Es ist eben nicht jeder perfekt."

„Niemand muss perfekt sein, das wäre ja ziemlich langweilig", konterte Greyson. „Aber sieh dir Hawk doch mal an, er hat in dieser Jahreszeit deutlich glatteres Fell."

„Ohne ein Experte zu sein, kann ich sehen, dass Shaggy und Hawk nicht der gleichen Pferderasse angehören", versuchte ich, mein Pony weiter zu verteidigen.

„Als angehender Experte kann *ich* dir versichern, dass die Haarlänge nichts mit der Pferderasse zu tun hat." Greyson lachte.

Ich stöhnte. „Seit wann bist du eigentlich so pseudo-freundlich?"

„Ich bin nicht pseudo-freundlich, sondern einfach nur nett."

„Eben, das meine ich ja. *Warum* bist du auf einmal so nett?"

Er legte den Kopf schief. „Ich war von Anfang an nett."

„Nein, ich denke nicht. Du warst wohl eher ziemlich gehässig."

„Ich habe lediglich gesagt, dass ich es nicht leiden kann, wenn du hier herumschnüffelst."

„Findest du, das ist eine normale Begrüßung?"

„Findest du es normal, nachts bei fremden Leuten im Kühlschrank zu stecken?" Er lächelte. „Aber gut, ich geb's zu, ich hab's übertrieben mit meinem Misstrauen."

Ich nickte zögerlich. „Okay ..."

In seinen Augen glomm Wärme auf.

„Hey." Er fasste mich am Arm. „Es tut mir leid. Ich kannte dich da ja noch gar nicht." Seine Stimme klang sanft, als er ernst hinzufügte: „Es tut mir wirklich leid. Ich wollte nicht den Eindruck erwecken, dass ich dich nicht leiden kann. Das stimmt nämlich nicht."

Mit einem leisen Seufzen hob ich den Kopf, obwohl ich wusste, wie gefährlich es war, Greyson Hargrave direkt anzusehen.

Kapitel 18

Dunkle Vergangenheit

Doktor White, Mum und Ambrose kamen mit schnellen Schritten die Stallgasse herunter.

Ein bedauerndes Lächeln lag auf Greysons Lippen, als er mich losließ. Sein Blick zeigte deutlich, was er von dieser Unterbrechung hielt. Und ich war noch keineswegs bereit für die Neuigkeiten, die Doktor White womöglich verkünden würde.

„Hi, Abby, wie geht es unserem Patienten?“ Der Arzt streckte mir seine Hand entgegen. „Ich hoffe, du bist zufrieden?“

Ich lächelte verlegen, weil er mit mir sprach wie mit einem Kollegen. „Ich denke schon, ja. Die Wunde sieht viel besser aus.“

Der Arzt ging um Shaggy herum und besah sich die Verletzung genauer. Der Schnitt hatte sich deutlich zusammengezogen, obwohl vermutlich immer eine Narbe zurückbleiben würde. Dennoch nickte mir Doktor White nach eingehender Betrachtung wohlwollend zu. „Ich bin beeindruckt. Du hast gute Arbeit geleistet.“

„Na ja …“, wehrte ich leicht beschämt ab. „Ich habe nur gemacht, was Sie gesagt haben.“

„Trotzdem“, beharrte er. „Ich sehe, dass du die Wunde sauber gehalten und regelmäßig desinfiziert hast. Nichts hat sich entzündet. Das ist sehr gut.“

„Haben Sie etwas über Shaggys Herkunft herausfinden können?“, stellte Greyson die Frage, vor der ich mich am liebsten gedrückt hätte.

Ich hielt den Atem an.

Doktor White legte nachdenklich den Kopf schief. „Ja und nein. Ich habe es Ambrose gerade schon erzählt: Hier in der Gegend vermisst niemand ein Pony mit dieser Beschreibung. Ich habe zwar einen Zettel in meiner Praxis aufgehängt und die Nachricht an alle Tierärzte aus den umliegenden Dörfern weitergeleitet, bisher jedoch keine passende Rückmeldung bekommen."

„Aber irgendetwas haben Sie herausgefunden, oder?" Greyson kam mir schon wieder zuvor. Ich hatte das Gefühl, kaum Luft zu bekommen, während ich auf die Antwort wartete.

Doktor White nickte. „Ich habe eher zufällig einen Zeitungsartikel über den New Forest Nationalpark gelesen."

Ich horchte gespannt auf. Einen Bildband über den New Forest Nationalpark hatte ich doch gerade erst in der Jubilee Library entdeckt!

„Bei einem Gewitter vor knapp zwei Wochen ist ein Baum in den Außenzaun gestürzt und es sind mehrere Pferde ausgebrochen." Er warf einen vielsagenden Blick in die Runde.

„Hm. Sie meinen, er ist ein New-Forest-Pony?", fragte Greyson skeptisch.

Der Arzt zuckte die Schultern. „Es könnte sein. Es könnte aber auch nicht sein. Ich weiß es leider nicht. Der Park liegt etwa eine Autostunde von hier entfernt. Es ist möglich, aber nicht unbedingt wahrscheinlich, dass ein Pferd sich so weit von seiner Herde entfernt."

Greyson fuhr nachdenklich Shaggys Beine entlang. „New Forests sehen von der Statur her aus wie kleine Pferde, das würde durchaus passen."

„Wir sollten mal in diesem Park anrufen", schlug Mum vor, pragmatisch wie immer. „Sie können uns bestimmt sagen, ob sie eines ihrer Pferde vermissen."

„Ich weiß nicht, ob sie eine genaue Bestandsliste über diese halbwilden Pferde führen", wandte Ambrose ein. „Die Zählung erfolgt allenfalls ein Mal im Jahr, denke ich."

„Wie alt schätzen Sie Shaggy eigentlich?" Ich strich meinem Pony liebevoll über das Fell. Wie bestimmte man das Alter bei Pferden überhaupt?

„Ganz exakt kann ich es nicht sagen." Doktor White schob mit einer Hand Shaggys Lippe nach oben und griff ihm mit der anderen unter das Kinn. „Ich denke, grob geschätzt wird er so zwischen fünfzehn und zwanzig Jahre alt sein. Er hat ziemlich schlechte Zähne. Das kann aber sowohl ein Zeichen für ein höheres Alter sein als auch für eine Krankheit oder einfach nur schlechte Ernährung."

Ich beugte mich etwas näher heran, um besser sehen zu können, was er meinte. Shaggys Zähne sahen wirklich schrecklich aus, an den Rändern waren sie stellenweise bräunlich oder sogar schwarz.

„Puh! Er hat Mundgeruch", stellte ich überrascht fest.

Greyson lachte mich aus. „Du musst ja nicht jeden küssen."

„Das hatte ich auch nicht vor." Ich warf ihm einen bösen Blick zu. Das Thema Küssen war mir viel zu heikel, um es in Gegenwart all dieser Leute zu vertiefen.

Mum trat neben mich. „Bedeutet das, wir können Shaggy noch etwas behalten?"

Doktor White nickte. „Zumindest bis ich mehr über den Nationalpark in Erfahrung bringen kann oder der rechtmäßige Besitzer sich doch noch meldet."

Mir fiel ein Stein vom Herzen, auch wenn ich nicht viel mehr wusste als noch vor wenigen Minuten. Doch die Nachricht, dass irgendwo ein kleines Mädchen tränenüberströmt auf ihr Pony wartete, hätte mich wesentlich schlimmer getroffen.

„Dann können wir ja in Ruhe einen Aperitif nehmen, bevor der

Tee serviert wird“, verkündete Ambrose und hielt Mum den Arm hin.

„Wunderbar“, stimmte Doktor White ein und folgte den beiden hinaus.

Ich lächelte still vor mich hin.

„Dir ist aber schon klar, dass du dann nicht mehr um eine Reitstunde herumkommst, oder?“, fragte Greyson amüsiert.

„Hoffentlich ist dir klar, dass Shaggy demnach vielleicht ein Wildpferd sein könnte?“, konterte ich.

Greyson lachte. „Wildpferd bedeutet nicht, dass die Pferde wild sind, sondern nur, dass sie wild leben.“

„Ist das nicht das Gleiche?“, fragte ich irritiert.

„Was weiß denn ich, was du dir so unter *wild* vorstellst.“ In Greysons Mundwinkeln zuckte es mal wieder verräterisch. „Aber vielleicht könnt ihr zwei Wilden ja zusammen reiten lernen.“

„Haha, sehr witzig.“ Ich rollte genervt mit den Augen.

„Mylord junior, Miss Baker, der Tee wird gleich serviert.“ James stand so plötzlich in der Stallgasse, dass ich mich fragte, ob die Hausangestellten übernatürliche Fähigkeiten besaßen.

„Danke, James.“ Greyson schien keineswegs irritiert. Er lächelte höflich und schob mich aus der Box.

Dabei hatte ich absolut keine Lust auf diese steife Teegesellschaft. Am Ende würde ich Camilla dort begegnen …

Oh nein! Das hatte ich ja komplett vergessen. Siedend heiß fiel mir das drohende Unheil wieder ein, von dem Greyson mich erfolgreich abgelenkt hatte. Nun kam es mir mehr als seltsam vor, dass Camilla noch nicht hier aufgetaucht war, um mich zur Rede zu stellen oder Shaggy aus dem Stall zu verweisen. Ich hatte angenommen, dass sie keine Sekunde verschwenden würde, um unser unmögliches Benehmen bei Gramps überall auf dem Schloss herumzuposaunen.

Ich entzog mich Greysons Griff und blieb stehen. „Weißt du, ich hasse Tee.“

Greyson blickte mich verwundert an. „Kein Engländer hasst Tee!“

„Dann bin ich wohl die Ausnahme“, erklärte ich. „Außerdem bin ich noch nicht fertig mit Putzen. Geh ruhig ohne mich.“

Irrte ich mich oder schlich sich ein Anflug von Enttäuschung in Greysons Augen? „Gut“, sagte er jedoch knapp, „bis später dann.“ Damit marschierte er aus dem Stall.

Prompt war ich etwas geknickt darüber, dass er nun tatsächlich einfach so verschwunden war, und ließ mich ins Stroh sinken.

Shaggy reckte neugierig seinen Kopf in meine Richtung, als fragte er sich, was ich da unten zu suchen hatte.

Ich streichelte seine Nase und zog das Buch aus meinem Hosenbund, das uns mit ziemlicher Gewissheit einen ganzen Haufen neuerlichen Ärger einhandeln würde. Doch wenigstens hatte ich jetzt genug Zeit, um mir in Ruhe anzusehen, was daran so besonders war, dass sogar Camilla sich dafür interessierte. Ich schlug das Buch auf und las:

Sonntag, 13. Mai 2007

Lieber Gott im Himmel, ich liebe ihn so sehr! Ich hätte nie geglaubt, dass ich mich noch mal verlieben könnte! Aber wenn er mich küsst, verblassen alle schlechten Dinge dieser Welt, und ich wünsche mir, dass die Zeit stehen bleibt! Wer jemals etwas von Schmetterlingen im Bauch erzählt hat, hatte keine Ahnung. Ganze Jagdfelder galoppieren durch meinen Bauch! Hufe trommeln in meinem Herzen und ich fliege über jedes Hindernis. Es kommt dem Glücksgefühl, das ich habe, wenn ich Destiny reite, sehr nahe. A. ist wie ein Engel, der gekommen ist, um mich und den Kleinen zu retten! Er hat sogar arrangiert, dass ich mit Destiny bei der großen Jagd mitreiten darf, die im Juli veranstaltet wird, obwohl ich mir das Startgeld nicht leisten kann. Der Kleine braucht neue Anziehsachen und frisst mir die Haare vom Kopf. Aber ihn liebe ich noch mehr als A.

Ein nervöses Kribbeln zog sich zwischen meinen Schulterblättern den Rücken hinunter. Ich hatte ein schlechtes Gewissen, weil ich diese persönlichen Eintragungen las. Gleichzeitig ergriff mich ein seltsames Gefühl, als wäre ich hier auf etwas Wichtiges gestoßen. Ich hob den Kopf und lauschte – doch ich war noch immer allein im Stall. Außer Shaggys gleichmäßigem Mahlen der Zähne, während er sein Heu fraß, und den leisen Geräuschen der anderen Pferde war nichts zu hören.

Ich blätterte zurück auf die erste Seite und suchte nach einem Namenseintrag. Stattdessen entdeckte ich nur ein Herz mit einem liebevoll verschnörkelten A darin.

Erst auf der zweiten Seite wurde ich fündig.

Gracie Walkers Erinnerungen

stand in fein säuberlicher Schrift auf der rechten Seite. Ich hörte mein Herz in meinen Ohren hämmern. Gracie Walker … Ich musste nicht lange überlegen – das war der Name, den ich auf dem Grabstein gelesen hatte. Auf dem Grab, das Gramps pflegte …

Meine Neugier verdrängte das schlechte Gewissen. Mein Mund fühlte sich trocken an, während ich ein paar Seiten vorblätterte und weiterlas.

Mittwoch, 23. Mai 2007
Grey ist krank. Ich musste A. absagen.

Ich verschluckte mich fast und musste husten. Grey?? War das ein Zufall? So häufig war der Name eigentlich nicht. Aber wenn es kein Zufall war: Was hatte Greyson mit Gramps und seiner verstorbenen Tochter zu tun? Mit zittrigen Fingern blätterte ich weiter, auf der Suche nach einem weiteren Hinweis.

Samstag, 26. Mai 2007
Grey übernachtet bei Dad und ich habe den ganzen Abend Zeit für A.
Gott, ich bin so verliebt! Ich könnte Bäume ausreißen und die ganze Welt umarmen. Ich weiß, dass es nichts gibt, was unsere Hochzeit verhindern kann. Auch sie nicht!!!

Wer war A.? Der einzige A., den ich kannte, war … Nein, das konnte nicht sein! Ich warf einen erneuten Blick auf das Datum. Das Tagebuch war gute zehn Jahre alt. Der Zeitrahmen passte genau, und wenn ich davon ausging, dass es nicht allzu viele Greys hier in der Umgebung gab … Dann war A. Ambrose und demnach wäre Gracie ja …

Ich atmete einmal tief durch und las weiter.

Sonntag, 27. Mai 2007
Sie hat es schon wieder versucht! Und ich hasse sie dafür. Jemandem den Freund auszuspannen, ist wirklich das Allerletzte. Erst recht, wenn er dem Mädchen bereits einen Heiratsantrag gemacht hat.
Dad sagt, ich solle lieber Mitleid mit ihr haben, aber ich weiß, wie gefährlich sie ist. Ihre Mutter hat sogar angedeu-

tet, dass sie Lord H. davon überzeugen würde, sich besser einen anderen Stallburschen zu suchen. Davon habe ich Dad natürlich nichts erzählt. Er liebt seinen Job über alles, und es würde ihm das Herz brechen, wenn er nicht mehr bei seinen Pferden wäre.
Das einzig Gute ist, dass ich weiß, wie sehr A. mich liebt, und dass er sich niemals auf diese Schlange einlassen würde.

Lieber Himmel! Ich blätterte hektisch weiter – ich musste unbedingt mehr herausfinden! Wie wahnsinnig verwirrend das alles war! *Lord H.* konnte natürlich nur Hargrave bedeuten. Hatte zu der Zeit noch der alte Lord gelebt, der Vater von Ambrose?

Wie auch immer ich es drehte und wendete, kam ich nur zu einem Ergebnis: Gracie war Greysons Mum!

Dumpfe Schritte näherten sich. Ich hob erschrocken den Kopf. Ich war so versunken in dieses Tagebuch gewesen, dass ich die Zeit vergessen hatte. Draußen dämmerte es bereits. Eilig rappelte ich mich auf und steckte das Buch wieder unter meinen Hosenbund. Bestimmt würde es gleich schon Abendessen geben.

Ich versuchte zu erkennen, wer die Stallgasse hinunterkam, aber dann bieb derjenige stehen. Ein leises Klacken verriet, dass eine Boxentür geöffnet wurde. Etwas raschelte.

Plötzlich trat Hawk heftig gegen die Trennwand. Ich zuckte erschrocken zusammen. Mit einem Mal beschlich mich ein mulmiges Gefühl – im Halbdunkeln, allein im Stall. Ich gab Shaggy einen freundschaftlichen Stups und schlüpfte schnell aus der Box.

Das Stalltor stand einen Spaltbreit offen und ich sah einen Mann mit Schiebermütze um die Ecke verschwinden – einer der beiden Stallburschen, die ich immer noch nicht auseinanderhalten konnte.

Bestimmt würde er gleich die Pferde füttern. Aus einem Impuls heraus folgte ich ihm nach draußen. Als ich ins Freie trat, sah ich mich vorsichtig um und erkannte gerade noch die Umrisse des Mannes, bevor er hinter einer schmalen Tür verschwand – vermutlich ein Hintereingang zum Stall.

Im Schutz der Büsche huschte ich leicht geduckt hinter ihm her und verharrte in der Nähe. Was war das für ein Raum? Eine Unterkunft vielleicht?

Als er nach einigen Minuten immer noch nicht wieder zurückgekommen war, lief ich vorsichtig näher an die Tür heran.

Ich lauschte, konnte aber nichts hören. Ich nahm all meinen Mut zusammen und öffnete langsam die Tür. Mein Herz klopfte wild. Doch zu meiner Überraschung befand ich mich in demselben Geräteschuppen, der auch von der Stallgasse aus zugänglich war. Jede Menge Werkzeug und anderer Kram standen herum: Besen, Harken, Schaufeln, ein paar Hindernisstangen und der Spind der Stallburschen. Ansonsten war der Raum allerdings leer.

Vermutlich hatte der Mann den Schuppen in Richtung Stallgasse wieder verlassen. Aber dort konnte ich ihn auch nirgendwo entdecken.

Ratlos drehte ich mich um und ging wieder hinaus. Doch kaum war ich ein paar Schritte gegangen, hörte ich Stimmen im Schuppen. Als sich die Tür hinter mir erneut öffnete, sprang ich reflexartig hinter den nächsten Busch.

Ungläubig beobachtete ich, wie der Stallbursche aus der Tür trat. Dicht gefolgt von … ich traute meinen Augen nicht: Camilla.

Wo kamen die beiden so plötzlich her?

Hatte ich sie im Stall übersehen? Bei Camilla erschien mir das eigentlich unmöglich. Gerade zog sie einen Umschlag aus ihrer Handtasche und überreichte ihn dem Mann. „Ich habe alles vorbereitet", sagte sie dabei. „Denk dran: Beim nächsten Mal muss es eindeutiger sein."

Der Stallbursche nahm den Umschlag und hielt ihn ihr unter die Nase. „Dann muss das hier aber angepasst werden, Mylady."

Camilla schnaubte. „Pass du besser auf deinen Bruder auf, dann sehen wir weiter." Sie drehte sich um und stolzierte in meine Richtung davon.

Ich wäre beinahe über meine eigenen Füße gestolpert bei dem Versuch, mich hinter dem Busch unsichtbar zu machen.

Heiß-kalte Wellen liefen meinen Rücken herunter, während Camilla sich in Richtung Schloss entfernte. Irgendetwas war hier oberfaul!

***

„Ich habe gehört, dass du dich dazu entschlossen hast, die alten Traditionen wieder aufzunehmen", sagte Doktor White beim Abendessen, während er sich noch eine Kelle mit Soße nahm. „Du willst im Herbst eine Schleppjagd veranstalten?"

Bei dem Wort Jagd hielt ich automatisch inne. Und sowohl Ambrose als auch Greyson verschluckten sich prompt.

Mum klopfte Ambrose liebevoll auf den Rücken. Ich war nicht sicher, ob das wirklich notwendig war oder ob es vielleicht mehr ein mentales Verschlucken gewesen war. Jedenfalls trat der Hustenanfall seltsam synchron auf und ich blickte irritiert von einem zum andern.

Mum schien jedoch nichts zu bemerken. „Eine Jagd! Wie aufregend", kommentierte sie zwischen Ambrose' anhaltenden Hustern. Greyson räusperte sich ebenfalls noch.

„Ist es möglich, dabei zuzusehen, ohne daran teilzunehmen?", fragte sie.

„Ich würde gar nicht zulassen, dass du daran teilnimmst, Linn“, sagte Ambrose entschieden.

Mum wirkte ein wenig entrüstet, offenbar hatte sie das Jagdfieber gepackt. „Na, hör mal!“, entgegnete sie. „Ich gebe ja ganz ehrlich zu: Pferde im Film sind mir deutlich lieber als echte. Sie wirken dann einfach nicht so … groß. Aber ich finde, jetzt übertreibst du.“

Doktor White schaute sie ernst an. „Ich habe keine Angst vor großen Tieren“, sagte er. „Dennoch würde auch ich Ihnen die Teilnahme nicht empfehlen. Selbst für sehr geübte Reiter kann eine Jagd gefährlich sein.“ Nach einer Pause fügte er leise hinzu: „Wer einmal einen Reitunfall beobachtet hat, vergisst das nie wieder.“

Ich sah, wie Greyson seine Gabel umklammerte, bis das Weiße an seinen Knöcheln hervortrat. Ohne Zweifel hatte Doktor White in ein Wespennest gestochen – wenn auch bestimmt nicht mit Absicht.

Mum legte schweigend ihre schlanken Finger auf Ambrose’ Hand. Ich bemerkte trotzdem, dass sie leicht zitterte.

„Damals …“, begann Doktor White erneut, doch Ambrose sah den Tierarzt eindringlich an.

„Whitford …“

Der Arzt verstummte und im selben Augenblick fiel Greysons Gabel zu Boden. Das helle Klirren hallte durch die Stille.

„Entschuldige, Greyson, ich habe nicht …“ Doktor White brach erneut ab.

Greyson stieß seinen Stuhl zurück und verließ fluchtartig den Raum.

Minutenlang herrschte betretenes Schweigen. Ich wusste nicht, wie ich reagieren sollte. Einerseits fühlte ich mich extrem unwohl in dieser peinlichen Situation. Andererseits hätte ich den Tierarzt am liebsten gedrängt, mehr zu erzählen. Ich wusste so wenig über den Tod von Greysons Mutter – vielleicht würden mehr Informationen auch sein oft etwas seltsames Verhalten erklären?

„Ich verabschiede mich lieber. Ich habe euch den Abend ruiniert", sagte Doktor White jedoch. Aus seiner Stimme klang aufrichtiges Bedauern.

„Nein, Unsinn", fiel ihm Ambrose ins Wort. „Du kannst nichts dafür. Ich weiß selbst nicht, warum Greyson im Moment so empfindlich auf dieses Thema reagiert."

„Es war seine Mutter ...", sagte Mum sanft.

„Natürlich, Linn, das weiß ich. Sie war schließlich meine zukünftige Frau. Aber der Unfall ist vor mehr als zehn Jahren passiert. Die Vergangenheit lässt sich nicht ändern und in den letzten Jahren ist Grey wider Erwarten gut damit zurechtgekommen."

„Nun, er ist in der Pubertät, da sind Stimmungsschwankungen nichts Ungewöhnliches." Ich ignorierte Mums Seitenblick geflissentlich. „Wenn die Hormone ins Spiel kommen, kann das einen jungen Menschen ganz schön durcheinanderbringen."

Hitze schoss in meine Wangen. Ich hatte das dringende Bedürfnis, ebenfalls zu flüchten.

„Hat er jemals einen Psychologen aufgesucht?", fragte Doktor White und nun hätte ich mir am liebsten die Ohren zugehalten.

„Ja, ein paar Mal nach dem Unfall", antwortete Ambrose. „Der Therapeut meinte, dass ein stabiles Familienleben das A und O für Greys Entwicklung wäre. Und ich habe immer versucht, ihm das zu bieten."

„Ich würde es verstehen, wenn ihn die neue Situation belastet", warf Mum vorsichtig ein.

„Ach, Unsinn, Linnie. Das ist es nicht. Er mag dich sehr und ...", Ambrose warf mir einen unbestimmten Blick zu, „... und auch Abby. Es hat schon ein paar Wochen vor eurer Anreise angefangen, dass Greyson sich so seltsam verhalten hat. Dabei hatte ich zu der Zeit noch nicht mal mit ihm darüber gesprochen, dass du herkommen würdest."

„Vielleicht hat er etwas geahnt ..."

Die Unterhaltung war mir wirklich unangenehm. Immerhin war ich das pubertäre Gegenstück in dieser neuen Familienkonstellation – auch wenn Dad nicht gewaltsam und plötzlich zu Tode gekommen, sondern „nur" an einer Krankheit gestorben war: Seit unserer Ankunft bei Ambrose fühlte ich mich zurückgesetzt und einsam. Da konnte Mum noch so viel psychologisches Einfühlungsvermögen an den Tag legen. Einen Ersatz für einen verstorbenen Elternteil vorgesetzt zu bekommen, war in jedem Fall schwer zu verkraften.

„Ich muss ... los", stammelte ich. Zum Glück schien sich niemand über meinen plötzlichen Aufbruch zu wundern, jedenfalls hielt mich noch nicht einmal Mum zurück.

Ich konnte wirklich nicht länger zuhören, wie sie über Greyson sprachen. Außerdem verspürte ich das dringende Bedürfnis, nach ihm zu sehen und ihn zu trösten.

Aber mit jeder Stufe, die ich mich der oberen Etage näherte, sank mein Selbstvertrauen eine ganze Treppe tiefer. Wer sagte, dass Greyson in dieser Situation ausgerechnet mich sehen wollte? Vielleicht war ich für ihn nur die andere Hälfte des Übels.

Ganz in Gedanken versunken, folgte ich dem dunkelgrünen Teppich und bekam fast einen Herzinfarkt, als ich am Ende des Flurs, kurz vor Greysons Tür, beinahe gegen ein paar Schuhe gelaufen wäre. Nun stand mir das Unheil wieder mal unmittelbar bevor: die Generalin. *Du lieber Himmel!*

„Ich ...", setzte ich hilflos an, kam allerdings nicht weit.

„Ich glaube, Sie irren sich in der Zimmertür, Miss Baker."

Erstaunt sah ich auf. „Äh, ich glaube nicht."

„Oh, doch."

„Also ..." In dem Moment sah ich etwas, das mir die Sprache verschlug. Hinter der Haushälterin glitt ein Stück der Holzverkleidung beiseite und Greyson trat aus dem Loch in der Wand. Ich blinzelte.

Miss Rigid verzog ärgerlich ihre Mundwinkel und runzelte die Stirn. Offenbar entging ihr nicht, dass sie keineswegs meine volle Aufmerksamkeit genoss.

Gerade als ich registrierte, wie auffällig ich mich verhielt, legte Greyson einen Finger an die Lippen.

„Sie haben ja so recht, Miss Rigid", sagte ich eilig. „Da vorn ist meine Tür!" Ich schlug mir gegen die Stirn.

Nur mit Mühe gelang es Greyson, ein Lachen zu unterdrücken.

Während Miss Rigid mich halb mitleidig, halb tadelnd ansah, musste ich mir fest auf die Lippen beißen, um nicht ebenfalls loszugrinsen. Es bestand kein Zweifel daran, dass die Haushälterin mich für komplett verrückt hielt. Wie sollte ich sie jetzt bloß loswerden?

„Das Essen ist mir irgendwie nicht bekommen. Ich glaube, ich muss mich übergeben", stieß ich als letzte Rettung hervor.

„Oh ..." Die Generalin sprang entsetzt zur Seite, um mir den Weg freizumachen. Ohne sich noch einmal umzudrehen, rauschte sie an mir vorbei die Treppe hinunter.

Greyson grinste breit.

„Wow", kommentierte er meine bühnenreife Leistung. „Ich muss sagen, das ist mir noch nie gelungen."

„Was?", fragte ich unschuldig.

„Sie in die Flucht zu schlagen, ohne dass sie mir eine Predigt hält."

Ich zuckte gleichgültig mit den Schultern. „Sie hat vermutlich eingesehen, dass ich kniggemäßig nicht mehr zu retten bin."

„Danke." Er lächelte.

„Keine Ursache." Ich grinste zurück.

Greyson bewegte sich trotzdem nicht von der Stelle. Unschlüssig trat er von einem Fuß auf den anderen und konnte sich offenbar nicht entscheiden, wohin er gehen sollte.

„Wohin wolltest du denn eigentlich?", fragte er, obwohl eher ich diese Frage hätte stellen sollen. Immerhin kam er geradewegs aus der Wand.

„Och …" Mir fiel keine passende Ausrede ein, um davon abzulenken, dass ich eindeutig vor seiner Tür stand.

Er schob die Wandverkleidung lautlos hinter sich zu. Ich musste wieder daran denken, wie er eben aus dem Esszimmer gehetzt war, und wusste nicht mehr, was ich sagen sollte. Ein einfaches *Oh, Greyson, das tut mir so leid mit deiner Mutter* schien mir nicht genug.

Auf einmal fiel mein Blick auf die Stelle, an der Greyson aus der Wandöffnung getreten war. Ich hielt mitten in meiner Bewegung inne und starrte auf den erdigen Fußabdruck. Im Gegensatz zu Greyson wusste ich nicht sofort über die Schuhgröße mitsamt Modell Bescheid, wenn ich jemanden zum ersten Mal sah. Aber in diesem Moment fiel es mir wie Schuppen von den Augen: *Greyson* hatte den Fußabdruck vor meinem Zimmer hinterlassen!

„Warst du in meinem Zimmer?", platzte es aus mir heraus.

„Ich?" Er wirkte ehrlich erstaunt. Irritiert deutete er auf die Vertiefung in der Holzverkleidung. „Ich bin doch da …" Er beendete den Satz nicht, weil ihm offenbar dämmerte, was ich meinte. „Du meinst neulich, als Miss Rigid …?"

„Ja, das meine ich. Neulich, als Miss Rigid mir fast den Kopf abgerissen hat, weil ich es angeblich gewagt habe, den einzigartigen grünen Teppich zu beschmutzen, den der alte Lord Hargrave zu seiner Hochzeit gekauft hat." Ich stemmte die Hände in die

Hüften. „Du hast mir das absichtlich und im wahrsten Sinne des Wortes in die Schuhe geschoben."

„Das war nicht so beabsichtigt!"

Obwohl er mich mit treuem Blick aus seinen grauen Augen ansah, glaubte ich ihm kein Wort. „Du wolltest, dass sie mich verdächtigt, damit wir so schnell wie möglich wieder abreisen, stimmt's?"

Irgendwie enttäuschte mich das, obwohl ich kein Recht hatte, ihm das übel zu nehmen.

„Quatsch, *so* war das nicht." Er nahm meine Hand und zog mich hinter sich her. „Komm mit, ich erzähle dir etwas."

In seinem Zimmer schloss er die Tür hinter uns. „Hör mir zu. Okay? Vielleicht änderst du deine Meinung über Plan A dann ja noch."

„Ich wüsste nicht, was meine Meinung ändern sollte." Ich verschränkte demonstrativ die Arme vor der Brust.

„Und was würdest du sagen, wenn ich dir erzähle ..." Greyson verstummte. Sein Blick huschte unruhig zwischen mir und dem Boden hin und her, als würde er nicht wagen, mir die Wahrheit zu sagen. „... wenn ich dir erzähle, dass es um Mord geht?"

„Was?", fragte ich entsetzt.

„Ich habe leider Grund zu der Annahme, dass bei dem Tod meiner Mutter irgendetwas nicht mit rechten Dingen zugegangen ist", flüsterte er. „Es gab wohl damals schon so einen Verdacht, aber nichts Konkretes, Beweise erst recht nicht und niemand hat jemals eine ähnliche Vermutung geäußert." Er sah mich unglücklich an. „Bis vor ein paar Wochen hatte ich mich damit abgefunden, dass man die genaueren Umstände, die zu einem Unfall geführt haben, nicht immer vollständig aufklären kann."

Ich starrte ihn an, unfähig, etwas zu sagen.

„Es war alles in Ordnung, bis ich diesen Hinweis bekam."

„Was für einen Hinweis denn?“, fragte ich leise, als ob die Gefahr bestünde, dass uns jemand hören könnte.

„Ich will keine wilden Spekulationen aufstellen, deshalb habe ich auch Dad nichts davon erzählt. Vielleicht irre ich mich oder es ist alles nur ein dummer Zufall. Jedenfalls muss ich herausfinden, was davon stimmt und was nicht. Und dafür brauche ich deine Hilfe.“

Die Sache wurde von Minute zu Minute seltsamer. „Wieso könnte ich dir dabei eine Hilfe sein?“

„Du hast ja gesehen, wie knapp es eben war. Um ein Haar hätte Miss Rigid mich erwischt.“

Ich runzelte die Stirn. „Das ist doch kein Problem! Ich meine, sie ist eine Angestellte, oder ...?“ Meine Augen weiteten sich vor Schreck. „Traust du ihr nicht ...?“ Ich wagte nicht, meinen Verdacht auszusprechen, obwohl ich mir ohne Zweifel vorstellen konnte, dass die Generalin eine hinterhältige Person war, die ...

Greyson schüttelte den Kopf. „Nein, *das* würde sogar Miss Rigid nicht fertigbringen.“

„Jetzt verstehe ich gar nichts mehr“, sagte ich wahrheitsgemäß. Irgendwie war mir diese ganze Sache zu verzwickt – oder ich war einfach zu blöd.

„Lassen wir die Frage mal beiseite, um wen es geht“, antwortete Greyson.

Was ich wiederum einen ziemlich unsinnigen Vorschlag fand, wenn man bedachte, dass das die einzig wichtige Frage war, die es zu beantworten galt.

„Ich vermute jedenfalls, dass die Todesumstände meiner Mutter irgendwie mit der Vergiftung der Pferde zusammenhängen. Ich weiß nur noch nicht, wie.“

„Das verstehe ich nicht. Wieso denkst du, diese beiden Dinge könnten etwas miteinander zu tun haben?“, fragte ich verwirrt.

„Das kann ich jetzt noch nicht sagen, dazu muss ich erst mehr herausfinden“, antwortete er ausweichend. „Deswegen brauche ich ja deine Hilfe: um Licht ins Dunkel zu bringen.“ Greyson nahm meine Hand. „Bitte, Abby. Meinen Dad einmal ausgenommen, bist du die Einzige, die nicht in diese Sache verwickelt sein kann. Ich weiß nicht, wem ich außer dir vertrauen soll.“

Kapitel 19

Mitgehangen, mitgefangen …

Wieso hatte ich bloß zugestimmt? Ich fühlte mich, als wollte ich die Kronjuwelen von Queen Elizabeth stehlen.

Der Umstand, dass es bereits dunkel draußen war und die Gänge des Schlosses nur schwach beleuchtet, machte die Sache nicht gerade besser. Immer wieder blickte ich mich hektisch um, weil ich Angst hatte, es könnte uns jemand folgen.

„Hast du auch wirklich nachgesehen, ob sie noch im Kaminzimmer sitzen?", flüsterte ich zum bestimmt fünften Mal.

„Beruhige dich, Abby. Noch befinden wir uns im legalen Teil unseres Vorhabens." Greyson lächelte über meine Nervosität. „Du bist doch sonst auch eher so der neugierige …ich meine, *mutige* Typ."

„Na ja, ehrlich gesagt bin ich gar nicht *mutig*. Ich verdränge meine Angst nur", gestand ich kleinlaut.

Greyson hielt inne. „Ich finde, das ist eine Definition von Mut. Jeder hat Angst. Es ist nur die Frage, wie man damit umgeht."

Diese Erklärung musste ich mir unbedingt für Danny merken!

„Halt mal die Lampe, bitte." Meine Hand zitterte leicht, als ich die kleine LED-Leuchte umfasste. Der Lichtstrahl tanzte an der Wand und ließ den Ritter in Bewegung geraten, der dort im Gang stand. Nervös strich ich mir eine Haarsträhne aus dem Gesicht und vergewisserte mich, dass die Rüstung immer noch genauso unbeweglich war wie eh und je.

Ich atmete ruhig ein und konzentrierte mich auf Greyson.

„Okay, los geht's! Ich denke, dass ich nicht allzu lange brauchen werde.“ Greyson blickte sich sorgfältig um, bevor er die Türklinke von Ambrose' Arbeitszimmer herunterdrückte.

„Wieso darf uns denn eigentlich niemand sehen? Du wohnst doch hier.“

Greyson grinste. „Wir wollen aber gar nicht erst den Verdacht auf uns lenken, oder?“

Nein, das wollte ich ganz sicher nicht.

Ich hörte Schritte auf dem Flur hinter uns. Energisch stieß ich Greyson an. „Da kommt jemand!“

„Shit! Ich dachte, Miss Rigid hätte heute Abend frei.“ Er öffnete blitzschnell die Tür und zog mich mit sich ins Zimmer. Ich schnappte lautlos nach Luft. Sich mutig zu verteidigen, war definitiv etwas anderes, als mutig einen Diebstahl durchzuziehen.

„Mum würde mir das niemals verzeihen, wenn ich erwischt würde“, flüsterte ich.

Doch Greyson legte mir eine Hand auf den Mund und führte mich weiter in den Raum hinein. Ambrose' Arbeitszimmer lag ebenerdig und musste sich ganz in der Nähe des Wintergartens befinden.

„Vielleicht hätten wir besser von außen hereinkommen sollen?“, fragte ich vorsichtig.

„Nein, die Gefahr, dort Spuren zu hinterlassen, ist viel zu groß.“ Greyson öffnete einen Wandschrank. „Jetzt müssen wir nur Miss Rigids Rundgang überstehen, dann haben wir genügend Zeit, um den Rest zu erledigen.“

Ich nickte. „Okay, was soll ich tun?“

„Wir gehen da rein.“ Greyson deutete auf eine schmale Lücke im Schrank zwischen einem Stapel Aktenordner und der Seitenwand.

Oh nein.

Mit zitternden Fingern hielt ich den instabilen Stapel aus Aktenordnern fest, um ihn nicht aus dem Gleichgewicht zu bringen – was gar nicht so einfach war. Als ich mich hineingequetscht und gerade eine einigermaßen passable Position gefunden hatte, drückte sich Greyson zu mir in den Schrank und schloss die Tür hinter sich.

Genau in dem Moment, als das leise Klacken des Magnetschlosses erklang, hörte ich, wie sich die Tür zum Arbeitszimmer öffnete. Ich vernahm die festen Schritte der Generalin, die offenbar bis zur Fensterfront ging und prüfte, ob alles abgeschlossen war.

Ich wagte nicht, Luft zu holen.

Abgesehen davon, dass dieser winzige Schrank sowieso kaum genug Platz bot, um einmal tief einzuatmen, stand Greyson so dicht vor mir, dass sich unsere Nasenspitzen berührten. Und allein dieser Umstand reichte aus, um einen Kurzschluss in meinem Gehirn zu erzeugen.

Ein Räuspern ertönte und für eine Millisekunde blieb mein Herz stehen. Dann hörte ich leise Geräusche, als ob irgendetwas verschoben würde. Was machte sie da? Greyson hatte doch nur von einem Rundgang gesprochen.

Es dauerte ewig, und ich spürte, dass auch Greyson langsam nervös wurde. Ich wagte aber nicht einmal zu flüstern, weil die Generalin sich womöglich keine zwei Meter entfernt von uns befand. Ein Haar von Greyson kitzelte in meiner Nase, und ich betete, dass ich nicht plötzlich niesen musste. Langsam zählte ich die Sekunden, um mich auf etwas anderes zu konzentrieren. Bei dreiundzwanzig hörte ich endlich, wie sich die Zimmertür schloss, und stöhnte erleichtert auf.

„Schnell, raus hier!", zischte ich, doch Greyson rührte sich nicht.

„Gleich", flüsterte er. „Wir müssen sicher sein, dass sie nicht mehr in der Nähe ist oder etwas vergessen hat und noch mal zurückkommt."

„Greyson!"

„Ist ja gut ..." Er wartete noch einen Moment, dann atmete er auf. „Okay, Abby, die erste Hürde haben wir geschafft." Er half mir aus dem Schrank.

„Wir hätten auch einfach eine andere Tageszeit wählen können, wenn niemand hier einen Rundgang macht", murrte ich.

„Nein, es ist zwar so etwas heikler, aber dafür haben wir ab jetzt unsere Ruhe. Tagsüber weiß man nie, wann plötzlich jemand hereinplatzt. Immerhin ist es Dads Arbeitszimmer." Greyson ging schnell zu dem großen Schreibtisch aus Mahagoniholz, der vor der Fensterfront stand, und ich folgte ihm.

„Ich frage mich nur, warum sie ihren freien Abend verlegt hat und wofür sie eben so lange gebraucht hat." Greysons Blick wanderte suchend durch den Raum.

„Du meinst, sie könnte ..."

„Sie muss auch etwas gesucht haben", ergänzte Greyson meine Überlegung. „Und ich wüsste zu gerne, was."

Der Schein der Taschenlampe huschte über das Bücherregal. Der Garten lag in tiefer Dunkelheit, was das Ganze nicht unbedingt besser machte, weil man deswegen natürlich nicht sehen konnte, ob sich draußen jemand aufhielt. Ich schauderte.

„Abby, du musst Ruhe bewahren." Greyson umfasste mein Kinn und drehte mein Gesicht zu sich herum. „Sieh mich an." Er lächelte. „Es ist kein Bankraub, okay?"

„Aber es fühlt sich so an", protestierte ich. „Wenn das alles kein Problem ist, wieso bin ich dann überhaupt hier?"

„Weil ich jemanden brauche, der Wache hält und aufpasst, dass niemand kommt. Man kann sich ja noch nicht mal auf die freien Tage im Dienstplan verlassen. Außerdem hast du dich bei diesem Job schon bewährt." Aus einem mir unerklärlichen Grund schien ihn die ganze Sache trotz allem zu amüsieren.

„Sagst du mir jetzt endlich mal, was genau du hier suchst?", fragte ich.

„Nur den passenden Schlüssel zu Dads Geheimschließfach im Sekretär. Er bewahrt dort die Dinge auf, die ihm sehr viel wert sind – und damit meine ich kein Gold."

„Sondern?"

„Ich zeige es dir später, Abby. Jetzt haben wir etwas zu tun."

„Okay, dann beeil dich einfach. Ich stelle mich an die Tür und passe auf, dass uns niemand stört."

Ich bezog meine Position, drückte in Zeitlupe die Klinke herunter und öffnete die Tür einen Spalt weit, der gerade groß genug war, um den Flur zu überblicken. Ich hörte, wie Greyson hinter mir zum Schreibtisch trat und begann, die Fächer und Schubladen zu durchsuchen.

„Woher weißt du eigentlich, dass es dieses Geheimfach gibt?", fragte ich leise.

Doch Greyson antwortete nicht. Stattdessen fiel etwas mit einem hellen Klirren zu Boden, sodass ich vor Schreck beinahe aufgeschrien hätte.

„Nichts passiert", flüsterte Greyson.

Ich verdrehte die Augen. Eine Weile blieb alles ruhig.

„Ich hab ihn!", zischte Greyson endlich triumphierend. „Ich hoffe, das ist der Richtige."

Ich versuchte, meine Atmung unter Kontrolle zu bringen. Gleich würden wir wieder in seinem Zimmer sitzen und alles wäre gut.

Es raschelte leise, und ich stellte mir vor, wie Greyson einen Stapel Papiere oder Briefe beiseiteschob. Wie viele Fächer hatte so ein alter Sekretär? Ich starrte so angestrengt den Flur hinunter, dass meine Augen brannten.

„Mist! Es hakt“, fluchte Greyson. Ich hörte ein leise klackendes Geräusch. Offensichtlich versuchte er vergeblich, den Schlüssel im Schloss umzudrehen. Genau in diesem Moment klingelte das Telefon auf dem Schreibtisch.

„Oh mein Gott!“, stöhnte ich.

Kalter Schweiß bildete sich in meinem Nacken. Der schrille Ton überlagerte alle anderen Geräusche. Hatte Greyson es geschafft? Immer wieder sah ich mich hektisch um. Wann war er denn endlich fertig? Angsterfüllt starrte ich auf den Flur, während hinter mir das Telefon klingelte und klingelte.

Plötzlich trat Mum aus dem Kaminzimmer.

„Greyson!“, zischte ich.

Ohne Vorwarnung legte sich eine Hand auf meine Schulter. Mit sanftem Druck schob Greyson mich hinaus. „Ich habe alles. Schnell, weg hier!“

Das war leichter gesagt als getan, weil nun auch Ambrose neben Mum auf den Flur trat. Das Läuten des Telefons war verstummt, doch möglicherweise würden sie trotzdem das Arbeitszimmer ansteuern.

„Wir schaffen es nicht bis zur Ecke dort hinten“, flüsterte ich panisch.

„Ich weiß“, erwiderte Greyson ruhig. „Wir gehen da rein.“ Er griff an mir vorbei und berührte die Ritterrüstung, die nahe der Tür stand.

Mit einem kaum hörbaren Geräusch öffnete sich der Hohlkörper. Bevor ich Zeit hatte, mich darüber zu wundern, fand ich mich schon eng aneinandergequetscht mit Greyson im Rüstungsinneren wieder. Ich betete, dass sich mein Angstschweiß nicht als Kondenswasser außen an der Rüstung absetzen würde, hielt die Luft an und schloss die Augen.

Die Stimmen kamen näher und ich hörte Mum leise kichern.

„Sei froh, dass deine strenge Haushälterin nicht fünf Minuten früher hereingeplatzt ist."

„Wieso das?", empörte sich Ambrose. „Ich darf doch wohl meine Frau küssen!"

„Wir sind aber gar nicht verheiratet", erinnerte ihn Mum.

„Ja, das ist mir durchaus bewusst, Linnie." Ich konnte das Schmunzeln in seiner Stimme heraushören. Seltsamerweise schreckte mich der Gedanke an eine mögliche Hochzeit auf Hargrave Abbey in diesem Moment gar nicht ab. Aber wahrscheinlich lag das nur an den widrigen Umständen. Im Moment hätte ich mir sogar vorstellen können, Greyson mit nach Liverpool zu nehmen. Ich hätte zu gern gewusst, ob er sich mit Danny verstehen würde.

„Komm, Linnie. Ich sehe nur schnell nach, wer angerufen hat, und dann machen wir es uns oben gemütlich. Offensichtlich hat Miss Rigid heute doch nicht ihren freien Abend. Wer weiß, wo sie dann noch auftaucht."

Mum lachte leise. Die Sekunden zogen sich wie Kaugummi. Und dann endlich ... war das Geräusch der sich schließenden Arbeitszimmertür das schönste, das ich jemals gehört hatte!

„Lass mich raus, ich halte es keine Sekunde mehr aus", flüsterte ich.

Greyson öffnete die Rüstung und wir wären beinahe übereinander gestolpert, so eilig drängten wir beide hinaus.

„Los, komm!" Er griff meine Hand und zog mich mit sich.

„Was hast du denn nun gefunden?", fragte ich aufgeregt, als wir um eine Ecke gebogen waren.

„Schscht, da vorn ist Miss Rigid schon wieder." Greyson drosselte abrupt das Tempo und drückte meine Hand so fest, dass ich beinahe aufgeschrien hätte.

Die Generalin stand im Foyer und musterte uns mit misstrauischem Blick. Sie sah aus, als wüsste sie haargenau, dass wir uns praktisch auf direktem Weg in die Illegalität befanden.

„Guten Abend, Miss Rigid“, sagte Greyson höflich.

Die Generalin nickte kurz. Ihre berüchtigte Stirnfalte grub sich tief in ihre Haut und bildete dort einen Krater. Hastig stolperte ich die Treppe hoch, während ich ihre bohrenden Blicke in meinem Rücken spürte.

Als wir endlich Greysons Tür erreichten, wandte ich noch einmal den Kopf, um zu sehen, ob die Generalin uns immer noch im Visier hatte.

„Abby!“, warnte Greyson. Er schloss die Tür auf und deutete mit einem Kopfnicken an, dass ich hineingehen sollte.

„Du spinnst!“, zischte ich. „Wenn sie sieht, dass wir zusammen in deinem Zimmer verschwinden, denkt sie, dass ...“

Greyson umfasste meine Handgelenke und zog mich hinein. „Es ist mir egal, was sie von *uns* denkt. Frag mich mal, was ich von ihr denke. Und vielleicht liegt sie außerdem auch gar nicht so falsch?“

Er griff an mir vorbei, machte die Tür hinter mir zu und verschloss meine Lippen mit einem Kuss.

Mein Herz lief Amok.

„Du kennst doch das Sprichwort“, flüsterte Greyson, während er mein Gesicht sanft in beide Hände nahm. „Mitgehangen, mitgefangen!“

Kapitel 20

Party-Szene

Küssen ist vergleichbar mit einem Vulkanausbruch. Das Gefühl beginnt langsam im Innern zu brodeln, bis es übermächtig an die Oberfläche steigt und ab dann unaufhaltsam alles andere verbrennt.

„Hast du gefunden, wonach du gesucht hast?", fragte ich, als Greyson sich von mir gelöst hatte und ich endlich wieder einen klaren Gedanken fassen konnte.

Er lächelte. „Ich denke schon." Er zog den Umschlag unter seinem Pulli hervor und drückte ihn mir nach kurzem Zögern in die Hand. „Hier."

Ich griff hinein und zog ein paar Fotos heraus. In diesem Moment klingelte sein Handy.

Ich gab ein entnervtes Brummen von mir.

Greyson fischte mit einer Hand sein Smartphone aus der Hosentasche, warf einen kurzen Blick auf das Display und stöhnte ebenfalls. „Mist, das hab ich total vergessen."

Fragend sah ich ihn an, aber anstatt darauf einzugehen, hielt er sich das Handy ans Ohr. „Hi, Gwen."

Ich lauschte gespannt, während ich mir die Fotos ansah.

„Nein, natürlich hab ich das nicht vergessen."

Das Gespräch schien interessant zu werden!

„Klar, ich bin gleich da. Und …", er stockte kurz, „Abby kommt auch mit." Ich hob erstaunt den Kopf. Die Reaktion am anderen Ende der Leitung konnte ich mir nur zu gut vorstellen. „Doch,

Gwen." Er wirkte verlegen. „Nein, das verstehst du garantiert nicht." Er machte eine Pause. Ein rötlicher Schatten lag auf seinen Wangen. „Nein", knurrte er.

Was hätte ich darum gegeben, das ganze Gespräch zu hören!

„Wir sind in fünf Minuten unten."

Er steckte das Handy zurück in seine Hosentasche. Offensichtlich hatte er nicht vor, eine Erklärung abzugeben, aber er sah mich bittend an.

„Sag einfach, dass du mitkommst."

„Nett, dass du gar nicht erst erwähnst, wohin", entgegnete ich.

Er rieb sich über die Nasenwurzel, als ob er angestrengt nachdenken müsste. „Ein Freund von mir ... und Gwen ... feiert heute Abend seine Geburtstagsparty. Ich fände es schön, wenn du mitkommst."

So zerrissen hatte ich mich selten gefühlt. Ich wusste, von welcher Party er sprach. Er hatte ja schon öfter mit Gwenyfar darüber gesprochen. Und ich war mir sicher, dass Gwen es als Date verstand.

Andererseits interessierte es mich brennend, wie er ihr erklären würde, warum ich ebenfalls mitkam. Die Frage war nur, wer am Ende leer ausging ...

„Ich glaube nicht, dass das eine gute Idee ist", sagte ich vorsichtshalber.

„Warum nicht?", fragte Greyson mit gerunzelter Stirn.

„Ich habe keine Ahnung, wie das bei euch auf dem Land gehalten wird, aber in Liverpool ist es ziemlich uncool, zwei Mädchen gleichzeitig einzuladen."

„Ich habe Gwen nicht als meine Freundin eingeladen."

„Bist du sicher, dass sie das auch weiß?", fragte ich spöttisch.

„Ich kenne Gwen schon ewig. Wir sind genau genommen zusammen aufgewachsen", verteidigte er sich.

Mir fiel ein, dass ich Mum noch fragen wollte, ob es irgendwelche familiären Bindungen zwischen Ambrose und Camilla gab. Sie war bestimmt keine Cousine oder entfernte Verwandte. Aber vielleicht war ihr Job Grund genug, dass sie mit solcher Selbstverständlichkeit auf dem Schloss ein und aus ging.

„Gwen ist so etwas wie eine Schwester für mich", insistierte Grey, als hätte er meine Gedanken gelesen.

Das Bild, wie Gwenyfar sich an ihn geschmiegt hatte, schob sich in meine Erinnerung wie ein Parasit. Aber ich würde mir nicht die Blöße geben und ihm gegenüber zugeben, wie sehr mich dieser Anblick gestört hatte.

Um Zeit zu gewinnen, besah ich mir die Fotos genauer. Auf den Bildern war eine schöne junge Frau zu sehen, die so viel Ähnlichkeit mit Grey hatte, dass ich nicht fragen musste, um wen es sich dabei handelte.

Neben ihr stand Ambrose in einer jüngeren Version. Ich musste unwillkürlich lächeln, weil die beiden so glücklich aussahen, dass es ansteckend wirkte. Auf einem der Bilder hielt Ambrose strahlend die Hand der jungen Frau in die Höhe. Sie trug einen auffallenden Ring, wahrscheinlich war es eine Art Verlobungsfeier.

„Abby, kommst du mit?", fragte Greyson hoffnungsvoll.

Ich seufzte leise und gab ihm die Fotos zurück. Jedenfalls war ich eifersüchtig genug, um ihn nicht allein mit Gwenyfar zu dieser Party gehen zu lassen.

Und vermutlich auch dumm genug …

***

Ich schaffte es tatsächlich, nur fünf Minuten später die Treppe hinunterzustürmen. Okay, die Kleiderwahl hatte ich simpel gehalten: löchrige Skinny Jeans und ein schwarzes T-Shirt. Und auch beim Styling hätte ich sicher keinen Preis für Originalität gewonnen: Ein bisschen Wimperntusche und die Haare – einmal durchgekämmt – fielen mir offen über die Schultern. Dafür war das Strahlen in meinem Gesicht, das mir im Spiegel entgegenblitzte, mindestens so rekordverdächtig wie die zeitliche Leistung. Trotz der seltsamen Umstände und der wartenden Gwen freute ich mich, Greyson auf die Party zu begleiten.

Greyson hatte es großzügigerweise übernommen, Mum um Erlaubnis zu fragen. Natürlich hatte sie ihm den Wunsch nicht abgeschlagen, mich mitzunehmen. Seinen dramatischen Abgang beim Essen erwähnte niemand. Ich fragte mich ernsthaft, ob das Verhältnis zwischen Ambrose und Greyson nur deshalb so gut war, weil sie ihre Probleme einfach unter den Tisch kehrten.

Greyson stieg gerade ein, als ich außer Atem die Limousine erreichte, die vor dem Eingang stand. Ich strich mir die Haare aus dem Gesicht und rutschte neben ihn auf den Sitz.

An seiner anderen Seite saß Gwenyfar.

„Hi, Grey." Ihre Stimme zerfloss förmlich, während sie mich mit einem herablassenden Blick bedachte.

„Hi, Gwen." Er küsste sie flüchtig auf die Wangen, obwohl sie, ihrem enttäuschten Gesichtsausdruck nach zu urteilen, etwas anderes erwartet hatte.

„Wie schön, dass du noch rausdarfst, Abby", bemerkte sie spitz.

Ich hätte beinahe gelacht. War sie nicht genauso alt wie ich?

„Mum meinte, wenn *Greyson* mit mir hingeht, ist das kein Problem", erwiderte ich locker und beobachtete mit Genugtuung, wie Gwenyfar sich bei diesen Worten verärgert auf die Lippen biss.

Greyson bereute seine Entscheidung nun vielleicht doch. Jedenfalls fühlte er sich sichtlich unwohl dabei, so zwischen uns beiden im Fond der Limousine zu sitzen. Aber er nahm sogar meine Hand und lächelte mich an, deshalb verkniff ich mir jeden weiteren Kommentar.

Gwenyfar dagegen ließ keinen Zweifel daran, dass sie mich am liebsten aus dem fahrenden Auto geschubst hätte. Wahrscheinlich verbot es ihr lediglich eine der vielen Kniggeregeln, diesen Wunsch auch in die Tat umzusetzen. Leider hinderte ihre gute Erziehung sie jedoch nicht daran, ihre Hand auf Greysons Knie zu legen.

Er zuckte kurz unter der Berührung zusammen. Sein Blick fixierte ihre Finger. Und auch ich starrte wie hypnotisiert auf ihre rot lackierten Nägel.

„Hübscher Ring, Gwen", bemerkte Grey, während er beiläufig ihre Hand beiseiteschob.

Gwenyfar errötete leicht. „Danke, ich dachte mir, dass er dir gefällt. Du hast ihn letztes Mal schon so intensiv angesehen."

„Ja", erwiderte Greyson leise. „Er ist mir direkt aufgefallen."

Eifersucht kitzelte in meinem Bauch. Nicht wirklich bedrohlich – immerhin stand er offenbar mehr auf den Ring als auf Gwenyfar –, aber unangenehm fühlte es sich trotzdem an.

Greys Blick blieb an Gwenyfars Gesicht hängen. Ich hatte das Gefühl, dass er sie gerade etwas fragen wollte, als sie sich zu mir herüberbeugte und mich überheblich anlächelte. „Es ist so nett von Grey, dass er seine kleine Stiefschwester in spe mit zu einer Party nimmt."

„Gwen", warnte Greyson, aber ich brauchte niemanden, um mich zu verteidigen.

„Von wegen kleine Stiefschwester", erwiderte ich gelassen. „Ich finde es eher meganett, dass er seine Pseudocousine mitschleppt. Oder was genau bist du noch mal?"

Ich hätte schwören können, dass Greyson ein Grinsen unterdrückte, obwohl er nun auch mir einen strafenden Blick zuwarf.

„Verwandt sind wir jedenfalls nicht", klärte mich Gwenyfar beleidigt auf.

Zum Glück dauerte die Fahrt nicht lang, was angesichts der Tatsache, dass sich Hargrave Abbey im hintersten Winkel von Chilgrove befand, wirklich an ein Wunder grenzte.

Das Haus, vor dem wir eine knappe halbe Stunde später hielten, sah allerdings aus, als ob sich auch eine längere Anreise durchaus gelohnt hätte: Es war eine herrschaftliche Villa aus rotem Backstein mit wunderschönen Ornamenten und Verzierungen an der Fassade. Das Gebäude musste mehrere hundert Jahre alt sein. Es wirkte ebenso pompös wie einschüchternd. Würde ich in meinem Understatement-Outfit das Ereignis des Abends sein – oder aber gleich an der Pforte des Geländes verwiesen werden? Das flaue Gefühl in meinem Magen verstärkte sich jedenfalls bedrohlich, als wir aus der Limousine stiegen und uns dem Eingang näherten.

Greyson warf mir einen seltsamen Blick zu, während Gwenyfar mit verkniffenem Mund und erhobenem Kinn vorausschritt. Ich musste zugeben, dass sie mir trotz allem leidtat. Egal, wie lange sie Greyson schon kannte und ob sie im Sandkasten oder im Schlossgarten zusammen gespielt hatten – sie war definitiv nicht der Meinung, dass sie sich bereits gut genug kannten. Sie wollte eindeutig mehr als nur mit ihm befreundet sein. Das sah ich ihr deutlich an.

An der Haustür erwartete uns ein Butler, der den Schlossbediensteten in nichts nachstand. Sein schwarzer Anzug saß perfekt und er deutete mit einer Hand hinter dem Rücken eine Verbeugung an.

Das Foyer erstrahlte in gleißendem Licht. Faszinierend große Kronleuchter verwandelten den Raum in ein Meer aus Kristallen und bildeten einen starken Kontrast zu dem dunklen, in

Schwarzlicht getauchten Saal, der dahinter lag. Ich wollte gar nicht wissen, was für einen Zweck dieser Raum im Normalfall erfüllte, aber Ballsaal traf es von der Größe her ohne Frage. Irgendjemand hatte sich viel Mühe mit der Dekoration gegeben: Die Mischung aus sphärischer Dunkelheit und gewölbtem Sternenhimmel unter der Decke bildete die perfekte Illusion einer Open-Air-Party. Alle Möbelstücke, Tischkanten und verschiedene Details der Dekoration, wie Lampen und Skulpturen, waren mit farbigen Streifen beklebt, die durch das Schwarzlicht in Szene gesetzt wurden. Ich war beeindruckt und hätte beinahe meine komplizierte Begleitung vergessen.

Allerdings beherrschte Gwenyfar es bravourös, sich ebenso in Szene zu setzen. Kaum hatte sie den Saal betreten, stürmte sie mit einem freudigen Aufschrei auf einen Jungen zu, der sie strahlend begrüßte. „Gwen, du siehst wie immer *atemberaubend* aus."

Ich schluckte, denn es war tatsächlich nicht von der Hand zu weisen: In ihrem hautengen Minikleid und der blonden Lockenmähne war Gwenyfar praktisch die Verkörperung eines sexy Traumgirls. Am liebsten hätte ich mir selbst einen Knockout-Kinnhaken für meine Kleiderwahl verpasst. Andererseits wäre so oder so nichts in meinem Fundus vorhanden gewesen, das auch nur im Entferntesten in der Lage gewesen wäre, Gwenyfar die Show zu stehlen.

„Hi, Raimon." Greyson zog seinen Freund, den Gastgeber dieses Spektakels, in eine männliche Umarmung.

„Grey, Mann, niemand außer dir ist mit zwei Frauen hier aufgetaucht." Raimon grinste breit.

„Glaub mir, es ist nicht so toll, wie du denkst", zischte Greyson. Die Worte waren garantiert nicht für meine Ohren bestimmt, doch genau in diesem Moment endete der Song und der DJ war offenbar eine Millisekunde zu langsam gewesen.

„Das ist Abby", stellte Greyson mich vor.

Raimons Antwort ging leider in den Klängen von Ed Sheeran unter, aber er lächelte wissend. Grey deutete einen freundschaftlichen Boxhieb in Raimons Richtung an, nahm meine Hand und steuerte die fluoreszierende Bar an.

Gwenyfar war bereits in der Menge untergetaucht, und alles war so beeindruckend, dass ich nicht vorhatte, in den nächsten Stunden noch mal an sie zu denken.

Die Partys, die ich in Liverpool besucht hatte, hatten sich auf kleine Zusammentreffen in öffentlichen Parks mit ungefähr handtaschengroßer Soundbar beschränkt. Und obwohl ich mich mit Greyson auch auf einer Wiese in einem Liverpooler Park nicht gelangweilt hätte, konnte ich nicht leugnen, dass ich mich gerade wie im Märchen fühlte.

Die Musik wechselte zu einem langsameren Song. Greyson stellte sein Glas ab, zog mich auf die Tanzfläche und flüsterte mir etwas ins Ohr, das ich nicht verstand. Aber allein die Berührung seiner Lippen schickte ein Kribbeln über meine Haut, und ich war froh, dass er mich so festhielt, dass niemandem auffallen konnte, wie weich meine Knie waren.

„Ist dein Freund nicht sauer, wenn du den ganzen Abend nicht eine einzige Minute mit ihm verbringst?", fragte ich außer Atem, als wir uns nach zwei etwas schnelleren Liedern zur Bar zurückkämpften. Der Saal war trotz seiner beachtlichen Größe brechend voll.

Greyson schüttelte den Kopf. „Ich kenne Raimon schon genauso lange wie Gwen. Er nimmt mir das nicht übel. Außerdem ...", er zeigte auf jemanden hinter mir, „... sieht es so aus, als würde er sich prima mit Gwen amüsieren."

Ich drehte mich um und entdeckte sie nur wenige Meter hinter mir. Sie hatte die Arme um Raimons Hals gelegt und strahlte ihn an. Greysons Gesichtsausdruck ließ keine Rückschlüsse darauf zu, was er davon hielt. Sein Kiefer wirkte allerdings verkrampft, als würde er fest die Zähne aufeinanderbeißen. Ich wagte nicht zu fragen, ob er Raimon *mich* als seine Freundin vorgestellt hatte, weil ich den Abend auf gar keinen Fall mit doofen Fragen zerstören wollte.

Nachdem ich mein Wasserglas in einem Zug geleert hatte, nahm Grey sein Bier in die eine Hand und führte mich mit der anderen nach draußen vor den Eingang. Die kühle Nachtluft schlug mir entgegen. Ich genoss die erfrischende Brise. Wir hatten wie die Verrückten getanzt, vor allem aber hatte mich Greysons Nähe ziemlich erhitzt.

Lächelnd strich er mir eine wilde Haarsträhne aus dem Gesicht. „Alles klar?", fragte er sanft.

Ich nickte nur.

Die Musik wummerte im Hintergrund und ich fühlte mich auch ganz ohne Alkohol berauscht. Die Kulisse war traumhaft.

Mein Blick wanderte über den weitläufigen englischen Garten, der sich unterhalb der Auffahrt bis zum Waldrand erstreckte. In einiger Entfernung befand sich eine Art Springbrunnen, der aber kein Wasser enthielt. Überall waren versteckte Leuchtquellen deponiert, die die gesamte Umgebung des Hauses in einen magischen Ort zu verwandeln schienen.

Ich wusste, dass ich einen Anfall hoffnungsloser Romantik hatte, aber in diesem einen Moment war mein Leben geradezu kitschig schön.

„Willst du wieder reingehen?", fragte Grey.

Ich nickte. „Ich muss nur mal kurz ins Bad, bevor ich weitertanzen kann", sagte ich. „Dauert auch bloß fünf Minuten."

Greyson lächelte mir zu, und ich wusste, dass sein Blick mir folgte, bis ich in der Menge verschwand.

Als ich die Türschwelle überquerte, schlug mir erneut die Hitze der vielen Menschen entgegen. Im Foyer ging es noch, und man fand einigermaßen Platz, um sich zu bewegen. Zum Tanzsaal hin füllte sich der Raum jedoch dermaßen, dass ich froh war, vorerst einen anderen Weg einschlagen zu können. Wo sich die Toilette befand, war zum Glück nicht schwer zu erraten – aber dass es in einem privaten Wohnhaus allen Ernstes eine Trennung zwischen Damen- und Herrenwaschräumen gab, erschien mir dann irgendwie doch zu hochgestochen. Die lange Schlange vor einer der Türen wies zumindest unmissverständlich auf die Mädchentoilette hin.

Ich stellte mich hinter einer Rothaarigen an, die sich nach einer Weile neugierig zu mir umdrehte. „Hi, bist du auch aus Raimons Stufe oder eine Freundin seiner kleinen Schwester?"

Obwohl sie nett aussah, verspürte ich keinerlei Lust, eine Unterhaltung anzufangen – ehrliche Angaben zu meiner Person würden unweigerlich zu Themen führen, auf die ich selbst keine Antworten hatte. Die Frage war also nur, welche Erwiderung die beste Möglichkeit wäre, um einem Gespräch zielsicher aus dem Weg zu gehen. Unglücklicherweise nahm mir ausgerechnet Gwenyfar die Entscheidung ab. Mit einem überheblichen Lächeln trat sie neben mich in die Schlange.

„Die Neue von Greysons Vater hat sie mitgebracht. Sie ist sozusagen Greys' potenzielle Stiefschwester." Ihr Gesichtsausdruck zeigte deutlich, was sie davon hielt, sie legte jedoch beinahe fürsorglich den Arm um meine Schultern. „Grey und ich haben sie heute netterweise mitgenommen."

Wie gut, dass Gwen gar nicht gefragt worden war, dachte ich gereizt. Ich schob sie mit einem höflichen Lächeln beiseite.

„Bullshit, Gwen. Bloß weil unsere Eltern ein Paar sind, macht uns das noch lange nicht zu Geschwistern."

Die Rothaarige blickte etwas irritiert zwischen mir und Gwenyfar hin und her.

„Und du?", fragte ich freundlich, um von meiner desolaten Familiensituation abzulenken.

Sie lächelte erleichtert. „Raimon und ich reiten manchmal zusammen aus. Mein Pferd steht im selben Stall wie seins."

„Hey, das ist cool, mit Grey bin ich auch gemeinsam in der Reitstunde", mischte Gwenyfar sich prompt wieder ein. „Die arme Abby kann ja leider nicht reiten. Außerdem hat sie nur ein Pony – und das auch bloß vorübergehend, nicht wahr, Abby?"

Während ich noch überlegte, ob ich auf ihre spitzen Bemerkungen überhaupt eingehen sollte, zog ein anderes Mädchen sie schon von uns fort. „Komm, Gwen, du verpasst unser Lieblingslied!"

Ich seufzte erleichtert und lächelte das rothaarige Mädchen entschuldigend an.

„Sie scheint besonders nett zu sein", sagte sie grinsend.

„Oh ja!", bestätigte ich. „Wir sind beinahe sofort beste Freundinnen geworden."

„Ich kenne Greyson nur von einem Reitturnier. Er ist ziemlich beliebt bei den Mädchen. Kein Wunder, dass sie dich nicht mag."

„Ja, das ist wohl kaum zu übersehen", stimmte ich ihr zu.

„Wir könnten doch mal zusammen ausreiten gehen, wenn du willst?" In ihren Augen lag aufrichtiges Interesse, deshalb tat es mir besonders leid, sie enttäuschen zu müssen.

„Das ist nett, aber in dem Punkt hat Gwen leider recht: Ich kann noch nicht mal reiten", sagte ich.

Zu meiner Verwunderung schien mein Geständnis das Mädchen nicht abzuschrecken. „Das macht doch nichts. Ich reite selbst noch nicht so lange. Wir können auch einfach mit unseren Pferden spazieren gehen."

Ich lächelte erleichtert. Vielleicht war es doch nicht unmöglich, hier Freundschaften zu schließen. Nicht alle wohlbetuchten High-Society-Girls waren wie Gwenyfar oder gehörten zu ihrem Gefolge.

„Ich bin Max." Die Rothaarige streckte mir ihre Hand hin. „Also eigentlich Maxine, aber so heißt auch meine grimmige Urgroßtante, deshalb finde ich Max besser."

Wir mussten beide lachen.

Max winkte mir fröhlich zu, bevor sie in der Toilette verschwand, und ich fühlte mich ein bisschen besser als vorher.

Jemand stieß mich von der Seite an. „Hey, nimm doch die Herrentoilette! Dort drüben ist alles frei."

Mein Blick wanderte zu dem Mädchen hinter mir, das ebenso nett lächelte wie Max. Ich grinste. „Klar, warum nicht?" So ging es für alle schneller.

Leider verlor ich dadurch Max aus den Augen. Ich hatte sie noch fragen wollen, wo sie wohnte. Aber vielleicht konnte Greyson mir später dabei behilflich sein, es herauszufinden.

Kurz darauf zwängte ich mich durch die wabernde Menge auf der Tanzfläche und hielt nach ihm Ausschau. Doch weder unter den Tanzenden noch an der Bar entdeckte ich ihn. Auch auf der Terrasse war er nirgendwo zu sehen. Wir hätten vielleicht einen Treffpunkt ausmachen sollen. Ich ging wieder rein und schlenderte ein bisschen am Rande des Tanzsaals entlang, als ich eine Tür entdeckte, die zur anderen Seite des Gartens hinausführte. Mehrere Leute standen draußen herum, die rauchten oder sich einfach in ungestörter Umgebung unterhielten.

Ich bewunderte den Ausblick auf den glasklaren Sternenhimmel, und gerade als ich fand, dass mein Leben im Moment doch ziemlich gut war, sah ich in einiger Entfernung eine vertraute Silhouette. Etwas abseits hinter einem Baum stand Greyson. Und das Mädchen, das ihm gerade die Hände auf die Schultern legte, war niemand anders als Gwenyfar.

Ich blieb stehen und hielt die Luft an. Vielleicht war es auch eher so, dass ich einfach nicht weiteratmen konnte, weil ich wie erstarrt dastand, unfähig, mich auch nur einen Millimeter zu bewegen. Wie bei einem Horrorfilm, wenn man wusste, dass gleich eine gruselige Szene kam und man sich am liebsten die Augen zuhalten wollte, aber einfach nicht dazu in der Lage war.

Einerseits brannte ich darauf zu wissen, was als Nächstes passieren würde. Andererseits war mir klar, dass ich es nicht sehen wollte. Gwenyfars Hände glitten über Greysons Schultern, bis sie sich wie die Greifarme eines Oktopus um seinen Hals schlangen. Sie zog ihn an sich und küsste ihn auf den Mund.

Nicht nur flüchtig oder kurz, sondern sehr intensiv.

Greysons Arme hingen im ersten Moment wie bei einer Marionettenpuppe seitlich herunter. Dann jedoch legte er plötzlich beide Arme um Gwenyfars Taille.

Ich konnte den Anblick nicht mehr ertragen, drehte mich abrupt um und stürzte davon. Ich wollte nur noch weg. Tränen liefen über meine Wangen. Natürlich rannte ich nach nur wenigen Schritten blindlings in jemanden hinein. Ein Glas oder eine Flasche zerschellte auf den Steinen und das laute Klirren brachte mich kurzfristig zur Besinnung. Ich wischte mir energisch über die Augen und sah mich noch ein letztes Mal um.

Mein Blick traf Greysons. Der Lärm musste seine romantische Zweisamkeit gestört haben, jedenfalls löste er sich augenblicklich von Gwenyfar und kam mit schnellen Schritten näher. In seinen Augen lag ein Ausdruck von Panik, aber er tat mir kein bisschen leid. Im Gegenteil, ich hatte noch nie zuvor so viel Wut auf jemanden empfunden wie in diesem Moment.

Hektisch riss ich die Tür zum Tanzsaal auf und stürzte mich

in das dichte Gedränge. Die vielen Körper, die sich im Takt zur Musik bewegten, waren geradezu perfekt, um sich darin zu verlieren. Mein Schluchzen ging in den wummernden Bässen unter. Die Musik steigerte sich parallel zu meinem Herzschlag, und als der letzte Ton des Liedes erklang, schaltete der DJ das Licht in genau derselben Sekunde aus. Eine perfekte Gelegenheit, um zu verschwinden. Die Chancen, dass Greyson mich in der Dunkelheit wiederfand, standen für ihn wohl eher schlecht.

Ich schob mich zum Ausgang durch. Das Licht im Foyer blendete mich. Zum Glück hatte ich keine Jacke an der Garderobe abgegeben und konnte direkt zum Butler laufen, der an der Tür stand.

„Ich brauche einen Wagen, bitte. Schnell!“

Ob es an meinen weit aufgerissenen Augen lag oder ob ihm einfach die Etikette gebot, die Wünsche der Gäste fraglos umzusetzen – ich wusste es nicht. Aber er winkte umgehend eine der schwarzen Limousinen herbei, die ordentlich in einer Reihe standen und darauf warteten, die Gäste nach Hause zu fahren.

Nach Hause. Am liebsten hätte ich dem Fahrer als Adresse die Queens Road in Liverpool genannt.

„Hargrave Abbey, bitte. So schnell, wie es geht“, sagte ich mit letzter Kraft und sank zurück in die weichen Lederpolster. Der Wagen fuhr los, und ich konnte gerade noch im Seitenspiegel erkennen, wie Greyson mit hochrotem Kopf aus der Tür stürzte und dem Wagen hinterherrannte.

Ich schloss die Augen und lehnte meinen Kopf an. Die Erschöpfung überfiel mich ebenso plötzlich wie der Schock, als ich Greyson und Gwenyfar erkannt hatte. Warum hatte er das getan?

Warum hatte er mich mit zu dieser Party genommen?

Und warum zum Teufel hatte er mir etwas vorgespielt?

In einem Augenblick hatte er alles zerstört. Mit der einzigen Party-Szene, die ich mir für diesen Abend *nicht* ausgemalt hatte.

Kapitel 21

Endstation

Erst als wir das Haupttor von Hargrave Abbey passierten, fiel mir auf, dass ich mit meiner Flucht erst recht in einer Sackgasse gelandet war. Greyson hatte sich wahrscheinlich einfach in die nächste Limousine gesetzt und würde nun jeden Moment hier auftauchen und mit mir reden wollen. Da war ich mir plötzlich sicher. Auch wenn er bestimmt froh war, mich los zu sein, und nun den Rest des Abends mit Gwenyfar genießen könnte. Ich wusste trotzdem, dass er mir folgen würde.

Schon vor der letzten Weggabelung bat ich den Fahrer deshalb anzuhalten. Ich bedankte mich und stieg aus, während der Mann beteuerte, dass er mich bis an die Tür fahren könne. Ich schüttelte nur den Kopf und lief los. Zum ersten Mal begrüßte ich die künstlichen Baumgebilde, die mir – egal, welche Form sie auch hatten – das perfekte Versteckspiel ermöglichten. Ich huschte zwischen Kugeln, Kegeln und Dreiecken in Richtung Stall, der mir der beste Zufluchtsort zu sein schien. Denn zuerst würde Greyson mich im Haus suchen. Bevor er darauf kam, dass ich dort nicht war, und zum Stall weiterlief, wäre ich längst verschwunden.

Aber vorher musste ich Shaggy Lebewohl sagen. Ich konnte unmöglich meinen einzigen wahren Freund zurücklassen, ohne mich von ihm zu verabschieden.

Danach würde ich schon irgendwie zum Bahnhof finden und mich in den nächsten Zug setzen. Es war definitiv besser, als

Schwarzfahrerin verhaftet zu werden oder eine Nacht am Bahnhof zu verbringen, als ... ja, als was genau? Als irgendwann womöglich wirklich Greysons Stiefschwester zu werden, jeden Tag in seine dunklen Augen zu blicken und mich daran zu erinnern, wie verlogen er war?

Ich würde bestimmt bei Mo wohnen können, bis Mum aus den Ferien zurückkam.

Mum ...

Ich biss mir auf die Lippen. Vermutlich würde sie ohne mich sowieso wesentlich glücklicher sein.

Ein Motorgeräusch näherte sich dem Eingangstor vor der Auffahrt. Ich verharrte hinter einer breiten Buchsbaumhecke, die seltsamerweise von der Form her an aufeinandergestapelte Quadrate erinnerte. Der Kies knirschte unter den langsam heranrollenden Autoreifen. Das Licht der Scheinwerfer streifte die Hecke, ohne mich zu verraten. Ich atmete erleichtert auf. Egal, wie schnell Greyson herausfinden würde, dass ich nicht auf meinem Zimmer war, ich würde in jedem Fall schneller sein.

Von Weitem hörte ich aufgeregte Stimmen am Eingang des Schlosses. Der arme Butler tat mir jetzt schon leid. Doch in diesem Moment fiel mir auf, was der nächste Haken in meinem Plan war: der Butler! Natürlich würde Greyson ihn fragen, ob ich ins Schloss zurückgekehrt wäre, und der Butler würde ihm sagen, dass er mich nicht gesehen hatte. Ich überlegte nicht länger und rannte los in Richtung Stall. Doch ich wusste, dass meine Flucht unter einem schlechten Stern stand.

Eine Tür knallte und das Auto fuhr erneut an. Es beschleunigte, bis es mich auf Höhe einer Pyramide überholte. Der Wagen fuhr rechts ran und bremste scharf. Greyson sprang schneller aus dem Fond, als ich eine Fluchtrichtung wählen konnte.

„Abby, warte!“

Hektisch suchte ich die Umgebung nach einem Versteck ab, aber natürlich war es aussichtslos. Wenn sich irgendjemand im Schlosspark gut auskannte, war es sicherlich Greyson.

Er atmete schwer. Ich konnte sehen, wie sein Brustkorb sich hob und senkte, während er langsam auf mich zukam.

„Lass mich in Ruhe!", fauchte ich.

„Bitte, Abby ..." Greysons Stimme klang beschwörend, aber ich hatte nicht vor, mich von ihm einwickeln zu lassen.

„Spar dir irgendwelche Erklärungen. Ich will sie nicht hören."

„Ich muss es dir aber erklären, weil es nicht so ist, wie du denkst", sagte er.

„Es ist doch nie so, wie es aussieht!" Ich stieß ein verächtliches Lachen aus. „Wie dumm für dich, dass diese Situation so eindeutig war."

„Gwen hat ..."

„Na klar", unterbrach ich ihn. „Gwen ist schuld. Du kannst natürlich gar nichts dafür."

„Das sage ich ja gar nicht, aber ich würde es dir gerne erklären", setzte er wieder an.

„Danke, ich verzichte." Ich drehte mich um und schritt energisch in die andere Richtung.

Greyson seufzte, aber ich konnte hören, dass er mir folgte. Ich beschleunigte meine Schritte, bis ich die letzten Meter zum Stall im Laufschritt zurücklegte. Wütend zerrte ich das Stalltor auf, das mit einem lauten Rumpeln zur Seite glitt. Die Pferde hoben ihre Köpfe.

Der vertraute Stallgeruch trieb mir das Wasser in die Augen, weil mir schlagartig bewusst wurde, was ich alles vermissen würde, wenn ich Hargrave Abbey den Rücken kehrte. Ich wischte mir schnell über die Wangen, weil ich auf keinen Fall wollte, dass Greyson meine Tränen sah.

Mit zitternden Fingern entriegelte ich Shaggys Box. Sein leises Blubbern begrüßte mich, ich schlang die Arme um seinen Hals und vergrub mein Gesicht in dem dichten Fell.

„Abby …“ Greysons Stimme klang traurig. Er war ein verdammt guter Schauspieler.

„Verschwinde!“

„Lass es mich erklären. Ich weiß, es klingt bescheuert, aber ich habe wirklich einen Grund dafür gehabt.“

Ich fuhr herum. „*Das* glaube ich dir aufs Wort. Aber dieser ominöse *Grund* interessiert mich nicht. Manche Dinge kann man einfach nicht zurücknehmen. Und hier ist definitiv deine Endstation, Greyson – du bist raus!“

Den letzten Satz spuckte ich ihm förmlich vor die Füße. Und ich konnte sehen, dass meine Worte ihn trafen. Aber ich hatte nichts dagegen, dass er sich genauso schlecht fühlte wie ich.

Ich drehte mich zurück zu Shaggy und ließ Greyson stehen. Nach ein paar unendlich langen Minuten hörte ich, wie sich seine Schritte entfernten. Erleichterung überfiel mich – und gleichzeitig fühlte ich mich so leer wie selten zuvor. Ich setzte mich in die hinterste Ecke der Box, zog die Knie an und legte den Kopf auf meine Arme.

Allmählich sickerte die Erkenntnis zu mir durch, dass es natürlich idiotisch war, einfach abzuhauen. Ich wusste, dass ich zu so einer Kurzschlussreaktion gar nicht in der Lage war. Mum würde verrückt werden vor Sorge, wenn sie nicht wüsste, wo ich war. Mein Entschluss heimzufahren stand trotzdem fest – ich musste es Mum nur erklären. Bestimmt würde sie mich verstehen. Ich konnte an diesem Ort einfach nicht mehr weitermachen. Nicht nur für Greyson war hier die Endstation.

Spät in der Nacht zog ich mein Handy heraus und tippte eine Nachricht an Danny: **Ich komme morgen nach Hause.**

Kapitel 22

The Final Count…down

Meine Gelenke fühlten sich steif an, mein linkes Bein war eingeschlafen und ich musste dringend mal ins Bad. Im Stall schlafen war nicht ganz so romantisch, wie ich es mir immer vorgestellt hatte. Allerdings befand sich mein Stimmungsbarometer für Romantik sowieso längst im Minusbereich.

Shaggy kam vorsichtig näher und stupste mich mit seiner Nase an.

„Hey, bist du schon wach?“, fragte ich.

Er schüttelte den Kopf und schnaubte.

Ich lächelte, streckte die Beine aus und stand auf. Mein Rücken tat weh, und ich dehnte mich, um sowohl die Starre als auch die Kälte aus meinen Knochen zu vertreiben.

Das Tor rumpelte leise. Geduckt spähte ich durch einen Schlitz in der Boxentür, weil ich eine erneute Konfrontation mit Greyson fürchtete.

Einer der Stallburschen stellte die große Heukarre ab und befüllte ein paar Futtereimer mit Pellets. Er zog eine kleine Metalldose unter seiner Jacke hervor und verteilte den Inhalt auf die Futtereimer.

„Jegor?“, rief jemand von draußen.

Er ließ die Dose zurück in seine Tasche gleiten.

„Jegor …?“ Es folgten ein paar russische Wörter, die ich nicht verstand.

Der Mann ließ die Karre stehen und ging wieder hinaus.

Die Gelegenheit musste ich nutzen, um ebenfalls zu verschwinden. Wenn einer der Stallburschen mich zur Futterzeit in Shaggys Box fand, würde es garantiert nur wieder irgendwelche Beschuldigungen hageln. Und ich wollte während meiner letzten Minuten auf Hargrave Abbey wenigstens dieser Art von Stress entgehen.

„Du bekommst gleich dein Frühstück", sagte ich und klopfte Shaggy auf sein rundliches Hinterteil. „Und ich werde noch mal bei Margareta vorbeischauen und mir ein Croissant mitnehmen, bevor ich mich verabschiede."

Shaggy stellte wachsam die Ohren auf und sah mich mit seinen großen dunklen Augen an, als würde er verstehen, was ich sagte. Ich schluckte gegen den Kloß in meinem Hals an und verließ die Box, ohne mich noch einmal umzudrehen.

***

„Mum ..." Kaum hatte ich die Schwelle zum Foyer überschritten, hörte ich Gwenyfars weinerliche Stimme. Sie stand mit dem Rücken zu mir, halb in der Tür zu Camillas Arbeitszimmer, das schräg gegenüber dem Eingang lag.

„Wieso hast du ihn auch in Gegenwart von Greyson getragen?", hörte ich Camilla mit gedämpfter Stimme sagen.

„Aber ich wollte ihn mir doch nur von dir ausleihen, ich wusste doch gar nicht ..."

„Sei still! Nun kannst du es ohnehin nicht mehr ändern. Wir müssen einen anderen Weg aus dieser Misere finden."

„Mum, ich verstehe immer noch nicht, wieso ..."

„Gwenyfar, geh in den Stall und beschäftige dich mit deinem Pferd. Ich regele das."

Gwenyfar fuhr herum und wäre um ein Haar in mich hineingerannt. Ihr tränenverhangener Blick kreuzte meinen für den Bruchteil einer Sekunde, bevor sie an mir vorbei zum Ausgang stürmte.

In was für eine seltsame Situation auch immer ich hier hineingeraten war – ich sollte so schnell wie möglich verschw…

Die Tür zu Camillas Arbeitszimmer öffnete sich. „Ach, da bist du ja", sagte sie mit hochgezogenen Augenbrauen. „Gwen hat mir gerade erzählt, dass du die Rutherford-Party gestern ganz plötzlich verlassen hast."

Ich sah sie argwöhnisch an und fragte mich prompt, was Gwen wohl noch so alles erzählt haben mochte und wieso ihre Unterhaltung offenbar nicht besonders gut verlaufen war. Doch bevor ich etwas erwidern konnte, legte Camilla den Arm um meine Schultern und schob mich in einen der angrenzenden Räume. Mehrere Sitzgelegenheiten standen dort herum, und ich vermutete, dass es eine Art Empfangszimmer für Schlossbesucher war. Wie eine freundliche Einladung kam mir ihre Geste allerdings nicht vor.

Plötzlich erschien die Generalin. „Wünschen Sie noch etwas, Mylady?" Sie lächelte vertraulich.

„Nein danke, Edith. Es ist alles in bester Ordnung", antwortete Camilla. „Wie immer, wenn Sie etwas für mich erledigen."

Die Tür zum Foyer schloss sich hinter der Haushälterin. Ich checkte bereits andere Ausgänge und mögliche Fluchtwege.

„Wie passend, dass ich dich zufällig getroffen habe. Ich wollte schon lange ein Gespräch unter vier Augen mit dir führen." Camilla tätschelte mir die Wange. „Wie gut ist dein Verhältnis zu Greyson eigentlich?" Ihre Stimme triefte vor falscher Freundlichkeit. „Hat er dir in letzter Zeit etwas geschenkt?"

Ich sah sie verständnislos an. Wovon redete sie?

Als ich nicht sofort reagierte, fasste sie mich energisch am Arm und ließ ihren Blick missbilligend über mich wandern. „Da meine Zeit begrenzt ist, kommen wir besser gleich zur Sache. Wo ist der Ring?“

Ich machte mich los. Von was sprach sie denn da? Als ob Greyson mir einen Ring geschenkt hätte!

„Du brauchst es nicht zu leugnen“, zischte Camilla, obwohl ich kein Wort gesagt hatte. Sie kam einen Schritt näher, während ich automatisch zurückwich. „Du weißt genau, wovon ich rede!“

Da wusste sie eindeutig mehr als ich.

„Ich habe keine Ahnung, wovon Sie sprechen“, entgegnete ich wahrheitsgemäß.

„Dann helfe ich dir gern ein wenig auf die Sprünge“, sagte Camilla mit einem süffisanten Lächeln. „Greyson muss ihn dir gegeben haben. Er ähnelt Ambrose in so vieler Hinsicht, obwohl sie nicht verwandt sind.“ Camillas Lächeln wirkte plötzlich traurig. „Er wäre auch für Gwen ein ebenso guter Vater geworden, *wenn* ...“ Ein böser Zug umspielte ihre Lippen. „Wenn er sich nicht für die Falsche entschieden hätte.“ Sie schüttelte langsam den Kopf, als ob sie es immer noch nicht verstehen könnte. „Diesen Fehler machen die Hargraves offenbar immer wieder. Es ist ein Jammer, sie sollten besser bei Ihresgleichen bleiben.“

So langsam dämmerte mir, wo ihr Problem lag.

„Wenn du den Ring nicht rausrückst, werde ich Greyson darüber aufklären, dass du dem alten Walker Gracies Tagebuch gestohlen hast. Greyson wird das gar nicht gefallen, weil er, wenn es um seine Mutter geht, leider keinen Spaß versteht.“ Ihr Blick wirkte auf einmal geradezu entrückt. „Ich denke, dann liefert er dich selbst ans Messer und ich brauche gar nichts weiter zu tun ... was mir nur allzu recht wäre“, sagte sie mehr zu sich selbst. Sie straffte ihre Schultern, richtete sich majestätisch auf und sah mir fest in die Augen. „Ich bekomme den Ring, darauf kannst du dich verlassen. Er ist der einzige Beweis, weil auch in diesem Tagebuch gar nichts steht, genau wie in dem in Greysons Zimmer."

„Beweis wofür?", fragte ich verwirrt, während ich überlegte, ob Camilla den Ring von Gwenyfar meinen könnte. Oder … mir fielen die Fotos aus Ambrose' Schreibtisch ein!

In diesem Moment öffnete sich die Tür und Mum betrat den Raum.

„Abby-Darling, da bist du ja! Ich war mir sicher, dass ich deine Stimme gehört hatte. Dabei dachte ich eigentlich, du schläfst noch, weil du vorhin auf mein Klopfen gar nicht geantwortet hast …"

„Hi, Mum." Ich lächelte, ohne Camilla dabei aus den Augen zu lassen. „Ich war bei Shaggy im Stall", erklärte ich. Und sofort fiel mir auf, wie dumm das war.

Camilla schnappte prompt zu. „Du treibst dich ziemlich oft um diese Zeit im Stall herum, habe ich festgestellt. Ob das wohl einen besonderen Grund hat?"

Mum runzelte die Stirn. Sie trat neben mich und legte den Arm um meine Schultern.

„Ist alles okay?", fragte sie. Der feindselige Unterton in Camillas Stimme war unüberhörbar gewesen.

Hektisch überlegte ich, ob ich mir die Mühe machen sollte, auf Camillas Andeutungen einzugehen. Ich zweifelte nicht einen Moment daran, dass sie mich sogleich wieder irgendwelcher abstrusen Dinge beschuldigen würde.

Bevor ich antworten konnte, streckte Camilla jedoch ihre langen Finger nach mir aus. Ihre rot lackierten Nägel riefen mir in Erinnerung, für wie viele der seltsamen Vorkommnisse auf dem Schloss ich immer noch keine Erklärung hatte. War es Camilla gewesen, deren Hand ich durchs Schlüsselloch in Mums Zimmer gesehen hatte?

„Ich habe Abby etwas ausgeliehen, das sie mir gleich zurückgeben wird, nicht wahr, Abby?“ Camilla sah mich herausfordernd an.

Ich schüttelte wie in Zeitlupe meinen Kopf. „Nein“, sagte ich leise, aber bestimmt, weil ich nicht vorhatte, mich wieder in die Enge treiben zu lassen.

Ihre Lippen verhärteten sich zu einem schmalen Strich. „Nun, wenn das so ist, werde ich Ambrose darüber unterrichten.“

Wie aufs Stichwort erschien Ambrose im Türrahmen.

„Gibt es ein Problem?“, fragte er mit einem skeptischen Blick in die Runde.

„Mir ist es ja nicht so wichtig“, setzte sie mit einem scheinheiligen Lächeln an. „Aber Abby hat Walker besucht und etwas mitgenommen, das ihr gar nicht gehört.“

Ambrose’ Gesichtsausdruck veränderte sich schlagartig, als der Name Walker fiel. Und ich wusste, dass ich einen Fehler gemacht hatte.

Ich hörte eine Tür im Obergeschoss zuschlagen. Jemand eilte die Treppe herunter, hielt aber an der Tür inne. „Dad?“ Greyson streckte den Kopf in unseren kleinen Versammlungsraum. Sein Blick wanderte zwischen Camilla, Mum und Ambrose hin und her, bis er an mir hängen blieb. „Oh ... Morgen. Habe ich etwas verpasst?“

Camilla sah mich herausfordernd an. „Ich denke, du kommst gerade recht. Wolltest du uns nicht etwas sagen, Abby?“

In meinem Kopf drehten sich die Ereignisse wie in einer Lostrommel, und ich versuchte verzweifelt, bei dieser Geschwindigkeit das fehlende Puzzleteilchen zu finden.

Walker, also Gramps, war Greysons Großvater. Seine Tochter Gracie wiederum war Greysons Mutter und Ambrose’ frühere Verlobte. Vor etwa zehn Jahren war sie bei einem Reitunfall ums

Leben gekommen. Was genau war Camillas Verbindung zu dem Ganzen? Dass sie hinter ihrer harten Fassade zutiefst verletzt über Ambrose' Abweisung war, hatte sie mir vorhin immerhin unmissverständlich zu verstehen gegeben.

„Nun, in diesem Fall kommt dein Schweigen einem Schuldeingeständnis gleich", freute sich Camilla.

„Moment, worum geht es hier überhaupt?", schaltete sich Mum endlich ein.

Mein Mund klappte auf, aber da ich die Zusammenhänge noch nicht mal richtig verstand, konnte ich auch unmöglich ein Argument zu meiner Verteidigung vorbringen.

„Am besten, wir reden gar nicht lange um den heißen Brei herum", verkündete Camilla selbstsicher. „Ich zeige es euch einfach." Sie marschierte aus dem Empfangszimmer, durchquerte die Eingangshalle und stieg mit graziösen Schritten die Treppe hinauf.

Alle kamen bereitwillig mit. Sogar ich brannte darauf zu erfahren, was sie vorhatte.

Zu meiner Verwunderung spazierte Camilla ohne zu zögern in mein Zimmer. Sie riss zielsicher meine Schranktür auf, griff hinein und hielt triumphierend Gracies Tagebuch in die Höhe. Ich hatte es gestern in aller Eile dort zwischen die Pullover gesteckt, um mich für die Party umzuziehen. Aber woher wusste Camilla das?

„Sicherlich kennt der ein oder andere von euch dieses Buch." Sie ließ ihren kalten Blick über die Anwesenden gleiten und genoss sichtlich die verschiedenen Reaktionen darauf: Mum verstand als Einzige gar nichts mehr. Ich hingegen ahnte auf einmal, was Camilla mit alldem bezweckte. Die vergifteten Pferde ... Gracies Tagebuch in meinem Schrank ... Sie wollte *Mum* loswerden. Deswegen die fortwährenden Anschuldigungen gegen *mich*. Letztlich war es wohl auch ganz egal gewesen, ob ich auf ihre

Erpressung einging oder nicht: Ihr Plan funktionierte in jedem Fall – sowohl Greyson als auch Ambrose waren leichenblass geworden.

„Woher …?“ Ambrose’ Stimme brach. Schmerz und Verzweiflung traten in seine Augen.

„Wieso hast du Mums Tagebuch?“ Greyson kapierte wesentlich schneller, was hier vor sich ging. Mit einem Satz war er bei Camilla, nahm das Buch an sich und starrte mich feindselig an.

Ich hätte es wissen müssen. Ohne auch nur einmal nachzufragen, was ich dazu zu sagen hatte, schluckte er Camillas irrsinnige Anschuldigungen. Mir glaubte hier sowieso niemand. Aber zumindest meine Theorie zu den Familienverhältnissen hatte er nun eindeutig bestätigt.

Ambrose trat vor. „John hat mir versprochen, dass er diese sehr privaten Bücher an einem sicheren Ort verwahren würde. Wo kommt das also her?“ Er sah ausgerechnet mich an.

„John?“, fragte ich verwirrt.

„Sie war bei Gramps“, erklärte Greyson. „Ich wusste, dass sie Kontakt haben. Aber ich wusste nicht, dass sie etwas gestohlen hat.“

Mir klappte vor Empörung der Mund auf. „Vermutlich, weil es auch gar nicht stimmt!“, ereiferte ich mich.

Doch Greysons Augen waren voller Wut auf mich gerichtet. „Willst du bestreiten, dass es du es genommen und womöglich auch gelesen hast?“, fragte Greyson scharf.

Ich schluckte. „Nein.“

Seine Kieferknochen traten deutlich hervor. Ich konnte ihm ansehen, dass er seinen Zorn nur mühsam im Zaum hielt. „Du gibst es also zu?“

Ich schüttelte langsam den Kopf. Um mich herum begann sich alles zu drehen. In meinen Ohren rauschte es.

„Ich habe es nicht *gestohlen*“, erwiderte ich traurig.

Mein Blick fiel auf Camilla – die dieses ganze Drama sichtlich genoss –, als ich vom Flur her ein Räuspern vernahm.

„Mylord, Doktor White ist am Telefon. Möchten Sie das Gespräch annehmen?“ James war an der Tür stehen geblieben und wartete höflich auf weitere Anweisungen.

Das Rauschen in meinen Ohren ließ langsam nach, weil nun alle Augen auf den Butler gerichtet waren und ich mich etwas beruhigte. Ich war so erleichtert über die Ablenkung, dass ich ihm am liebsten um den Hals gefallen wäre.

„Abby, was bedeutet das alles?“ Erst allmählich drangen Mums Worte zu mir durch. „Abby?“

Der Ungeduld in ihrer Stimme nach zu urteilen, hatte sie mich das nun schon ein paar Mal gefragt. „Von was für einem *Tagebuch* reden denn alle?“ Als ich den Kopf hob, sah ich ihren besorgten Gesichtsausdruck. „Du bist ganz blass, Darling. Ist dir nicht gut?“

Ich schüttelte stumm den Kopf und setzte mich auf mein Bett.

Am Rande bemerkte ich Greyson, der mich mit zusammengezogenen Brauen fixierte.

„Ich sorge dafür, dass sie dich in Ruhe lassen, Darling.“ Mum drückte meine Schulter. Dann ging sie hinüber zu Ambrose, der angeregt mit Doktor White telefonierte.

„Das ist wirklich nett vom Leiter des Nationalparks, aber ich glaube nicht, dass er mich zurückrufen muss. Natürlich bringen wir ihm das Pony so schnell wie möglich.“

Ich brauchte Doktor Whites Worte nicht zu hören, um zu verstehen, worum es ging. Seine Vermutungen waren richtig gewesen: Shaggy stammte aus diesem Nationalpark. Und natürlich wollten die rechtmäßigen Besitzer ihr Pferd zurück. Ich fühlte, wie sich eine Träne aus meinem Augenwinkel löste, und wischte sie schnell beiseite.

Greysons Blick traf meinen. Ich bemerkte, wie sich etwas in seinem Ausdruck veränderte, als er zu mir herüberkam. Camilla redete auf Mum und Ambrose ein und niemand beachtete uns.

„Tut es dir leid, dass du das Tagebuch gelesen hast?", fragte Greyson leise, als er sich neben mich setzte.

Ich schüttelte wahrheitsgemäß den Kopf. „Nein. Ich habe es ja nicht getan, weil ich in jemandes Privatsphäre herumschnüffeln wollte."

Grey runzelte die Stirn. „Sondern?"

„Sondern weil ich wissen wollte, warum es für Camilla so wichtig ist, dass sie es unbedingt haben wollte."

Greyson sah mich an. „Camilla war ebenfalls bei Gramps?", fragte er verwundert.

Ich nickte. „Sie hat doch in deinem Auftrag die Papiere für die Meldung zur Herbstjagd geholt."

„Was für Papiere denn?" In Greysons Blick lag Misstrauen.

„Gramps sollte ihr irgendwelche Abstammungsurkunden von Hawk bringen. Er hat sie Camilla für dich mitgegeben."

„Davon weiß ich nichts. Außerdem ist das totaler Unsinn! Das muss Gramps doch aufgefallen sein!" Greyson rieb sich nachdenklich über die Stirn. „Und was hat das mit dem Tagebuch zu tun?"

Plötzlich musste ich trotz allem beinahe lächeln. „Shaggy hat sie durchschaut. Wenn er sich nicht auf die Möhren in ihrem Auto gestürzt hätte, wäre Camillas Handtasche nicht zu Boden gefallen und ich hätte das Buch nicht entdeckt."

Greysons Blick wanderte hinüber zu Camilla, die mit einem falschen Lächeln auf Mum herabsah.

„Meine Mum konnte sie nicht besonders gut leiden", sagte er leise und fuhr sich mit der Hand über die Stirn. „Ich wollte immer in ihren Tagebüchern nachlesen, ob sich diese Erinnerungen von mir bestätigen. Aber Gramps hat es jedes Mal abgelehnt, mir auch nur eines davon zu zeigen. Bis zu dem Tag, als ich Mums Ring an Gwens Finger entdeckt habe."

Ich sah ihn erstaunt an. „Denselben Ring?", fragte ich ungläubig. „Wieso hat Camilla dann gefragt, ob ich ihn habe?"

„Ob du was hast?" Greyson konnte mir offenbar nicht folgen.

„Na, den Ring", erwiderte ich ungeduldig.

Er beugte sich zu mir herüber und senkte seine Stimme zu einem Flüstern. „Camilla hat dich gefragt, ob du den Ring hast?"

„Nein, nicht ganz." Ich schüttelte nachdenklich den Kopf. „Sie hat gefragt, wo der Ring ist, und meinte, du müsstest ihn mir gegeben haben."

Unvermittelt stand Greyson auf und zog mich hoch. „Jetzt wird mir einiges klar." Seine Finger schlossen sich um meine Hand. Die Wärme schickte wohlige Wellen durch meinen Körper. Aber gleichzeitig spürte ich wieder den Stich in meinem Herzen, weil ich nicht verstand, was das alles daran änderte, dass er Gwen geküsst hatte.

„Komm mit!", forderte er mich leise auf.

Mein Verstand riet mir, mich zu wehren, aber das Gefühl, dass es jemanden gab, der auf meiner Seite war, verdrängte den Gedanken an Gwenyfar. Wenn ich seine Hilfe annahm, um diese falschen Anschuldigungen aufzuklären, hieß das ja noch lange nicht, dass ich ihm verzeihen musste. Und so schlichen wir, als gerade niemand in unsere Richtung sah, unbemerkt aus dem Zimmer.

***

Greyson hielt meine Hand ganz fest, während er mit schnellen Schritten hinüber zu seinem Zimmer lief. Er zog mich mit sich und schloss die Tür hinter uns ab.

Ich wich automatisch einen Schritt zurück und ging in Abwehrhaltung. Mit irgendwelchen Annäherungsversuchen brauchte er mir echt nicht zu kommen.

Doch Grey legte einen Zeigefinger an seine Lippen. „Warte, ich zeige dir nur etwas." Er drehte sich um und schob mit dem Fuß einen kleinen Teppich vor seinem Bett beiseite.

Mit wenigen Handgriffen löste er eine Holzdiele aus dem Boden, holte ein Kästchen aus dem Hohlraum darunter hervor und hielt es mir triumphierend unter die Nase. Mit widerstrebender Neugier beobachtete ich, wie er den Deckel anhob.

„Ach, das kann jetzt zurück in die Vitrine", murmelte er und legte ein gerahmtes Bild beiseite, das vermutlich seine Mum zeigte. Dann nahm er ein weiteres, winziges Kästchen heraus und öffnete es – und zum Vorschein kam der Ring.

Ungläubig starrte ich auf den milchig glänzenden Stein, eingefasst in silberne Schnörkel, die in einen rotgoldenen Ring übergingen. Ein wunderschönes Schmuckstück. Ich hatte es bereits gestern gesehen, als Gwenyfar es auf der Party getragen hatte, und offenbar war es derselbe Ring, den Greysons Mutter von Ambrose bekommen hatte.

Ich verstand nur nicht, wie sowohl Gwenyfar als auch Greyson in seinen Besitz gekommen waren. Fragend sah ich ihn an.

Er lächelte traurig. „Ein guter Dieb bin ich nicht", sagte er. „Der Kuss hat Gwen aber immerhin so sehr abgelenkt, dass ich ihr den Ring vom Finger ziehen konnte. Natürlich hat sie es gemerkt, aber dann war ich schneller. Ich gebe zu, dass es keine besonders feine Art war, an Beweise zu kommen ..."

„Allerdings nicht", erwiderte ich spitz. Gleichzeitig tauchte etwas in meiner Erinnerung auf. „Camilla hat gesagt, es wäre der einzige Beweis ..." Ich runzelte die Stirn. „Warum? Oder besser gesagt: *wofür?*"

„Mum hat diesen Ring bei der Jagd getragen, bei der sie verunglückte. Ich weiß es, weil sie ihn niemals abgenommen hat. Später habe ich nicht mehr daran gedacht – weil ich an gar nichts mehr denken *wollte* … bis zu dem Tag auf dieser Party vor knapp drei Wochen, als ich den Ring an Gwens Finger gesehen habe."

„Wie ist denn Gwen an den Ring von deiner Mutter gekommen?", fragte ich leise, während ich mir Gesprächsfetzen von der Unterhaltung zwischen Camilla und Gwenyfar in Erinnerung rief.

„Genau diese Frage habe ich mir auch gestellt und deshalb musste ich mich unbedingt noch mal vergewissern, dass es genau derselbe Ring war wie auf den Verlobungsfotos." Greysons Stimme war fest. „Ich hatte gehofft, dass Gwen den Ring bei Raimons Party wieder tragen würde." Er senkte den Blick. „Ich habe nur nicht geahnt, dass ich sie küssen muss, um ihn zurückzubekommen."

„Das ist keine Entschuldigung", sagte ich kühl, „höchstens eine Erklärung."

„Ich weiß", entgegnete Grey, „aber ich bin es meiner Mum schuldig, ihre Mörderin zu finden! Durch geschickte Manipulation am Sattel oder sonst wo kann man einen Unfall nämlich auch herbeiführen, oder?" Entschlossenheit blitzte in seinen Augen auf. „Und genau das versuche ich die ganze Zeit herauszufinden."

Wieder begannen meine Gedanken zu kreisen. Wieso war ausgerechnet ich in einen derart lang zurückliegenden Mordfall verwickelt, der mit letzter Gewissheit noch nicht mal einer war und sich vielleicht auch nie wirklich aufklären ließ?

Camilla schien zu allem die Verbindung zu sein … „Moment mal", sagte ich, als mir plötzlich eine Erleuchtung kam. „Jetzt verstehe ich auch, was der Ring mit der Vergiftung der Pferde zu tun haben könnte!" Aufgeregt lief ich im Zimmer hin und her.

Der Verdacht, der mir vorhin schon gekommen war, schien sich zu bestätigen. „Es geht nicht darum, *mich* loszuwerden, sondern meine Mutter. Aus Eifersucht."

Greyson nickte. „Genau wie damals meine Mum."

„Und jetzt glaubt Camilla auch noch, ich hätte den einzigen Beweis für ihre Tat. Den Ring." Ich machte eine Pause. „Die Stallburschen stecken auch mit Camilla unter einer Decke", fügte ich hinzu, „ich habe sie ein paar Mal in merkwürdigen Situationen zusammen gesehen."

„Jegor und Sergej?" Greyson runzelte die Stirn. „Die arbeiten doch schon hier, seit ich ..." Er stutzte. „Seit Gramps nicht mehr auf Hargrave Abbey ist."

Bevor ich Grey fragen konnte, seit wann und warum Gramps nicht mehr hier arbeitete, packte er mich am Arm.

„Wir müssen in den Stall, Abby! Wenn du recht hast, könnten wir dort vielleicht etwas finden, das Camilla überführt. Wir sollten uns aber beeilen, bevor sie merkt, dass wir ihr auf die Schliche gekommen sind, und mögliche Beweise vernichtet!"

Mein Puls beschleunigte sich bei dem Gedanken, die Vergiftungsfälle aufzudecken. Doch dann schüttelte ich den Kopf. „Wie sollen wir jetzt in den Stall kommen, ohne dass sie uns sieht? Solange wir keinen handfesten Beweis gegen Camilla haben, würde sie uns doch aufhalten."

„Du hast recht", stimmte Grey mir zu. „Und genau deshalb bekommst du jetzt eine Exklusivführung durch Hargrave Abbey, die in der Geschichte vermutlich einzigartig ist!"

Kapitel 23

Die Jagd

Greyson steckte das Tagebuch und das Kästchen mit dem Ring ein. Er wirkte entschlossen, obwohl wir ja noch gar keinen genauen Plan hatten. „Bereit für ein kleines Abenteuer?" Er wartete meine Antwort wie immer gar nicht erst ab, sondern zog mich hastig auf den Flur.

Ein undefinierbares Kribbeln breitete sich auf meiner Haut aus, und wieder einmal konnte ich nicht sagen, ob es von der Aufregung kam oder weil Greysons Nähe diese Wirkung auf mich hatte.

Zu meiner Verwunderung ging er schnurstracks auf die gegenüberliegende Wand zu, zog eine Kreditkarte aus seiner Tasche und hielt sie mir unter die Nase. „Manchmal sind sie doch sehr nützlich." Er schob die Karte in einen winzigen Schlitz in der Holzvertäfelung, der mir sonst nicht aufgefallen wäre, ein leises Klacken ertönte, und ein Teil der Wand schwang wie eine Tür zur Seite.

„Du wirst dich wundern, wie viele Geheimgänge in diesem Schloss verborgen sind. Man kommt nahezu in jedes Zimmer ungesehen hinein und wieder hinaus." Er deutete lächelnd auf das Loch in der Wand, aus dem er neulich gekommen war, als ich ihn vor der Generalin gerettet hatte. „Der einzige Nachteil ist der Dreck in den Gängen. Ständig trage ich Erdkrümel mit herein, und selbst wenn ich mir gründlich die Füße abklopfe, bleiben immer ein paar Abdrücke zurück."

Sieh mal einer an! So langsam setzten sich die Puzzleteilchen zusammen.

„Zum Glück ist Hazel extrem abergläubisch“, ergänzte er. „Sie denkt bis heute, dass der alte Lord Hargrave noch immer durch die Gänge spukt.“

Er machte eine einladende Handbewegung in Richtung des Geheimgangs. Ich stieg durch die schmale Öffnung, als plötzlich Camillas Stimme ertönte.

„Wo zum Teufel sind die beiden?!“, schrie sie hysterisch.

„Camilla!“, mahnte Ambrose sie zur Ruhe.

Doch sie hörte nicht auf ihn. „Greyson!“, brüllte sie. „Abby! Wir waren noch nicht fertig!“

Greyson drückte mir eine Taschenlampe in die Hand, schob mich eilig tiefer in den Gang hinein und schloss die Vertäfelung hinter uns.

„Los, noch hat sie uns nicht entdeckt!“

„Kann sie uns nicht folgen?“, fragte ich besorgt.

„Nein, ich denke nicht, dass sie die Gänge kennt. Es gibt noch einen Eingang über den Kamin, einen in der Küche und einen im unteren Flur. Ich nutze diesen am häufigsten und mir ist noch nie jemand begegnet.“

Er leuchtete den Gang vor uns aus. „Komm! Gleich geht es ein Stück durch den Kaminschacht nach unten ...“ Ich hörte an seiner Stimme, dass er lächelte. „... und ich bin froh, dass du nicht so zimperlich bist.“

„Nettes Kompliment. Und so vertrauenserweckend“, erwiderte ich sarkastisch.

Nach einigen Metern verzweigte sich der Gang. Greyson stieg in den Schacht, der senkrecht abwärtsführte. „Keine Sorge, an den Seiten der Wände findest du kleine Metallstreben, auf denen du die Füße abstützen kannst.“

Im nächsten Moment war er nicht mehr zu sehen und ich beeilte mich, hinterherzukommen.

Ich musste sehr aufpassen, als ich meine Füße auf den schmalen Metallbügeln platzierte. Die Aussparungen waren gerade breit genug, um sich mit den Fingern daran festzuhalten. Bereits nach wenigen Metern, die ich nach unten kletterte, ergab sich eine ganz neue Bedeutung für das Wort *zimperlich*. Dieser staubige Gang war wirklich nichts für Angsthasen. Der Schein der Taschenlampe reichte gerade so aus, um die Griffe zu finden. Ich versuchte, mich auf Greysons Stimme zu konzentrieren.

„Alles klar, Abby?", vergewisserte er sich immer wieder.

Endlich stoppte er, öffnete eine Klappe in der Wand und zog sich in einen seitlichen Gang. „Hier ist es sauberer. Mit der Zeit lernt man, so wenig wie möglich anzufassen, und normalerweise trage ich auch Handschuhe."

„Du hast sogar Handschuhe – extra dafür?", fragte ich ungläubig, weil es sich schon fast professionell anhörte. Offensichtlich war er ziemlich häufig in diesen geheimen Gängen unterwegs.

Er half mir in den Schacht und schloss die Tür hinter uns. „Am anderen Ende liegt ein Handtuch. Du wirst gleich verstehen, wieso sich dieser Weg lohnt."

„Okay", murmelte ich und kniff die Augen zusammen. Das Licht des Handys erleuchtete nur den Gang vor uns, der sich nach ein paar Metern in vier Richtungen verzweigte.

„Hier kommt man in den Flur." Greyson deutete nach links. „Dort geht es zur Küche." Sein Finger zeigte nach rechts. „Und hier geht es in den Kaminraum", triumphierte er. „Die Strecke durch den Kamin ist am dreckigsten, weil er noch betrieben wird. Der alte Essensschacht ist hingegen lange stillgelegt. Irgendwann muss mal jemand dieses Geheimgängenetz erweitert haben." Er hüstelte. „Es ist ganz hervorragend dazu geeignet, um unbemerkt das Haus zu verlassen oder ungesehen in ein anderes Zimmer zu verschwinden."

„Weiß Ambrose denn nichts von diesen Gängen?", fragte ich verwundert. „Er ist doch auch hier aufgewachsen."

„Doch, ich denke, er kennt die meisten Wege. Aber er hat sie mir nie gezeigt. Wahrscheinlich ist es eine alte Tradition, dass man seinen Kindern nichts davon erzählt und sich insgeheim freut, wenn sie es selbst entdecken."

Nun, das passte zumindest zu Ambrose.

„Der Weg durch das Gartenlabyrinth ist leider nicht mit dem inneren Geheimgangnetz verbunden. Trotzdem ist es mein Lieblingsweg zu Gramps. Aber tröste dich, ich habe Jahre gebraucht, um das alles herauszufinden."

Es tröstete mich in der Tat. Und zumindest hatte er es in all diesen Jahren immer noch nicht geschafft, *alle* geheimen Wege dieses Schlosses zu erkunden. „Was ist mit dem Gang in der Bibliothek?", fragte ich.

„Der war am schwersten von allen zu finden, aber du hast mir bei der Suche auf die Sprünge geholfen."

„Ich?"

„Ja, komm, ich zeige es dir."

Wie verließen den Schacht und traten durch eine ähnliche Öffnung wie im Obergeschoss hinaus auf den Flur. Greyson schritt zügig zur gegenüberliegenden Seite durch die Tür zur Bibliothek. Dort verwendete er wieder die Karte und die Regalwand ließ sich zur Seite schieben.

„Der Grundriss des Hauses ist mir in die Hände gefallen, als ich dir das ‚ABC für kleine Pferdefreundinnen' herausgesucht habe. Das konnte ich dir nur damals noch nicht verraten. Aber ohne dich hätte ich dieses Buch tatsächlich niemals aus dem Regal genommen."

Ich lächelte. „Ich sagte ja, dass es ein wirklich nützlicher Ratgeber ist."

„Die Vermutung, dass man über diesen Weg irgendwo im Stall herauskommt, hat mich auf eine weitere Idee gebracht." Grey schob die Regalwand hinter uns zu, dann zog er einen Schlüssel aus seiner Tasche. „Gar nicht so dumm, die Wege, die von außen ins Schloss führen, zu verschließen. Den habe ich ebenfalls in Dads Schreibtisch gefunden."

Er nahm wieder meine Hand und führte mich eilig durch den Gang, die Treppe hinunter bis zu der verschlossenen Tür.

Tatsächlich passte der Schlüssel, und ich beobachtete gebannt, wie Grey die Tür öffnete.

Es raschelte und Greyson fluchte leise. „Verdammt, wieso geht es hier nicht weiter?"

Ich spähte an ihm vorbei ins Dunkel. „Wo sind wir denn?", fragte ich aufgeregt.

„Keine Ahnung, hier hängt ein Mantel und noch etwas versperrt den Ausgang ... eine andere Tür." Er tastete sich mit den Händen vor und ruckelte ungeduldig. „Warte, ich hab's! Hier ist ein kleiner Riegel."

Ein leises Klacken ertönte und die Tür schwang auf. Schlagartig lichtete sich die Dunkelheit und Greyson kletterte durch die Öffnung. Zu meiner größten Überraschung kamen wir – wer hätte das gedacht? – durch die Rückwand des Spinds im Geräteschuppen heraus!

„Sieh mal einer an!", sagte ich. „Wieso ist mir das nicht früher aufgefallen? Ich bin neulich einem der Stallburschen bis hierhin gefolgt und habe mich erst gewundert, wohin er verschwunden sein könnte. Aber da man von hier aus auch in den Stall gelangt, habe ich später nicht weiter darüber nachgedacht."

Greysons Gesichtsausdruck wurde ernst. „Wenn sie und Camilla diesen Gang ebenfalls kennen, ließe sich allerdings erklären, wie sie sich ungesehen zwischen Schloss und Stall hätten bewegen können.“ Er öffnete die Tür und trat in die Stallgasse. „Ich frage mich, was wir gleich noch herausfinden werden.“

In derselben Sekunde hörten wir hektische Rufe. Das große Tor stand sperrangelweit offen. Cloudwalker und eine kleine schwarze Stute wälzten sich draußen auf dem Boden und die beiden Stallburschen diskutierten aufgeregt miteinander.

Der eine zog sein Handy hervor und tippte darauf herum. „Lord Hargrave, wir haben zwei neue Kolikfälle und Black Hawk und das Pony sind verschwunden.“

Ich sah Greyson mit großen Augen an. Shaggy war nicht da? Und Hawk ebenfalls nicht?

Greyson eilte im Laufschritt zu der Box seines Hengstes. Ruckartig blieb er stehen und starrte wie paralysiert hinein.

„Das kann doch nicht sein! Sie sind wirklich beide weg!“ Panik stieg in mir auf.

Wenn schon wieder einige der Pferde erkrankt waren und das Futter womöglich wirklich die Ursache dafür war, konnte es gut sein, dass auch Shaggy und Hawk in Gefahr waren! Vielleicht hatten sie ebenfalls Anzeichen einer Vergiftung? Allein draußen auf den Feldern konnte das vermutlich tödlich ausgehen.

„Greyson!“ Ich stieß ihn energisch an.

„Ich verstehe das nicht“, murmelte er.

Als mein Blick die leere Box absuchte, in der normalerweise Shaggy stand, fiel mir etwas Ungewöhnliches auf: Der obere Teil der vergitterten Boxentür war beiseitegeschoben. Ich hatte selbst gesehen, wie geschickt und beharrlich Shaggy vorging, um sein Ziel zu erreichen. Die Abenteuerlust musste ihn gepackt haben, und ich verwettete mein Skateboard darauf, dass er Hawks Box ebenfalls geöffnet hatte, um für etwas Gesellschaft zu sorgen.

Was mich wirklich stutzig machte, war jedoch der umgekippte Futtereimer, den ich in Shaggys Box entdeckte. Mein verfressenes Pony würde niemals etwas Essbares verschwenden! Ich hatte ihn oft genug beobachtet, um mit Sicherheit sagen zu können, dass er immer *zuerst* das Futter fressen würde, bevor er ans Ausbrechen dachte.

Es sei denn ...

Unser Verdacht gegen die beiden Stallburschen fiel mir wieder ein und ich beobachtete die Männer genauer, die ausnahmsweise einmal nebeneinanderstanden. Nur deshalb fiel mir auf, dass einer ein kleines Muttermal auf seiner linken Wange hatte, das ich vorher nicht bemerkt hatte. Angestrengt versuchte ich Einzelheiten in meiner Erinnerung hervorzuholen, die ich heute Morgen zwar vielleicht gesehen, aber nicht bewusst abgespeichert hatte ...

Na klar: diese Metalldose, deren pulverigen Inhalt Jegor über die Pellets geschüttet hatte! Vielleicht hatte ich nur fälschlicherweise angenommen, dass es sich dabei um irgendwelche wichtigen Vitamine handelte?

Der eine der Stallburschen stand in stoischer Ruhe da und warf immer wieder einen Blick auf sein Handy. Sein Zwillingsbruder dagegen – der Mann mit dem Muttermal – fuchtelte mit hochrotem Kopf wild mit den Armen vor ihm herum und wirkte völlig verzweifelt. In ihrem Verhalten waren die beiden derart verschieden, dass ich mir am liebsten vor den Kopf geschlagen hätte. Sie steckten gar nicht beide mit Camilla unter einer Decke! Ich hatte es neulich ja selbst belauscht, als sie zu Jegor gesagt hatte: Pass du besser auf deinen Bruder auf ... Jegor war der Verräter, während Sergej mit der Sache überhaupt nichts zu tun hatte.

Ich sah zu Greyson hinüber und entdeckte auch in Hawks Box einen umgeworfenen Futtereimer. „Sieh doch mal!" Ich stieß ihn aufgeregt an. „Shaggy und Hawk haben beide ihr Futter nicht aufgefressen!"

Greyson runzelte die Stirn. „Du meinst, sie haben sich schon vor ihrem Ausbruch nicht wohlgefühlt?"

„Nein, das glaube ich eigentlich nicht. Könnte es nicht sein, dass sie einfach zu schlau waren, um Futter zu fressen, das vergiftet ist?" Ich konnte geradezu sehen, wie die Idee sich in Greys' Kopf ausbreitete. „Beim letzten Mal hatten auch weder Shaggy noch Hawk Anzeichen einer Kolik. Vielleicht war das gar kein Zufall?" Ich sah ihn herausfordernd an. „Na? In der freien Wildbahn fressen Pferde doch auch keine Giftpflanzen, oder?", beendete ich meine logische Schlussfolgerung.

Plötzlich schien Greyson wieder munter zu werden. „Ich weiß nicht, ob Pferde wirklich so schlau sein können – aber wir sollten sie trotzdem so schnell wie möglich finden!"

„Also, wie kommt man von hier nach draußen, ohne durch das Stalltor zu gehen und womöglich Jegor in die Arme zu laufen?"

Greyson deutete in Richtung Reithalle. „Komm mit!"

Kapitel 24
Wild Horse Valley

Diesmal benötigten wir keinen Geheimgang, um ungesehen das Tor zu den Feldern zu erreichen, das weit offen stand. Und ich brauchte nicht lange zu überlegen, ob Shaggy wirklich diese Richtung gewählt hatte. Er liebte es, frei zu sein. Auch wenn er nach einem Ausflug gerne zurück in seinen gemütlichen Stall kam.

Am Anfang war es nicht schwer, Shaggys und Hawks Spuren zu folgen. Immer wieder entdeckten wir aufgerissene Grasnarben und tiefe Hufabdrücke, die auf wilde Bocksprünge schließen ließen. Die beiden mussten sich gründlich ausgetobt haben, nachdem sie den Schlosspark verlassen hatten. Zumindest deutete vorerst alles darauf hin, dass es ihnen bei ihrer Flucht noch gut gegangen war.

Am Waldrand verloren sich jedoch die Spuren.

Ich sah Greyson hilflos an. „Und jetzt? Wie sollen wir sie nun finden?“, fragte ich.

Greyson fuhr sich hektisch durch die Haare. „Ich habe keine Ahnung, aber wir sollten zuerst bei Gramps nachsehen. Vielleicht haben wir Glück. Pferde sind Gewohnheitstiere. Meist laufen sie gar nicht so weit weg und suchen bekannte Ziele in der Umgebung auf.“ Er griff nach meiner Hand. „Und wenn sie dort nicht sind, hat er vielleicht eine Idee. Niemand kennt sich so gut mit Pferden aus wie er.“

Ich nickte. Der Plan war gut, und Gramps war immerhin jemand, dem auch ich vertraute.

Als wir an die Tür der kleinen Waldhütte klopften, fühlte ich mich absurderweise wie eine Mischung aus James Bond und einem der meistgesuchten Schwerverbrecher Englands.

Greysons Hand umschloss immer noch meine kribbelnden Finger, das Herz schlug mir bis zum Hals und ich hatte schreckliche Angst um mein verfressenes Pferdchen. Was, wenn ich mich getäuscht hatte?

Beim Anblick von Gramps' gutmütigem Lächeln beruhigte ich mich ein klein wenig. „Ich habe euch schon erwartet", begrüßte er uns fröhlich.

„Wieso das?" Greyson wirkte mindestens so verblüfft wie ich.

„Nun, wenn dein unnahbarer Hengst gemeinsam mit dem haarigen Pony angetrabt kommt, muss schon etwas Ungewöhnliches passiert sein." Er lächelte vielsagend. „Und ich hätte mein letztes Hemd darauf verwettet, dass ihr beiden dann nicht weit seid."

Ich riss die Augen auf. „Shaggy und Hawk sind *hier?!*", riefen Greyson und ich gleichzeitig.

Gramps nickte, und ich merkte, wie Greyson neben mir erleichtert aufatmete. „Ich habe sie mit einem Sack Möhren überzeugen können, dass es besser ist, wenn sie meine Blumenkästen stehen lassen. Sie sind auf der kleinen Lichtung hinter dem Haus."

„Geht es ihnen denn gut?", fragte ich besorgt.

„Es geht ihnen sogar bestens. *Ihr* seht allerdings so aus, als könntet ihr eine kühle Zitronenlimonade vertragen. Was ist denn passiert?" Gramps sah uns erwartungsvoll an.

„Das ist eine lange Geschichte ...", begann Greyson, doch ein herannahendes Motorengeräusch unterbrach seinen Erklärungsversuch.

Ein schwarzer Geländewagen fuhr den Schotterweg zur Hütte hinauf, bremste scharf und hielt quer auf dem Weg. Die Fahrertür öffnete sich und heraus stieg ... Camilla.

Sie musste so etwas wie einen siebten Sinn habe.

„Greyson!", rief sie energisch. „Dein Vater ist sehr aufgebracht, weil ihr einfach verschwunden seid. Er hat mich gebeten, euch wieder zurückzubringen, da er leider nicht wegkann ... wegen der vielen Kolikfälle. Es hat schon wieder jemand unsachgemäß die Pferde gefüttert."

Gramps hatte die Hände in die Hüften gestemmt und blickte Camilla feindselig entgegen. Ich wechselte einen schnellen Blick mit Greyson. Er zog mich näher zu sich heran.

„Wieso hat Dad nicht angerufen?", fragte er kühl.

„Im Stall ist der Teufel los! Kommt schon, beeilt euch!" Sie öffnete die hintere Wagentür und versuchte, uns mit einer energischen Bewegung ins Auto zu scheuchen.

Irgendetwas war mir ganz und gar nicht geheuer. Woher wusste sie, dass wir hier waren?

Gramps trat einen Schritt vor und schob sich zwischen uns und Camilla. „Verlass auf der Stelle mein Grundstück, Camilla", sagte er ruhig, „bevor wir die Polizei rufen!"

Wir sahen ihn alle drei verdutzt an. Ich hätte nicht gedacht, dass dieser sonst so gelassene nette alte Mann so furchterregend wirken konnte.

Camilla schüttelte irritiert den Kopf, als wäre ihr eine Mücke ins Ohr geflogen. „Äh ..."

„Verschwinde, Camilla. Ich habe lange genug zugesehen, und ich lasse nicht zu, dass du weitere Lügen verbreitest ... oder", er holte kurz Luft, als versuchte er mit aller Kraft, sich zu beherrschen, „... oder *Schlimmeres*."

Camilla wirkte für einen winzigen Moment tatsächlich verunsichert, dann straffte sie ihre Schultern und warf ihr Haar zurück. „Hast du den Weggang von Hargrave Abbey nicht verkraftet oder was hast du für ein Problem, Walker?"

„Hast du den Umschlag eigentlich erhalten, Grey?", fragte Gramps ruhig, ohne Camillas Worte zu beachten.

„Welchen ...?"

„Die Papiere für diese Jagd", antwortete ich an seiner Stelle. Grey hob die Augenbrauen – und in mir machte etwas klick. „Ich wette, da war sowieso etwas anderes drin, oder, Gramps?"

Camillas verkniffener Gesichtsausdruck bestätigte meine Vermutung.

Der alte Mann nickte und rieb sich seinen weißen Bart. „Es war nur ein Hinweis drin, der Grey vorgewarnt hätte."

Ich grinste ihn an. „Grey hat ihn nie bekommen – das habe ich auch erst vorhin erfahren. Ich nehme an, die ganze Aktion war ein Ablenkungsmanöver von Camilla, um sich das Tagebuch ..." Weiter kam ich nicht.

„Was für unverschämte Unterstellungen!" Camilla schäumte vor Wut und ich befürchtete schon, sie würde sich auf mich stürzen.

Doch in diesem Moment fuhr erneut ein Geländewagen vor. Die abrupte Bremsung ließ kleine Steinchen zur Seite spritzen. Drei Türen öffneten sich gleichzeitig, wie in einem Mafiafilm sprangen die Insassen heraus und stürzten in unsere Richtung.

Gramps, Grey und ich starrten die Besucher mit offenem Mund an. Nur Camilla wich automatisch zurück. Kein Wunder: Mum, Ambrose und sogar Gwenyfar wirkten wie ein Rettungstrupp auf Speed.

Ambrose blieb direkt vor Camilla stehen. „Camilla." Mit schmalen Augen sah er sie an. „Was hast du vor? Warum warst du so erpicht darauf, Grey und Abby zu folgen"

„Lass mich das erklären, Dad", sagte Greyson. „Sie hat sich verraten. Und das ist dir auch bewusst, nicht wahr, Camilla?"

„Verraten?" Camilla hüstelte. „Inwiefern?"

Greyson trat ebenfalls auf Camilla zu und starrte sie finster an. „Du hast Mum diesen Ring vom Finger gezogen, nachdem sie gestürzt ist.“ Er holte das Schmuckstück aus seiner Tasche und hielt es Camilla vors Gesicht. In seinem Blick lag nichts als Verachtung. „Das war kein Unfall, oder?“

Es war totenstill. Niemand wagte, etwas zu sagen. Selbst Gwen sah ihre Mutter sprachlos an.

Camilla verschränkte die Arme vor der Brust. In ihrem Gesicht spiegelten sich die unterschiedlichsten Emotionen. „Es hätte ganz anders laufen sollen“, erwiderte sie schnippisch. „Aber wie immer hat deine Mutter die ganze Aufmerksamkeit auf sich gezogen. Sie sollte einfach nur stürzen ...“

Gwen starrte sie voller Entsetzen an. „Was hast du getan, Mum?!“

Camilla warf einen Blick in Gwens Richtung. Zum ersten Mal blitzte echtes Bedauern in ihren Augen auf.

Ausgerechnet Ambrose hielt Greyson zurück, als er die Hände ballte und mit zusammengebissenen Zähnen einen weiteren Schritt in Camillas Richtung tat.

„Grey, hör mir zu!“ Er sah seinen Sohn eindringlich an. „Der Ring beweist vielleicht, dass jemand noch vor dem Krankenwagen bei Gracie war. Aber mehr nicht. Wie genau es zu dem Unfall gekommen ist, werden wir womöglich nie herausfinden, aber ich denke, wir haben genug gehört.“ Er sah Gwen mitfühlend an. „Ihr solltet nach Hause fahren. Und bei Gelegenheit kannst du dein Büro räumen, Camilla.“

Ich bewunderte Ambrose. Er war ein erstaunlicher Mensch. Was auch immer bei diesem schrecklichen Unfall passiert war, es schaffte es tatsächlich, nach vorn zu schauen und die Vergangenheit ruhen zu lassen. Greyson ... und Gracie zuliebe. Ich schluckte gegen den Kloß in meinem Hals an. Dad hätte ihn wundervoll gefunden.

Ein Arm legte sich um meine Schultern und ich sah überrascht in Mums Gesicht. „Ist alles in Ordnung, Abby?“, fragte sie liebevoll.

Ich nickte stumm. Endlich musste ich nicht mehr darum kämpfen, dass sie mir glaubte.

Camilla stieg mit fest zusammengepressten Lippen in ihr Auto. Fast hatte ich das Gefühl, dass sie so etwas wie Reue empfand, aber nie gelernt hatte, diese zu zeigen oder sich auch nur einzugestehen. Am meisten tat mir Gwen leid. Ich konnte mir kaum etwas Schlimmeres vorstellen, als dass die eigene Mutter vor den Augen von Freunden eines Verbrechens beschuldigt wurde. Und auch wenn Camilla die genauen Umstände, die zu dem Unglück geführt hatten, wohl nie preisgeben würde – dieser Tag würde Gwens Leben für immer verändern.

Der Wagen rollte langsam davon und ich atmete auf.

Ambrose ging auf Gramps zu und streckte ihm seine Hand entgegen. „Ich habe zu spät verstanden, worum es dir die ganzen Jahre über ging, als du Gracies Todesumstände angezweifelt hast. Das tut mir aufrichtig leid.“

Gramps lächelte milde. „Du musst dich nicht entschuldigen, Ambrose. Grey geht es gut, er ist ein wunderbarer junger Mann geworden. Das war alles, was Gracie sich je gewünscht hat. Sie hätte es genau so gewollt.“ Er legte den Arm um Greyson. „Deine Mutter wäre sehr stolz auf dich.“

Ich konnte sehen, dass Grey mit den Tränen kämpfte.

„Was haltet ihr davon, gemeinsam zurück aufs Schloss zu fahren?“, fragte Mum, pragmatisch wie immer. „Ich glaube, es gibt vieles, über das wir reden müssen. Was meinst du, Abby?“

Ich dachte an Dad, und plötzlich wusste ich, was *ich* tun wollte. „Ich möchte Shaggy zurück in den Nationalpark bringen“, sagte ich fest.

Alle sahen mich verwundert an.

Doch Ambrose nickte. „Dann kommt mit, wir werden ihn zu Hause in den Hänger laden und nach Lyndhurst zur Station der Parkwächter bringen“, schlug er vor.

„Nein, ich habe eine bessere Idee.“ Greyson lächelte. „Der Nationalpark ist mit dem Auto kaum eine Stunde von hier entfernt. Zu Pferd allenfalls vier bis fünf Stunden, schätze ich mal, und ich glaube, Abby würde Shaggy gerne auf diesem Wege dorthin bringen.“

„Du meinst, wir sollen reiten?“, fragte ich leicht entsetzt. „Ich kann doch gar nicht …“

„Hast du noch den alten Gurt und die Satteldecke von Mum?“, fragte Grey an Gramps gewandt und überging meinen Einwand kurzerhand. „Ich würde dir so lange das hier überlassen.“

Er zog das kleine Kästchen aus seiner Tasche und legte das Tagebuch dazu. Seine Hand zitterte ein wenig, als er Gramps die Sachen überreichte.

„Ich habe recht gehabt“, murmelte der alte Mann liebevoll. In seinen Augen glitzerten Tränen, als er seinen Enkelsohn ansah und ihm die Wange tätschelte. „Du bist ein echter Walker, auch wenn deine Mutter stolz wäre, dass du den Namen Hargrave trägst.“

Greyson nahm wieder meine Hand, und ich wusste, dass auch er in diesem Augenblick etwas brauchte, um sich daran festzuhalten. „Danke, Gramps.“

Als er sich zu mir umdrehte, war er jedoch ganz der Alte und sah mich herausfordernd an. „Wir machen jetzt einen kleinen Ausritt, Abby Baker.“

Wie zur Unterstützung seiner Worte kam Shaggy um die Ecke getrabt. Mein zotteliges Pony blieb vor mir stehen und zupfte mit orange verschmiertem Maul an meinem T-Shirt herum.

„Ach“, sagte ich trocken. „Sind keine Möhren mehr da?“

***

Wenn mich vor einer Woche jemand gefragt hätte, ob ich mir vorstellen könnte, gemeinsam mit einem launischen Jungen, der gelegentlich ebenso unnahbar wie sein Pferd zu sein schien, einen Wanderritt durch die wilde Landschaft von Sussex zu machen – ich hätte ihm definitiv einen Vogel gezeigt. Die Tatsache, dass wir zusammen auf Hawk saßen und Shaggy an einem Strick neben uns führten, machte das Ganze nur noch aufregender: Das Kribbeln auf meiner Haut hatte sich hartnäckig eingenistet, während ich mich am Gurt festklammerte und Greyson von hinten locker einen Arm um meine Taille gelegt hatte. Mit der anderen Hand hielt er die Zügel, als gäbe es nichts Leichteres als das.

Tatsächlich hatten sich weder Shaggy noch Hawk gewehrt, als wir sie aufgezäumt hatten und Greyson mich auf Hawks Rücken hob. Ich hätte mir niemals zugetraut, Shaggy auf diesem Weg zurück in den Nationalpark zu bringen. Greyson kannte mich offenbar besser.

Der Ritt gab mir die Möglichkeit, mich etwas mit dem Gedanken vertraut zu machen, dass Shaggy künftig an einem anderen Ort zu Hause sein würde als ich. Ich musste sehen, dass es ihm gut ging, dort, wo er herkam, sonst würde ich mich nie von dem Gedanken lösen können, dass ich ihn am liebsten behalten hätte. Und gleichzeitig wurde mir immer mehr bewusst, dass es noch so einiges gab, was ich in puncto *Stiefschwester* bei meiner Rückkehr mit Mum besprechen musste.

Der Ritt zog sich über den gesamten restlichen Nachmittag hin. Bereits nach ein paar Stunden spürte ich den sich anbahnenden Muskelkater und wusste, dass die ungewohnte Haltung mir in den nächsten Tagen reichlich Schmerzen bescheren würde – aber ich hätte mich niemals beschwert.

Mit Greyson über die Felder zu reiten, war fast noch besser, als mit dem Skateboard durch Liverpools Straßen zu jagen. Shaggys fröhliches Schnauben und das gedämpfte Geräusch der Hufe auf dem weichen Boden. Oder das muntere Geklapper, das Hawks Eisen auf dem Asphalt erzeugten, wenn wir eine Straße überquerten ... Es war beinahe perfekt, wenn ich nicht so traurig gewesen wäre, dass diese wunderbaren Momente auch die letzten gemeinsamen mit Shaggy sein würden.

Die Sonne ging gerade über den Hügeln unter, als ich das Schild sah, auf dem in großen geschwungenen Buchstaben

New Forest Nationalpark

stand.

Genau so hatte ich es aus dem Bildband in der Bibliothek in Erinnerung. Darunter gabelten sich verschiedene Wegweiser, die zu einzelnen Bereichen des Parks leiteten.

„Was machen wir jetzt?", fragte ich ziemlich ratlos. „Wie sollen wir die Station der Parkwächter finden?"

Aber diesmal nahm Shaggy mir die Entscheidung ab. Er zerrte so lange an dem Strick, bis Hawk nachgab und ihm folgte. Der Weg schlängelte sich zwischen kleinen Waldstücken und weiten Hügeln zu einem Tal. Die letzten Strahlen der rotgoldenen Abendsonne blendeten mich und tauchten die Landschaft vor uns in ein geradezu magisches Licht.

Da entdeckte ich ein kleineres Schild, das in Richtung des Tals deutete:

Wild Horse Valley

Ich wusste im selben Moment, dass hier Shaggys Heimat war.

Ein schmerzhafter Stich durchzog mein Herz, als wir abstiegen und ich mein haariges Pony ein letztes Mal streichelte.

„Danke, dass du mich gefunden hast", sagte ich leise und streifte das Halfter ab. „Geh nach Hause zu deiner Familie und deinen Freunden." Ich schluckte, weil ich mich gleichzeitig für ihn freute und es trotzdem so wehtat, ihn gehen zu lassen.

Als er sich nicht bewegte, klopfte ich ihm sachte auf das Hinterteil. „Na, los!"

Aber Shaggy rührte sich nicht. Hawk begann, gelangweilt zu grasen, und Greyson legte den Arm um mich. „Es fällt ihm bestimmt auch schwer, sich zu verabschieden."

In dem Moment ertönte ein lautes Hupen, das uns alle zusammenzucken ließ. Erschrocken drehte ich mich um und sah wieder mal einen Geländewagen, diesmal mit einem großen Anhänger, auf uns zurollen.

Während ich verdutzt beobachtete, wie sich die Autotüren öffneten und Mum, Ambrose, Doktor White und Gramps ausstiegen, gab Greyson einen entnervten Seufzer von sich. „Sie hätten sich ja ein klein bisschen mehr Zeit lassen können."

„Abby!", rief Mum. Sie kam mit ausgebreiteten Armen auf mich zu, als hätten wir uns wochenlang nicht gesehen.

„Hi, Dad", sagte Greyson trocken. „Du könntest ruhig auch mal zu spät kommen."

Mum zerquetschte mich in einer mörderischen Umarmung, als würde sie mich vernichten wollen.

„Die Worte hätten von deiner Mutter kommen können", schmunzelte Ambrose. „Sie konnte auch nie genug Zeit bei den Pferden verbringen."

Grey zuckte grinsend mit den Schultern.

Ein zweiter Wagen fuhr vor, auf dem in großen Buchstaben die Aufschrift *Forstwirtschaft* zu lesen war. Ein Parkwächter offensichtlich. Der Mann stieg aus dem Wagen und streckte Doktor White die Hand hin. „Wie schön, dass Sie so schnell kommen konnten. Es freut mich, Sie kennenzulernen, Doktor White. Ich habe Ihre Doktorarbeit über das Cushing-Syndrom mit großer Begeisterung gelesen."

Doktor White lächelte geschmeichelt. „Mister Parker, ich freue mich auch, Sie zu sehen." Die beiden Männer schüttelten sich die Hände.

„Da ist ja unser kleiner Patient", sagte der Parkwächter und ging auf Shaggy zu.

Wieso *unser Patient?* Ich verstand gar nichts mehr.

Das Pony blieb überraschenderweise entspannt stehen und ließ sich genüsslich hinter den Ohren kraulen.

„Ich hatte mir schon länger gedacht, dass die vielen Haare kein gutes Zeichen sind. Er hat sein Winterfell in diesem Jahr einfach nicht verloren."

„Sein ACTH-Wert lag bei 497, das ist schon ziemlich hoch, aber noch lange kein Spitzenwert." Doktor White zog ein Papier aus seiner Tasche und überreichte es Mister Parker. „Die tägliche Tablettengabe ist leider unverzichtbar."

Mister Parker nickte und drehte sich plötzlich in meine Richtung. „Und du musst die junge Dame sein, die ihn gefunden hat."

Ich starrte ihn an. „Äh ..."

„Abby Baker", stellte mich der Doktor stattdessen vor. „Ein sehr patentes Mädchen. Ich weiß, dass sie sich blendend um ihn kümmern wird."

Da wusste er ja wieder einmal mehr als ich.

„... um wen genau werde ich mich kümmern?", versuchte ich es vorsichtig.

Greyson stieß mich mit einem Grinsen in die Seite. „Na, er meint Shaggy."

Ich blickte verwirrt von dem Pony zu Mister Parker.

„Weißt *du* denn, worum es geht?“, fragte ich Greyson im Flüsterton.

Er schüttelte lachend den Kopf. „Nein, aber ich kann es mir denken.“

Doktor White klopfte mir auf die Schulter. „Mister Parker ist seit zehn Jahren Leiter des Nationalparks. Dein Shaggy heißt eigentlich Nummer 237 und stammt aus dem Wild Horse Valley.“

„Er ist ein Ausbrecherkönig“, fügte Mister Parker schmunzelnd hinzu.

„Ich habe bei meiner letzten Untersuchung einen Bluttest gemacht, weil ich schon so eine Vermutung hatte“, sagte Doktor White. „Ich wollte nur noch nichts sagen, weil eine Medikamentengabe natürlich immer mit dem Besitzer abgesprochen werden muss.“ Er redet wieder einmal mit mir, als hätte ich ebenso viel Ahnung von Pferden wie er. „Shaggy leidet unter dem Cushing-Syndrom“, fuhr er fort. „Eine häufige Krankheit bei älteren Pferden, die, wenn sie behandelt wird, durchaus unproblematisch verlaufen kann. Leider ist Cushing aber nicht heilbar und erfordert eine tägliche Medikamentengabe, die in einem Wildpark kaum zu realisieren ist.“

Ich betrachtete Shaggy, der nicht wirklich krank aussah, aber in jedem Fall seltsam mit seinem dicken Winterpelz im Sommer.

„Also sind die vielen Haare ein Zeichen für die Krankheit, nicht wahr?“, fragte ich.

„Genau.“ Doktor White nickte. „Cushing ist eigentlich ein Tumor in der Hirnanhangdrüse, dort wird die Produktion diverser Hormone gesteuert, die für die unterschiedlichsten Körperfunktionen der Pferde zuständig sind. Durch den Tumor wird diese Hormonbildung gestört, und es kommt zu Fehlfunktionen, wie zum Beispiel einer Störung des Fellwechsels.“

„Jetzt wird mir einiges klar.“ Nachdenklich betrachtete ich mein Pony. „Ich hatte mich die ganze Zeit gewundert, dass es einfach nicht besser wird, egal wie oft ich ihn putze.“

„Shaggy braucht jeden Tag eine Tablette, damit sich sein Hormonhaushalt wieder reguliert. Das kann in einem Wildpark nicht durchgeführt werden. Zumindest während deiner hoffentlich zahlreichen Besuche auf Hargrave Abbey. Könntest du das übernehmen?“ Doktor White sah mich mit einem breiten Lächeln an.

Mister Parker wirkte ebenfalls äußerst zufrieden. „Ich würde mich wirklich freuen, wenn Nummer 237 im Stall von Hargrave Abbey versorgt würde“, bekräftigte er.

Ich starrte ihn sprachlos an. Mir fiel einfach nichts ein, was ich darauf hätte erwidern können. Das war eine Riesenverantwortung! Und ... Ich schluckte. Bedeutete es tatsächlich, dass ich sehr viel früher nach Hargrave Abbey zurückkehren würde als gedacht? Shaggy stieß ein leises Blubbern aus und schüttelte seinen Kopf.

Ich lächelte. Egal, was die Zukunft bringen würde: Seine Zustimmung war mir schon mal sicher.

Epilog

„So, jetzt gibt es keine Ausrede mehr!" Greyson schob mich unnachgiebig näher an Shaggy heran.

„Ich weiß nicht!", jammerte ich.

„Wo ist dein Mut geblieben? Ich dachte, du bist ein echtes Downtown-Girl?" Greyson grinste breit.

„Ja, ein *Stadtmädchen,* genau. Ich könnte dich ja mal auf ein Skateboard stellen, vielleicht ist das ..."

„Abby, Shaggy ist dein Freund, du vertraust ihm doch."

Ich schüttelte den Kopf. „Ich weiß nicht, ich habe das Bodenständige unserer Freundschaft durchaus geschätzt."

Jetzt lachte Greyson. „Ich weiß, dass du das kannst, Abby. Stell dir einfach vor, wie schön es sein wird, wenn du mit ausgebreiteten Armen und offenen Augen über die Felder galoppierst."

Ich sah ihn skeptisch an. „Das ist aber noch ein langer Weg bis dahin, meinst du nicht?"

„Das kommt ganz darauf an", erwiderte er mit einem Lächeln. „Aber viel wichtiger als die Frage nach der Länge des Weges ist doch die Frage, ob man dabei ein Ziel vor Augen hat. Eines, das man unbedingt erreichen möchte. Das hat zumindest Mum immer behauptet, wenn ich mir etwas nicht zutrauen wollte." Greysons Stimme war leiser geworden. Ich konnte ihm anhören, wie schwer es ihm fiel, über seine Mutter zu sprechen – obwohl diese Erinnerungen an sie gleichzeitig etwas Schönes waren.

Genauso ging es mir, wenn ich an Dad dachte.

„Meinst du nicht, Shaggy vermisst seine Freunde und möchte viel lieber zurück?", fragte ich mit einem Anflug von Wehmut.

Greysons Augen verdunkelten sich. „Nein, man kann Freunde an unterschiedlichen Orten haben. Das heißt noch lange nicht, dass man sie deshalb vergisst." Er nahm mein Gesicht in beide Hände, und ich dachte schon, er wollte mich küssen, aber er grinste nur wieder. „Jetzt sei mutig und steig auf dein Pferd. Und denk einfach daran ..."

„Jaja", ich lächelte, „... mein Ziel immer vor Augen zu haben!" Ich reckte meinen Fuß so, dass ich den Steigbügel erreichte.

In Gedanken rief ich mir Dads Versprechen noch einmal in Erinnerung: mit ausgebreiteten Armen und offen Augen gegen den Wind zu galoppieren. Ich würde noch viele Reitstunden benötigen, bis ich dieses Ziel in die Tat umsetzen konnte. Aber ich wusste schon, wo ich meinen Traum verwirklichen würde: im Wild Horse Valley, gemeinsam mit Greyson und Hawk – und natürlich mit Shaggy.

Danksagung

Ich glaube, diesmal bin ich ähnlich sprachlos wie Abby, dass dieses Buch – bei all den Irrungen und Wirrungen, die sich mir in den Weg gestellt haben – trotz allem fertig geworden ist … Es kann eigentlich nur eine Fügung des Schicksals sein – oder vielleicht wollte diese Geschichte einfach unbedingt gelesen werden. Aber das müsst ihr selbst entscheiden …

Der größte Dank gilt in jedem Fall meiner Familie, die immer Verständnis hat, wenn ich mein Arbeitszimmer wochenlang kaum verlasse und stattdessen in fernen Ländern verschwinde.

Ihr seid wunderbar, wertvoll und einzigartig! Ich liebe euch!

Liebe Britta – niemand läuft so beständig neben mir wie du – auf diesem seltsamen Weg, auf dem uns selbst der stärkste Gegenwind vorwärtstreibt!

Liebe Conny, lieber Uli, eure Pferdchen sind immer eine wunderbare Inspiration. Vielen Dank für die gemeinsamen Stunden – ich hoffe, dass noch sehr viele folgen werden!

Und ohne eine gute Lektorin geht bekanntlich sowieso gar nichts – Glück dem, der gleich zwei hat!

Liebe Frau Jacobi, vielen Dank für Ihr Lob, das mich immer wieder aufgemuntert hat.

Und last, but not least – liebe Frauke, vielen Dank für deine wirklich beharrliche Beharrlichkeit, die immer das Beste aus mir hervorholt!

Kyra Dittmann wurde 1972 in Bonn geboren. Nach einer Schreinerlehre arbeitete sie viele Jahre im Handwerk, bis sie ihre beruflichen Weichen neu stellte: Sie absolvierte diverse Schreib- und Drehbuchseminare, unter anderem am Filmhaus Köln, und arbeitet heute als freie Autorin, Reitlehrerin und Eventmanagerin für Kinder.

Kyra Dittmann ist selbst eine begeisterte Reiterin und findet im Umfeld ihres Stalls täglich neue Inspirationen für ihre Geschichten. So heißt das Pony mit dem Cushing-Syndrom im echten Leben Manolito und muss wie Shaggy jeden Tag eine Tablette bekommen.

Die Autorin lebt mit ihrem Mann und den sechzehnjährigen Zwillingstöchtern in Bonn – im fliegenden Wechsel zwischen Schreibtisch und Stall.

Verschwörung um einen mysteriösen Hengst

Kyra Dittmann
Dark Horse Mountain
320 Seiten · Gebunden
ISBN 978-3-649-62344-1
Auch als ebook erhältlich:
ISBN 978-3-649-62526-1

Na super! Seit Roxy auf der Ranch ihres lange verschollenen Vaters in Wyoming angekommen ist, läuft alles verkehrt: Die coole Farm entpuppt sich als stinknormaler Bauernhof, Roxy blamiert sich ständig vor dem leider viel zu gut aussehenden Stallburschen Cale – und dann ist sie, das abgeklärte Stadtmädchen, auch noch drauf und dran, Freundschaft mit einem Pferd zu schließen. Holy Shit!

Bald erkennt Roxy jedoch, dass auf der Ranch etwas nicht stimmt: Warum verschwinden immer wieder Pferde von den Weiden? Welches Geheimnis umgibt den unberechenbaren Hengst Hot Coffee? Nach und nach kommt sie einer skrupellosen Pferdemafia auf die Spur … und gerät in große Gefahr.